HAYMON taschenbuch **108**

MIX
Papier aus verantwortungsvollen Quellen
FSC® C083411

Auflage:
4 3 2 1
2019 2018 2017 2016

HAYMON tb 108

Überarbeitete Neuauflage der 2010 bei Molden unter dem Titel „Das Lächeln der Maddalena" erschienenen Originalausgabe

ISBN 978-3-7099-7845-0

Umschlag- und Buchgestaltung nach Entwürfen von hœretzeder grafische gestaltung, Scheffau/Tirol
Umschlag: Eisele Grafik · Design, München, unter Verwendung von shutterstock.com/Valery Bareta (Isola Bella) und bigstock.com/badmanproduction (Torbogen)
Satz: Da-TeX Gerd Blumenstein, Leipzig
Autorenfoto: Heinz Tomek

Gedruckt auf umweltfreundlichem, chlor- und säurefrei gebleichtem Papier.

Eva Gründel

Mörderküste

Ein Sizilien-Krimi

Eva Gründel

Mörderküste

Für meinen Mann,
für Reinhard Deutsch und
für Ingrid Prandtstetten – unvergessen

Prolog

Bei Kerzenschein war der Effekt umwerfend, aber würde sein Werk auch bei Sonnenlicht einer kritischen Prüfung standhalten? Während sich der beißende Geruch von Firnis in seinem Atelier ausbreitete, bearbeitete er die Oberfläche der mit Ölfarben bemalten Holztafel sorgsam mit einem weichen Pinsel. Eine Tätigkeit, die seinen empfindlichen Augen Qualen bereitete und die er dennoch keinem seiner Schüler übertragen wollte. Eine letzte sanfte Berührung zum Abschied, meine Schöne, dachte er, wie konnte ich darauf verzichten? Wie viele schlaflose Nächte haben wir miteinander verbracht! Wie viele Stunden, um den richtigen Ausdruck in dein Gesicht zu zaubern, damit alle Welt endlich begreift, wer du wirklich bist!

Zärtlich betrachtete der Meister das anmutige Frauenantlitz unter der ungebändigten Haarpracht, die in tiefschwarzen Locken auf die mit rotem Samt verhüllten Schultern herabfiel. Viel mehr als den mit Perlen bestickten Stoffrand über den kleinen, festen Brüsten gab das Porträt nicht preis, doch konnte man sich die Eleganz der gesamten Erscheinung unschwer vorstellen. Vom Scheitel bis zur Sohle jeder Zoll eine Dame von Stand, das verriet der lange, schlanke Hals ebenso wie die leichte Drehung des Kopfes oder das kaum merkbar emporgereckte Kinn.

Kein Bauernmädchen konnte das Vorbild für dieses Gemälde gewesen sein, so viel stand fest. Doch der wahre Skandal lag nicht allein in der Identität des Modells, sondern in der Darstellung. So sollte die große Sünderin Maria Magdalena ausgesehen haben? Wie diese selbstbewusste Frau, die nicht als tränenüberströmte Büßerin, sondern mit einem leisen, spöttischen Lächeln der Welt gegenübertrat?

Welch eine Provokation der Kirche, die eine solche Interpretation der berühmt-berüchtigten Maria von Magdala niemals dulden würde! Stattdessen hieß es nach einem ungeschriebenen Kirchengesetz: auf die Knie mit ihr, der Gestrauchelten, die nur dank der unendlichen Gnade Christi der ewigen Verdammnis entgangen war. Lediglich die hüftlangen Haare durften die Blößen der Ehebrecherin bedecken, nackt und erniedrigt sollte sie um Gnade flehen. Zur höheren Ehre Gottes – und zum Ergötzen der klerikalen Herren, die solche Malereien gerne in Auftrag gaben, um für ein wenig Abwechslung zu den sonst eher langweiligen Darstellungen des späten Mittelalters zu sorgen.

In dem Kunstwerk steckte zweifellos Sprengstoff von enormer Brisanz. Denn löckte erst einmal einer erfolgreich wider den klerikalen Stachel, dann waren andere Ketzer im Malerkittel, die sich nicht länger dem Diktat Roms beugen wollten, nicht mehr weit. Ein Skandal war jedenfalls vorprogrammiert, und wie er ausgehen mochte, konnte keiner absehen. Vielleicht ist es doch klüger, dieses Bildnis vorerst einmal vor den Augen der Welt zu verbergen, überlegte sein Schöpfer in dieser Nacht nicht zum ersten Mal. Zu ihrer beider Sicherheit.

In einem Aufflackern der letzten Kerze blickte Maria Magdalena mit ihren großen, dunklen Augen ernst und nachdenklich von der Staffelei herab. Doch noch während das Licht erlosch, durchzuckte den Künstler ein Gedankenblitz von verblüffender Klarheit.

Mit einem Mal wusste er ganz genau, was er zu tun hatte.

1. Kapitel

Die milden Sonnenstrahlen des verdämmernden Tages strichen wie eine zärtliche Berührung über den Toten, der mit weit aufgerissenen Augen in eine jenseitige Welt starrte.

„Sogar das macht er mir noch zu Fleiß“, war Elenas erster Gedanke, als sie Sigismund Eck in verkrümmter Haltung zwischen den geborstenen Steinen entdeckte. Auch wenn kein Blut mehr floss, bot der Leichnam keinen schönen Anblick. Seine Schädeldecke war nicht nur gespalten, sondern wie ein makabres Puzzle von unzähligen Sprüngen überzogen.

In der griechischen Tempelanlage von Selinunte beugte sich Elena Martell über die leblose Gestalt. Auch wenn sie noch nie zuvor einen dermaßen schlimm zugerichteten Menschen gesehen hatte, war ihr rasch klar, dass hier jede Hilfe zu spät kam. Während sie überlegte, ob sie ihre Jacke über das Gesicht des Toten breiten sollte, bemerkte sie, dass unmittelbar neben dem Leichnam ein verwittertes Säulenstück lag. Offenbar war es aus einigen Metern Höhe herabgestürzt und hatte dem Ahnungslosen den Kopf zertrümmert.

Ihre Uhr zeigte 19.40. Aber wann hatte sie Sigismund Eck zum letzten Mal lebend gesehen? Sie erinnerte sich daran, dass er den ersten Tempel des Besichtigungsprogramms gemeinsam mit seiner Frau verlassen hatte. Nun galt es, keine Fehler zu begehen. Den Toten konnte und wollte sie nicht allein lassen. Also musste sie Hilfe herbeitelefonieren. Mario! Die Nummer des Bus-Chauffeurs war in ihrem Mobiltelefon gespeichert. Wenn er sich beeilte, würde er keine fünf Minuten bis zur Eingangshalle brauchen, wo der diensthabende Aufseher vermutlich schon sehnsüchtig auf die späten Besucher wartete.

Sie drückte die Kurzwahltaste, doch es schien eine Ewigkeit zu dauern, bis sich ihr Fahrer meldete.

„Mario, ich brauche dich dringend!"

„Immer mit der Ruhe, Elena. Ich komme eben aus der Dusche. Ich habe doch jetzt frei, oder irre ich mich?"

„Ja. Nein. Oder doch, ja, aber du musst sofort kommen. Hierher, zur Eingangshalle am Osthügel. Zieh dir was an und komm her."

„Was um alles in der Welt ist denn passiert?"

„Der Eck liegt tot zu meinen Füßen. Das ist passiert. Bisher weiß das noch keiner. Auch die Ehefrau nicht. Aber die wird jeden Moment ihren toten Mann vorfinden. Verständige den Aufseher. Der soll die Polizei rufen und anschließend sofort zum Tempel kommen. Meine Gruppe soll auf mich warten. Ich erkläre ihnen dann alles."

„In Ordnung, ich bin bei dir, so schnell ich kann."

Vor Erleichterung bekam Elena mit einem Mal weiche Knie. Bald würde sie in dieser schrecklichen Situation nicht mehr allein sein. Allein mit einem Toten. Noch aber war der Alptraum nicht vorbei.

„Sigi, wo steckst du? Es wird Zeit, dass du dich losreißt. Wir müssen zurück!" Fröhlich tauchte Marianne Eck aus dem nahen Olivenhain auf, wo sie einen Strauß wilder Margeriten gepflückt hatte. Sie hielt Elena, die ihr ein paar Schritte entgegengegangen war, die Blumen hin. „Hübsch, nicht wahr? Ich werde sie in unser Zimmer stellen, auch wenn Sigismund das kindisch findet."

Erst jetzt bemerkte sie Elenas kalkweißes Gesicht. „Was ist mit Ihnen? Ist Ihnen nicht gut? Setzen Sie sich doch, Sie sehen aus, als würden Sie jeden Moment umkippen." Besorgt griff sie nach dem Arm ihrer Reiseleiterin.

„Es geht schon, Frau Eck", antwortete Elena, bevor sie tief Luft holte. „Ich muss Ihnen leider etwas Schreckliches mitteilen. Ihr Mann ist verunglückt."

„Was soll das heißen? Was ist passiert?"

„Offenbar hat ihn ein herabfallender Mauerteil direkt am Kopf getroffen. Er muss sofort tot gewesen sein."

„Sie irren sich! Vor kurzem sind wir noch gemeinsam zwischen den Trümmern herumgelaufen. Wo ist er? Ich will sofort zu ihm."

„Bitte warten Sie noch einen Moment. Sie müssen sich erst ein wenig beruhigen. Der Anblick ist nicht gerade schön."

„Ich möchte ihn sehen. Sofort. Gehen Sie aus dem Weg!"

Resignierend trat Elena zur Seite und gab damit den Blick auf die Leiche frei. Unwillkürlich vermied sie es, den Toten nochmals anzuschauen, und beobachtete fasziniert, was sich in Frau Ecks sonst eher farblosen Gesichtszügen abspielte. Erstaunlicherweise wich das erste Entsetzen aber rasch einer fast gleichgültigen Miene. Ganz so, als ginge sie die Sache nichts an. So viel Beherrschung hatte Elena ihr nicht zugetraut. Eigentlich hatte sie eine heftige Reaktion erwartet, doch Frau Eck stand minutenlang reglos und schweigend wie eine militärische Totenwache vor der Leiche ihres Mannes.

„Was geschieht jetzt?" Völlig ruhig stellte Marianne Eck die naheliegende Frage. Bevor Elena antworten konnte, erschien ein atemloser Mario mit zwei Dorfpolizisten im Schlepptau.

„Wir haben die Polizia Statale in Trapani verständigt. Die ist für solche Fälle zuständig. Bis der Commissario eintrifft, übernehmen diese beiden hier die Aufsicht. Es kann allerdings einige Zeit dauern. Heute ist Sonntag. Jetzt sollten wir uns aber um unsere Gäste kümmern. Die haben schon gemerkt, dass etwas nicht stimmt, als ich mit den Uniformierten an ihnen vorbeigelaufen bin."

Als er jedoch Marianne Eck behutsam am Arm nehmen wollte, verweigerte diese zu seiner Überraschung jeglichen Beistand. „Ich kann allein gehen, danke vielmals!" Ohne noch einmal auf ihren toten Mann zurückzublicken, verließ die frischgebackene Witwe mit ausgreifenden Schritten den Schauplatz der Tragödie. Elena und Mario sahen einander verblüfft an. Es blieb gar nichts anderes übrig, als ihr zu folgen.

Als die drei aus dem Schatten der Tempelruine traten, bot sich ihnen ein seltsames Bild. Wie eine aufgeregte Hühnerschar liefen die Mitglieder der Reisegruppe auf dem freien Feld zwischen Pforte und Tempelanlage durcheinander. Während die einen dem Ausgang zustrebten, wollten die anderen Richtung Trümmerfeld. Doch als sie ihre Reiseleiterin erblickten, blieben alle schlagartig stehen.

Wie ein Standbild aus einem Film, den man angehalten hat, dachte Elena. Ganz vorne erkannte sie Adele Bernhardt und Ludwig Jakubowski, gleich daneben das junge Pärchen und ein Stück dahinter die Ehepaare Brehm und Strasser. Christine Baumgart hatte offenbar so wie Marianne Eck einen Blumenstrauß gepflückt. Nur Wilhelm Schwabl und Martina Reich fehlten.

Als sich die Personen aus ihrer Erstarrung gelöst hatten und der Film weiterlief, konnte Elena die schlanke Gestalt Schwabls zwischen den Säulen des ersten Tempels ausmachen. Zuletzt erschien auch Frau Reich auf der Bildfläche. Wie stets ein wenig atemlos und mit aufgelöster Frisur stand sie nun unter all den anderen. Elena hätte beim besten Willen nicht sagen können, aus welcher Richtung sie herbeigeeilt war, doch es erschien ihr auch nicht weiter wichtig.

Sie winkte ihre Gruppe mit weit ausholenden Armbewegungen zu sich. Während die kleine Schar zögernd auf sie zukam, flüsterte sie Mario zu: „Du bringst Frau Eck erst einmal ins Hotel. Lass sie bloß nicht allein. Wenn sie in ihr Zimmer will, dann schick ihr irgendein Mädchen mit einem Tee hinauf. Oder mit einem Schnaps. Dir wird schon was einfallen. Also los jetzt, lauf ihr nach und kümmere dich um sie."

„Was wird das?", erkundigte sich Felix Strasser, der als Erster bei Elena eingetroffen war. „Ist Frau Eck schlecht geworden?"

„Ich erkläre es sofort. Wenn alle da sind", gab Elena kurz zurück, während sie zu zählen begann. „Neun, zehn, elf. Ja, es sind alle da."

„Alle bis auf unseren allseits geschätzten Oberstudienrat", wurde sie von Christine Baumgart korrigiert.

„Um ihn geht es ja. Ich muss Ihnen leider mitteilen, dass Herr Doktor Eck tödlich verunglückt ist. Wir können nichts mehr für ihn tun, also gehen Sie bitte zum Hotel zurück. Alles Weitere erfahren Sie, sobald ich mehr weiß."

„Wo ist das passiert?", unterbrach Aldo Brehm. „Vielleicht kann man ihm doch noch helfen. Ich bin zwar Zahnarzt und kein Notarzt, aber natürlich Mediziner. Ich will zu dem Verunglückten. Sofort!"

„Glauben Sie mir, Herr Doktor Brehm, für den armen Oberstudienrat kommt jede Hilfe zu spät. Das habe sogar ich als Laie gesehen. Aber bitte, wenn Sie darauf bestehen, dann gehen Sie zu ihm. Von hier aus gesehen liegt er hinter dem letzten Trümmerfeld ganz links.

Die beiden Polizisten, die dort Aufsicht haben, sprechen aber sicher nicht Deutsch und werden Sie nicht so ohne weiteres zu dem Toten lassen. Können Sie sich als Arzt ausweisen?"

„Ja, das kann ich. Außerdem wird mein Küchenitalienisch für eine Erklärung gerade noch ausreichen!" Aldo Brehm eilte unverzüglich in die angegebene Richtung.

„Finden Sie den Rückweg allein?", rief Elena ihm nach. „Dann sehen wir einander später. Ich habe noch kurz mit dem Aufseher etwas zu besprechen", wandte sie sich wieder ihrer Gruppe zu.

Sie musste den armen Kerl beruhigen, denn der zitterte vermutlich um seinen Job. Er hätte die Touristen längst aus dem Areal weisen müssen. Vielleicht wäre das alles dann nicht passiert. Aber es war nicht seine, sondern Elenas Schuld.

„Kannst du mir sagen, was geschehen ist? Es gibt einen Toten, so viel habe ich mitbekommen. Und dass ich in größten Schwierigkeiten stecke, weil ich euch so spät noch hereingelassen habe!" Verzweifelt verbarg der Mann sein Gesicht zwischen den Händen.

„Du heißt Nino, wenn ich mich nicht irre." Als kein Widerspruch kam, fuhr Elena fort. „Also, Nino, lass uns die Sache besprechen, bevor der Commissario eintrifft. Ich kann natürlich nicht lügen, aber die volle Wahrheit muss ich auch nicht sagen. Niemand wird von unserem Arrangement erfahren, wenn du und deine Kollegen dichthalten. Dann kann ich nämlich behaupten, ich hätte dich heute beschwatzt, uns ausnahmsweise noch in die Zone zu lassen. Für eine knappe halbe Stunde. Dass wir deine Gutmütigkeit ausgenützt und die Zeit schamlos überschritten haben, dafür kannst du nichts."

Mit einem hoffnungsvollen Lächeln blickte Nino auf. „Das könnte klappen. Wichtig ist, dass ihr noch vor 19 Uhr gekommen seid, also mehr als eine Stunde vor Sonnenuntergang."

„Stimmt. Auch wenn es nur wenige Minuten vor sieben waren. Aber die Aussage, dass wir vor 19 Uhr da waren, ist keine Lüge. Denn du darfst nicht vergessen, die Polizei wird jeden Einzelnen aus meiner Gruppe nach den Details fragen. Also müssen wir bei der Wahrheit bleiben. Wir können sie nur ein wenig zurechtschminken."

„Va bene! Du hast mir felsenfest versprochen, um Viertel nach sieben wieder weg zu sein. Eine Viertelstunde kann ich überziehen. Da findet niemand etwas dabei."

Elena nickte wissend. Sie hatte lange gebraucht, um sich an die italienische Variante von Pünktlichkeit zu gewöhnen.

„Also abgemacht! Ich habe von vornherein vorgehabt, mein Versprechen dir gegenüber zu brechen. Das ist wichtig, denn die Gruppe wird aussagen, dass ich sie erst für 20 Uhr zum Ausgang bestellt habe. Nach Sonnenuntergang also, denn genau den sollten sie hier erleben."

„Ich erlebe dafür heute vermutlich den Sonnenaufgang. Denn wie mir Mario gesagt hat, muss ich die Stellung halten, bis der Commissario aus Trapani eintrifft. Und das kann bei Sonntagsverkehr Stunden dauern."

„Das ist bedauerlich, Nino, aber nicht zu ändern. Glaub mir, auch für mich ist heute noch lang nicht Feierabend."

„Aber wenigstens kommst du dazu, etwas zu essen. Ich werde hier verhungern. Dabei gibt es zu Hause Lammkoteletts."

„Ich werde dir vom Hotel ein Panino heraufbringen lassen." Elena rang sich ein Lächeln ab und verabschiedete sich.

Wie komme ich eigentlich dazu, immer alle anderen zu trösten? Mich tröstet auch keiner!, dachte Elena. Was sie jetzt dringend gebraucht hätte, war eine starke Schulter, an die sie sich lehnen konnte. Doch die hatte sie nie gehabt. Bei aller Genialität war ihr verstorbener Ehemann mit den Problemen des Alltags nur schwer fertiggeworden. „Elena macht das schon" – wie oft hatte sich Paul mit diesem Satz aus der Verantwortung gestohlen. Ein erschlagener Oberstudienrat zwischen antiken Ruinen! Das wäre eindeutig zu viel für seine sensible Künstlerseele gewesen.

Bevor Elena weiter darüber nachdenken konnte, wie sich Paul wohl in diesem Fall verhalten hätte, war sie bereits beim Hotel angelangt. Es lag tatsächlich wenig mehr als einen Steinwurf vom Archäologischen Park in Selinunte entfernt.

Einen Steinwurf! Schlagartig wurde ihr die makabre Bedeutung ihres Gedankens bewusst. Aber es hatte doch niemand einen Stein nach Sigismund Eck geworfen. Oder doch? War dieses kleine Säulenfragment, das sie neben der Leiche gesehen hatte, gar nicht von selbst heruntergestürzt? Irgendetwas stimmte nicht, aber was?

Im Moment würde sie auf diese Frage jedoch mit Sicherheit keine Antwort finden, weshalb es unsinnig war, darüber nachzugrübeln. Das musste warten. Elena stieß die Hoteltüre auf. Sie hatte jetzt wahrlich Dringenderes zu tun, als wilden Spekulationen nachzuhängen.

2. Kapitel

Von Catania aus war sie mit der 13-köpfigen Reisegruppe losgefahren. Schon am ersten Abend hatte Elena mit ihren üblichen Vorbereitungen begonnen und aus den Angaben über Geburtsort, Geburtsjahr, Nationalität und den Passnummern die Liste erstellt, mit der in Sizilien Reiseleiter eine Gruppe einchecken können, um Zeit und Chaos zu sparen. So haftet der Guide für die Richtigkeit der Angaben, darf aber seinen eigenen Pass nicht vergessen. Was ihr allerdings auch schon einmal passiert war.

Nach der Zimmerverteilung hatte sie wie immer den Saalchef aufgesucht – ein diskret überreichtes Kuvert mit vorbereitetem Trinkgeld garantierte bessere Sitzplätze, einen prompteren Service und einen Hauch von Flexibilität bei etwaigen Sonderwünschen.

Tatsächlich zählte die sizilianische Hotellerie zu den schlechtesten Europas. Sternebewusst war man nur bei den Preisen, nicht aber bei den Leistungen. Elena würde nie begreifen, warum Selbstverständlichkeiten wie ein funktionierender Kofferservice selbst in Nobelherbergen nicht möglich waren oder weshalb das Essen für Pauschaltouristen durch die Bank so ungenießbar sein musste. Sie selbst – und natürlich auch der Chauffeur – speisten meist hervorragend, wobei es hier nicht nur auf ihr eigenes Renommee, sondern auch auf das ihres Fahrers ankam. Je höher dieser in der für sie undurchschaubaren Hierarchie der Busfahrer rangierte, desto willfähriger zeigte sich das Personal, seine kulinarischen Wünsche zu erfüllen.

Erstaunlicherweise beschwerte sich nur selten jemand über das miese Essen, das man für verhältnismäßig viel Geld vorgesetzt bekam. Nicht einmal damals in Palermo, als Elena ihr klebriges, wässriges, nach Pappe schmeckendes Risotto, das man den Touristen zumutete, entrüstet zurückgeschickt und im Austausch dafür in Windeseile eine durchaus akzeptable Pasta con le Sarde auf dem Tisch hatte. Ob es wohl daran lag, dass kein Österreicher dabei gewesen war? Ihren Landsleuten war die kulinarische Seite des Urlaubs nämlich durchaus wichtig. Doch selbst sie verziehen so manche gastronomische Sünde, wenn nur die Qualität des Weines nichts zu wünschen übrig ließ.

Dieses Mal aber waren sogar vier Österreicher mit von der Partie, hatte sie beim zweiten Blick auf ihre Gästeliste festgestellt. Die dreiköpfige Familie Strasser kam aus Salzburg. Und Adele Bernhardt, wohnhaft in München, war in Purkersdorf bei Wien geboren. Die übrigen neun waren deutsche Staatsbürger.

Zwei Stunden und ein köstliches Abendessen später sah die Welt von Catania für Elena eine Spur erfreulicher aus. Genüsslich löffelte sie den letzten Rest Pistazieneis aus ihrem Becher, den sie sich in ihrer Lieblingsbar auf dem Nobelboulevard Via Etnea allen Diätvorsätzen zum Trotz gegönnt hatte. Gewichtsprobleme waren für sie wahrlich nichts Neues, doch als Neo-Nichtraucherin erschien ihr der lebenslange Kampf gegen überflüssige Kilos allmählich zu mühsam. Dank einer schier übermenschlichen Disziplin, wie Elena ihre periodisch auftretenden kulinarischen Verzichtserklärungen selbstironisch nannte, konnte sie nach mittlerweile dreizehn Monaten Nikotinabstinenz und einer kurzfristigen Gewichtsexplosion wieder Kleidergröße 38 tragen.

Eine Schönheit im klassischen Sinn war Elena nie gewesen, vor allem als junges Mädchen nicht, das so gut wie alles an sich selbst als abscheulich empfand:

die Figur zu plump, die Oberarme zu dick, der Busen zu klein, die Nase zu breit und die Augen zu schmal. Lediglich mit ihren wohlgeformten Beinen und den kleinen Füßen war sie zufrieden. „Alles andere lässt sich kaschieren, nur hässliche Waden, spitze Knie und unförmige Knöchel nicht", hatte ihre Mutter sie getröstet, wenn sie ihrem Spiegelbild wieder einmal frustriert die Zunge gezeigt hatte.

Die wichtigste Erkenntnis aber verdankte Elena ihrer Lieblingstante, die nach einem kurzen Blick auf ihre pubertierende Nichte lakonisch erklärt hatte: „Wer sich hässlich fühlt, wird auch von anderen so gesehen. Merk dir das. Auf die Ausstrahlung kommt es an bei einer Frau, das ist das ganze Geheimnis."

Elena lernte ihre Lektion rasch. Als sie Paul traf, war sie längst daran gewöhnt, selbstbewusst aufzutreten. Auch an ihrem Äußeren hatte sie weit weniger auszusetzen als früher, doch wirklich zufrieden mit sich selbst wurde sie erst nach ihrer Übersiedlung nach Rom.

„Du musst einen Kartoffelsack wie ein Modellkleid tragen können!" Diesmal kam der Rat nicht von einer alten Tante, sondern von einer jungen römischen Bildhauerin. „Achte auf deine Bewegungen und auf deinen Gang. Dann such dir die Farben, die zu dir passen, und bleib dabei." Es war wirklich nicht allzu schwer gewesen. Seither jedenfalls galt Elena in ihrem Wiener Freundeskreis als Inbegriff von italienischem Schick.

Immer öfter fragte sie sich allerdings, für wen sie sich eigentlich kasteite. Seit ihr Mann nur wenige Wochen vor seinem 45. Geburtstag einem Gehirntumor erlegen war, betrachtete Elena das Kapitel Männer als endgültig abgeschlossen. Zu wild war der Schmerz über den Verlust gewesen. Auch fünf Jahre danach wurde ihr die Kehle noch immer eng, wenn sie an Paul dachte.

Gemeinsam mit ihm sollte sie jetzt hier in Catania sitzen und dem Strom der müßig vorbeischlendernden Passanten zusehen. Wie gut erinnerte sie sich an ihre erste Sizilienreise vor bald zwei Jahrzehnten, als die Angst vor der Mafia die Insel noch fest im Würgegriff gehabt und am Abend in den großen Städten Bunkerstimmung geherrscht hatte.

Angesichts des bunten Treibens vor den bis auf den letzten Platz besetzten Kaffeehaus-Tischen erschien es Elena heute unvorstellbar, dass noch Mitte der achtziger Jahre im Zentrum von Catania kein einziges Straßencafé zu finden gewesen war. Doch damals hatte die Angst regiert.

Elena hatte es noch klar vor Augen: Mit Einbruch der Dunkelheit verschanzten sich die Einheimischen in ihren vier Wänden. Und Touristen interessierten sich erst recht nicht für die heruntergekommene Stadt, in der zwar keine einzige Blume, dafür aber die Kriminalität üppige Blüten trieb! Hinaufklappbare Bürgersteige wie in Ostberlin oder Prag, Ostblockatmosphäre pur, lediglich in den klassischen Ferienorten wie Taormina oder Cefalù regte sich Leben.

Niemand hatte so recht daran geglaubt, dass sich die einst so prächtige Barockstadt zu Füßen des höchsten Vulkans Europas jemals erholen würde. Für immer schien sie ein Teil jener Dritten Welt geworden zu sein, die von Sizilien aus zum Greifen nahe lag, trennen doch im Westen der Insel kaum 120 Kilometer den Alten Kontinent von Afrika, wenig mehr als ein Katzensprung übers Meer.

Damals, als am Abend in den großen Städten Bunkerstimmung herrschte und sich lediglich in den klassischen Ferienorten wie Taormina oder Cefalù Leben regte.

3. Kapitel

Catania! Wenn Elena gewusst hätte, was ihr blühte, wäre sie lieber in der Ätna-Stadt geblieben, als zum Westzipfel Siziliens zu fahren. Doch so tragisch das Schicksal des Oberstudienrats auch sein mochte, sie musste schmunzeln, wenn sie an die Szenen dachte, die noch keine vier Tage hinter ihr lagen.

Dem *Attenzione* folgte sogleich ein Schwall Wasser und diesem wiederum der erboste Aufschrei eines distinguierten Herrn, der bis zu den Knöcheln nass geworden war. Heikel durfte man auf dem Fischmarkt von Catania nicht sein – in keinerlei Hinsicht. Wen freilich die mitunter recht intensiven Gerüche von Hafen und Meer nicht störten, die zwischen den hellblauen Waschschüsseln und Eimern voll Seegetier oder den zu schwarzen Pyramiden aufgeschichteten Miesmuscheln aufstiegen, erlebte hier tagtäglich, nur wenige Schritte vom Domplatz entfernt, ein Fest der Sinne.

Weit ausladende Stoffbahnen überspannten die dicht aneinandergeschmiegten Verkaufsstände, an denen man selbst bei strahlendem Sonnenschein nicht ohne elektrisches Licht auszukommen vermeinte. Grelle Glühbirnen unter metallenen Schirmen ließen Fischschuppen aufblitzen und die dunklen Leiber der mächtigen Schwert- und Thunfische mit ihren rosafarbenen Schnittflächen appetitlich aufleuchten. Silbrig glitzerten die auf gehackten Eisblöcken ausgebreiteten fangfrischen Meerestiere, während sich gleich daneben das farbenfrohe Spektrum all der Früchte präsentierte, die der Süden zu bieten hat.

Ein Marktbesuch gehörte zu Elenas persönlichem Standardrepertoire. Nur wenn sich die Touristen beharrlich weigerten, Schmuck, Hand- und Kamerataschen im sicheren Bus zurückzulassen, dann strich sie dieses Extra. Ohne entsprechende Vorsichtsmaßnahmen war das Risiko für sorglose Ausländer einfach zu groß, von den Scippatori beraubt zu werden – flinken Dieben auf Mofas, die nicht nur auf Sizilien, sondern in sämtlichen Großstädten Italiens ihr Unwesen trieben. Zwar waren sie nicht aggressiv und wollten keinem an Leib oder Leben. Doch wenn sich einer allzu hartnäckig an seinen Taschenriemen klammerte und deshalb zu Fall kam, hatte er eben Pech.

Verletzte gab es in jeder Saison, wobei die meisten mit Schürfwunden, dem Schock und dem Verlust ihrer Habseligkeiten davonkamen. Interessanterweise erholten sich vor allem Frauen relativ rasch, was sich nicht zuletzt in den Polizeiprotokollen niederschlug. Diese dienten zwar bloß der Bürokratie, denn nie wurde man der Straßenräuber habhaft, aber ohne entsprechende Meldungsbestätigung leisteten die Versicherungen keinen Schadensersatz. Interessant dabei war, dass Frauen den Gegenwert für sündteure Kugelschreiber oder Füllfederhalter, wie sie sich angeblich in jeder Handtasche befinden, zurückerstattet bekamen, während die ihrer Kamerataschen beraubten Männer meist den tatsächlichen Wert angaben. Waren Männer also ehrlicher oder einfach nur feiger? Und galt Versicherungsbetrug nicht länger als Kavaliers-, sondern vielmehr als Damendelikt?

Unerfreuliche Erfahrungen wie ein Scippo waren so ungefähr das Letzte, was ein Reiseleiter brauchen konnte, weshalb viele ihrer Kollegen Touristen wie Schafherden durch die Straßen trieben.

„Mir passiert schon nichts, und ohne meine Handtasche fühle ich mich nackt!“ Immer gab es zumindest eine, die gegen die vermeintliche Bevormundung aufbegehrte, dachte Elena, während sie der zweifellos attraktivsten Frau ihrer Gruppe klarzumachen versuchte, dass sie sich an die Spielregeln zu halten hatte: Susanne Strasser, selbstbewusste Eigentümerin einer Modeboutique in der Salzburger Innenstadt, schien stets ihren Kopf durchsetzen zu wollen. Was ihrem Mann sichtlich peinlich war.

Auch diesmal hatte sich die typische Studienreisen-Klientel für das Programm der kleinen, aber feinen Agentur interessiert, für die Elena arbeitete: gutbürgerlicher Mittelstand, Ehepaare im Alter zwischen 45 und 65. Dazu Adele Bernhardt, die alte Dame aus Österreich, die als Einzige auf den klebrigen Cocktail verzichtet und stattdessen ein Glas Wein bestellt hatte, sowie ein rüstiger älterer Herr namens Ludwig Jakubowski, vor 73 Jahren in Breslau geboren und wohnhaft in Krefeld. Die jüngsten Teilnehmer waren Claudia Strasser, Tochter des Salzburger Ehepaars, und Thomas Baumgart, Student aus dem bayerischen Kleinstädtchen Miesbach, der in München im dritten Semester Pharmazie studierte. Natürlich sollte er einmal die Apotheke seiner Mutter übernehmen, das hatte Magistra Christine Baumgart gleich zu Anfang kundgetan.

Allein reisende Frauen um die vierzig wie Martina Reich aus Köln waren die typischen Singles, mit denen Elena es normalerweise zu tun hatte.

Überhaupt nicht einordnen konnte sie hingegen den Passauer Wilhelm Schwabl. Was um alles in der Welt brachte einen gut aussehenden Mann dazu, gemeinsam mit langweiligen Bildungsbürgern eine Pauschaltour durch Sizilien zu buchen? 35 Jahre war er jung und von Beruf „Salesmanager“. Ein dehnbarer Begriff, der alles und nichts bedeuten konnte.

Seltsam war auch die Geschichte mit der Flugangst. Ursprünglich hatte sie sich nichts dabei gedacht, dass sie einen ihrer Gäste nicht auf dem Airport Catania, sondern bereits im Hotel antreffen würde. Solche Arrangements gab es immer wieder, zumeist dann, wenn jemand an eine Dienstreise einen Urlaub oder an Badeferien eine Rundreise anhängen wollte. Noch nie aber war ihr Angst vorm Fliegen als Grund für eine individuelle Ankunft untergekommen.

Nach der Kennenlern-Party am ersten Abend hatte sich Elena zurückgezogen. Tags darauf war sie mit der zusammengewürfelten Gruppe auf den Markt gegangen. Im Gedränge verlor man sich rasch aus den Augen, was kein Problem darstellte, denn alle fanden sich pünktlich um zehn Uhr beim Elefanten-Brunnen auf dem Domplatz ein. Ein idealer Treffpunkt, steht doch Catanias skurriles Wahrzeichen unübersehbar in der Mitte der zur Fußgängerzone erklärten Piazza.

Ein barockes Fassadenensemble, wie es verspielter nicht sein könnte, bildet den passenden Rahmen für den Dickhäuter aus pechschwarzer Lava, der nicht nur sein hohes Alter von mehr als 2000 Jahren auf dem Rücken trägt. Als sich Catania nach einem verheerenden Erdbeben und einem nicht minder katastrophalen Ätnaausbruch zu Beginn des 18. Jahrhunderts wie Phönix aus der Asche erhoben hatte, war der Elefant aus der Römerzeit ebenso aus dem Schutt geborgen worden wie ein ägyptischer Obelisk. Ideale Zutaten für einen Barockbrunnen vom Feinsten.

Elena liebte den Gruß aus dem nahen Afrika, und sie konnte es sich nie verkneifen, ihre Gäste auf das erst später angebrachte Kreuz auf der Spitze des Denkmals hinzuweisen. Nur auf diese Weise, so die Sage, hatte man verhindern können, dass ein Zauberer namens Elidor immer wieder nächtliche Kurzausflüge nach Byzanz unternahm. Denn in Ermangelung eines fliegenden Teppichs sei der Magier rittlings auf dem Obelisken durch die Lüfte gesaust. Irgendwann beendete die Kirche das heidnische Treiben, obwohl der Mann aus dem Morgenland stets pünktlich zur Stelle gewesen war, bevor die Stadt erwachte.

Sogar Sigismund Eck hatte sich bei dieser wundersamen Geschichte ein Lächeln nicht verkneifen können.

4. Kapitel

Es war nahezu Mittag, doch im Palazzo Villadicani herrschte hinter den geschlossenen Holzläden diffuses Dämmerlicht. Schon seit jeher betrachtete Conte Gabriele den Sonnengott als seinen höchstpersönlichen Feind. Nicht zufällig trug Il Sole auch in nahezu allen kultivierten Sprachen einen männlichen Artikel, nur im Deutschen sah man einen Mann im Mond und in der Sonne zwangsläufig eine Frau.

Welch unsinnige Vorstellung, dachte er, während ihm angesichts der vergilbten Seidentapeten Shakespeare in den Sinn kam. „Swear not by the moon, the inconstant moon, who monthly changes in her cercled orb“, ermahnt Julia ihren Romeo. „Nicht beim Mond, dem wandelbaren“, sollte er ihr seine Liebe schwören, damit nicht „wandelbar sein Sinnen sei“. Eindeutig hieß es im Originaltext „her orb“, „ihr Erdkreis“, also sahen auch die Engländer im wankelmütigen, stets in Veränderung begriffenen Nachtgestirn das ewig Weibliche, während der glühende Fixstern kraftvolle, Leben spendende Männlichkeit, gleichzeitig aber auch eine versengende, tödliche Gefahr verkörperte.

Selbstverständlich war der sonst keineswegs sprachbegabte Conte mit den Werken Shakespeares, aber auch mit Byron, Keats oder Shelley vertraut. Eine genaue Kenntnis der englischen Klassiker gehörte bei der sizilianischen Aristokratie ganz einfach zur Allgemeinbildung. Man verstand einander gleichsam von Insulaner zu Insulaner, wobei der sizilianische Adel natürlich entsprechend der Größen- und Machtverhältnisse den Lebensstil des englischen kopierte und nicht etwa umgekehrt.

Spätestens seit der Flucht des Bourbonenherrschers Ferdinand vor Napoleons Truppen von Neapel nach Palermo war im „Königreich beider Sizilien“ alles Französische für lange Zeit überhaupt verpönt gewesen. Erst Jahrzehnte später ebbte dieser Hass allmählich ab, die Liebe zu allem Englischen aber blieb der Oberschicht bis zum heutigen Tag.

Ohne sich jemals den Kopf über derartige Begründungen zerbrochen zu haben, ließ auch Graf Villadicani keine Zweifel an seiner anglophilen Haltung aufkommen, was ihm die tiefgreifende Veränderung seiner Lebensweise, die er derzeit durchmachen musste, einigermaßen erträglich machte. Bis zu seiner Hochzeit war er ein ebenso charmanter wie nichtsnutziger Lebemann gewesen, der von der Substanz, also dem Verkauf des Familiensilbers, gelebt hatte. Ein gut aussehender Sizilianer mit einem Stammbaum, der bis in die Zeiten der normannischen Eroberer zurückreichte, war nicht nur in ganz Italien, sondern auch auf dem internationalen Parkett ein gern gesehener Gast.

Als Junggeselle wohlgemerkt, nicht aber als Ehemann und Vater, der sich seiner Verantwortung für die kostspielige Ausbildung des bereits halbwüchsigen Stammhalters und einer auch schon bald zehnjährigen Tochter, die in gar nicht so ferner Zukunft standesgemäß verheiratet werden musste, schmerzlich bewusst war. Vielleicht wollte die Kleine ebenfalls einmal studieren. Oder, das schlimmste vorstellbare Szenario, sie würde beides erwarten: Studium und anschließend eine aufwändige Hochzeit, der finanzielle Albtraum aller italienischen Väter. Ob Fürst oder Hausmeister, wenn es ums Heiraten ging, kannten selbst die emanzipiertesten Töchter kein Erbarmen.

Geld musste ins Haus – und zwar rasch, was für einen bald fünfzigjährigen Adeligen, der außer Bridge, Golf und Reiten nichts gelernt hatte, keineswegs einfach zu bewerkstelligen war. Was also tun, wenn man weiterhin nichts tun wollte? Englands verarmter Adel hatte es vorexerziert, indem er schon seit langem seine Landsitze und Schlösser dem zahlenden Publikum öffnete. Nicht genug damit, nach dem Motto Rent-a-Lord beschränkte sich das Angebot der britischen Aristokratie längst nicht mehr auf das Durchschleusen der Touristenscharen. Gegen entsprechendes Entgelt konnte man ganze Anwesen stunden- oder gar tageweise mieten und selbst zum exquisiten Gastgeber werden – mit echten Schlossbesitzern als Statisten. Wie sehr es dem Grafen auch gegen den Strich ging, solcherart auf den Strich zu gehen – seit ihm sein Dach buchstäblich über dem Kopf zusammenzufallen drohte, gab es keine Alternative. Die Einnahmen aus den wenigen Immobilien und Ländereien, die seiner Familie nach den Agrarreformen der Nachkriegsjahre noch verblieben waren, warfen gerade den notwendigsten Unterhalt ab. Nach 1945 war dem italienischen Staat bei seinen verzweifelten Bestrebungen, den bitterarmen Süden des Landes einigermaßen über Wasser zu halten, gar nichts anderes übrig geblieben, als eine Bodenreform durchzuführen, die einer Enteignung der einstmals unermesslich reichen Inselherren gleichgekommen war. Mit einem Federstrich hatten damals die sizilianischen Großgrundbesitzer ihre gigantischen Latifundien verloren – und damit nicht nur ihr jahrhundertealtes Erbe, sondern auch die Basis für den Erhalt ihrer eleganten Stadtpalais.

Erstaunlich, wie gut sich Amalia mit der Rolle einer bezahlten Gastgeberin abgefunden hatte! Manchmal beschlich den Grafen das unbehagliche Gefühl, dass es seiner Frau sogar Spaß machte, Touristen bis in ihr Schlafzimmer zu führen, das mit dem weit ausladenden Himmelbett unter verspielten Rokoko-Stuckarbeiten zu den reizvollsten Räumlichkeiten des Palastes zählte. Auch die anschließenden privaten Gemächer, in denen sich Schäbigkeit und Verfall noch einigermaßen in Grenzen hielten, gehörten zu den bevorzugten Aufenthaltsorten Amalias, während Gabriele am meisten den Blick von dem in Blau und Gold gehaltenen Ballsaal in die großzügigen Raumfluchten genoss.

Zwar hatte vor einigen Jahren ein Wassereinbruch etwa ein Fünftel des barocken Deckenfreskos aus dem frühen 18. Jahrhundert unwiederbringlich zerstört, doch irgendwie schienen die auf flauschigen Wolken thronenden Götter des Olymp unberührt von solch irdischen Missgeschicken zu schweben. Ganz so, wie auch der Hausherr selbst gerne über so profanen Dingen wie fälligen Strom- oder Gasrechnungen gestanden wäre.

Wozu einen Palast besitzen, wenn man dann doch nur ein paar Zimmer bewohnte? Auch im sonnenverwöhnten Syrakus ist es von November bis April bisweilen empfindlich kalt und innerhalb der meterdicken Palastmauern entsprechend ungemütlich. Daran konnten auch die offenen Kamine in nahezu allen Salons wenig ändern, selbst wenn man wahre Scheiterhaufen entzündete, blieb es nur wenige Schritte von der Feuerstelle entfernt eisig kalt. Vorne geröstet, hinten erfroren, wieder etwas, das Sizilien mit England gemeinsam hat!

Noch immer fröstelte es Gabriele bei der Erinnerung an den lang zurückliegenden Winter, als sein Vater ihn des Sprachstudiums wegen für drei Monate zu einer weitschichtig entfernt Verwandten nach London verbannt hatte. Bis zum heutigen Tag zehrte der Graf von seinen damals erworbenen Englischkenntnissen, die er als Gastgeber zahlender Touristen mehr denn je benötigte. In seinem lockeren Konversationston konnte er jeden Anflug von Peinlichkeit ob seines bezahlten Auftritts im Keim ersticken. Mit spielerischer Leichtigkeit parlierte auch Amalia je nach Bedarf Englisch oder Französisch, des Deutschen aber war auch sie nicht mächtig, was sie noch immer heftig bedauerte. Doch dass sie jetzt, zwei Jahre vor ihrem 40. Geburtstag, noch eine neue Sprache erlernen würde, daran glaubte sie nicht mehr so recht. Trotz des Angebots ihrer Freundin Elena, die sie vor knapp drei Jahren kennen und schätzen gelernt hatte: Jederzeit würde sie ihr Unterricht erteilen, hier auf Sizilien oder auch in Wien, einer Stadt, die schon lang auf ihrer Wunschliste stand.

Das Flugticket konnte sich Amalia schon leisten und der Aufenthalt wäre ohnedies gratis, aber wohin mit Gabriele? Beide konnten sie nicht in der Wohnung von Elenas Mutter unterkommen, und ein Hotel kam aus finanziellen Gründen nicht in Frage. Abgesehen davon würde sie mit ihrem Mann auch in Wien permanent Italienisch sprechen, was ja nicht der Sinn von Sprachferien war.

Allein aber ließ er sie nicht fort, auch wenn er so tat, als ob. „Fahr doch“, hatte er sie mehrmals aufgefordert, aber sein Gesichtsausdruck besagte eindeutig das Gegenteil. Dabei ahnte Gabriele nicht einmal im Entferntesten, wie schrecklich gern sich Amalia all ihrer Bindungen und Verpflichtungen entledigt hätte. Nicht für immer, dazu liebte sie ihren Mann und ihre Kinder viel zu sehr. Doch für eine kleine Weile noch einmal frei zu sein wie ein junges Mädchen, was konnte es Schöneres geben!

Von diesen Sehnsüchten ahnte Gabriele tatsächlich nichts, er konnte die Österreicherin schlicht und einfach nicht leiden, was er sich bis an die Grenzen der Höflichkeit auch anmerken ließ. Nicht nur bei den Villadicanis herrschte zwischen Ehemann und „bester" Freundin der Frau ein denkbar schlechtes Verhältnis. Im Gegensatz zu vielen anderen, die diesem Phänomen ratlos gegenüberstanden, begriff Amalia jedoch die Gründe dafür intuitiv.

Wie die meisten Männer fürchtete auch Gabriele jene Frauen, die sich jenseits ihrer Machtsphäre befinden und gleichzeitig mehr an intimen Details aus dem Eheleben kennen als jeder andere. Zwar konnte Gabriele nur vermuten, dass Elena über seine Schwächen und Fehler ganz genau Bescheid wusste, doch der Verdacht allein reichte schon aus, um sich in ihrer Gegenwart unwohl zu fühlen.

Hatte ihr Amalia von seinem jüngsten Wutausbruch erzählt, bei dem der zierliche Porzellanschäfer aus der Manufaktur Capodimonte zu Bruch gegangen war? Wusste sie, dass mit den Scherben der kostbaren neapolitanischen Antiquität ein kleines Vermögen in den Müll gewandert war? Schlimm genug, wenn Elena von seiner jüngsten Unbeherrschtheit erfahren hatte, aber gänzlich unerträglich erschien ihm der Gedanke, dass eine Dritte von der derzeit herrschenden Sendepause in seinem Schlafzimmer erfahren könnte.

Weil der Conte nämlich nichts mehr als den Verlust seiner Haarpracht fürchtete, war ihm jedes, aber auch wirklich jedes Mittel recht. So massierte er sich neuerdings allabendlich eine ebenso teure wie übel riechende Tinktur in die Kopfhaut, auf der unter einer wärmenden Mütze schon bald neue Haarwurzeln sprießen würden. Entdeckt und bestellt hatte er die vielversprechende Drei-Monats-Kur in aller Heimlichkeit im Internet.

Vor zehn Tagen waren die diskret verpackten Flaschen per Post eingetroffen, und seither nahm Gabriele in Kauf, dass sein Eheleben bis auf weiteres auf Eis lag. Angesichts eines Mannes, der sich mit einer quastenverzierten alten Skihaube auf dem ölig-stinkenden Haupt mit verführerischem Lächeln über sie beugte, verging Amalia begreiflicherweise jede Lust auf Sex.

Wer ihm wohl dieses unselige Erbe vermacht hatte, überlegte sie nicht zum ersten Mal, als sie wieder einmal die Porträts abstaubte und die meist recht üppige Lockenpracht von Gabrieles Vorfahren betrachtete. Keine von Amalias Putzfrauen hatte bisher die Geduld aufgebracht, die geschnitzten Schnörkel und Rosetten der schweren Rahmen in der Ahnengalerie gründlich zu säubern, weshalb diese Arbeit an ihr hängen geblieben war.

Bis auf einige wenige, die dem Zeitgeist entsprechend Perücken trugen und sich somit einer Beurteilung entzogen, zählte Haarausfall offensichtlich nicht zu den Problemen der Villadicanis. Sofern die Künstler ihren Auftraggebern nicht geschmeichelt hatten, würde Gabriele nach mehr als einem halben Jahrtausend wohl der erste kahlköpfige Villadicani sein. Es sei denn, er ließ sich recht bald porträtieren, dachte Amalia boshaft. Aber wer an Wundermittel aus dem Internet glaubte, dem geschah es nur recht, wenn ihm die Haare ausfielen.

Solche Sorgen kanntest du jedenfalls nicht, Zia Maddalena! Liebevoll betrachtete Amalia das kleinste Bild der Sammlung. Dass sich das Porträt von Gabrieles Urgroßtante zwischen den düsteren Schinken behaupten konnte, lag nicht allein an der Tatsache, dass die wenigen Frauen in dieser Männerwelt einfach auffallen mussten. Und auch nicht nur daran, dass diese Contessa mit ihren langen schwarzen Locken und den feinen Gesichtszügen eine Erscheinung von zeitloser Schönheit war. Das im Stil der Renaissance gemalte Bild aus dem frühen 19. Jahrhundert hatte etwas an sich, das selbst einen flüchtigen Betrachter unwillkürlich in seinen Bann zog.

Lag es an der Kunstfertigkeit des unbekannten Malers? Oder war es vielmehr die ungewöhnliche Persönlichkeit der Adeligen, die dieses zarte Frauengesicht so stark und lebendig erscheinen ließ? Nur allzu gern hätte Amalia mehr über diese Ahnherrin ihres Mannes gewusst, doch in der Familienchronik fanden sich nur dürre Daten: Contessa Maddalena, einzige Tochter des Conte Orazio Villadicani und seiner Frau Maria Luisa, 1784 geboren, 1826 gestorben.

Weshalb war das bildhübsche Mädchen unverheiratet geblieben? Mit diesem Aussehen und einer phänomenalen Mitgift, denn im 19. Jahrhundert hatten die Villadicanis noch zu den reichsten Familien Siziliens gehört, waren die Bewerber um die Hand der Grafentochter sicherlich Schlange gestanden. Warum hatte Maddalena keinen Mann erhört? Welches Geheimnis mochte sich hinter den dunklen Augen verbergen, die selbstbewusst und wissend in die Welt blickten? Ein rätselhaftes Lächeln umspielte ihren Mund, der nicht gewillt war, irgendetwas preiszugeben.

Wovon hatte sie geträumt, was hatte sie sich erhofft, wen hatte sie geliebt? Fragen über Fragen, die sich Amalia immer wieder stellte. Und die alle wohl für immer unbeantwortet bleiben würden.

5. Kapitel

Seit zwei Jahren arbeitete Elena nun bereits als Fremdenführerin, und ihr gefiel die Klientel, die sich die etwas teureren Arrangements mit ausgewählten Hotels und vielen kleinen Extras leistete. Welch ein Unterschied zu den Billig-Touren! Bei ihren einwöchigen Sizilien-Rundfahrten stand der Besuch der Tempelruinen von Selinunte auch diesmal erst am vierten Tag auf dem Programm.

Begonnen hatte die nun so tragisch unterbrochene Rundfahrt nach dem Kurzbesuch in Catania mit einem Zwei-Tages-Aufenthalt in Syrakus. Elena war mit ihrer Gruppe im Palace Hotel Aretusa im ältesten Stadtteil auf der Insel Ortygia abgestiegen. Das anmutige Jugendstil-Palais bot nach einer ebenso gründlichen wie behutsamen Renovierung allen Komfort, ohne etwas von seinem Charme eingebüßt zu haben. Noch vor dem Einchecken hatte Elena ihre Gäste darüber informiert, dass sie sofort mit der Besichtigung der Archäologischen Zone beginnen und nach einer kurzen Ruhepause im Hotel den Palazzo Villadicani aufsuchen würden. Alle sollten zunächst bequeme Schuhe tragen und auch auf eine Kopfbedeckung nicht verzichten, denn es war Mittagszeit und die Sonne brannte unbarmherzig. Für Elena aber war dies der beste Zeitpunkt für eine Besichtigung, weil sich nur wenige Touristen zwischen den Ruinen aufhalten würden.

„Wir haben Hunger“, hatte Aldo Brehm aufbegehrt, wie sich Elena nun erinnerte. „Die Mittagszeit ist längst vorbei. Und Kultur auf nüchternen Magen ist mir noch nie bekommen.“

Elena konnte sich das nur allzu gut vorstellen. Wobei wohl die Betonung auf dem Wörtchen „nüchtern“ lag. Ein oder zwei Drinks tun es vermutlich auch, dachte sie. „Keine Sorge, niemand muss verhungern oder verdursten. Es gibt dort eine kleine Trattoria und eine Bar, wo Sie sich stärken können. Ich empfehle allerdings, dass Sie sich, so wie heute Vormittag in Catania, mit Snacks begnügen, denn eine kulinarische Offenbarung dürfen Sie nicht erwarten. Dafür aber Tische und Bänke im Schatten, wo man sich von der Hitze im Griechischen Theater erholen kann.“

Die Planung erwies sich als perfekt, denn ganz Syrakus hielt um diese Tageszeit Siesta. Statt im obligaten Stau auf dem Corso Gelone zu stecken, konnte Mario seinen Bus nach kaum einer Viertelstunde vor dem Haupteingang der Ausgrabungszone parken. Zwei Stunden später würde er für diese Strecke die dreifache Zeit veranschlagen müssen, doch das war nicht sein Problem. Für die Einteilung trug einzig und allein der Reiseleiter die Verantwortung, ein Fahrer musste glücklicherweise nur fahren. Was freilich nicht hieß, dass Mario nicht mit Elena litt, wenn ihr Zeitplan wieder einmal hoffnungslos durcheinandergeriet. Ein Unfall, eine Straßensperre aus welchem Grund auch immer, kurzum: Ein einziges unvorhersehbares Ereignis genügte, und schon lief die Einteilung aus dem Ruder. Dann konnte es passieren, dass die Gruppe vor geschlossenen Museen und Kirchen stand, murrend und wild entschlossen, auf das konsumentenfreundliche Reiserecht und damit auf Schadensersatz zu pochen.

Diesmal aber verlief alles nach Plan, obwohl der von der Agentur so knapp kalkuliert war, dass es keinerlei Zeitpolster gab. Weniger wäre oft mehr, doch das begriffen die Touristen, die erfahrungsgemäß bei der Buchung dem Programm mit den meisten Besichtigungspunkten den Vorzug gaben, erst während der Reise.

Mit raschen Schritten lotste Elena ihre Schar an den unzähligen Andenkenläden vorbei. „Für Souvenirkäufe haben Sie nach der Besichtigung noch Gelegenheit, ebenso für eine kurze Essenspause. Meine Führung wird etwa neunzig Minuten dauern, Treffpunkt ist in jedem Fall in zwei Stunden, also um 16 Uhr, beim Bus. Das sage ich für all jene, die lieber allein unterwegs sind."

Elena schilderte kurz, was sie zu zeigen vorhatte. Das Theater der Griechen, das sogenannte Ohr des Dionysos – eine ohrmuschelförmige Höhle in den einstigen Steinbrüchen, um die sich so manche Legende rankte – und das Römische Amphitheater, das für Wasserkämpfe sogar geflutet worden war. Ohne noch einmal zurückzublicken, marschierte Elena los, sodass selbst den Brehms kaum etwas anderes übrig blieb, als ihr zu folgen. Aus dem Augenwinkel bemerkte sie, wie der durstige Zahnarzt sehnsüchtig auf den schattigen Gastgarten blickte. Und auch Wilhelm Schwabl zögerte. „Mir ist nicht gut, ich bleibe in der Bar", rief er Susanne Strasser zu, die sich offensichtlich nur schwer von dem bunten Angebot der Straßenverkäufer losreißen konnte und deshalb wieder einmal das Schlusslicht bildete. „Geben Sie das bitte an Elena weiter, ich komme nach, wenn es mir besser geht."

Kaum aber war die kleine Schar aus seinem Blickfeld entschwunden, schien die Leidensmiene wie weggewischt. Genussvoll nippte Schwabl nur wenig später an einem Espresso und blickte sich höchst interessiert in dem Lokal um. Im Speisesaal der Trattoria, in dem man einer Gruppe Japaner ein typisches Touristenmenü zu einem stolzen Preis servierte, gab es keinen einzigen freien Sitzplatz. „Dieses Lokal muss eine wahre Goldgrube sein", murmelte er. Nachdem er in der Bar die Glasvitrinen mit den überteuerten Pizzastücken, Zwiebelkuchen und Reisbällchen eingehend gemustert hatte, zog er ein Notizbuch aus seiner Kameratasche. „Fotografieren muss ich auch noch, bevor die anderen eintrudeln", mahnte er sich selbst zur Eile, während er eifrig eine Skizze des Lokals anfertigte. „Ideal, denn jeder Syrakusbesucher kommt hier vorbei." Gedankenversunken ließ er den Blick über die dicht aneinandergereihten Stände bis zur anderen Straßenseite schweifen.

Ohne Mario zu bemerken, der ihm verwundert nachblickte, überquerte der Passauer die Via Cavallari, um den Busparkplatz in Augenschein zu nehmen. Angesichts des unverbauten Areals, auf dem sich um diese Tageszeit nur wenige Fahrzeuge befanden, seufzte er vor Entzücken tief auf. Ein Bauplatz an der Zubringerstraße, noch dazu in Sichtweite der Archäologischen Zone, ein besserer Standort war kaum vorstellbar.

Allein schon deswegen hatte sich diese Reise, von der er sich nicht allzu viel versprochen hatte, gelohnt. Jetzt galt es mehr denn je, nicht weiter aufzufallen und die Rolle des arglosen Durchschnittstouristen überzeugend weiterzuspielen.

Als Aldo Brehm als Erster der Gruppe in Sicht kam und zielstrebig auf die kleine Bar zusteuerte, saß Wilhelm Schwabl längst wieder auf einer der Holzbänke. Keiner der beiden bemerkte Mario, der am anderen Ende des Gastgartens im Schatten hockte.

„Wenn Sie etwas mit dem Magen haben, sollten Sie einen Averna probieren. Den sizilianischen Kräuterbitter", rief der Zahnarzt schon von weitem. „Warten Sie, ich bring Ihnen Ihre Medizin." Bevor Schwabl auch nur antworten, geschweige denn protestieren konnte, stand bereits ein mit einer dunkelbraunen Flüssigkeit gefülltes Glas auf dem Tisch. „Ich habe gleich Doppelte genommen, damit es auch wirkt“, zwinkerte Dr. Brehm seinem Reisegefährten verschwörerisch zu.

In diesem Moment tauchte Elena auf. „Ich glaube, Herr Doktor Brehm, Ihre Frau sucht Sie. Sie wartet gleich dort drüben und ich fürchte, sie ist schon etwas ungeduldig“, teilte sie dem Zahnarzt mit, der schuldbewusst aufsprang. Doch er wusste, wie er seine Maria, die seltsamerweise nur auf Reisen in einen wahren Einkaufsrausch verfiel, am schnellsten wieder versöhnen konnte. Irgendwann hatte sie nämlich ihre Leidenschaft für Keramiken entdeckt. Je größer und bunter, desto lieber. Nach diesem Motto erwarb Maria die zerbrechlichen Souvenirs, die ihr Ehemann dann als Handgepäck durch die endlosen Weiten der internationalen Flughäfen schleppen musste.

Ausnahmsweise hatte Aldo Glück, denn seine Frau verschwendete keinen Blick auf die in Hülle und Fülle vorhandenen Tonwaren. Ihr Interesse galt den bunt bemalten Papyrusbildern mit den zumeist ägyptischen Motiven. Aber auch Engel, Madonnen und sogar den in Süditalien heiß verehrten Padre Pio gab es in allen Größen als gemalte Souvenirs zu kaufen. „Gefällt dir die Nofretete, oder soll ich doch lieber etwas typisch Sizilianisches suchen?“ Offensichtlich war die Frage nur rhetorisch gemeint, denn ohne eine Antwort abzuwarten, entschied sich Maria für ein pausbackiges Engelspaar, das nur noch entfernt an das berühmte Raffael-Vorbild erinnerte. Grauenhafter Kitsch, aber wenigstens leicht zu transportieren, bedachte Brehm den praktischen Aspekt. Wie sich das allerdings in ihrem Münchner Haus ausnehmen würde, wollte er sich vorerst lieber nicht vorstellen. Hauptsache, Maria war glücklich.

„Jetzt aber los. Du willst sicherlich noch etwas essen", drängte der Arzt. „Es ist höchste Zeit und wir müssen wirklich nicht immer die Letzten sein."

Das war das Ehepaar Brehm zwar auch diesmal, doch zumindest trafen die beiden gerade noch pünktlich beim Bus ein. Sobald sich Mario in den Verkehr eingereiht hatte, griff Elena zum Mikrofon: „Wie ich sehen konnte, haben Sie sich alle gestärkt. Das ist auch gut so, denn im Palazzo Villadicani wird man uns mit einem ausgezeichneten Wein aufwarten. Das Abendessen gibt es dann aber erst im Hotel, und zwar etwas später als sonst. Wir wollen uns ja nicht hetzen."

Ein leises Knacken verriet, dass Elena das Mikrofon ausgeschaltet hatte, doch sie steckte es nicht in die Halterung zurück. Jetzt würde gleich die unvermeidliche Frage nach dem Dresscode kommen. Das war immer so, seit sie die Kleidungsfrage nicht mehr von selbst anschnitt. Anfangs hatte Elena das stets gleich geklärt, doch mittlerweile erschien es ihr ein wenig lächerlich, Erwachsenen ungefragt zu sagen, was sie anziehen sollten.

„Wetten, dass sich die Rothaarige am meisten Sorgen über ihre Klamotten macht", murmelte Mario, der wie viele Sizilianer nicht nur dem Pokern verfallen war, sondern auch sonst keine Gelegenheit ausließ, die Glücksgöttin zu versuchen. „Ich setze einen Zehner auf sie."

„Diesmal hast du Pech, denn auch ich bin fast sicher, dass sich unsere Modedame als Erste melden wird", konterte Elena, die sonst immer bereitwillig auf das Spiel einging. „Wir können schlecht beide mit demselben Tipp gewinnen. Also lass dein Geld stecken."

Prompt meldete sich Susanne Strasser mit einem giftigen Seitenblick auf ihren Ehemann zu Wort. „Viel

Staat wird man zumindest mit mir nicht machen. Ich durfte nur das Allernotwendigste mitnehmen. Lächerliche fünfzehn Kilo, mehr ist ja auf einem Charterflug nicht vorgesehen, und Mehrkosten für Übergepäck wollte mein Mann nicht zahlen. Jetzt habe ich nur die Wahl zwischen einem Leinenkostüm, einem einfachen Sommerkleid oder einer schwarzen Hose mit irgendeiner Bluse. Was nicht wirklich zu einem Besuch in einem Palazzo passt."

„Im Gegenteil, Frau Strasser. Alles davon passt. Für sizilianische Verhältnisse ist bei unserem Eintreffen noch immer Nachmittag, also sollten wir nicht allzu elegant gekleidet sein. Nur Jeans und Turnschuhe würde ich nicht empfehlen, sonst können Sie tragen, was immer Sie möchten. Hauptsache, Sie alle finden sich zehn Minuten vor 18 Uhr in der Hotelhalle ein."

Wie stets um diese Tageszeit steckten sie geraume Zeit im Stau, bevor Mario endlich die Brücke erreichte, die Ortygia mit dem Festland verbindet.

„Bis übermorgen", verabschiedete sich Elena von Mario, der sich sichtlich über den frühen Arbeitsschluss freute. „Du Glücklicher. Für mich ist noch lange nicht Feierabend. Erst die Villadicanis und dann noch das späte Abendessen im Hotel, das ich auch nicht schwänzen kann. Aber wenigstens kochen sie im Aretusa gut."

„Aber nicht so gut wie meine Mutter", grinste Mario vergnügt. „Ciao! Buon divertimento!"

Nicht ohne Neid blickte Elena dem Bus nach. Ihr blieb gerade einmal eine Stunde, um sich frisch zu machen. Doch im Gegensatz zu Susanne Strasser musste sie sich wenigstens nicht den Kopf über ihre Garderobe zerbrechen. Sie griff nach dem dunkelgrünen Kostüm, das sie erst wenige Wochen zuvor um ein Zehntel seines ursprünglichen Preises gekauft hatte.

Der Teufel trägt Prada, sagte sie sich, als sie ihr Spiegelbild betrachtete. Elena war höchst zufrieden mit dem Modell, das wie maßgeschneidert saß. Das sollte es auch – bei dem teuflischen Preis, den die Modebranche dafür verlangte.

In einer Boutique hätte sie dafür ein kleines Vermögen hinblättern müssen. Ihre Neuerwerbung stammte allerdings aus anderen Quellen. Aus eher dubiosen, so wie alle Designer-Modelle, die im Schatten der Chiesa del Carmine auf dem Markt von Catania zu Dumpingpreisen feilgeboten wurden. Neu oder bereits gebraucht, je nachdem, ob es sich um den Inhalt gestohlener Koffer oder die Beute von einem Geschäftseinbruch oder von einem Lastwagenüberfall handelte. Die unglaublichsten Dinge zu noch unglaublicheren Preisen konnte man bei catanesischen Straßenhändlern entdecken, man musste nur wissen, wo. Auch das war Sizilien! Hehlerei unter freiem Himmel – und unter den Augen der Polizei.

Sage noch einmal jemand, unrecht Gut gedeihe nicht! Diesmal trägt der Teufel Gucci. Und dem Teufel steht Gucci ganz ausgezeichnet, stellte Elena befriedigt fest, als sie sich ein letztes Mal im Spiegel musterte.

6. Kapitel

Das gemeinsame Essen in dem kleinen Hotel in Selinunte war in beklommener Atmosphäre verlaufen. Keiner der Reiseteilnehmer hatte Lust gehabt, den Abend in der Bar ausklingen zu lassen, und so konnte sich Elena unerwartet früh in ihr Zimmer zurückziehen. Zum Glück, denn sie war ziemlich erschöpft. Kaum hatte sie sich auf dem Bett ausgestreckt, schlief sie ein.

„Signora Martell? Entschuldigen Sie, aber ich muss noch heute mit Ihnen sprechen." Unsanft hatte das Läuten des Telefons Elena gegen Mitternacht aus ihrem traumlosen Schlaf gerissen. „Mein Name ist Giorgio Valentino. Ich bin Commissario der Mordkommission von Trapani. Ich habe erste Details mit Ihnen zu klären und erwarte Sie an der Rezeption."

Wie nett, dass er nicht auch noch gesagt hat, ich soll mich beeilen, ärgerte sich Elena über den Befehlston, in dem schon lange niemand mehr mit ihr gesprochen hatte. „Was bildet sich dieser Kerl eigentlich ein?", räsonierte sie vor sich hin, während sie ihren Koffer nach einer frischen Bluse durchwühlte. Doch dann änderte sie ihre Meinung. Eigentlich tut es das T-Shirt von gestern auch, überlegte sie. Muss es tun, sonst wird es mit meiner Garderobe eng. Abgesehen davon, um diese Nachtzeit wird der Kommissar ja nicht gerade eine Modenschau von mir erwarten.

Kurz entschlossen zog sich Elena das leicht verknitterte Kleidungsstück über. Auch beim Make-up, das bei ihr lediglich aus Wimperntusche, einem schmalen Lidstrich, ein wenig Puder und nur in Ausnahmefällen aus dezent aufgetragenem Lippenstift bestand, war sie noch sparsamer als sonst. Dem guten Mann wird es völlig gleichgültig sein, wie ich aussehe, überlegte sie, während sie sich nach der flüchtigen Verschönerung im Spiegel betrachtete.

Ihre Laune war kaum besser geworden, als sie keine zehn Minuten später das nur dürftig beleuchtete Treppenhaus hinuntereilte. Wie meistens hatte sie auch diesmal auf den engen, quietschenden Lift verzichtet, was ihr nun einen kleinen Vorteil brachte. Als sie um die Ecke bog, konnte sie in aller Ruhe den Mann betrachten, der vor dem Aufzug auf sie wartete. Was sie sah, hob ihre Stimmung zwar nicht wesentlich, doch es hätte schlimmer sein können: ein ansehnlicher Sizilianer um die vierzig, schlank und verhältnismäßig groß, mit regelmäßigen Gesichtszügen und vollem Haupthaar. Durchaus ein Männertyp, wie er Elena gefiel.

„Buona sera, Signor Valentino. Ich bin Elena Martell." Verblüfft fuhr der Polizeibeamte herum. Aus dieser Richtung hatte er sie nicht erwartet. „Wollen wir in die Bar gehen? Dort gibt es zwar um diese Zeit keine Bedienung mehr, dafür aber sind wir garantiert ungestört." Ganz bewusst sprach Elena den Commissario mit seinem Familiennamen und ohne Titel an. Eine kleine Unhöflichkeit, mit der sie sich für den rüden Anruf revanchierte. Nicht genug damit: Indem sie geschickt die Initiative ergriff, manövrierte sie den befehlsgewohnten Kriminalisten gleich doppelt aus.

Ein weiteres Mal würde ihr das nicht so leicht gelingen, das wusste Elena nach langjährigem Studium süditalienischer Macho-Seelen ganz genau. Um sein Weltbild wieder zurechtzurücken, würde er ihr erst einmal den Herrn zeigen. Vermutlich musste sie sich zunächst ausweisen.

Wie erwartet befand sich in der gemütlichen, aber bereits etwas schäbigen Bar gleich neben der Rezeption keine Menschenseele. Um diese Zeit schlief man in Selinunte, auch das schlichte Drei-Sterne-Hotel bildete da keine Ausnahme. Lediglich zur Hauptsaison im August, wenn die Sizilianer selbst den Badeort an der Südküste ihrer Insel stürmten, blieben die Pforten sämtlicher Lokale bis weit nach Mitternacht geöffnet. Dann dröhnte auch aus den beiden Diskotheken, die jetzt so friedlich und ruhig dalagen, bis in die frühen Morgenstunden nervtötende Techno-Musik.

„Signora, über Ihre Personalien muss ich mich natürlich informieren. Heute aber wollen wir uns alle Formalitäten ersparen. Dafür haben wir zu einer christlicheren Stunde sicherlich noch Zeit genug. Und ich werde veranlassen, dass Ihre Aussage hier und nicht in Trapani aufgenommen wird. Das erspart Ihnen zumindest einige Mühe."

Konnte dieser Mann Gedanken lesen? Wie es aussah, würde sie die Reise mit ihrer Gruppe beinahe ungestört fortsetzen können.

„Ich habe bereits den Abtransport der Leiche nach Trapani veranlasst", wurde sie vom Commissario unterrichtet. „Doch bevor Sie und Ihre Gäste sich in alle Himmelsrichtungen zerstreuen, muss erst geklärt werden, ob es sich wirklich um einen Unfall handelt. Den Obduktionsbericht aber werde ich frühestens morgen Abend erhalten."

Leichentransport? Obduktion? Zeugeneinvernahmen? Elena glaubte, ihren Ohren nicht zu trauen. „Natürlich war das ein Unfall, was soll es denn sonst gewesen sein? Mit Sicherheit kein Selbstmord, wer springt denn mit dem Kopf voran in einen steinernen Trümmerhaufen?"

„Und wie wäre es mit Mord?" Ganz ruhig stellte der Commissario die Gegenfrage. „Kommt Ihnen ein Mord gänzlich unwahrscheinlich vor?"

„Ja“, antwortete Elena nach einer Schrecksekunde. „Sogar unwahrscheinlicher als unwahrscheinlich!“ Und dachte leise bei sich, dass man selbst ein Ekel wie den Oberstudienrat ja nicht gleich umbringt, weil er ein Ekel ist. Oder vielleicht doch? Hatte es der offensichtlich unterdrückten Ehefrau endgültig gereicht?

Nachdenklich betrachtete Elena den abblätternden dunkelblauen Lack des kleinen Holztisches mit seinen wackeligen Beinen, der ebenso wie die Sitzmöbel aus Rohrgeflecht dem Stil des Hauses entsprach. „Ich glaube zwar, dass Sie völlig falschliegen, aber natürlich müssen Sie Ihren Job machen. Was erwarten Sie also von mir?“

„Dass Sie Ihre Pläne ändern und mit Ihrer Gruppe noch einen weiteren Tag in Selinunte bleiben. Sie streichen einfach Marsala und Erice, übernachten nochmals hier und fahren übermorgen direkt nach Palermo“, antwortete der Beamte lächelnd.

Es verschlug Elena die Rede, was offenbar als Zustimmung gedeutet wurde, denn unverdrossen fuhr der Commissario mit seinen Ausführungen fort. „Ich habe mich nach den Details Ihres Programms erkundigt und hier im Hotel nachgefragt, ob eine Verlängerung für Ihre Gäste möglich wäre. Glücklicherweise kommt die nächste Reisegruppe erst in zwei Tagen. Sie müssten nur noch dem Hotel in Erice Bescheid geben, dass Sie diesmal nicht dort absteigen.“

Wenn er so weitermacht, bin ich meinen Job los, denn dann übernimmt er so nebenbei auch noch die gesamte Reiseleitung, dachte Elena ergrimmt. Klugerweise aber ließ sie sich nichts anmerken. Stattdessen antwortete sie in jenem honigsüßen Tonfall, der nur bei ihren Freunden Alarm auslöste: „Dann ist ja bereits alles bestens organisiert und ich muss nur noch mit den

Gästen reden. Oder haben Sie das auch schon erledigt? Morgen stehen wir dann zu Ihrer Verfügung. Und jetzt wünsche ich Ihnen eine gute Nacht!“ Damit beendete Elena die späte Besprechung.

Ein guter Abgang, lobte sie sich, als sie nun doch mit dem asthmatisch keuchenden Aufzug die vier Stockwerke zu ihrem Zimmer hinaufrumpelte. An Schlaf war jedoch kaum mehr zu denken. In wenig mehr als vier Stunden würde die Sonne aufgehen, ein Anblick, den sie daheim tagtäglich genoss. Daheim, das hieß in Taormina, wo sie ihr vielfarbiger Jagdhund-Verschnitt Ercole unbarmherzig beim ersten Tageslicht aus dem Bett holte. Zum Ausgleich verhielt er sich während der Siesta mustergültig ruhig, sodass Elena die heißeste Tageszeit stets ungestört verschlafen konnte.

Sobald sie ihr Zimmer erreicht hatte, streifte Elena ihre Sandalen ab und fühlte sich bloßfüßig gleich viel wohler. Ein Himmelreich für eine Zigarette und einen kühlen Drink! Genau das war es, wonach sie sich nun sehnte. Den zweiten Wunsch konnte sie sich unschwer erfüllen, auch wenn sie nach einem kurzen Kampf mit sich selbst nur einen Fruchtsaft aus der Mini-Bar nahm. Drei Euro wollte das Hotel dafür, wie sie der Preisliste entnehmen konnte. Eigentlich eine Frechheit!

Nachdem sie Jeans und T-Shirt gegen ihr luftiges Nachthemd getauscht hatte, machte es sich Elena auf dem schmalen Balkon bequem. Weit und breit regte sich keine Menschenseele, wie ausgestorben lag der Ort da. Weit draußen auf dem Meer, das sich mit leisem Wellenschlag am Sandstrand brach, blitzte ab und zu der Scheinwerfer eines Fischerbootes auf. Zu hören war nur das Bellen der Hundebanden von Selinunte. Hin und wieder huschte eine Katze über die schmale Straße, sonst war alles still.

7. Kapitel

Allmählich forderte die Aufregung der vergangenen Stunden ihren Tribut. Elena fehlte die Energie, aufzustehen und zu Bett zu gehen. Auch würde sich der ersehnte Schlaf ohnedies nicht einstellen. Stattdessen versank sie in eine Art Trance, und wie in einem Film liefen die Ereignisse des Tages vor ihren Augen ab. Mit dem Heulen der Hunde als Begleitmusik und dem Nachthimmel als Leinwand.

Szene an Szene reihte sich aneinander: Als der Bus mit der kleinen Reisegruppe vor dem Hotel in Selinunte gehalten hatte, war wie immer auch Lilli zur Stelle gewesen. Schwanzwedelnd begrüßte die semmelblonde Hündin, in der sich alle Rassen des Mittelmeerraumes zu vereinen schienen, ihre Freundin Elena. Lilli war niemand Geringerer als die Chefin der Vierbeiner des kleinen Fischerdorfs. Und sie wusste ganz genau, dass auf sie eine Köstlichkeit wartete. Während Elena den vorsorglich mitgebrachten Büffelhautknochen von der Plastikhülle befreite, erläuterte sie ihren Gästen: „Entweder ist Lilli trächtig oder sie hat gerade geworfen. Vermutlich ist sie die Stammmutter aller Köter, die hier herumlaufen.“ Kaum hatte Elena ausgesprochen, tauchte bereits ein vielleicht gerade einmal sechs Wochen alter Wurf aus einem Seitengässchen auf – acht allerliebste Hundebabys, von denen keines dem anderen glich. Ohne ihren Jungen auch nur einen Blick zu gönnen, zog Lilli mit dem Knochen ab.

Amüsiert verfolgten die Reisenden das Geschehen, nur Sigismund Eck reagierte unwirsch.

„Ich bin sicher nicht hierhergekommen, um mit Hunden zu spielen“, giftete er, während er mit seinem Koffer Richtung Rezeption schritt.

„Nur mit der Ruhe, Herr Doktor. Wir müssen sowieso warten, bis sich alle hier versammelt haben“, konterte Elena etwas schärfer als beabsichtigt. „Wir haben Zeit genug. Außerdem muss ich mich noch erkundigen, ab wann heute das Abendessen serviert wird. Manchmal ist die Küche um acht so weit, manchmal aber auch erst um einiges später. Also bitte, haben Sie noch ein paar Minuten Geduld!“

Mittlerweile hatten sich auch die anderen mit ihrem Gepäck in der Hotelhalle eingefunden. Die Zimmerverteilung dauerte nur wenige Minuten, sodass nicht einmal der Oberstudienrat etwas daran aussetzen konnte. Wie immer war Elena die Letzte, die ihren Schlüssel in Empfang nahm. Automatisch drückte sie die Taste für den vierten Stock, wo sich am Ende eines düsteren Gangs die schäbigsten Zimmer befanden. Für den Chauffeur und die Reiseleitung.

Eine Etage tiefer war nach einer gründlichen Renovierung alles in schönster Ordnung. Nicht auszudenken, wenn man ihr Ekel im alten Trakt, der noch auf neue Sanitäranlagen und einen frischen Anstrich wartete, untergebracht hätte. Um jedes Risiko zu vermeiden, hatte Elena tags zuvor eine E-Mail geschickt und um das schönste Zimmer für das Ehepaar Eck gebeten. Eigentlich war ihr diese Bevorzugung zutiefst zuwider, denn damit wurden Nörgelei und Aufsässigkeit auch noch belohnt. Doch mit solchen Aktionen konnte sie das Konfliktpotenzial zumindest verringern. Und gleichzeitig Typen wie den Eck, die nur zufrieden waren, wenn sie sich beschweren konnten, zumindest ein wenig ärgern.

Dass sie nach ihrer Ankunft in Selinunte nicht unter Zeitdruck stand, hatte sie viele gute Worte und auch schon so manchen Geldschein aus ihrer Privatschatulle gekostet. Nur wenn die Aufseher beide Augen zudrückten, war es für Elena und ihre Gruppen möglich, sich auch noch nach der offiziellen Sperrstunde zwischen den Ruinen aufzuhalten. Doch solange sich die Touristen diszipliniert verhielten und das Gelände vor Einbruch der Dunkelheit verließen, bestand schließlich für niemanden ein Risiko. Wie hätte sie auch wissen können, was geschehen würde?

Eine zugeknallte Autotüre riss Elena um ein Haar aus ihrem seltsamen Zustand zwischen Wachen und Träumen. Doch als alles danach wieder still war, tauchte sie erneut in ihre Erinnerungen ein. Der Ausflug zu den Ruinen der Tempelanlage hatte so harmlos begonnen. Als sie die Augen schloss, sah sie die Szenen, die sich wenige Stunden zuvor abgespielt hatten, deutlich vor sich.

Wilhelm Schwabl grinste, als er Elena am Treppenabsatz vor dem Hotel erblickte: „Bin ich gar der Erste? Wo steckt denn unser aller Liebling? Der kann doch sonst nicht früh genug zur Stelle sein! Kommt er vielleicht nicht mit?"

Bevor sie darauf antworten konnte, trafen auch schon Adele Bernhardt und unmittelbar darauf Ludwig Jakubowski ein.

„Wenn es nach uns geht, brauchen wir auf die anderen nicht zu warten", scherzte Adele. „Aber jetzt im Ernst, Elena. Dieser Eck ist wirklich unerträglich. Wenn Sie Schützenhilfe brauchen, auf uns können Sie zählen. Und auf alle anderen auch, da sind wir sicher. Lassen Sie sich nur nichts gefallen. Habe ich nicht Recht, Herr Schwabl? Oder Herr Doktor Brehm?" Die energische alte Dame wandte sich an die stumm neben ihr stehenden Mitreisenden, die inzwischen eingetroffen waren. Als das Ehepaar Eck und schließlich auch noch die beiden jungen Leute erschienen, war Elenas Schar vollzählig, was ihr weitere unangenehme Diskussionen ersparte. Alle hatten ihren Rat befolgt und trugen nun wieder bequemes, festes Schuhwerk zu leichter Sommerkleidung, denn am Afrikanischen Meer meint es die Mai-Sonne auch um die späte Nachmittagsstunde nur zu gut.

Zweifellos war Elena wieder einmal viel zu schnell gegangen, ein alter Fehler, in den sie gerne verfiel.

„Immer schön langsam", begehrte Adele Bernhardt auf. „Ich bin zwar noch recht gut zu Fuß, aber wozu soll ich rennen, wenn ich nicht muss?"

„Verzeihen Sie, bis zur Dämmerung ist tatsächlich noch genug Zeit", sagte Elena nach einem kurzen Blick auf die Uhr. Auch die neben ihr schnaufende Zahnarztgattin veranlasste Elena, ihr Tempo zu verringern.

„So ist es besser", schaltete sich Susanne Strasser ein, während sie eine ihrer roten Locken aus der sorgsam mit Sonnenschutz eingecremten Stirn strich. „Aber schauen Sie sich meinen Mann an. Dort vorne rennt er, als würde es bei den Tempeltrümmern Freibier geben! Und gleich dahinter diese Reich!"

Als Aldo Brehm schließlich als Letzter bei der bombastischen Eingangshalle aus Waschbeton eintraf, schnappte seine Frau noch immer nach Luft. Doch der kurze Spurt hatte den erregten Gemütern gutgetan. In seltener Eintracht trottete die Gruppe geschlossen hinter Elena her. Oder war der berückende Anblick, den Selinuntes Osthügel mit seinen gigantischen Tempelüberresten bereits aus der Ferne bot, der Grund dafür, dass sich ehrfürchtiges Schweigen ausbreitete? Elena war froh über die gute Stimmung, denn nur so konnte sie die versunkene Epoche der Griechen zumindest ansatzweise heraufbeschwören.

„Wirklich verstehen werden wir sie leider nie." Als alle einträchtig vor dem ersten Heiligtum aus dem 5. Jahrhundert vor Christi Geburt versammelt waren, versuchte Elena, jenen Respekt vor der Antike zu vermitteln, den sie angesichts der Ruinen stets selbst empfand. „Wir können über die Griechen noch so viel wissen, wir können ihren Götterhimmel auswendig lernen und ihre Architektur nachbauen, wir können ihre Theaterstücke spielen und ihre großen Philosophen interpretieren, aber begriffen haben wir sie deswegen noch lange nicht. Sie dachten anders als wir, sie hatten andere Ehrbegriffe, andere Vorstellungen und Ideale. Und doch sind wir letztlich alle ihre Erben, deren Schönheitsideale sie bis zum heutigen Tag geprägt haben. Ihre Urenkel, die bis heute nichts Besseres bauen konnten als das Halbrund eines griechischen Theaters. Die nichts Großartigeres schaffen konnten als einen Olymp, in dem die Götter nicht über die Menschen zu Gericht sitzen, sondern lachen und weinen, lieben und hassen, glücklich und traurig sein durften."

Gebannt lauschten die Reisenden Elenas Worten, die sich von den gewohnten Reiseleiterausführungen unterschieden. Wie angekündigt würde sie niemanden mit Jahreszahlen und Größenangaben langweilen, das konnte jederzeit in einem Reiseführer nachgelesen werden. Die Welt der Griechen zum Leben erwecken, das wollte sie. Als sie in die Gesichter ihrer Zuhörer blickte, wusste sie, es war ihr wieder einmal gelungen.

„Schreiten Sie das Innere dieses dorischen Tempels ab, denn damit tun Sie etwas, das einst nur einigen wenigen vorbehalten war", setzte Elena fort. „Tatsächlich standen die Heiligtümer nicht allen Griechen offen, sondern waren fest versperrt und gut bewacht. Hier bewahrte man auch Schätze auf, zum Beispiel das Gold der vorbeireisenden Kaufleute, die nicht das Risiko eingehen wollten, ausgeraubt zu werden. In den Tempeln hat man nicht nur die Götter verehrt, sie waren schlicht und einfach auch Banken. Und denken Sie doch einmal darüber nach: Lassen sich nicht die mächtigsten und renommiertesten Geldinstitute unserer Tage nach wie vor wahre Tempel errichten?“

Elena war bei ihrem Lieblingsthema angelangt, doch sie verzichtete darauf, tiefer in die Materie einzudringen. Erstens wollte sie sich auch noch etwas für den nächsten Tag aufheben, und zweitens war sie ja in erster Linie der Abendstimmung wegen gleich nach der Ankunft hierhergekommen. Ihr Vortrag konnte warten, das milde Licht, in dem die wieder aufgerichteten Säulen lange Schatten warfen, hingegen nicht. Eine gute Stunde würde es noch hell genug sein, um ohne zu stolpern zwischen den aufgeschichteten Kapitellen zu spazieren.

Im Mittelalter hatte ein Erdbeben die drei Heiligtümer in sich zusammenstürzen lassen. Von den mächtigen Monumenten, die in der Folge vom feinen Flugsand vollständig bedeckt worden waren, war bald nichts mehr zu erahnen gewesen. Erst Jahrhunderte später hatte man die Tempel von Selinunte wieder entdeckt, aber nur einen wieder aufgerichtet. Glücklicherweise, denn ein imposanteres Ruinenfeld war kaum denkbar, wirkten doch die Überreste in Augenhöhe noch gigantischer. Nur wer ein tonnenschweres Kapitell auf dem Boden liegen gesehen hat, kann die Dimensionen der einstigen Tempel wirklich ermessen.

Als hätten Riesen Mikado gespielt, lagen die geborstenen Steine aufeinander. Immer wieder führten kurze Wege mitten hinein in dieses Chaos. Doch wer den trügerischen Versuchungen folgte, stand nur allzu bald vor einem meterhohen Berg aus ineinander verkeilten Architraven und Säulentrommeln.

„Wir sehen einander in einer halben Stunde beim Ausgang", rief Elena dem bereits davoneilenden Ehepaar Eck zu. „Bitte pünktlich sein, denn eigentlich dürften wir uns jetzt gar nicht mehr hier aufhalten. Die Aufseher drücken ausnahmsweise ein Auge zu. Aber ich will ihre Geduld nicht überstrapazieren, auch sie möchten irgendwann Feierabend machen."

Von ihrer Gruppe, die sich rasch auflöste, war bald nichts mehr zu sehen. Ohne sich noch einmal umzublicken, folgte Elena dem ausgetretenen Weg zwischen silbrig schimmernden Olivenbäumen und mannshohen wilden Margeriten, die bald verblüht sein würden. Leise wiegten sich die langen Halme des wilden Hafers im Abendwind, während Bienen und Hummeln zu einer letzten Mahlzeit des Tages ausflogen. Zwischen den noch sonnenwarmen Steinen war bis auf das Summen der Insekten nichts zu hören.

Nichts, was auf die Leiche eines deutschen Oberstudienrats hätte hinweisen können, der ausgerechnet das prachtvollste Trümmerfeld der Antike zum Sterben schön gefunden hatte.

8. Kapitel

Unbarmherzig strahlte ihr der Scheinwerfer ins Gesicht. Das schmerzende, die Lider durchdringende Licht war selbst bei geschlossenen Augen eine Qual. Dabei sollte das Verhör erst die Vorstufe zu den zu erwartenden Foltern sein. Weit weg wünschte sich Elena, zurück zu Paul, zurück in die Sicherheit des Südtiroler Gebirgstals, in dem sie ihrem späteren Ehemann das erste Mal begegnet war. Zurück in die Geborgenheit der gemeinsam verbrachten Jahre, in denen sich das hässliche Entlein zum stolzen Schwan gemausert hatte.

An die Stelle der schüchternen Helene Hubinek aus Wien war die selbstbewusste Elena Martell getreten, die sich an der Seite des gefeierten Bildhauers Paul Martell in Rom oder Neapel ebenso zu Hause fühlte wie in internationalen Millionenmetropolen. Ob in New York, San Francisco oder Sydney, überall hatte ihr Mann mit seinen Werken Triumphe gefeiert. Mit ihr an seiner Seite, als Muse und vor allem als Managerin. Hier in dem kleinen Dorf am Westende Siziliens aber war Endstation.

Von der souveränen Frau von Welt war wenig mehr als ein Häufchen Elend übrig geblieben. Zwar wusste Elena nicht mehr zu sagen, als sie ohnedies bereits zu Protokoll gegeben hatte, doch noch immer kannte die anonyme Stimme hinter der grellen Lampe kein Pardon.

„Wer hat ihn getötet? Wer hat Signor Eck umgebracht?“, hieß es ein ums andere Mal mit enervierender Monotonie aus dem Dunkel, in dem sich der Vernehmungsbeamte verbarg. „Denken Sie nach, Sie wissen es.“ Genervt riss Elena nun doch die Augen auf – und starrte in die gleißende Morgensonne, die einen wolkenlosen Frühsommertag ankündigte.

„Nur ein Albtraum“, seufzte sie erleichtert, um gleich darauf die schmerzenden Glieder zu strecken. Sie war tatsächlich auf dem kleinen Balkon vor ihrem Zimmer im Sitzen eingeschlafen. Ein ungeeignetes Nachtquartier, wie sich nun zeigte, denn selbst nach einer heißen Dusche tat ihr noch immer jede Bewegung weh. Dennoch benötigte Elena nur wenige Minuten, um in ihre Jeans und in ein frisches Oberteil zu schlüpfen. Jetzt noch ein wenig Wimperntusche, und schon war sie fertig zum Ausgehen. Und das um sechs Uhr Früh!

Auf leisen Sohlen verließ sie das noch in tiefem Schlummer liegende Hotel. Wieder verzichtete sie auf den keuchenden Aufzug und tapste durch das düstere, nur von einer Notbeleuchtung erhellte Treppenhaus.

„Eine Visitenkarte ist das hier wirklich nicht“, ärgerte sich Elena wie schon so oft über die Nachlässigkeit des Hoteliers, der nach dem Motto „außen hui, innen pfui“ Bar und Restaurant jedes Jahr neu ausmalen ließ, auf den Stiegenaufgang aber keinen Tropfen Farbe verschwenden wollte. Daran konnte auch die willkürlich zusammengestellte Galerie billiger Drucke nichts ändern. Seit der Eröffnung des Hotels vor etwa zehn Jahren zierten die mehr oder weniger gelungenen Darstellungen die schäbigen Wände der Gänge.

Was Elena jetzt dringend brauchte, war ein Kaffee, heiß, stark und bitter. Deshalb schlug sie den kurzen Weg Richtung Hafenmole ein, wo selbst zu dieser frühen Morgenstunde eine Bar das ganze Jahr über geöffnet hatte. Mit gutem Grund, denn dort fand allmorgendlich eine Fischversteigerung statt, ein sehenswertes Treiben zwischen bunt bemalten Booten und noch feuchten Netzen, wo in dem mehr arabisch als italienisch klingenden Dialekt Westsiziliens um den Fang der Nacht gefeilscht wurde.

Mittlerweile kannte Elena nicht nur die meisten Fischer, sondern auch die alten Männer, die von den wackeligen Stühlen vor der Hafenbar aus die bunte Betriebsamkeit beobachteten. Sie selbst zog es vor, gleich an der Theke zu bleiben. Sie liebte das Zischen der Espressomaschine und den Geruch von frisch aufgebrühtem Kaffee, der allein schon ihre Lebensgeister weckte. Die noch ofenwarmen, duftenden Cornetti aber ignorierte sie diesmal. Für ein Frühstück war es eindeutig noch zu früh, aber ein zweiter Kaffee konnte nach der kurzen Nacht sicherlich nicht schaden.

Gestärkt verließ sie das Lokal, doch richtig munter war sie offenbar noch immer nicht. Bereits nach zwei Schritten tappte sie in eine große Wasserpfütze, was ihr einige abschätzige Blicke eintrug. Frauen verirrten sich nur selten in diese von schweren Gummistiefeln, rauen Stimmen und wettergegerbten Gesichtern geprägte Männerwelt.

Heute aber war sie nicht die einzige, weshalb sich die Aufmerksamkeit der Barbesucher bald von ihr ab- und einer weißhaarigen Dame unten am Strand zuwandte, die inmitten der sonnenverbrannten Gestalten auffiel wie ein bunter Hund.

Das sieht ihr ähnlich, dachte Elena, als sie Adele Bernhardt erkannte. Keine andere Frau aus ihrer Gruppe hätte sich ohne Begleitung in das Gedränge der muskelbepackten Männer gewagt.

Die einstige Mittelschullehrerin schien damit offenbar keine Probleme zu haben. Als sie an diesem strahlenden Morgen bei Sonnenaufgang aufgewacht war, hatte sie es nicht länger in ihrem Zimmer ausgehalten. Senile Bettflucht, so nannte Adele selbstironisch ihre unselige Angewohnheit, seit der Pensionierung noch vor den Hühnern aus den Federn zu kriechen. Das

Schauspiel im Hafen hätte sie früher ebenso verschlafen wie den Anblick der zum Greifen nahen Tempelruinen im sanften Morgenlicht. Hoch über dem dunkelblauen Meer thronten sie voll Eleganz und Anmut, selbst in ihrer Zerstörtheit ergreifend schön.

Während sich Gastwirte und Hoteliers aus der Umgebung noch immer lauthals um die frischen Fische, Seeigel und Garnelen rissen, hatte es Adele Bernhardt an den weitläufigen Sandstrand gezogen, der zu einem Spaziergang geradezu aufforderte. Eine nasse Angelegenheit, stellte Elena amüsiert fest, denn sie sah, wie die alte Dame schon nach ein paar Schritten ihre Sandalen abstreifte, um auf dem von der Flut noch feuchten Strandstreifen barfuß weiterzugehen.

In der Ferne kläffte ein Hund, eine einsame Möwe stieß laut kreischend zur Wasseroberfläche nieder, um danach lautlos in den wolkenlosen Himmel aufzusteigen. Es war ein perfekter Morgen zum Auftakt eines ebenso perfekten Frühsommertags voll Wärme und dem Duft nach wildem Thymian, Rosmarin und Liebstöckel. Nur die Erinnerung an das grausige Geschehen des Vortags trübte die Idylle.

Wie ein Scherenschnitt zeichnete sich die schlanke Gestalt von Adele Bernhardt im Gegenlicht ab. Kurz entschlossen beschleunigte Elena ihren Schritt und hatte die langsam Dahinschlendernde bald eingeholt.

„Kein Tag für Leichen im Keller“, begrüßte Adele ihre Reiseleiterin.

„Nein, wahrlich nicht. Aber bitte sprechen Sie nicht in der Mehrzahl, mir reicht schon eine. Und die liegt nun tatsächlich im Keller, und zwar in der Prosektur in Trapani. Das hat mir zumindest Commissario Valentino heute Nacht gesagt. Mehr weiß ich auch noch nicht, nur dass er heute Vormittag mit allen Reiseteilnehmern sprechen möchte. Ich muss unser Programm jedenfalls ändern und kann nur hoffen, dass sich der gute Mann mit den Vernehmungen nicht allzu lang Zeit lässt."

„Ist er fesch, der Herr Kommissar?", fragte die ehemalige Lehrerin unverblümt.

„Ja!", antwortete Elena verblüfft über die unerwartete Frage. „Ja, durchaus."

„Dann ist es gut. Denn nichts ist enervierender als ein hässlicher Beamter. Die neigen nämlich dazu, die Mängel ihres Aussehens mit ihrem Amt zu kompensieren. Sie spielen nur allzu gern ihre Macht aus, und das kann mitunter recht lästig sein."

„Mir erscheint der Commissario kompetent und verständnisvoll. Aber Sie werden ihn ohnedies selbst bald kennen lernen."

Adele Bernhardt quittierte die Antwort mit einem verschmitzten Lächeln. „War es Mord? Was meint er? Und was glauben Sie?"

Direkter kann man ein so heikles Thema wohl kaum ansprechen, dachte Elena, bevor sie ebenso kurz und bündig antwortete. „Ausschließen kann man das sicher nicht. Und damit stehen wir alle unter Verdacht. Falls es Mord war, wohlgemerkt. Eigentlich spricht doch vieles für einen Unfall."

„Ein Unfall, pah! Wenn, dann war es auf diesem historischen Boden wenigstens ein passender. Ein stimmiger. Erinnert Sie das Ganze denn nicht an die Geschichte mit Aischylos?"

„Was um alles in der Welt hat denn der Tod von Oberstudienrat Eck mit Aischylos zu tun?"

„Das tragisch-komische Ende des großen Griechen, den ausgerechnet ein Vogel umgebracht hat, kennen Sie nicht? Nun ja, das muss man auch nicht unbedingt wissen. Es fällt in mein Fachgebiet, schließlich habe ich lange genug Philosophie und Geschichte unterrichtet. Aber der Tod des Aischylos entbehrt wirklich nicht einer gewissen Komik. Wollen Sie mehr darüber hören? Ich erzähle es Ihnen gern. Einmal Lehrerin, immer Lehrerin, da sind wir alle unverbesserlich."

Ohne sich darum zu kümmern, ob ihr luftiger Sommerrock Flecken davontrug, ließ sich Adele am Ende einer Betontreppe nieder, die von der Strandpromenade direkt hinunter zum Meer führte. Elena blieb gar nichts anderes übrig, als sich neben die unkonventionelle Frau zu setzen, die sogleich fortfuhr.

„Also, der griechische Dichter war das, was die Amerikaner einen Egg Head nennen, ein Intellektueller mit einem eiförmigen, kahlen Schädel. Oder mit einer hohen Stirn, wie die Europäer respektvoller sagen. Nach der Überlieferung täuschte diese bemerkenswerte Glatze sogar den scharfen Blick eines vorbeifliegenden Adlers, der einen Felsen suchte, auf dem er eine Schildkröte zerschmettern konnte. Aus großer Höhe ließ er seine Beute auf den Kopf des Aischylos fallen. Der erlitt prompt einen Schädelbruch und war sofort tot. Ganz genau wie unser Doktor Eck. Und das alles hat sich gar nicht weit von hier zugetragen, nämlich in Gela."

„Aber es war keine Schildkröte, die aus heiterem Himmel heruntergefallen ist. Und einen Adler habe ich in Selinunte auch noch nie gesehen. Trotzdem, ein guter Vergleich", gab Elena zu, während sie sich den Anblick der Leiche noch einmal vergegenwärtigte. Bei der Erinnerung an den eingeschlagenen Schädel überlief sie trotz der schon ziemlich warmen Morgensonne ein Frösteln. Natürlich bemerkte Adele die Gänsehaut – ebenso wie die Tatsache, dass die Jüngere die Geschichte nicht wirklich komisch fand.

„Ich weiß schon, mein Humor ist bisweilen recht bizarr, aber Sie müssen verzeihen. In meinem Alter sieht man den Tod aus einem anderen Blickwinkel. Da sucht man nach jeder Möglichkeit, ihn auszutricksen. Nach jeder Chance, ihm seinen Schrecken zu nehmen. Nur mit einem Lachen kann man dem Sensenmann ein Schnippchen schlagen. Das Lachen ist nun einmal unsere stärkste Waffe. Haben Sie Umberto Eco gelesen? ‚Der Name der Rose', seinen ersten Bestseller? Grundgescheit, was er da schreibt. Da geht es nämlich genau darum. Aber was frage ich so dumm, natürlich kennen Sie das Buch."

„Ja, ich kenne es und mag es sehr. Aber Aischylos hin, Eco her, allmählich müssen wir zurück zum Hotel", mahnte Elena zum Aufbruch. „Zumindest ich muss zur Stelle sein, wenn der Commissario mit seinen Befragungen beginnt. Die anderen wollen sicherlich auch wissen, wie es nun weitergeht. Und um Frau Eck wird sich ebenfalls jemand kümmern müssen."

„Das übernehme ich, wenn Sie möchten. Keine Angst, ich kann auch anders. Sie brauchen sich nicht sorgen, dass ich geschmacklose Wortspiele mache. So nach dem Motto, wer wohl den Eck ums Eck gebracht hat. Ich werde der Witwe natürlich auch nicht von Aischylos erzählen. Das bleibt unter uns. So wie alles, was wir miteinander gesprochen haben oder vielleicht noch sprechen werden. Auch Sie brauchen jemand, mit dem Sie reden können. Und glauben Sie mir, als Grabstein eigne ich mich ausgezeichnet."

Adele lachte leise auf, als sie Elenas betretenen Gesichtsausdruck sah. „Oje, ich vergesse immer, dass junge Leute wie Sie alles wörtlich nehmen. Jetzt bin ich schon wieder ins Fettnäpfchen getreten. Also doch besser nicht als Grabstein, der Vergleich ist im Moment wirklich ein wenig makaber. Einfach als Mensch, dem Sie vertrauen können. Kopf hoch, mein Kind, das darf ich schon sagen. Ich bin ja fast doppelt so alt wie Sie."

Elena nickte, als sie die klugen Augen der alten Dame auf sich ruhen sah.

In stummem Einverständnis schlugen die beiden Frauen den Weg zum Hotel ein, begleitet von einer Hundeschar, die sich während ihres Gesprächs still und leise am Strand eingefunden hatte. Da waren sie endlich, die legendären Streuner von Selinunte, die Elena bereits vermisst hatte.

Plötzlich lachte sie laut auf, was ihr einen erstaunten Seitenblick von Adele eintrug. „Es ist einige Jahre her, aber die meisten aus dieser Meute waren garantiert daran beteiligt."

„Klingt vielversprechend. Erzählen Sie."

Elena ließ sich nicht lange bitten. „Drei Frauen aus meiner Gruppe hatten nach ein paar Gläsern Wein plötzlich Lust auf ein Mitternachtsbad bekommen. Ich war schon in meinem Zimmer und konnte vom Balkon aus zusehen, wie die drei splitterfasernackt ins Meer liefen. Doch kaum waren sie im Wasser, tauchte diese Bande hier auf. Und schnappte sich die Kleidungsstücke, die am Strand herumlagen."

„Wunderbar!" Adele Bernhardt grinste, denn sie konnte sich die Fortsetzung unschwer vorstellen. „Die drei sind den Kötern wahrscheinlich laut kreischend nachgerannt, oder?"

„Sind sie. Und natürlich hatten sie keine Chance, die Meute einzuholen. Sie konnten sich nur notdürftig mit dem bedecken, was die Hunde von ihrer Beute wieder fallen ließen. Es war Ende Juni, da ist hier schon einiges mehr los als jetzt. Auf der Straße und in der Hotelhalle. Jedenfalls gab es genügend Publikum, als die halbnackten Frauen ihren Spießrutenlauf antreten mussten. Und von meinem Logensitz aus konnte ich beobachten, wie sich die Hunde kurz darauf unter einer Strandpinie versammelten. Und jeder hatte noch ein Stück Stoff im Maul."

„Sicher hat sich der ganze Ort noch lang über die drei Grazien lustig gemacht", warf Adele ein.

„Nicht nur die Menschen. Ich schwöre Ihnen, damals unter der Pinie, da haben auch die Hunde gelacht. Bellend gelacht."

Bei Elenas letzten Worten waren sie vor dem Hoteleingang angelangt. Die Unterhaltung mit Adele hatte ihr gutgetan. Mit neuem Elan lief sie die Freitreppe hinauf. Es erwartete sie zwar wenig Erfreuliches, doch auch dieser Tag würde irgendwie vorübergehen.

9. Kapitel

Noch fünf Minuten, nur noch fünf Minuten, dachte Giorgio Valentino sehnsüchtig, als ihn das Schrillen des Telefons aus seiner allzu kurzen Nachtruhe riss. Aber er wusste, dass dieser Wunsch wohl nicht in Erfüllung gehen würde.

Pflichtschuldig sprang er aus dem Bett, als auf sein verschlafenes „Pronto“ statt eines freundlichen Morgengrußes nur das monotone tüt-tüt-tüt des Leerzeichens zu hören war. Der automatische Weckruf entbehrte wirklich jeglichen Charmes. So wie leider auch sein Zimmer, das er noch spätnachts bezogen hatte. Statt zurück nach Trapani und in aller Herrgottsfrüh wieder nach Selinunte zu fahren, war es ihm sinnvoller erschienen, gleich vor Ort zu übernachten. Eine Nacht in einem der typischen „Chauffeurzimmer“, einem dunklen, schäbigen Loch, war kostengünstig und in der Questura sicherlich vertretbar.

Passend zum übrigen Ambiente sah auch das Bad mit seinen verkalkten Armaturen und abgesplitterten Fliesen nicht gerade einladend aus. Aber Wunder über Wunder, es gab nicht nur genügend frische Handtücher, sondern auch eine kleine Seife, ein Fläschchen mit Duschgel, ein weiteres mit Shampoo und – welch unerwarteter Luxus – eine abgepackte Zahnbürste samt Zahnpasta in Miniaturformat.

Eine Viertelstunde später blickte ihm ein blitzsauberer Commissario aus dem ziemlich blinden Badezimmerspiegel entgegen. Erst jetzt fiel ihm auf, was er dringender benötigte als alles andere: ein Rasierzeug. Vor ein paar Jahren, als die schwarzen Barthaare sein gutes Aussehen sogar noch unterstrichen hatten, wäre eine fehlende Rasur kein Problem gewesen. Seit seinem vierzigsten Geburtstag aber färbten sich nicht nur seine Schläfen allmählich grau. Mittlerweile sah er mit den schwarz-weißen Stoppeln, die noch dazu rascher denn je zu sprießen schienen, allmorgendlich aus wie ein räudiger Köter.

In der Rezeption meldete sich niemand. Wahrscheinlich musste sich der Portier gleichzeitig auch als Frühstückskellner betätigen, weshalb sich Valentino, stoppelbärtig, wie er war, auf die Suche nach einem anderen Angestellten des Hauses machte. Ungesehen, wie er hoffte. Doch kaum hatte er den Gang betreten, öffnete sich schräg gegenüber eine Zimmertür.

Angesichts des Touristen, den man offenbar ebenfalls in ein Einzelzimmer im letzten Winkel des Hauses verbannt hatte, half nur noch die Flucht nach vorn. „Guten Morgen, Signore. Ich habe eine große Bitte. Hätten Sie vielleicht einen Einwegrasierer?“, überfiel der Commissario den Mann in nahezu akzentfreiem Deutsch.

„Aber gern“, antwortete der verblüffte Hotelgast. „Sind Sie der Kommissar? Ich gehöre zu der betroffenen Reisegruppe!“

„Ja. Ich heiße Giorgio Valentino. Darf ich nach Ihrem Namen fragen?“

„Wilhelm Schwabl. Sehr erfreut! Doppelt erfreut, denn Sie sprechen exzellent Deutsch. Wieso das?“

„Ich bin in Düsseldorf zur Schule gegangen, ein typisches Gastarbeiterkind. Als meine Eltern nach Sizilien zurückkehrten, konnten sie es sich leisten, mich studieren zu lassen. So habe ich an der Universität Palermo Germanistik und Geschichte belegt.“

„Mit Abschluss?“, konnte sich der Passauer, der nur auf ein abgebrochenes Jura-Studium in München zurückblicken konnte, die Frage nicht verkneifen. „Dann sind Sie ja Magister. Oder gar Doktor?“

„Doktor. Aber bitte reden Sie mit niemandem darüber, dass ich Deutsch kann. Ich möchte meinen Heimvorteil, alles zu verstehen, was da so nebenbei gesprochen wird, ungern verlieren. Die anderen sollen ruhig glauben, dass sie in meiner Gegenwart frei reden können."

„Ganz schön raffiniert, Dottore. Aber Sie können sich auf mich verlassen, ich verrate kein Sterbenswörtchen. Moment, ich hole Ihnen den Rasierer, Rasierschaum habe ich auch."

„Können Sie kurz auf mich warten? Ich bin rasch fertig und kann Ihnen Ihre Sachen gleich wieder zurückgeben."

„Lassen Sie sich nur Zeit. Ich gehe jetzt frühstücken. Ihnen als Commissario kann ich ja wohl meinen Schlüssel anvertrauen."

Mit einem verschwörerischen Augenzwinkern strebte Wilhelm Schwabl dem Aufzug zu. Kaum hatte sich die Lifttüre hinter dem jungen Deutschen geschlossen, war das Lächeln aus seinem Gesicht wie weggewischt. „Kein Leichtgewicht, dieser Kommissar", stellte er nachdenklich fest.

Aufgeregtes Stimmengewirr empfing den Neuankömmling. Bis auf Marianne Eck und Adele Bernhardt, die sich wie versprochen um die Witwe kümmerte, hatten sich bereits alle im Speisesaal eingefunden.

„Wie geht es weiter? Werden wir unser Programm einhalten können, schließlich haben wir ja genug für diese Reise bezahlt?"

Elena hätte wetten können, dass die Apothekerin als Erste auf ihre Rechte als Touristin pochen würde.

Vergebens versuchte Thomas Baumgart, dem diese Äußerung sichtlich peinlich war, seine Mutter einzubremsen. Die aber setzte prompt noch eins drauf und fügte hinzu: „So tragisch das alles ist, wir kannten den Mann doch kaum. Warum sollen wir uns also den Urlaub vermiesen lassen?“

Unangenehmes Schweigen war die beredte Antwort. Eine Pause, die Elena für die Erklärungen zur Programmänderung nutzte. „Wer will, kann den Vormittag am Strand verbringen. Nur bleiben Sie bitte in Sichtweite, denn der Commissario möchte mit jedem Reiseteilnehmer einzeln sprechen. Was die Fortsetzung unserer Reise betrifft, kann ich Ihnen erst zu Mittag Genaueres sagen. Auf jeden Fall essen wir um 13 Uhr hier im Hotel, und dann sehen wir weiter.“

Als Valentino den Saal betrat, registrierte er mit einem Blick, dass selbst ein plötzlicher Todesfall Touristen nicht den Appetit rauben konnte, wovon die traurigen Reste des Büffets Zeugnis gaben. Lediglich an Brot und warm gehaltenem Filterkaffee herrschte noch kein Mangel.

Doch Valentino stand der Sinn ohnedies nur nach einem heißen Cappuccino und einem frischen Cornetto. Ein leicht erfüllbarer Wunsch, denn beides gibt es in Sizilien an jeder Ecke. Außerdem wollte der Kommissar die Reiseleiterin auffordern, ihn zu begleiten, um ungestört mit ihr zu sprechen.

Elena kam ihm zuvor und begrüßte ihn auf Italienisch. „Guten Morgen, Commissario. Ich glaube, wir sollten einiges klären. Wie wäre es mit einem Espresso in ‚Ali’s Bar‘ gleich nebenan?“

„Gern, aber einen Moment noch, bitte.“ Mit einem „grazie tanto“ gab der Commissario Wilhelm Schwabl seinen Zimmerschlüssel zurück. Amüsiert registrierte dieser die erstaunten Blicke seiner Mitreisenden. Die Frage, was da wohl dahintersteckte, stand buchstäblich im Raum. Aber keiner wagte es, direkt zu fragen, ob der Kommissar vielleicht gar Schwabls Zimmer durchsucht hatte – und ob jetzt wohl das Gepäck von allen drankäme.

„Der Hoteldirektor hat mir freundlicherweise sein Büro gleich hinter der Rezeption zur Verfügung gestellt. Darf ich Sie, Signore, als Ersten zu mir bitten, wenn Sie fertig gegessen haben?" Um für sein eigenes Frühstück Zeit zu gewinnen, suchte sich Valentino gezielt einen Kandidaten aus, der vor einem vollen Teller saß.

„Was hat er gesagt?", wandte sich Ludwig Jakubowski hilfesuchend an Elena.

„Der Commissario möchte mit Ihnen anfangen. Aber erst, wenn Sie fertig sind. Sagen wir in zwanzig Minuten in der Hotelhalle." Wenig begeistert davon, dass sie offenbar als Dolmetscherin würde einspringen müssen, wandte sich Elena dem neben ihr stehenden Commissario zu. „Gehen wir. Ich habe vereinbart, dass Ihnen Ihr erster Zeuge kurz nach acht zur Verfügung steht."

Sobald die beiden den Raum verlassen hatten, breitete sich Schweigen aus. Susanne Strasser fing sich als Erste und meinte spitz: „Ihr könnt meinetwegen hier sitzen bleiben und Trübsal blasen. Mich zieht es in die Sonne", erklärte sie Mann und Tochter, bevor sie mit energischen Schritten dem Lift zustrebte.

Zögernd erhoben sich auch die anderen, nur Ludwig Jakubowski und Wilhelm Schwabl blieben noch sitzen.

Inzwischen sah Elena zu, wie Giorgio Valentino mit Hingabe den Zucker in seinem Cappuccino umrührte. Um diese Zeit waren sie die einzigen Gäste in „Ali's Bar", die von einem tunesischen Brüderpaar als Kaffeehaus, Eisdiele und Souvenirladen geführt wurde. Frühestens um zehn Uhr würden die ersten Tagestouristen eintrudeln und für ein paar Stunden Leben in das verschlafene Fischerdorf bringen, das außer dem kleinen Drei-Sterne-Haus, in dem Elena mit ihrer Gruppe abgestiegen war, lediglich mit einem halben Dutzend Hotels aufwarten konnte.

Dass die großen Tourismusströme den Ort trotz seiner hinreißenden Tempelruinen gleichsam nur im Vorbeifahren streiften, mochten geschäftstüchtige Einwohner wie Ali und sein Bruder Tarek bedauern. Doch genau das machte in Wahrheit den Charme von Selinunte aus. Noch entzog sich das Fischerdorf der touristischen Vermarktung, und wenn es nach Elena ging, sollte das auch noch lange so bleiben.

Lediglich während der klassischen Augustferien, die ganz Italien für drei Wochen auf die Beine bringen, herrschte auch hier der übliche Trubel. Doch bereits ab September, wenn nach mitteleuropäischen Vorstellungen am Afrikanischen Meer bei Wassertemperaturen von 26 Grad und mehr noch Hochsommer herrschte, verirrten sich Badegäste nur sporadisch an die breiten, einladenden Sandstrände.

„Vor Jahren habe ich einmal meinen Urlaub hier verbracht. Zu Ferragosto natürlich, gemeinsam mit all den anderen Irren, die dann um einen Sonnenschirm raufen“, eröffnete Valentino das Gespräch. Und mit einem Seitenblick auf Elenas unberingte Hand fügte er hinzu: „Damals war ich allerdings auch noch verheiratet. Jetzt mache ich, wenn überhaupt, Ferien nach Lust und Laune.“

So genau hatte es Elena gar nicht wissen wollen. Oder doch? Glücklicherweise ersparte ihr das Schrillen von Valentinos Handy eine Antwort.

„Todesursache Gehirntrauma. Ob durch Unfall oder Fremdeinwirkung, ist vorerst nicht eindeutig feststellbar“, sagte der Commissario, nachdem er sein Mobiltelefon wieder verstaut hatte. „In jedem Fall hat ein schwerer Gegenstand, vermutlich ein Stein, die Schädeldecke zertrümmert. Signor Eck hat wohl noch einige Minuten gelebt, war mit dieser Verletzung aber mit Sicherheit nicht mehr bei Bewusstsein", berichtete der Commissario den Stand der Ermittlungen im Telegrammstil.

„Noch in der Nacht hat die Spurensicherung einige Steinbrocken eingesammelt, wir werden sehen, ob einer davon als Tatwaffe in Frage kommt", setzte er fort.

„Tatwaffe? Dann gehen Sie also doch von einem Verbrechen aus!"

„Muss ich wohl, denken Sie doch einmal nach: Selbstmord oder selbst verschuldeter Unfall scheiden unter Garantie aus. Und bei einem Sturz hätte er sich sicher auch noch andere Verletzungen zugezogen. Die Leiche weist aber weder Schürf- noch Platzwunden auf."

„Die Trümmer ragen dort, wo der Oberstudienrat zu Tode kam, gut und gern acht bis zehn Meter in die Höhe. Wer da herunterfällt, muss sich auch noch an anderen Körperstellen verletzen. Also hat ihn der Stein getroffen, als er unten stand", stimmte Elena nachdenklich zu.

„Äußerst unwahrscheinlich ist es aber auch, dass sich ein Stück dieser Größe von selbst löst. Entweder es wurde gezielt geworfen, oder jemand hat es versehentlich losgetreten, dann gesehen, was er angerichtet hat, und sich rasch aus dem Staub gemacht. Das wäre prinzipiell nicht strafbar. Wohl aber, wenn sich unterlassene Hilfeleistung nachweisen lässt. Zweifelsfrei war das Opfer nicht sofort tot, womit dieser Tatbestand eindeutig gegeben wäre. Darauf steht Gefängnis."

„Unfall oder Mord, etwas anderes kommt also nicht in Frage", fasste Elena nochmals kurz zusammen. „Was auch immer es war, es wird schwer zu beweisen sein. Ich beneide Sie nicht um Ihren Job." Milder gestimmt als zuvor lächelte Elena den Commissario aufmunternd an.

„Ich werde jedenfalls ermitteln. Das heißt, ich muss so genau wie möglich feststellen, wo sich jeder Einzelne zum Zeitpunkt des Unglücks aufgehalten hat."

„Das wird Ihnen nicht so leicht gelingen, so viel kann ich Ihnen jetzt schon sagen. Nach meiner Führung habe ich die Gruppe um etwa 19.00 Uhr für eine gute halbe Stunde sich selbst überlassen. Daraufhin sind sie in alle Richtungen ausgeschwärmt. Sie wissen wohl selbst, welch ein gigantisches Labyrinth die Ausgrabungszone auf dem Osthügel ist, da verliert man sich sofort aus den Augen."

Während Elenas Ausführungen machte sich Valentino eifrig Notizen. „Gut, und weiter: Wann haben Sie wen wo gesehen?"

„Ich habe nicht darauf geachtet, wer sich zu welchem Zeitpunkt wo aufgehalten hat. Ausgemacht war nur, dass sich die Gruppe um 19.30 Uhr beim Ausgang einfinden sollte. Und fest steht, dass ich den Toten vor 19.40 Uhr entdeckt habe."

„Kommen Sie, Signora, strengen Sie sich doch ein wenig an. Erinnern Sie sich. Aus welcher Richtung ist Signora Eck gekommen? Und wann? Fünf Minuten später? Oder zehn?"

„Ein paar Minuten später, genau kann ich Ihnen das beim besten Willen nicht sagen. Sie kam von den Feldern hinter den Tempeln. Mit einem Margeritenstrauß in der Hand. Den hat sie dann neben der Leiche ihres Mannes fallen lassen."

„Damit wäre zumindest das geklärt. Wir haben die verwelkten Blumen natürlich gefunden, aber wie sie dorthin gekommen sind, wussten wir nicht."

„Sigismund Eck hätte nie im Leben Blumen gepflückt, dafür hat er viel zu gern den durchgeistigten Professor hervorgekehrt, der über derlei Banalitäten steht."

„Sehen Sie, da wären wir schon bei einem weiteren wichtigen Punkt angelangt. Sie kannten das Opfer, wenn auch nur wenige Tage. Ich aber kannte es nicht und muss mir nun ein Bild machen. Bitte helfen Sie mir. Ihre Meinung ist mir wichtig. Sehr wichtig sogar."

Wie flehend diese braunen Augen blicken können, dachte Elena amüsiert. In dieser Disziplin sind die Sizilianer Meister. Kein Mitteleuropäer konnte sich so gekonnt in Szene setzen.

„Gut. Ich werde nachdenken. Aber jetzt müssen wir gehen. Signor Jakubowski wartet sicher schon auf Sie."

10. Kapitel

Elena hatte geahnt, dass Sigismund Eck Schwierigkeiten bereiten würde. Denn der Oberstudienrat aus München, der mit seinen tiefen Wangenfalten und der eiförmigen Glatze weit älter als 64 Jahre aussah, hatte sich gleich zu Beginn der Reise, spätestens aber am zweiten Syrakus-Tag als das „statistische Ekel" entpuppt. Ein solches war nämlich immer dabei, und sollte doch einmal eine Gruppe wie durch ein Wunder „ekelfrei" sein, dann gab es in der nächsten garantiert zwei. Die Statistik irrte nie – und ein Reiseleiter nur selten, wenn es um die Früherkennung des schwierigsten Teilnehmers ging.

Die zahlreichen Streitereien zwischen ihm und den anderen Reisenden waren geradezu vorprogrammiert, das hatte Elena mehr als einmal erleben müssen. Das Ekel schaffte es, selbst die Sanftmütigsten auf die Palme zu bringen. Oft entpuppte es sich gleich bei der Begrüßung, manchmal erst nach dem Einchecken im Hotel, jedenfalls aber immer am ersten Tag. Diesmal hatte Elena gleich geahnt, dass sie es mit einem besonders ausgeprägten Exemplar der Ekel-Spezies zu tun hatte. Eine Befürchtung, die sich tagtäglich aufs Neue bestätigte.

In ihren Ohren klang noch Sigismund Ecks keifendes „Passt irgendjemandem etwas nicht?". Und als alle schwiegen, weil sich keiner mit dem streitbaren Lehrer anlegen wollte, der zum Entsetzen aller in kurzen Hosen, Sandalen und weißen Socken erschienen war, setzte der noch eins drauf: „Was sollen dann die kritischen Blicke? Wir machen doch heute eine Bootsfahrt!"

„Stimmt, Herr Doktor. Wir haben eine Hafenrundfahrt im Programm. Aber erst zu Mittag. Am Vormittag sind wir in der Stadt unterwegs. Inklusive Dombesichtigung“, nahm Adele Bernhardt schließlich als Einzige beherzt den Fehdehandschuh auf. „Ich jedenfalls finde nackte Waden in einem christlichen Gotteshaus alles andere als passend.“

Verblüfft darüber, dass ausgerechnet eine Frau ihm zu widersprechen wagte, schluckte Sigismund Eck erst einmal, bevor er giftig konterte: „Das ist ja wohl meine Sache. Mir schreibt niemand vor, was ich anziehe. Merken Sie sich das.“

„Da bin ich anderer Meinung. Ich habe keine Lust, dass man uns alle Ihretwegen für Banausen hält, die sich nicht zu benehmen wissen“, mischte sich unvermutet der sonst so stille Ludwig Jakubowski ein. „Und noch etwas. Der Tonfall, den Sie gegenüber Frau Bernhardt angeschlagen haben, gefällt mir ganz und gar nicht.“

„Was Ihnen gefällt oder nicht, ist mir völlig egal“, war alles, was dem wütenden Eck darauf einfiel. Schulterzuckend wandte sich der sorgfältig gekleidete ehemalige Buchhändler ab. „Kommen Sie, Adele“, rief er. „Von so jemandem lassen wir uns den Tag nicht verderben.“

Elena hatte die aufgeregten Stimmen durch die offene Hoteltüre mitgehört und wusste, dass Salvatore, der Mesner im Dom von Syrakus, kurzbehoste Touristen nicht ausstehen konnte. Er würde das Gotteshaus bewachen wie ein Erzengel das Paradies. An ihm kam keiner vorbei, den er in eine der schönsten Kirchen der Welt nicht hineinlassen wollte, so viel stand fest.

„Ich könnte ihn umbringen. Wie hält seine Frau das bloß aus?“, flüsterte Susanne Strasser Elena zu. „Sehen Sie doch, wie peinlich ihr das alles ist. Aber sie wagt es nicht, gegen ihn aufzumucken.“

„Also wirklich, Susanne! Das ist doch die ganze Aufregung nicht wert. Der Herr Professor wird schon merken,

„Pronto, ich bin's, Giorgio Valentino", meldete sich der Commissario mit verführerischem Timbre in der Stimme. „Sind Sie noch böse? Erstens bitte ich um Verzeihung, und zweitens kann ich Ihnen alles erklären."

Elena wusste nicht, ob sie wortlos auflegen oder ihrem Zorn freien Lauf lassen sollte. Wie meist entschied sie sich für eine dritte Möglichkeit und antwortete beherrscht.

„Sie haben sicher eine plausible Erklärung, warum Sie mir den ganzen Vormittag gestohlen haben. Aber sei's drum, Ihre Gründe interessieren mich nicht, ich möchte nur wissen, wann meine Gruppe endlich abreisen darf."

„Sofort. Oder besser gesagt, gleich nach dem Mittagessen, das ja in einer halben Stunde stattfindet. Und da Sie mir nicht mehr zürnen, könnten wir doch gemeinsam essen und ich erzähle Ihnen, zu welchem Resultat ich gekommen bin."

Damit hatte er sie überrumpelt, denn mehr als alles andere interessierten Elena Informationen aus erster Hand. Doch bevor sie antworten konnte, fuhr der Kommissar fort: „Über die Leiche müssen wir auch noch sprechen. Wird Doktor Eck auf Sizilien bestattet oder überführt? Haben Sie das schon mit der Witwe geklärt?"

„Wann um alles in der Welt hätte ich dafür Zeit haben sollen? Schließlich habe ich für einen Beamten der Kriminalpolizei den Wurschtl spielen müssen."

„Den was? Was ist bitte schön ein Wursstell?"

„Wurschtl heißt das, und es ist Wienerisch", musste Elena lachen. „So sagen wir zum Hanswurst, Ihrem Arlecchino. Aber das müssen Sie nicht wissen, um die Dolmetscherprüfung zu bestehen."

„Die habe ich schon", wäre es Giorgio fast entschlüpft. Doch da wäre die temperamentvolle Österreicherin vielleicht gleich wieder explodiert. Zu Recht, wie er sich eingestand. Natürlich hätte er sie über seine Deutschkenntnisse nicht im Unklaren lassen dürfen. An ihrer Stelle wäre er sogar noch viel wütender geworden, sah er jetzt ein. Aber das würde er ihr lieber persönlich und nicht am Telefon sagen.

„Ich sehe Sie also in einer Stunde, ja? Für ein bisschen Nachhilfeunterricht im Wienerischen. Bitte."

„Also gut. Der Wurschtl ist wie immer zur Stelle", beendete Elena das Gespräch. Verflixt, was hatte er bloß an sich, dass sie sich plötzlich überlegte, was sie anziehen sollte? Normalerweise griff sie zum nächstbesten sauberen T-Shirt. Jetzt aber musterte sie kritisch die bescheidene Auswahl an Oberteilen, die zu ihrer hellblauen Jean passten. Ob ihr das rote mit dem runden Ausschnitt besser stand oder das blaue mit den aufgestickten kleinen Sternen?

Letztendlich griff sie zu der schlichten schwarzen Bluse, die dem Anlass angemessen schien. Trauer zu tragen wäre wirklich übertrieben, aber ein wenig Dezenz konnte nicht schaden. Außerdem schmeichelte ihr Schwarz, das wusste sie. Sie wollte gut aussehen, das gestand sie sich ein, als sie nicht nur die Wimpern nachtuschte, sondern sogar einen Lidstrich zog. Das aufgetragene Lippenrot aber wischte sie kurzentschlossen wieder ab.

Zwei Stockwerke tiefer quälten den Commissario ebenfalls Garderobenprobleme. Nur allzu gern hätte er zumindest ein frisches Hemd angezogen, wobei ihm die Farbe völlig egal war. Aber das würde er innerhalb der nächsten halben Stunde in Selinunte sicherlich nicht auftreiben können. Im Gegensatz zu Elena, die ihren Eitelkeitsanfall sehr wohl richtig einzuschätzen wusste, gestand sich Giorgio Valentino den Grund für seine Anwandlung nicht gleich ein. Das Hemd, das er seit gestern trug, war verschwitzt. Nur deswegen wollte er ein anderes, schließlich wechselte er auch daheim täglich seine Kleidung.

Mehr als duschen konnte er im Augenblick jedoch für sein Wohlbefinden nicht tun. Mit einem genussvollen Seufzer streckte er sich wenig später nackt und noch immer tropfnass auf dem frischen Laken aus. Erschöpft von dem vormittäglichen Verhör-Marathon starrte er an die Decke.

Nur nicht einschlafen, ermahnte er sich nach wenigen Minuten. Wehe, ich lasse sie warten, denn ein zweites Mal verzeiht sie mir sicher nicht. Abrupt setzte Giorgio sich auf. War ihm denn diese Fremde so wichtig? Ja, die Antwort lautete eindeutig ja. Das signalisierte ihm sein kritischer Verstand, der sich nicht länger betrügen lassen wollte.

Gib es doch endlich zu, du magst es, wie sie ihre halblangen blonden Haare zurückwirft, wenn sie lacht. Dann bekommt sie sogar Grübchen in den Wangen. Und ganz besonders steht es ihr, wenn sie wütend wird und ihre braunen Augen zornig blitzen. Ganz entzückend sieht sie dann aus.

Hoppla, jetzt wird es ernst. Was würdest denn du zu einem Freund sagen, der dir auf diese Weise von jemandem vorschwärmt, den er kaum 24 Stunden kennt? Höchste Alarmstufe, würde deine Diagnose lauten. Ist es also wirklich so schlimm? Ja! Dir gefällt diese Elena besser, als dir guttut. Mit deinen 46 Jahren ist das eine gefährliche Sache.

Er sprang auf, als könnte er damit die unbequemen Gedanken abschütteln. Höchste Zeit, sich wieder anzuziehen. Angewidert streifte er das getragene Hemd über, das er ebenso wie seinen Anzug zum Auslüften auf den Balkon gehängt hatte. In weiteren 24 Stunden würde die schöne Elena nur noch eine Erinnerung sein, also wozu sollte er sich Gedanken über etwas machen, das ohnedies ins Reich der Illusion gehörte. Sie lebte in Taormina, er in Trapani, und ohne diesen Todesfall hätten sich ihre Wege nie gekreuzt. Und sie würden sich auch nicht mehr kreuzen. Schon ab morgen nicht mehr.

Im tiefsten Inneren aber wusste Giorgio, dass er sich selbst belog. Er wollte Elena wiedersehen. Dass sie seit einigen Jahren verwitwet war, hatte er bereits herausgefunden. Alle Informationen über Signora Martell verdankte er dem Chef des Hauses, der offenbar selbst ein Auge auf die Österreicherin geworfen hatte. Doch ob sie derzeit in festen Händen war, konnte ihm selbst der wohl informierte Hotelier nicht sagen.

Während Elena auf den Aufzug wartete, fiel ihr Blick auf einen schief hängenden billigen Druck, der ihr zuvor noch nicht aufgefallen war. In dem düsteren Flur, den selbst um die Mittagszeit kein Sonnenstrahl erreichte, erschien ihr die Heiligenparade an den Wänden als pure Vergeudung. Auch passten die christlichen Märtyrer mit ihren verzückten Leidensmienen nicht zum Stil des Hauses, das ebenso gut irgendwo in Nordafrika stehen hätte können.

Tatsächlich trug das Hotel in Architektur und Ausstattung die Handschrift des ursprünglich aus Tunesien stammenden Besitzers. Dicke Wände aus dem honigfarbenen Naturstein, den zweieinhalb Jahrtausende zuvor die Griechen als Baumaterial für ihre Tempel verwendet hatten, schützten vor Hitze. Das Zentrum bildete ein kühler, schattiger Innenhof, zu dem sich die besten Zimmer öffneten. Für sonnenhungrige Touristen aus dem Norden, die sich einen Balkon mit Meerblick wünschten, allerdings eine eher enttäuschende Aussicht.

Um Beschwerden vorzubeugen, hielt Elena deswegen vor der Ankunft einen kleinen Vortrag über den glühend heißen Scirocco, jenen verheerenden Wüstenwind aus der Sahara, der das Leben an dieser Küste bisweilen nahezu unerträglich macht. Ein kluger Schachzug, denn informierte Reisende beklagen sich nur selten. Im Gegenteil, den meisten gefiel der „exotische Touch" des Hauses, wie erst kürzlich ein Gast erklärt hatte.

Aber wenn schon exotisch, dann gehörte auch exotischer Kitsch an die Wände, wie ihn die Wanderhändler aus Schwarzafrika in ihren Bauchläden neben Sonnenbrillen, Uhren und bunten Tüchern am Strand feilboten, sinnierte Elena vor sich hin. Oder statt der Pseudokunst der afrikanischen Souvenirindustrie „Made in Taiwan“ lieber gleich hübsche Tonarbeiten oder Keramiken aus Tunesien.

Alles wäre passender als der allgegenwärtige Padre Pio, Italiens jüngster Star unter den Himmlischen, unverkennbar mit seiner braunen Mönchskutte und den Ton in Ton dazu passenden Augen. Santa Lucia fehlte in der Parade ebenso wenig wie der von Pfeilen durchbohrte heilige Sebastian. Die anderen konnte Elena nicht identifizieren, was sie nicht eben als große Bildungslücke empfand.

Bevor sich die Lifttür öffnete, rückte sie dennoch ganz automatisch die etwas schief hängende Heilige zurecht. Schlampig angebrachte Bilder bereiteten ihr nämlich geradezu körperliches Unbehagen, ein Tick, über den sich mittlerweile ihr gesamter Freundeskreis amüsierte. Egal ob im Restaurant oder in einer Privatwohnung, Elena gab keine Ruhe, bis alle Kanten schnurgerade ausgerichtet waren. Zu Pauls großem Entsetzen hatte sie sogar einmal in der amerikanischen Botschaft in Rom an den Gemälden herumgefummelt und damit prompt die Security auf den Plan gerufen.

Wie hat er sich damals für mich geniert, dachte sie wehmütig, bevor sie verblüfft innehielt. Diese Dame kannte sie doch! Das war eindeutig Maddalena, aber nicht die nackte Heilige mit dem Totenschädel, nicht Maria Magdalena, sondern unverkennbar das Porträt von Conte Gabrieles Urgroßtante. Wieso gab es von diesem Familienbild einen billigen Farbdruck? Eine weitgehend unbekannte Gräfin aus dem 19. Jahrhundert konnte doch wohl kaum ein Verkaufsschlager sein.

Die auf Holzpaneele affichierten und anschließend mit mattem Klarlack überstrichenen Vervielfältigungen berühmter Gemälde erfreuten sich seit einigen Jahren auf Märkten und in Souvenirläden großer Beliebtheit. Die simple Technik hatte gleich mehrere Vorteile: Das Papier warf keine hässlichen Blasen und man sparte sich überdies die Kosten für einen Rahmen. Außerdem war die Wirkung des einfachen Verfahrens erstaunlich. Die preiswerten Nachahmungen sahen selbst aus der Nähe täuschend echt aus, deshalb ersetzten sie mittlerweile sogar in Italiens Kirchen, in denen mehr denn je gestohlen wurde, immer häufiger die kostbaren Originale.

Das musste sie unbedingt den Villadicanis zeigen! Ohne zu zögern, nahm Elena das Konterfei der Gräfin von der Wand und verstaute es zwischen den Unterlagen in ihrer geräumigen Umhängetasche. Contessa Maddalena verschwand zwischen all den Fotokopien, Gästelisten, Exzerpten, Katalogen und anderem Papierkram, den sie stets mit sich herumschleppte.

Zu Fuß wäre ich wieder einmal schneller, dachte sie, während der Aufzug mit enervierender Langsamkeit nach unten rumpelte. Elena hatte es eilig, denn noch vor ihrer Verabredung mit dem Commissario wollte sie sich nebenan, bei den Brüdern Tarek und Ali, auf die Suche nach einem weiteren Contessa-Exemplar machen. Dann könnte sie das Bild in ihrer Tasche wieder an die Wand hängen.

Sie war hier eindeutig an der richtigen Adresse. In einer Ecke von „Ali's Bar" stapelten sich zwischen tunesischen Keramiktellern gleich fünf Padre Pios, drei Sebastians, vier Lucias und mehrere Kopien ihr gänzlich unbekannter Heiliger. Daneben lümmelten gerahmt oder ungerahmt die unvermeidlichen Raffael-Engel mit ihren himmelwärts gerichteten Blicken.

„Suchst du etwas Bestimmtes?“, erkundigte sich Tarek hilfsbereit. „Im Lager gibt es noch mehr von dem Zeug.“ Statt einer Antwort zog Elena das Bild aus ihrer Tasche.

„Diese schöne Dame kenne ich leider nicht“, zuckte Tarek bedauernd die Schultern. „Wo hast du sie her?“

„Von nebenan. Das wurde also nicht bei euch gekauft? Seltsam. Außer euch handelt hier doch keiner mit so etwas, oder?“

„Nein, nur wir. Der Laden weiter unten bietet ganz andere Sachen an. Hauptsächlich sizilianische Marionetten und schwarzafrikanische Schnitzereien. Wir wollen uns nicht ins Gehege kommen. Und bei den Verkaufsständen vor der Archäologischen Zone gibt es nur Ansichtskarten und Sonnenhüte. Am besten, du erkundigst dich im Hotel, woher sie es haben.“

„Keine Zeit, Tarek. Du hast ja sicherlich gehört, was passiert ist.“

„Ist etwas passiert?“, fragte der Tunesier. „Was denn?“

„Stell dich bitte nicht dumm, für solche Spielchen habe ich weder Zeit noch Lust. Aber danke, dass du mich nicht gleich mit Fragen überfallen hast. Allerdings könnte ich dir sowieso nicht viel erzählen.“

„Wann reist du ab?“

„In einer guten Stunde. Aber der Commissario bleibt vielleicht noch. Spendier ihm einen Kaffee, dann erzählt er dir vielleicht etwas. Ich muss weiter nach Erice, gleich nach dem Essen.“

Tarek schmunzelte in sich hinein. Wozu sollte er Elena verraten, dass er vermutlich besser als sie selbst Bescheid wusste. Natürlich hatte sich die Nachricht von dem Todesfall in dem kleinen Ort, wo jeder jeden kannte, wie ein Lauffeuer verbreitet. Seine Informationen stammten von einem angeheirateten Cousin, einem der Aufseher in der Tempelzone, der wiederum mit dem diensthabenden Dorfpolizisten verschwägert war.

„Ich nehme das da", entschied sich Elena rasch für das Bildnis eines dunkelhaarigen Mädchens, das ihr vage bekannt vorkam. „Könnte die heilige Agatha sein, aber egal", murmelte sie, während sie in ihrer Geldtasche kramte. „15 Euro willst du dafür, du Halsabschneider?"

„Weil du es bist, kostet es nur 12", konterte Tarek, der das Handeln ebenso liebte wie alle seine Landsleute, auch wenn er sein ganzes Leben in Sizilien verbracht hatte. Wie viele Tunesier seiner Generation war er als Kind nach Italien gekommen, weil sich seine Eltern damals mit dem Regime Bourguiba nicht anfreunden konnten.

„Da hast du 10, das ist mehr als genug", erstickte Elena weitere Diskussionen im Keim. „Du weißt doch, ich habe es eilig. Ciao, bis zum nächsten Mal."

Ein Blick auf die Uhr zeigte, dass ihr gerade noch genug Zeit bleiben würde, um Agatha, die als Patronin Catanias vor Ätnaausbrüchen, aber auch vor Brandkatastrophen aller Art schützen sollte, an den leeren Nagel zu hängen. Diesmal musste Elena nicht einmal auf den Aufzug warten. Agatha passt wunderbar in die Heiligengalerie, konstatierte sie zufrieden, als sie keine drei Minuten später mit dem Lift wieder nach unten fuhr. Die Gräfin haben sie offenbar nur des ähnlichen Formats wegen dazugehängt.

Bereits bei ihrem ersten Besuch im Palazzo Villadicani war Elena das Porträt ins Auge gestochen, das in Stil und Farbgebung verblüffend an die niederländische Renaissance erinnerte. Laut Familienchronik war Contessa Maddalena jedoch 1826 im Alter von 42 Jahren gestorben, womit jegliche Spekulationen im Keim erstickt wurden. Einen eindeutigeren Hinweis auf die Entstehungszeit des undatierten Bildnisses, das eine etwa 25-jährige Frau vor dem Hintergrund einer herben, biblisch anmutenden Landschaft zeigte, gab es nicht.

„Frühes 19. Jahrhundert“ stand auch eindeutig in der Expertise eines deutschen Sachverständigen, den der alte Graf konsultiert hatte. Klammheimlich hatte sich Gabrieles Vater kurz vor seinem Tod noch von dem einen oder anderen Stück trennen wollen. Und zwar nicht, um die dringendsten Reparaturen an seinem Palazzo zu finanzieren, sondern um das Leben, dieses herrliche, prickelnde Leben, am Rande des Grabes noch einmal auskosten zu können.

Mit beiden Händen wollte er das Geld ausgeben, am besten im Casino von Monte Carlo. So waren einige der düsteren Barockschinken unter den Hammer gekommen. Doch auch unter den nachgedunkelten Großformaten mit dem vielen nackten Fleisch der antiken Helden und Götter befand sich nur Zweit- oder gar Drittklassiges. Entweder hatten die einstmals unschätzbar reichen Villadicanis zu wenig von Kunst verstanden, um sich mit Erstklassigem zu umgeben, oder aber es hatte bereits ein Ahnherr in Geldnöten die wirklich wertvollen Stücke veräußert. Wie auch immer, der zu erwartende Erlös war in keiner Relation zum Ärger mit Sohn und Schwiegertochter gestanden, weshalb Conte Graziano wenig später für immer die Augen schloss, ohne noch einmal die Glitzerwelt der Côte d'Azur gesehen zu haben.

Elena gefielen vor allem die schweren geschnitzten Rahmen der riesigen Bilder, die auf den ausgeblichenen Seidentapeten der meterhohen Salons erst richtig zur Geltung kamen. Sie erinnerte sich an eine Begebenheit bei ihrem letzten Palazzobesuch vor vier Tagen. Während die Gruppe den gräflichen Hauswein verkostete, war sie durch die weitläufigen, stillen Räume geschlendert. Nur die Absätze ihrer Schuhe hallten auf den prachtvollen Majolikaböden wider, sonst war kein Laut zu vernehmen. Kein Straßenlärm drang bis in die Tiefen des Palazzo vor. Und auch von den Touristen, die sich hoch oben auf dem Dach lauthals unterhielten, war bereits einen Stock tiefer nichts mehr zu vernehmen.

Um hier unbemerkt zu bleiben, muss man schon Wollsocken tragen, dachte Elena, als sie hinter einer der geschnitzten Doppeltüren Schritte hörte. Doch als sie Nachschau hielt, war in der Gemäldegalerie niemand zu sehen. Nur das Wehen der goldfarbenen Seidenvorhänge verriet, dass jemand den Raum eben erst verlassen hatte.

14. Kapitel

Als sie sich dem Speisesaal näherte, drangen appetitanregende Düfte in ihre Nase. Ich bin wie einer von Pawlows Hunden, stellte sie amüsiert fest. Kaum rieche ich etwas Gutes, läuft mir das Wasser im Mund zusammen, egal, ob ich hungrig bin oder nicht. Diesmal aber hatte ihr Magen allen Grund, Alarm zu schlagen. Außer Kaffee hatte sie an diesem Tag noch nichts zu sich genommen. Doch bevor sie ihren Hunger endlich stillen konnte, würde sie ihrer Gruppe die gute Nachricht vom baldigen Aufbruch verkünden.

Alle blickten erwartungsvoll auf, als ihre Reiseleiterin den Raum betrat. Sogar Frau Eck hatte sich eingefunden, was zwar gehörig auf die Stimmung drückte, Elena aber einen Anruf ersparte. Kaum hatte sie ausgesprochen, erhob sich freudig erregtes Gemurmel, das sie noch einmal unterbrach.

„Alles klar? Um 15 Uhr fahren wir ab. Das gibt Ihnen genügend Zeit, Ihr Essen zu genießen und anschließend die Koffer zu packen“, wiederholte sie den neuen Zeitplan.

„Also wird unser Gepäck doch nicht untersucht?“, erkundigte sich Susanne Strasser mit einem scheelen Seitenblick auf die Apothekerin, die sich den ganzen Vormittag genau darüber alteriert hatte.

„Ich weiß nicht, wer dieses unsinnige Gerücht in die Welt gesetzt hat, aber an eine Untersuchung des Gepäcks war zu keinem Zeitpunkt gedacht.“ Elena war überzeugt, dass nur Christine Baumgart in Frage kam, die allzu gerne Unruhe stiftete. Aber eigentlich war es egal. Die polizeilichen Maßnahmen waren beendet, die Reise konnte fortgesetzt werden.

Mit einem erleichterten Seufzer begab sich Elena ins Extrazimmer, wo sie von Mario und dem Commissario erwartet wurde. Das überfällige Gespräch mit Marianne Eck würde sie später führen. Im Bus oder erst abends in Erice. Nun kam sie vor Hunger fast um. Eine Atempause hatte sie sich auch verdient, weshalb sie sich die köstlichen Meeresfrüchte, die als Antipasti serviert wurden, wortlos auf der Zunge zergehen ließ. Doch nicht nur sie, auch die beiden Sizilianer an ihrem Tisch widmeten sich in ehrfürchtigem Schweigen den Spezialitäten des Hauses.

Auf den perfekt marinierten Salat aus Muscheln, Garnelen und Tintenfischen folgte eine Pasta mit dem Rogen der Thunfische, die an dieser Küste alljährlich um diese Jahreszeit gefangen wurden. Danach glaubte Elena, keinen Bissen mehr herunterzubringen. Doch als der Kellner einen Teller fangfrischer Triglie vor sie hinstellte, konnte sie einfach nicht widerstehen. Auch der Kommissar machte sich wortlos über die lachsfarbenen Meerbarben her.

Sie würde jedenfalls nicht das Sakrileg begehen, das Schweigen zu brechen. Das überließ sie lieber Mario, der seine Portion längst vertilgt hatte und unruhig auf seinem Stuhl hin- und herwetzte. Doch selbst er wagte es nicht, sein Gegenüber bei den letzten Bissen zu stören. Erst als sich Giorgio Valentino mit einem zufriedenen Seufzer zurücklehnte, konnte der Chauffeur seine Neugier nicht länger beherrschen.

„Sie wollten uns doch etwas zeigen, Commissario?“

„Nur Geduld, Mario. Noch ein paar Minuten. Ich will nicht riskieren, dass Signora Martell dieses wunderbare Essen wieder hochkommt.“

Fragend blickte Elena auf. Offenbar meinte Mario den Inhalt des Kuverts, das verschlossen auf dem Tisch lag. Auch sie war neugierig. Doch hätte sie gewusst, was sie erwartete, hätte sie sich sicherlich noch etwas mehr Zeit gelassen.

Die entsetzt aufgerissenen Augen und der zu einem letzten Schrei geöffnete Mund, aus dem ein dünner Blutfaden geronnen und auf den Hemdkragen getropft war. Noch mehr Blut und gallertige Gehirnmasse zwischen den Knochensplittern über der Stirn von Sigismund Eck, der wie eine zerbrochene Puppe dalag. Die Detailaufnahmen der Polizei zeigten in schauriger Deutlichkeit, was Elena in ihrem ersten Schock vor Ort gar nicht bemerkt hatte.

„Das sind keine Fotos fürs Familienalbum", stellte ein blass gewordener Mario nach einer Schrecksekunde lakonisch fest. Mit der saloppen Bemerkung wollte er offenbar überspielen, dass sich auch ihm bei dem grausigen Anblick der Magen umdrehte.

„Nein, in ein Album gehören solche Bilder sicher nicht. Doch vielleicht fällt Ihnen angesichts der Leiche doch noch etwas ein." Giorgio Valentino blickte jedoch nicht sein Gegenüber, sondern die totenblass gewordene Elena besorgt an, bevor er fortfuhr.

„Haben Sie etwas bemerkt, Mario? Das Ehepaar Eck ist doch im Bus unmittelbar hinter Ihnen gesessen? Haben die zwei sich gestritten?"

„Nein, aber gelacht haben sie auch nicht. Das tun solche Leute nie. Reisen ist für sie offenbar kein Vergnügen, sondern eine Pflichtübung. Man braucht sie bloß beim Essen zu beobachten. Zu Mittag mampfen sie ein Brötchen, das sie vom Frühstücksbüffet heimlich haben mitgehen lassen. Dabei könnten sie sich etwas Gutes wirklich leisten. Aber es geht ihnen gar nicht so sehr ums Geld. Man muss genügsam sein, nur dann bringt man es zu etwas. Das hat einmal genau so ein Typ wie der Eck zu mir gesagt. War auch so ein grässlicher Kerl, dem alle am liebsten den Hals umgedreht hätten."

„Kein netter Nachruf und auch keine passende Bemerkung, meinst du nicht? Ein bisschen Mitgefühl wäre vielleicht angebracht", unterbrach Elena ihren Fahrer.

Solche Töne war Mario von ihr ganz und gar nicht gewohnt. Beleidigt schwieg der junge Mann.

„Sie wollten mir vom Ergebnis Ihrer Untersuchung berichten. Haben Sie irgendetwas herausgefunden?", wandte sich Elena, die Marios grimmige Miene gar nicht bemerkte, an den Commissario.

„Wenig genug. Außer den zwei jungen Leuten, die dauernd zusammenstecken, und dem alten Pärchen hat keiner ein wasserdichtes Alibi. Zwar wollen auch die Brehms und die Strassers die ganze Zeit gemeinsam verbracht haben, aber bei Ehepaaren besteht immer der Verdacht, dass sie sich gegenseitig decken. Thomas Baumgart und Claudia Strasser hingegen haben einander vor der Reise nicht gekannt. Auch Ludwig Jakubowski und Adele Bernhardt sind einander zuvor offenbar nie begegnet, sie sind sogar noch per Sie. Ihnen glaube ich, dass die mit der Sache nichts zu tun haben."

„Es sind diesmal überdurchschnittlich viele Einzelreisende in der Gruppe", sagte Elena nachdenklich.

„Auch noch der Schwabl und die Reich, ich weiß. Die würden altersmäßig ebenfalls ganz gut zueinander passen. Aber die zwei sind getrennte Wege gegangen und haben deswegen kein Alibi."

„Kurz zusammengefasst heißt das also, dass Sie von zwölf Gruppenteilnehmern nur vier als Mörder völlig ausschließen. Bleiben acht Verdächtige. Die Ehepaare Brehm und Strasser, Christine Baumgart, Martina Reich, Wilhelm Schwabl und natürlich allen voran die Witwe."

„Sie irren, Elena. Ich habe zehn Verdächtige, denn theoretisch kommen auch Sie und Mario in Frage."

„Wie bitte? Ich bin verdächtig? So ein Unsinn! Als das passiert ist, war ich unter der Dusche", mischte sich Mario all seinen Vorsätzen zum Trotz nun doch wieder ins Gespräch.

„Kann das irgendwer bezeugen? Sie wollen doch allein in Ihrem Zimmer gewesen sein, oder?"

„Natürlich", fauchte der junge Mann zurück. „Und was heißt da wollen? Ich war allein und ich war in meinem Zimmer. Das kann Elena bestätigen, die mich in ihrem ersten Schrecken sofort angerufen hat. Der Eck war meines Wissens zu diesem Zeitpunkt aber erst wenige Minuten tot. Also kann ich es gar nicht gewesen sein. Außerdem, welchen Grund sollte ich gehabt haben, den Deutschen umzubringen?"

„Immer schön der Reihe nach. Elena hat Sie auf Ihrem Handy erreicht, das besagt gar nichts. Sie könnten sich ebenso gut irgendwo auf dem Ausgrabungsgelände aufgehalten haben. Gut versteckt zwischen den Ruinen. Und Ihr Motiv? Zugegeben, für einen Mord sehe ich keines. Aber dass Sie versehentlich ein Mauerstück losgetreten und anschließend die Flucht ergriffen haben, das wäre schon möglich. Das müssen Sie doch zugeben, Mario."

„Gar nichts gebe ich zu. Und meinen Kaffee trinke ich draußen an der Bar. Dort finden Sie mich, wenn Sie noch etwas von mir wollen." Wütend stieß Mario seinen Stuhl zurück und würdigte den Polizeibeamten keines Blickes mehr. Doch bevor er zornig aus dem Saal stapfte, wandte er sich mit steinerner Miene an Elena. „Abreise 15 Uhr, hast du gesagt. Ich werde rechtzeitig beim Bus sein, um das Gepäck einzuladen."

„War das notwendig?", fuhr nun auch Elena den Commissario an. „Sie werden Mario doch nicht ernsthaft in Verdacht haben. Dann würde das Gleiche für mich gelten."

„Das ist auch so. Glauben Sie, ich hätte Sie von vornherein von meiner Liste gestrichen? Natürlich hatten auch Sie ausreichend Gelegenheit, Sigismund Eck zu erschlagen."

„Sind Sie jetzt völlig verrückt geworden?", entrüstete sich Elena. Doch dann musste sie eingestehen, dass dieses Szenario durchaus denkbar war.

„Bevor jetzt auch noch Sie davonlaufen, hören Sie mir bitte zu. Meiner Meinung nach kommen Mario oder Sie nur in Frage, wenn es ein Unglücksfall war. An den aber glaube ich immer weniger."

Giorgio Valentino hatte richtig kalkuliert, dass Elenas Neugier stärker sein würde als ihre Entrüstung.

„Wieso schließen Sie ein Unglück aus? Ich musste schon öfter überfällige Touristen suchen, die sich einen Spaß daraus gemacht haben, zwischen den Ruinen Verstecken zu spielen. Richtiggehende Schluchten gibt es da und schmale Pfade, die abrupt vor meterhoch geschichteten Trümmern enden. Da kann man leicht ausrutschen und dabei etwas lostreten."

„Was Sie schildern, sind aber genauso gut ideale Bedingungen für einen Mörder. Oder eine Mörderin. Es war kein Unglücksfall, aber beweisen kann ich es noch nicht."

„Sie klingen restlos überzeugt. Was macht Sie so sicher?"

„Erstens liegen zwischen den Säulentrommeln ab einer gewissen Höhe keine losen Mauerteile herum, die man versehentlich lösen könnte. Weit und breit hat die Spurensicherung nichts Derartiges gefunden. Unten ja, da finden sich einige geeignete Gesteinsbrocken zwischen den Akanthusblättern und wilden Margeriten. Handliche Tatwaffen, die man nur aufzuklauben braucht."

„Gibt es Fingerabdrücke?"

„Nein, doch nicht auf rauem Sandstein. Aber vielleicht können wir noch DNA-Spuren des Täters feststellen. Bisher entdeckten wir jedenfalls nur Blut und Gehirnmasse auf dem Brocken, den wir neben der Leiche gefunden haben. Die genauen Analysen stehen noch aus, aber es besteht kein Zweifel: Dieses etwa fünf Kilo schwere Stück hat Doktor Eck getötet."

„Fünf Kilo! Das ist nicht wenig für eine Frau", überlegte Elena irgendwie erleichtert. Irrationalerweise erschien ihr der Gedanke an einen männlichen Täter weniger schlimm. „Warum eigentlich?", setzte sie die Überlegung leise, aber hörbar fort. „Warum glaube ich, dass brutale Gewalt bei einem Mann eher vorstellbar ist? Das macht das Geschehene doch nicht weniger fürchterlich."

„Nein, aber wir haben Angst vor allem, was wir nicht einordnen können", antwortete Giorgio nachdenklich. „An männliche Brutalität sind wir gewohnt, an häusliche Gewalt, an geprügelte Frauen und Kinder. Das alles ist fürchterlich, aber alltäglich, und alles Alltägliche verliert irgendwann seinen Schrecken. Mit weiblicher Grausamkeit haben wir nicht umzugehen gelernt. Deswegen verfolgen wir Gewaltverbrecherinnen auch zumeist mit der vollen Härte des Gesetzes. Weil wir uns davor fürchten, dass unser Weltbild aus den Fugen gerät. Es ist erst wieder heil, wenn die Hexe bestraft ist."

Erstaunt musterte Elena ihr Gegenüber. Unvermutet hatte das Gespräch eine seltsame Wendung genommen. Am liebsten wäre Elena jetzt sitzen geblieben, um mit diesem ungewöhnlichen Mann weiterzureden. Mit ihm über Gott und die Welt zu philosophieren. So wie einst mit Paul, mit dem sie wie mit keinem anderen Menschen nächtelang diskutieren hatte können.

Valentino irritierte Elenas Schweigen und er biss sich verlegen auf die Lippen. Was faselte er da bloß über Hexen, während es genügend Konkretes zu besprechen gab.

„Ein Gewicht von fünf Kilogramm ist auch für eine durchschnittliche Frau kein ernsthaftes Problem. Weder zum Hinauftragen noch zum Hinunterstoßen. Erste Untersuchungen haben gezeigt, dass der Steinbrocken aus einer Distanz von vier bis sechs Metern heruntergefallen sein dürfte. Das lässt sich aus der Wucht des Aufpralls errechnen. Einen ähnlichen Effekt hätte auch ein heftig geführter Schlag aus nächster Nähe gehabt, was theoretisch wieder auf einen Mann als Täter hinweisen würde."

„Das bedeutet also, dass keine Frau dem Herrn Professor hinterrücks den Schädel eingeschlagen haben könnte", überlegte Elena.

„Prinzipiell trifft das zu, aber nicht in diesem Fall. Allzu große Körperkraft wäre nämlich gar nicht nötig gewesen, sagt der Pathologe. Die Schädeldecke des Opfers war ungewöhnlich dünn, was gar nicht so selten vorkommt. Meist stellt sich das erst nach einem Unfall heraus. Wenn nichts passiert, kann so jemand hundert Jahre alt werden."

„Kann Marianne Eck Bescheid gewusst haben?", fragte Elena ebenso sachlich.

„Möglich, falls sich ihr Mann jemals einer Computertomografie oder einer ähnlichen Kopfuntersuchung unterzogen hat. Aber darum geht es erst in zweiter Linie, der Schlag wäre für jeden verhängnisvoll, wenn auch nicht unbedingt tödlich gewesen."

„Kann man denn nicht genauer rekonstruieren, was wirklich geschehen ist?", wunderte sich Elena.

„Doch, aber die Spurensicherung wollte sich heute Vormittag noch nicht festlegen. Mit größter Wahrscheinlichkeit ist das Opfer von einem herunterfallenden Stein und nicht durch einen Schlag getötet worden. Eine notdürftig zugescharrte Stelle, wo das Wurfgeschoss möglicherweise davor im Boden verankert war, haben meine Leute auch gefunden."

„Aber das bedeutet doch, dass jemand tatsächlich mit voller Absicht das Säulenstück aus dem Untergrund gelöst und gezielt geworfen hat. Wozu sollen dann Ihre Spekulationen über herumliegende Steine, die der Mörder vielleicht hinaufgeschleppt haben könnte, gut sein?"

„Um alle Möglichkeiten auszuschöpfen", antwortete der Commissario mit einem bitteren Unterton, der Elena aufhorchen ließ. „Das letzte Wort hat nämlich der Vice-Questore. Leider weiß ich schon jetzt, wie er entscheiden wird. Aber ich will es ihm wenigstens so schwer wie möglich machen, die Mordtheorie vom Tisch zu wischen."

Giorgio Valentino sah dem Gespräch mit seinem Chef missmutig entgegen. Nur allzu gut erinnerte er sich an einen Fall, bei dem es ebenfalls um einen toten Ehemann gegangen war. Ob er verrückt geworden wäre, die untröstliche Witwe zu verdächtigen, hatte ihn sein Vorgesetzter unwirsch gefragt. Zugegeben, die Frau war ein paar Jahrzehnte jünger und sehr attraktiv, aber machte sie das gleich zur Gattenmörderin? Unsinn, die zwei waren bei hohem Wellengang zu weit hinausgeschwommen. Sie hatte es gerade noch ans rettende Ufer geschafft, er war ertrunken. Vielleicht wäre auch der Mann noch zu retten gewesen, aber bedauerlicherweise hatte niemand die beiden gesehen. Und die arme Frau konnte nicht rechtzeitig Alarm schlagen, weil sie ohnmächtig am menschenleeren Strand zusammengebrochen war. „Daraus konstruiert man doch kein Verbrechen! Denken Sie nur an Schlagzeilen wie ‚Mord auf der Mafia-Insel' in der deutschen Boulevardpresse", hatte sich der Vice-Questore ereifert. „Sobald die Medien Witterung aufnehmen, ist die Hölle los. Jeder tote Tourist schadet dem Fremdenverkehr, egal, wer oder was schuld war. Je eher man die Akte schließt, umso besser ist es für alle."

Wie schade, dass ich damals kein Tonband dabeihatte, dachte Giorgio. Ich sollte es jetzt auf seinen Schreibtisch stellen und abspielen, dann könnte er sich seine Rede sparen. Genau das wird er nämlich wortwörtlich wieder sagen.

„Sonst noch Fragen, Signora Martell?"

„Hatten Sie eigentlich vor, das Gepäck nach irgendwelchen Hinweisen zu durchsuchen?"

„Nein, daran habe ich überhaupt nicht gedacht. Seltsamerweise haben fast alle damit gerechnet. Die Damen Baumgart und Reich haben mich sogar gefragt, ob ich das denn dürfte."

„Und? Dürfen Sie das?"

„Nein, außer es wäre Gefahr im Verzug, und das müsste ich im Fall einer Beschwerde nachträglich beweisen. Eine Durchsuchung wäre nur auf freiwilliger Basis möglich gewesen. Aber jetzt zum praktischen Teil: Es wird für die Gruppe keine weiteren Schwierigkeiten geben. Man wird mich vermutlich sogar anweisen, Frau Eck bei der Abwicklung der Formalitäten behilflich zu sein. Sie möchte ihren Mann verbrennen lassen, wussten Sie das?“

„Wie oft soll ich Ihnen noch sagen, dass ich noch keine Zeit für ein Gespräch mit ihr hatte. Das will ich heute Abend in Erice nachholen.“

„Wenn es Ihnen recht ist, schaue ich kurz bei Ihnen vorbei“, kündigte Giorgio seinen geplanten Besuch so beiläufig an, dass er richtig stolz auf sich war.

Um keinen Preis wollte sich Elena anmerken lassen, wie sehr sie sich auf das baldige Wiedersehen freute. „Aber bitte nicht wieder erst um Mitternacht. Irgendwann einmal muss sogar ich schlafen.“

„Abgemacht. Wenn nichts dazwischenkommt, bin ich rechtzeitig zum Abendessen da. In dem Hotel kocht man recht gut. Also bis später“, verabschiedete sich Giorgio.

Am liebsten hätte sie nun eine Siesta gehalten. Elena gähnte herzhaft, sobald der Commissario den Raum verlassen hatte. Sie musste ihren Koffer holen, und wenn sie sich beeilte, konnte sie sogar noch rasch einen Kaffee an der Hotelbar trinken, denn ihr stand ein anstrengender Nachmittag bevor. Zwar würde die Fahrt nach Erice kaum zwei Stunden dauern, und was sie zu erzählen hatte, konnte sie im Schlaf herunterbeten. Doch ihr war jetzt schon klar, dass meterlange Faxe ihrer Agentur auf sie warten würden.

Eine Leiche auf Reisen war nun einmal nichts Alltägliches, also würde sie pausenlos telefonieren, organisieren und beschwichtigen müssen. Dazu kam, dass sie einem Gespräch mit Marianne Eck nicht länger aus dem Weg gehen konnte. Für eine Ruhepause blieb ihr sicher keine Zeit.

Wie erwartet war der Aufzug permanent besetzt, und es blieb Elena nichts anderes übrig, als die Treppen zu nehmen. Ein wenig atemlos bog sie um die Ecke und stieß um ein Haar mit Martina Reich zusammen, die mit verwirrter Miene vor der Heiligengalerie im vierten Stock stand.

„Verzeihung, ich habe mich offenbar geirrt."

„Ihr Zimmer liegt eine Etage tiefer. Am besten, Sie gehen durchs Stiegenhaus, der Lift wird kaum bis hier heraufkommen, weil jetzt alle auschecken."

„Das werde ich tun", antwortete Martina Reich, während sie weiterhin auf die Bilder starrte. „Sie sind bemerkenswert, äußerst bemerkenswert. Ich meine diese Heiligen hier."

„Finden Sie?", wunderte sich Elena über die Begeisterung für die billigen Reproduktionen der in Deutschland weitgehend unbekannten Märtyrer. „In ‚Ali's Bar' nebenan gibt's noch mehr davon, das Stück zu 15 Euro. Jetzt müssen Sie mich bitte entschuldigen, ich muss mein Zimmer räumen."

Als Elena wenige Minuten später mit ihrem Gepäck den düsteren Flur betrat, war Martina Reich verschwunden.

16. Kapitel

Ohne wirklich etwas wahrzunehmen, betrachtete Marianne Eck die Landschaft, die am Busfenster vorbeiglitt. Das milde Licht der Nachmittagssonne lag über den schier endlosen Weingärten Westsiziliens und ließ die dunkelrote Erde unter silbrig glänzenden Olivenbäumen wie einen Teppich aus Samt erglühen. Ein Film in gelungener Weichzeichnung. Toskanische Impressionen, lediglich die schmalen, eleganten Silhouetten der Zypressen fehlten zur perfekten Illusion. Hin und wieder erinnerte eine Palme vor einem verlassenen Gutshof an die Nähe zu Afrika.

An die Westspitze Siziliens zu reisen, war stets der Traum ihres Mannes gewesen, ein Traum, der sich nun nie mehr erfüllen würde. Ausgerechnet er, der gestrenge Professor, dem Konsequenz und Durchhaltevermögen über alles gingen, musste so nahe vor dem Ziel scheitern. Einmal hast du nicht bekommen, was du dir eingebildet hast, dachte Marianne. Sonst hast du ja immer deinen Willen durchgesetzt, ob mir das recht war oder nicht.

Anstelle der anstrengenden Studienreise wäre sie viel lieber nach Teneriffa geflogen, wo man im Mai garantiert schon baden konnte. Oder nach Ägypten, aber nicht zu den Pyramiden und Tempeln, die kannte sie bereits, sondern in einen der Ferienorte am Roten Meer mit sonnenwarmen Stränden, hübschen Läden und exotischen Restaurants.

All das durfte sie jetzt tun! Wie ein Stromschlag durchfuhr sie die Erkenntnis, dass es nun niemanden mehr gab, der ihr irgendetwas vorzuschreiben hatte. Nicht ihre in Kanada verheiratete Tochter, von der sie selten öfter als zu Weihnachten und an Geburtstagen etwas hörte. Und schon gar nicht ihre Schwägerin, die sich künftig nicht mehr in alles und jedes einmischen konnte.

Als wollte sie sich überzeugen, dass sie nicht nur geträumt hatte, blickte Marianne auf den leeren Nebensitz. Es war wirklich wahr, Sigismund war aus ihrem Leben verschwunden. Für immer. Eigentlich sollte sie jetzt weinen. Oder zumindest traurig sein. Doch weder vor dem Leichnam ihres Mannes noch danach, in der Einsamkeit ihres Hotelzimmers, wollte auch nur eine Träne fließen. Merkwürdig, dabei war sie doch so „nahe am Wasser gebaut", wie Sigismund jedes Mal, wenn sie bei einem romantischen Film feuchte Augen bekam, spöttisch bemerkt hatte.

Früher war das anders gewesen. Sehr viel früher. Vor mehr als vierzig Jahren, als sie beim ersten Rendezvous mit dem Studenten aus gutem Hause im Kino prompt in Tränen ausgebrochen war. Damals fand er es einfach süß, so wie er alles an ihr süß gefunden hatte.

Seine Eltern waren da anderer Meinung, denn außer dem Schreibwarengeschäft ihrer Mutter brachte Marianne nichts in die Ehe mit. In dem kleinen Laden, in dem sich Sigismund mit seinen Malutensilien einzudecken pflegte, hatten sie sich kennen gelernt. Und bald darauf „heiraten müssen", wie das seinerzeit hieß, wenn ein Kind unterwegs war. Und damit waren Sigismunds Träume von einer Künstlerkarriere endgültig begraben.

Maler hatte er werden wollen, nicht Gymnasialprofessor wie sein Vater. Mit der Bürde einer eigenen Familie unterrichtete er dann doch Bildnerische Erziehung und als Zweitfach Geografie an einer renommierten Schule. Eine sichere Stelle und keine brotlose Kunst, wie man im Akademikerhaushalt Eck mit Zufriedenheit feststellte.

Mit der Schwiegertochter aus einfachen Verhältnissen würde man sich eben abfinden müssen, es hätte schließlich ärger kommen können. Nein, geliebt wurde Marianne von ihren Schwiegereltern nie. Aber das wäre nicht so schlimm gewesen, wenn sich nicht auch Sigismund immer weiter von ihr entfernt hätte. Ohne es jemals auszusprechen, gab er ihr die Schuld daran, dass er „nur" Zeichenlehrer geworden war. Im Grunde seines Herzens hasste er die Schule, die Schüler, die Kollegen. Gemerkt hatte das keiner außer ihr.

Sprachlosigkeit war das Schlüsselwort ihrer langjährigen Ehe, die dennoch vermutlich nicht schlechter gewesen war als viele andere. Man hatte sich arrangiert. Sie mit dem Haushalt und dem Garten, nachdem sie den Papierladen verkaufen hatte müssen. Gegen die Konkurrenz der großen Discounterketten, bei denen man sich um vieles billiger mit Schreibwaren eindecken konnte, hatte sie mit ihrem kleinen Fachgeschäft auf Dauer keine Chance gehabt. Und er hatte sich mit seinem Lehrerdasein abgefunden, das ihm zumindest einige Freizeit schenkte.

Als er schließlich vor vier Jahren pensioniert worden war, war der Übergang fließend gewesen. Statt nur die Nachmittage und Abende daheim zu verbringen, blieb er nun eben auch an den meisten Vormittagen zu Hause. Anfangs war er noch jeden Morgen losgezogen, bei schönem Wetter in die Isar-Auen, bei schlechtem in die Münchner Museen. Aber auch diese Ausflüge hatten allmählich ihren Reiz verloren. Glücklich war er nur noch auf den sorgfältig ausgewählten Reisen, auf die er sich jedes Mal akribisch vorbereitete. An dem Vortrag, den diese nette Reiseleiterin gerade über die

Karthager hält, hätte er sicherlich einiges auszusetzen gehabt, dachte Marianne mit einem Seufzer.

Elena bemerkte die neu erwachte Aufmerksamkeit unmittelbar neben ihr, schließlich trennte nur der schmale Gang die beiden Frauen. Spontan legte sie das Mikrofon zur Seite. „Kann ich irgendetwas für Sie tun?"

„Nein danke. Oder vielleicht doch. Könnten Sie sich für mich erkundigen, was eine Feuerbestattung auf Sizilien kostet?"

„Ich werde mich gleich nach unserer Ankunft in Erice darum kümmern", versprach Elena.

„Die Preise sind mir eigentlich egal", fuhr Marianne fort. „Soviel ich weiß, würde die Reiseversicherung sogar den Transport meines Mannes nach Deutschland abdecken. Aber das möchte ich nicht, ich will ihn nicht überführen lassen."

Warum eigentlich nicht? Nur schwer konnte sich Elena die Frage verkneifen. Es ging sie schließlich wirklich nichts an, weshalb Frau Eck eine Einäscherung auf Sizilien einem traditionellen Begräbnis daheim vorzog. Sie griff wieder zum Mikrofon, denn in diesem Moment kam das Bergstädtchen Erice erstmals in Sicht.

„Wir sprechen später darüber", bemerkte sie noch, bevor sie mit ihren Erläuterungen über die große Vergangenheit der kleinen Stadt hoch über den Salzgärten von Trapani begann. Auch den Venustempel, einst das begehrte Ziel der Seeleute aus allen Teilen der damaligen Welt, unterschlug sie nicht.

Nur die Scherze über die Rolle der Tempelpriesterinnen, die in Wahrheit ein florierendes Bordell betrieben hatten, verkniff sich Elena diesmal. Weil ihr Gelächter im Bus in dieser Situation doch nicht so recht passend erschien, unterschlug sie die pikanten Details und erzählte ausführlicher als sonst die Geschichte des trojanischen Helden Äneas, der mit seinen Argonauten der Legende nach hier gestrandet war.

Während Mario seinen Bus routiniert über die großzügig angelegten Serpentinen hinauf nach Erice steuerte, beobachtete er immer wieder die Passagiere im Rückspiegel. „Spar dir deine Worte, es hört dir ohnedies keiner zu“, rief er Elena in sizilianischem Dialekt zu, den außer ihr keiner an Bord verstand. Eine reine Vorsichtsmaßnahme, denn manche Touristen sprachen besser Italienisch, als die Reiseleiter vermuteten, was mitunter zu recht peinlichen Situationen führen konnte. „Die zwei jungen Leute turteln, die beiden Alten unterhalten sich, einer säuft und die anderen schlafen oder starren vor sich hin.“

Dieser Tag war nicht mehr zu retten, das wurde Elena klar, als sie einen kurzen Blick zurückwarf und Marios Worte bestätigt fand. Die Stimmung war im Keller, daran konnten weder der blitzblaue Himmel noch die herrliche Aussicht etwas ändern.

„Zum Hotel müssen wir ein paar Schritte gehen, das Gepäck wird Ihnen zur Rezeption nachgebracht“, erklärte Elena kurz und bündig, als der Bus auf dem großen Parkplatz vor dem Stadttor hielt. Schweigend trottete die Gruppe über das dekorative Katzenkopfpflaster der engen, gekrümmten Gassen. Unbewusst verfiel Elena in einen rascheren Schritt, was prompt einige Protestrufe zur Folge hatte.

„Nicht so schnell“, keuchte Susanne Strasser, die wieder einmal ihre trittsicheren Nikes gegen zierliche Sandalen eingetauscht hatte. „Etwas langsamer, bitte“, verlangte auch Adele Bernhardt. Elena blieb stehen, um auf die Nachzügler zu warten.

„Sie wollen uns wohl so bald wie möglich los sein!“ Christine Baumgart schien nur auf eine Gelegenheit gelauert zu haben, ihren Frust an der Reiseleiterin auszulassen.

„Immer mit der Ruhe“, mischte sich unerwartet Aldo Brehm ein. Der Inhalt seines Flachmanns hatte den Zahnarzt offenbar milde gestimmt. Mit der Freundlichkeit eines Gewohnheitstrinkers, der sein Quantum intus hat und deswegen mit sich und der Welt im Reinen ist, versuchte er, die Apothekerin zu besänftigen. „Wir sind alle ein wenig durcheinander. Lassen wir das doch nicht an unserer armen Elena aus, die ja wirklich nichts dafür kann. Wissen Sie was, ich lade Sie vor dem Essen alle auf einen Aperitif in die Hotelbar ein.“

„Das ist sehr großzügig von Ihnen, Herr Brehm“, antwortete Elena stellvertretend für die anderen. Zu dumm, dass sie nicht selbst auf diese Idee verfallen war. Die Extrakosten hätte sie ihrer Agentur schon untergejubelt. Aber jetzt war es zu spät, sie wollte Brehm nicht die Show stehlen.

Irgendwie hatte der kleine Disput die Stimmung gelockert, und so landeten die nunmehr etwas besser gelaunten Reisenden in dem kleinen, exquisiten „Hotel Bellavista“.

„Also in einer Stunde in der Bar“, verabschiedete sich Aldo Brehm, dem es immer gelang, als Erster seinen Zimmerschlüssel zu ergattern. „Sie kommen doch auch, Frau Eck? Wir würden uns alle sehr freuen, Sie bei uns zu haben.“

Das ist die gute Seite des Alkohols, dachte Elena dankbar. Nur wer so heiter gestimmt ist wie dieser Mann, kann unverkrampft mit einer mehr oder minder trauernden Witwe umgehen.

Als sie in die Dusche stieg, hörte sie ihr Handy fiepen. Viel zu neugierig, um auch nur fünf Minuten zu warten, kletterte sie aus der Kabine. Eine SMS war eingelangt.

„Bin heute Abend leider verhindert. Valentino."
Dann eben nicht! Elenas Enttäuschung über das geplatzte Rendezvous war größer, als sie sich eingestehen wollte. Aber vielleicht ist es besser so, sagte sie sich trotzig. Dann habe ich mehr Zeit, mich um die Gäste zu kümmern.

Elena schlüpfte in ihr nahezu bügelfreies cremefarbenes Allzweck-Kostüm, zu dem sie am liebsten eine dunkelrote Bluse trug. Die anderen kamen sicher auch nicht in Schwarz, nicht einmal die Witwe. Vermutlich würde Frau Eck für die Trauerfeier entsprechende Kleidung einkaufen wollen. Sie konnten gemeinsam losziehen, während die Gruppe die obligate Palermobesichtigung absolvierte.

Normalerweise zeigte Elena, die das dafür nötige Fremdenführer-Patent erst vor einem Jahr erworben hatte, ihren Gästen die Sehenswürdigkeiten der Hauptstadt selbst. Diesmal aber würde sie wohl einen lokalen Guide engagieren, um die Witwe bei den mühsamen Behördenwegen begleiten zu können.

Wie sie erstaunt registrierte, war ihre Schar bereits vollzählig versammelt. Nicht nur das, jeder hielt bereits ein Glas in der Hand und alle schienen nur auf sie gewartet zu haben. Diskret ließ Elena ihren Blick über die Anwesenden schweifen. Adele Bernhardt, todschick in ihrem schlichten grauen Kleid, unterhielt sich angeregt mit Felix Strasser. Zwischen Christine Baumgart und ihren Sohn, der nur noch Augen für seine Claudia zu haben schien, hatte sich Wilhelm Schwabl gedrängt.

Ohne nach rechts oder links zu blicken, nippte der Passauer versunken an seinem Gin Tonic und überließ es dem doppelt so alten Ludwig Jakubowski, die Damen zu unterhalten. Ein schwieriges Unterfangen, denn bei der bunt zusammengewürfelten Sitzordnung rund um die kleinen Tischchen waren ausgerechnet Susanne Strasser und Martina Reich, die einander offensichtlich nicht riechen konnten, nebeneinander gelandet.

Die Spannung zwischen den beiden Frauen war geradezu greifbar, doch das daneben sitzende Ehepaar Brehm, das sich rührend um Marianne Eck kümmerte, schien nichts davon zu bemerken. „Wenn wir wieder in München sind, musst du unbedingt einmal zu uns kommen, Marianne."

Elena, die sich in einiger Distanz auf einem Barhocker niedergelassen hatte, registrierte verwundert das vertrauliche Du. Wann um alles in der Welt hatten die Brehms mit der Witwe Bruderschaft getrunken? Gestern waren sie noch per Sie gewesen, da war sie sich sicher. Egal, alles, was dieser Frau half, über den Schock hinwegzukommen, sollte ihr recht sein.

Auch wenn die Brehms ziemlich aufdringlich sein konnten, schienen sie doch die Einzigen zu sein, die mit ihrer Herzlichkeit echten Anteil an dem tragischen Geschehen nahmen. Die anderen taten entweder so, als wäre das alles nicht passiert, oder sie stammelten verlegen herum. Mich eingeschlossen, dachte Elena selbstkritisch. Auch sie konnte mit der Situation nur sehr schlecht umgehen – und ihr graute schon jetzt vor morgen.

Wie erwartet bestellte Aldo Brehm, ohne lange zu fragen, eine zweite Runde. Während die Drinks serviert wurden, vibrierte Elenas Handy in ihrer Kostümtasche. Wieder eine SMS, wieder in amtlicher Kürze: „Leiche freigegeben. Erwarte Instruktionen. Valentino."

Instruktionen? Wie stellte sich der Commissario das vor? Sie konnte doch nicht auf der Stelle Anordnungen geben, ohne alles ausführlich mit der Witwe besprochen zu haben. Da würde er sich noch ein wenig gedulden müssen. Lakonisch konnte sie auch sein. „Melde mich noch heute. Martell." Diese Antwort musste ihm vorerst genügen. Und das Essen würde ihr auch ohne seine Gesellschaft schmecken.

„Allmählich sollten wir uns in den Speisesaal begeben, meine Herrschaften. Wir können ja nachher noch einmal die Bar aufsuchen", reagierte Elena routiniert auf den Wink des Barkeepers, der bedeutete, dass seine Kollegen mit dem Servieren beginnen wollten. Unter zustimmendem Gemurmel erhoben sich alle bis auf die tief in ihr Gespräch mit der Zahnarztgattin versunkene Marianne Eck.

In der plötzlich eingetretenen Stille waren die nachdenklichen Worte der Witwe laut und deutlich zu hören: „Er hat jemanden erkannt, der nicht erkannt werden wollte. Mehr hat er nicht gesagt."

17. Kapitel

Ganz Erice schlief bereits. Keine Menschenseele war zu sehen, als Elena aus dem Hotel schlüpfte und den Weg durch die steil ansteigenden Gassen hinauf zur Normannenfestung einschlug. Immer wieder schoben sich Wolken vor den Mond, der in wenigen Tagen voll sein würde. Doch schon jetzt tauchte er die schwalbenschwanzartigen Zinnen der mittelalterlichen Burg in sein silbriges, magisches Licht.

Der Ausblick war atemberaubend. Zum Greifen nahe glitzerten die Lichter von Trapani, während am Horizont wie ein Schemen ein Kreuzfahrtschiff vorbeiglitt. Selbst zwei der drei Ägadischen Inseln waren zu erkennen. Allerdings nur, wenn man wusste, dass es sich bei den dunklen Schatten, die sich weit draußen aus dem Meer erhoben, um Levanzo und Favignana handelte.

Sehnsüchtig blickte Elena zu der Inselwelt hinüber. Auch jetzt überkamen sie wieder Erinnerungen an Paul. An unbeschwerte Urlaubstage voll Sonnenwärme und Fröhlichkeit. Doch diesmal wollte sie der sentimentalen Anwandlung nicht nachgeben. Lieber beschäftigte sie sich mit ihrem Handy. Technik war ihr immer schon ein Buch mit sieben Siegeln gewesen, und mit Schaudern dachte sie daran, dass sie sich inmitten eines Spinnennetzes aus unsichtbaren Strahlen befand.

Aber das alles war auch faszinierend. Wenn sie jetzt ein paar Ziffern in dieses schwarze, kaum handtellergroße Ding tippte, drückte irgendwo dort unten ein Mann auf eine Taste eines ebenso kleinen Geräts, und schon war sie nicht mehr allein. Bereits nach dem ersten Läuten hob Valentino ab.

„Pronto? Sind Sie es, Elena?“

„Hier ist Signora Martell. Ich melde mich wie ausgemacht. Kann ich morgen noch irgendetwas für Sie tun?"

„Eher umgekehrt. Kann ich Ihnen weiterhelfen? Wie ich erwartet habe, geht der Tod des Signor Eck als Unfall in die Akten ein. Das hat mir der Vice-Questore mehr als deutlich zu verstehen gegeben. Der Fall ist kein Fall mehr und geht mich nichts mehr an. Was Sie jetzt mit der Leiche machen, ist Ihre Sache. Wofür hat sich Signora Eck nun entschieden?"

„Sie hatten recht, sie möchte eine Feuerbestattung auf Sizilien. Meine Agentur hat sich erkundigt. Es gibt nur ein Unternehmen in Palermo, das dafür zuständig ist. Allerdings verlangt das Bestattungsinstitut nicht wenig, sie wollen eine Pauschalsumme von 3.000 Euro."

„3.000 Euro? So viel kann das doch nicht kosten!"

„Doch. Dafür kümmern sie sich um alle Formalitäten und holen den Toten in jedem beliebigen Ort auf Sizilien ab. Im Preis inbegriffen sind außerdem die feierliche Aufbahrung im Krematorium, die Einäscherung und natürlich auch die Urne."

„Ein gutes Geschäft, vielleicht sollte ich umsatteln. So hoch ist der Monatslohn eines sizilianischen Commissario nicht. Hat die Witwe so viel Geld?"

„Ich glaube nicht, dass sie reich ist. Gut situiert schon, nehme ich an, auch wenn sie mit der Pension ihres Mannes vermutlich keine allzu großen Sprünge machen kann. Aber sie will es unbedingt so haben."

„Soll ich mit dem Bestattungsunternehmen reden? Mögen Sie Frau Eck?"

„Was hat das eine mit dem anderen zu tun?"

„Wenn Sie die Signora mögen, dann tue ich Ihnen den Gefallen. Damit Sie vor ihr und der Gruppe eine *bella figura* machen!"

Diese Sizilianer! Nichts, aber auch gar nichts war ihnen wichtiger als der äußere Schein. Egal, worum es auch immer ging, Hauptsache, man macht eine „gute Figur“! Elena lebte schon so lang im Süden, doch diese Facette der Mentalität würde sie wohl nie ganz verstehen. Und sie wusste, dass sie das Angebot nicht ausschlagen durfte. Wer die Chance auf eine *bella figura* nicht wahrnahm, beging eine gesellschaftliche Todsünde.

„Das ist sehr freundlich von Ihnen, Commissario. Was wollen Sie tun?“

„Sie geben mir den Namen und die Nummer des Bestattungsunternehmens, damit ich mich gleich morgen Früh mit dem Chef in Verbindung setzen kann. 3.000 Euro! Also wirklich! Für einen Transport von Trapani nach Palermo, das sind kaum 100 Kilometer über die Autobahn. Was kostet die Einäscherung allein?“

„350 Euro. Ohne Urne, die kommt noch dazu.“

„Also maximal 500 Euro insgesamt.“

„Ja, aber wie kommt die Leiche nach Palermo? Darum geht es doch in erster Linie.“

„Versprechen kann ich nichts, aber es ist denkbar, dass ich eine amtliche Überführung von der Prosektur in Trapani in die Gerichtsmedizin von Palermo veranlassen kann. Ich könnte die ungewöhnlich dünne Schädeldecke des Toten anführen, um mit einer zweiten Untersuchung die Unfalltheorie, an der mein Vorgesetzter so hängt, weiter zu untermauern. Dagegen hat er sicher nichts. Ist der Tote erst einmal in Palermo, kann die Fahrt zum Krematorium nicht mehr viel kosten.“

„Und die Papiere?“

„Die habe ich. Der Bestatter muss die nötigen Unterlagen ohnedies von mir anfordern, also kann ich sie gleich samt dem Toten frei Haus liefern lassen. Rechnen Sie mit 100 Euro maximal für diverse Gebühren und mit nochmals 100 Euro für Trinkgelder."

„Trinkgelder? Für wen?"

„Wird sich weisen. Aber mit ein bisschen Schmieröl lauft alles besser, das wissen Sie doch!"

„Und das sagt ausgerechnet ein Polizist?"

„Ja, weil dieser Polizist in erster Linie Sizilianer ist und seine Landsleute kennt. Außerdem hat der Commissario jetzt Feierabend und plaudert ganz privat."

„Leichentransport! Ein schönes Thema für ein Privatgespräch", spottete Elena.

„Wann also sehen wir uns, Signora Martell?"

„Kommt ganz darauf an, was Sie in der Causa Eck erreichen. Ich fahre morgen mit der Gruppe über Segesta nach Palermo und möchte etwa um 15 Uhr im Hotel eintreffen. Um diese Zeit ist wenig Verkehr, und die Gäste können sich vor der Stadtrundfahrt noch ein wenig ausruhen. Übermorgen, also am Mittwoch, steht dann eine zweistündige Stadtführung mit anschließendem Besuch des Museums im Palazzo Abatellis auf dem Programm. Danach ist der Nachmittag frei, und das wäre deshalb der ideale Zeitpunkt für die Einäscherung."

„Gut. Ich werde versuchen, einen Termin für übermorgen um 16 Uhr zu vereinbaren. Falls Sie nichts mehr von mir hören, hat das geklappt. Aber ich melde mich sicherlich noch vorher. Jetzt fehlt mir nur noch die Telefonnummer des Bestatters."

„Die bekommen Sie per SMS, ich habe sie nicht bei mir."

„Wo stecken Sie denn? Ich habe angenommen, dass Sie in Ihrem Zimmer sind."

„Nein, mir war dringend nach frischer Luft zumute. Ich schaue auf Sie hinunter, denn ich sitze in dem kleinen Park vor dem Kastell. Ganz Trapani liegt mir zu Füßen."

„Aber was war denn los? Was hat Sie denn noch aus dem Haus getrieben? War die Stimmung so fürchterlich?"

„Nein, eigentlich nicht. Mit ein paar Drinks kann man alle recht heiter machen. Aber mir will eine Bemerkung von Frau Eck nicht aus dem Kopf."

„Welche Bemerkung?"

„Sie hat wörtlich gesagt, dass ihr Mann jemanden erkannt hätte, der lieber nicht erkannt werden wollte. Aber um wen es sich dabei handelte, wisse sie nicht. Bevor er es ihr erzählen konnte, war er tot."

„Interessant. Wem gegenüber hat sie das erwähnt?"

„Alle müssen es gehört haben."

„Gab es irgendeine Reaktion?"

„Nein. Und genau das macht mich so stutzig. Der oder die Betroffene muss sich gut in der Hand haben. Keiner hat etwas gesagt, nicht einmal die geschwätzige Apothekerin. Aber vermutlich ist das alles ganz harmlos und ich sehe Gespenster."

„Möglich. Aber sicher ist sicher. Versprechen Sie mir, dass Sie die Sache auf sich beruhen lassen. Falls Sie einen Mörder oder eine Mörderin in der Gruppe haben, fühlt er oder sie sich jetzt sicher. Schlafende Hunde soll man nicht wecken. Elena, bitte, passen Sie auf."

„Jetzt übertreiben Sie aber. Wer soll mir schon etwas tun? Ich weiß doch nichts. Und bald sind sie alle wieder fort und für immer aus meinem Leben verschwunden. Gott sei Dank!"

„Auch ich?" Giorgios Stimme war plötzlich nur noch ganz leise zu vernehmen.

„Wie bitte? Was haben Sie gesagt?"

„Nichts. Gar nichts, ich habe mich nur geräuspert. Gut, dann wäre alles besprochen. Sie gehen jetzt schön brav zurück ins Hotel und machen morgen wie immer Ihren Job. Und spielen ja nicht Detektiv, versprochen?"

„Versprochen! Wenn Sie wüssten, wie zuwider mir das alles ist. Dabei lese ich so gern Kriminalromane. Oder besser gesagt: jene Art Bücher, die keine Krimis im klassischen Sinn sind, sondern Milieustudien. Der Täter ist letztendlich egal, aufs Drumherum kommt es an."

„Sie reden nicht vielleicht von Camilleri?"

„Natürlich habe ich alles von Andrea Camilleri gelesen, alle seine Kriminalgeschichten und die anderen Sachen auch."

„Und? Gefällt Ihnen sein Commissario Montalbano?"

„Sehr sogar."

Zu guter Letzt hatte das Gespräch eine bizarre Wendung genommen. Da saß sie mitten in der Nacht mutterseelenallein auf einer Parkbank und unterhielt sich mit einem echten Polizisten über einen erfundenen. Was wollte er wohl hören? Wie er in einem direkten Vergleich abschnitt? Das würde sie ihm sicherlich nicht verraten. Und auch nicht, dass er mindestens genauso gut aussah wie Camilleris fescher Commissario in der Verfilmung.

„Wer gefällt Ihnen noch, Elena?"

„Wenn Sie Schriftsteller meinen, dann kann ich Ihnen gleich eine ganze Liste herunterbeten."

„Dichter oder Krimiautoren? Nur Sizilianer?"

„Bleiben wir bei den Krimis und lassen wir auch andere Italiener zu, einverstanden?"

„Ja, aber verschieben wir unseren literarischen Höhenflug lieber auf ein andermal. Sie müssen müde sein, und ich bin es auch. Gehen Sie schlafen. Und sperren Sie sorgfältig Ihre Tür ab. Sicher ist sicher. Mögen die Priesterinnen der Aphrodite von Erice Sie beschützen!"

„Was soll das nun wieder? Glauben Sie gar an Zeus und die ganze griechische Götterwelt?"

„Sie nicht? Dann werden Sie nie zu einer Sizilianerin! Natürlich sind sie alle noch da, und sie treiben es auf ihrem Olymp so bunt wie eh und je. Nur können wir sie nicht mehr sehen, das haben wir leider verlernt. Hören Sie nicht das Rauschen in den Blättern? Dann plaudern die alten Götter, heißt es."

„Unsinn. Sie wissen genauso gut wie ich, dass hier oben stets der Wind weht und sich in den Bäumen verfängt!" Verwundert schüttelte Elena den Kopf. Noch so ein abergläubischer Sizilianer, wer hätte das gedacht.

„Es gibt mehr Dinge zwischen Himmel und Erde ...! Hat das nicht Hamlet gesagt?", konterte Giorgio mit einem leisen Lachen. „Aber genug der Schulweisheit. Ab ins Bett mit Ihnen, und träumen Sie schön!"

„Buona notte, Giorgio. Bis morgen!"

Nur ungern beendete Elena das Gespräch. Erst jetzt wurde ihr bewusst, dass sie den Commissario zu guter Letzt doch noch mit seinem Vornamen angesprochen hatte. Wie lang habe ich jetzt mit diesem Mann, den ich vor einer Woche noch nicht einmal kannte, geredet?, fragte sie sich erstaunt. Fast zwanzig Minuten, unglaublich. Kein Wunder, dass es sie fröstelte. Es war ganz schön kühl geworden! Eilig sprang sie auf, denn irgendwo in den Büschen raschelte es unüberhörbar. Doch es war nicht Giorgios antiker Götterhimmel, der sie geängstigt hatte, sondern eine höchst lebendige Gestalt.

„Haben Sie mich erschreckt!"

Felix Strasser kam aus dem Dunkel auf sie zu. „Verzeihen Sie, das wollte ich nicht. Aber mir war nach einem Spaziergang, und plötzlich habe ich jemanden reden gehört“, entschuldigte sich der Salzburger.

„Seien Sie mir nicht böse, aber ich bin jetzt wirklich nicht zum Plaudern aufgelegt.“

„Auch nicht über den Zauber mancher Sommernächte im Anblick der Bucht von Castellammare, wenn sich die Sterne im schlafenden Meer spiegeln?“

Elena, die sich bereits mit langen Schritten auf den Heimweg gemacht hatte, blieb verblüfft stehen. „Sie kennen Giuseppe Tomasi di Lampedusa auswendig?“

„Nein, ich will nicht schwindeln, außer diesem Zitat habe ich leider gar nichts von ihm gelesen. Meine Weisheit stammt aus einem Reiseführer. Es ist mir nur jetzt eingefallen, denn Castellammare dürfte ganz in der Nähe sein.“

„So nah auch wieder nicht, aber es ist schon in dieser Ecke. Genauer gesagt hinter diesen Vorgebirgen, wenn Sie dort hinüberschauen. Morgen werden Sie die kleine Hafenstadt aus der Ferne sehen, vom griechischen Theater von Segesta aus. Aber um zu Lampedusa zurückzukehren ...“

Amüsiert musterte Felix Strasser seine Reiseleiterin. „Stopp, Sie sind nicht im Dienst. Nicht zu so später Stunde. Auch wenn ich mich durch diese Privatlektion höchst geehrt fühle.“

„Ich habe nur vorweggenommen, was ich allen meinen Gästen erzähle“, schwächte Elena ab.

„Es ist wunderbar für mich, wieder einmal mit jemandem über Literatur zu sprechen. Mit einem Computerfachmann reden die Leute nur Fachchinesisch, leider.“

Von Susanne Strasser wusste Elena, dass ihr Mann einen gut bezahlten Job in der Datenverarbeitung der Salzburger Landesregierung hatte. Unkündbar, weil pragmatisiert. Mit einer für sie leider unkontrollierbaren Arbeitsgleitzeit, wie die eifersüchtige Frau Gemahlin betont hatte.

„Ursprünglich habe ich Germanistik und Kunstgeschichte studiert, aber die Berufsaussichten für Mittelschullehrer waren damals katastrophal. Also habe ich auf EDV umgesattelt und bin gut damit gefahren." Felix Strasser seufzte tief, was ihm einen nachdenklichen Blick Elenas eintrug. Da sie ihn aber weiterhin schweigend ansah, fuhr er ermutigt fort. „Ich bin immer noch an Kunstgeschichte und Literatur interessiert, und so quäle ich meine Familie, indem ich sie in Ausstellungen, zu Lesungen oder auf Bildungsreisen schleppe. Wie eben jetzt. Früher habe ich sogar selbst ein wenig gezeichnet. Überallhin habe ich meinen Skizzenblock mitgenommen, so wie Frau Reich. Die ist übrigens höchst begabt, das Urteil traue ich mir zu. Jedenfalls viel begabter als ich."

Wie man sich doch täuschen konnte! Elena dachte schuldbewusst an ihren ersten Eindruck von Felix Strasser. Als selbstgefällig und oberflächlich hatte sie ihn eingeschätzt. Weil er blendend aussah und das offensichtlich auch wusste? Oder weil seine Frau ihn als passionierten Weiberhelden bezeichnete, der nichts anbrennen ließ? Dabei war er einfach nur nett und gebildet noch dazu.

Auf den letzten hundert Metern, die sie im Laufschritt zurücklegten, bemerkte Elena, wie müde sie war. Immer wieder stolperte sie, und wenn der kräftige Mann an ihrer Seite sie nicht geistesgegenwärtig gepackt hätte, wäre sie sicherlich auf der obersten

Stufe der Freitreppe vor dem Hoteleingang gestürzt. Lachend traten die beiden, immer noch Arm in Arm, durch die Glastür – und standen vor Susanne Strasser, die sie böse anfunkelte.

„Habt ihr euch gut amüsiert?“ Hoch erhobenen Hauptes verschwand die Ehefrau, die offenbar im Foyer auf die Rückkehr ihres Mannes gewartet hatte, im Aufzug.

18. Kapitel

Der Tod kommt leichtfüßig daher. Scheinbar willkürlich holt er sich seine ahnungslosen Opfer, die eben noch das Leben in vollen Zügen genossen haben. Nur ein kurzer Augenblick trennt die festlich gekleideten Menschen von ihrem Untergang, jeden Moment wird das Unglück über viele der eben noch fröhlich Feiernden hereinbrechen. Einige wenige bleiben dieses Mal verschont, doch auch sie werden früher oder später ihrem Schicksal nicht entrinnen.

Das Gerippe hoch zu Ross macht keinen Unterschied zwischen Arm und Reich, zwischen Bauer, Bürger, Edelmann. Ob kleiner Priester oder mächtiger Bischof, ob junge Schönheiten oder Verkrüppelte und Ausgestoßene, ausnahmslos holt er sie alle, die unter die Hufe seines gespenstischen Pferdes geraten.

Schweigend stand Elena vor dem Fresko aus dem 15. Jahrhundert, das eine ganze Wand in der ehemaligen Kapelle des Palazzo Abatellis ausfüllte. Noch bei keinem Besuch des großartigen Regionalmuseums von Palermo hatte sie sich der bedrückenden Faszination dieses Meisterwerks der frühen Renaissance entziehen können. Diesmal aber traf sie der „Triumph des Todes" mit voller Wucht.

„Grauenhaft. Und in all dem Grauen schaurig schön. Doch wie konnten die Menschen mit solchen Bildern vor Augen leben?", wandte sich Elena an Adele Bernhardt, die leise an ihre Seite getreten war.

„Vielleicht, weil das Sterben damals alltäglicher war, aber daran allein kann es nicht liegen. Denn heute werden uns durchs Fernsehen Kriege und Naturkatastrophen sogar ins Wohnzimmer geliefert."

Elena streifte die alte Dame mit einem kurzen Seitenblick, bevor sie sich erneut dem Fresko zuwandte. „Ja, aber nur in einer sterilen Version. Das Leid, das wir zu sehen bekommen, riecht nicht nach Tod und Verwesung. Denken Sie doch an das Gemetzel am Balkan. Oder an die Bomben in Bagdad. Sogar mit Worten wischen wir das Blut sorgsam ab. Wir sagen nicht Krieg zu dem großen Sterben, sondern Konflikt oder Krise. Klingt doch so viel harmloser und schont unsere Gefühle."

„Gerade deswegen können wir mit einem plötzlichen Todesfall so schlecht umgehen", antwortete Adele. „Selbst ich, und ich bin doch um einiges älter als die anderen. Außer mir hat nur Ludwig Jakubowski den Zweiten Weltkrieg miterlebt. Oder besser gesagt überlebt. Wir kannten noch das Sterben im großen Stil und den Geruch des Todes. Aber lassen wir das, reden wir von etwas anderem."

„Einverstanden. Kommen Sie, ich zeige Ihnen jetzt etwas Tröstlicheres als dieses Wandbild. Es bleibt uns noch eine halbe Stunde, bis das Museum schließt."

Ursprünglich war der Besuch des Palazzo Abatellis von ihrer Agentur gar nicht vorgesehen. Seit sie jedoch die begehrte Stadtführerlizenz besaß und sich die Zeit einteilen konnte, präsentierte Elena ihren Gästen das Museum als letzten Höhepunkt ihres Palermo-Programms.

Dieses Extra wäre diesmal fast ins Wasser gefallen. Zeit dafür hatte sie nur, weil ihr Giorgio Valentino die bürokratische Abwicklung des Todesfalls abgenommen hatte. Die wenigen noch offenen Fragen würde Signora Eck unmittelbar vor der für 16 Uhr angesetzten Einäscherung klären können, stand in der Nachricht, die er für sie im Hotel hinterlassen hatte. Sie und die

Witwe müssten nur ein paar Minuten früher da sein, das genüge vollauf.

Eine präzise Planung, dachte sie dankbar, während sie durch die weitläufigen Räume des spätgotischen Palazzo schlenderte. Von ihren anderen Gästen war weit und breit niemand zu sehen. Wie stets hatte sie gleich beim Eingang nur zu einigen wenigen Exponaten Erläuterungen gegeben. Danach war jeder sich selbst überlassen. Wer wollte, konnte bis zur Sperrstunde im Museum bleiben. Oder nach einem Schnelldurchgang losziehen, um Palermo auf eigene Faust zu erkunden. Erst am Abend würden alle wieder gemeinsam im Hotel essen.

An diesem Nachmittag aber stand der feierliche Abschied von Sigismund Eck auf dem Programm. Teilnahme freiwillig. Elena rechnete nicht damit, dass die gesamte Gruppe dabei sein würde, doch für alle Fälle hatte sie Mario gebeten, ab 15 Uhr mit dem Bus bereitzustehen. Liebenswürdig, wie der junge Sizilianer nun einmal war, hatte er nicht einmal die Miene verzogen, sondern schmunzelnd vorgeschlagen: „Wollen wir wetten, wie viele kommen werden? Ich setze zehn Euro, dass sich das keiner entgehen lassen wird!"

Ausnahmsweise war Elena darauf eingegangen. „Einverstanden! Ich glaube nämlich, dass die jungen Leute etwas Besseres vorhaben. Auch der Schwabl ist ein unsicherer Kandidat. Der kommt wahrscheinlich nicht. Bei der Reich bin ich mir nicht sicher. Du also sagst alle, und ich sage, dass sich einige drücken. Wir haben aber nicht gewettet, wie viele es schlussendlich sein werden."

Allmählich wurde Mario klar, dass er sich in eine denkbar schlechte Position manövriert hatte. Es musste nur ein Einziger ausbleiben, und schon gehörte Elena das Geld. Als sie an das frustrierte Gesicht des leidenschaftlichen Spielers dachte, der seinen zehn Euro sicher jetzt schon nachweinte, lachte Elena laut auf. Das wird ihm eine Lehre sein, dachte sie noch immer lächelnd, als sie um ein Haar am größten Schatz des Museums vorbeigelaufen wäre. An einem Gemälde, das sie jedes Mal aufs Neue in ihrem tiefsten Inneren berührte.

Gerade noch rechtzeitig entdeckte sie Adele Bernhardt am anderen Ende des Saals. „Halt, halt, kommen Sie zurück!"

Bereitwillig machte die alte Dame kehrt. „Wenn Sie mich rufen, lohnt es sich sicher. Gibt es etwas Besonderes zu sehen?"

„Dieses kleine Ölbild hier. Die Annunziata, die Verkündigung, von Antonello da Messina!"

Stumm betrachteten die beiden das ergreifende Madonnenantlitz.

Freude, Stolz, Demut und eine Vorahnung von Kummer und Schmerz, all das steht der jungen Frau ins Gesicht geschrieben, die mit nachdenklichen Augen am Betrachter vorbeiblickt. Fast unmerklich spielt ein Lächeln um ihren Mund, doch auch dieses weiß bereits von grenzenlosem Leid, das über sie, die Auserwählte des Herrn, hereinbrechen wird. Sie fügt sich ihrem Schicksal, nur ihre rechte Hand, die vor dem Blau ihres Umhangs zu schweben scheint, ist in leiser Abwehr erhoben.

Wie kein anderer hat der größte Maler Siziliens den Augenblick eingefangen, in dem Maria begreift, was die Verkündigung des Erzengels wirklich bedeutet. Eine Momentaufnahme, auf einem Stück Holz vor mehr als einem halben Jahrtausend für alle Zeiten festgehalten.

Erst nach einer geraumen Weile brach Elena das Schweigen. „Schade, dass wir während unserer Rundreise nicht nach Cefalù kommen. Dort können Sie in dem kleinen Privatmuseum Mandralisca ein weiteres Meisterwerk von Antonello sehen. Das Bildnis eines Unbekannten. Vermutlich würde es Ihnen aber gar nicht so unbekannt vorkommen, es taucht immer wieder als Illustration auf Buchtiteln auf."

„Ich glaube, ich weiß, welches Sie meinen. Das Porträt eines hübschen jungen Mannes. Er lächelt ziemlich geheimnisvoll. Eine echte Konkurrenz für die Mona Lisa."

„Schließlich waren Antonello und Leonardo Zeitgenossen, auch wenn ich die genauen Daten nicht im Kopf habe. Italienische Renaissance in höchster Vollendung, etwas anderes kann man dazu nicht sagen. Leider haben beide relativ wenig gemalt. Leonardo, weil er mit hundert anderen Sachen beschäftigt war. Weshalb Antonellos Hinterlassenschaft eher klein ist, weiß ich nicht. Das muss ich noch nachlesen. Von ihm kenne ich sonst nur die Überreste von Flügelaltären. Einer befindet sich hier, ein anderer in Messina. Und es gibt eine weitere Annunziata in Syrakus. Aber die ist leider stark beschädigt."

„Dann habe ich Ihnen etwas voraus", mischte sich unvermutet die plötzlich wie aus dem Nichts erschienene Martina Reich ins Gespräch. „Die National Gallery in London besitzt Antonellos heiligen Hieronymus. Ausnahmsweise kein Porträt und auch keine Gesamtansicht. Der Mönch, der sich nur von der Seite zeigt, sitzt winzig klein in seinem Studierstübchen. Ein für Antonello untypisches Bild."

„Den Hieronymus kenne ich nur von Reproduktionen. Aber eigentlich habe ich von Antonellos Werken auf Sizilien gesprochen. In Wien haben wir von ihm auch eine Muttergottes. Aber die zählt ebenso wie die

Madonna, die in München hängt, leider nicht zu seinen besten Werken. Ich wusste übrigens gar nicht, dass Sie eine Antonello-Expertin sind." Fragend blickte Elena, die sich mit Adele auf der schmalen Sitzbank vor der Annunziata niedergelassen hatte, zu der Deutschen auf.

„Bin ich auch nicht, das ist reiner Zufall", meinte Martina Reich, „ich kenne mich in der italienischen Renaissance nicht so gut aus, wie ich gern möchte. Kunstgeschichte ist eigentlich nicht mein Fachgebiet. Und jetzt will ich nicht weiter stören."

„Sie stören doch nicht. Wirklich nicht. Bleiben Sie doch bei uns, wir können uns gemeinsam den Rest der Ausstellung anschauen." Die wie immer höfliche Adele ergriff die Initiative, um der offenbar schüchternen Frau über ihre Verlegenheit hinwegzuhelfen.

Eine merkwürdige Person, dachte Elena nicht zum ersten Mal, während die beiden bereits diskutierend weitergingen. Das mit der Expertin war doch nur so dahingesagt. Wieso reagiert sie darauf so heftig und wird über und über rot? Und weshalb will sie uns weismachen, dass sie, die doch selbst bei jeder sich bietenden Gelegenheit zeichnet und malt, von Kunst nur wenig versteht? Was macht die Reich eigentlich beruflich? Bisher war mir das egal, aber jetzt will ich es wissen. Sie eilte den beiden Frauen nach.

„Heute haben Sie Ihren Skizzenblock gar nicht dabei", eröffnete Elena das Spiel. „Oder zeichnen Sie nie in Museen und nur in der Natur?"

„Sie haben doch selbst gesagt, dass wir unsere Taschen im Hotel lassen sollen", konterte Martina Reich und drehte auf dem Absatz um.

Eins zu null für sie, musste sich Elena eingestehen. So leicht aber würde sie nicht aufgeben. Statt eine weitere Abfuhr zu riskieren, würde sie sich einfach bei

Adele erkundigen. Mit ihrer Anteil nehmenden Art schien die pensionierte Lehrerin ein wahres Naturtalent darin zu sein, alles zu erfahren, was sie interessierte. Vermutlich kannte sie bereits die Lebensgeschichten aller Mitreisenden, also auch die von der Reich.

Sie hatte sich nicht geirrt, Adele übertraf ihre Erwartungen sogar bei weitem, wie sich beim gemeinsamen Mittagessen herausstellte. Als Elena und Adele kurz vor Ende der Besuchszeit beim Museumsausgang angelangt waren, hatte sich die Gruppe längst in alle Richtungen zerstreut. Auch von Martina Reich war nichts mehr zu sehen. Sogar Jakubowski, der Adele sonst wie ein Schatten folgte, schien sich in Luft aufgelöst zu haben, was Elena mit einiger Verwunderung registrierte. Die alte Dame interpretierte ihren Gesichtsausdruck richtig.

„Sie fragen sich bestimmt, wo mein ständiger Begleiter bleibt. Er wollte unbedingt zum Friseur. Mir könnte das auch nicht schaden. Aber ich bin zu geizig mit meiner Zeit. Da hätte ich ja die Antonello-Madonna versäumt. Er wird sich ganz schön ärgern, wenn ich ihm davon erzähle. Nein, meine Verschönerung muss warten, bis ich in Taormina bin."

Elena überlegte kurz, bevor sie eine ihrer selbst aufgestellten Regeln brach: kein Alleingang mit einem einzelnen Mitglied ihrer Gruppe, das konnte nur zu Eifersüchteleien oder Missverständnissen führen. Aber Adele hatte es ihr nun einmal angetan.

„Wenn Herr Jakubowski nicht auf Sie wartet und Sie auch sonst nichts Besseres vorhaben, dann zeige ich Ihnen das Viertel rund um die kleine Piazza San Francesco. Bis vor wenigen Jahren war das ein besonders heruntergekommener Teil der Altstadt. Heute ist dieser Stadtteil ein Beispiel für eine gelungene Revitalisierung."

„Dafür wäre ich Ihnen zwar dankbar, aber Sie müssen mich jetzt nicht betreuen. Ich finde mich auch allein zurecht!"

„Unsinn. Sie haben sicher Hunger und auch ich möchte eine Kleinigkeit essen. Kommen Sie, Frau Professor. Sie mögen doch junge Leute. Also zeige ich Ihnen das junge Palermo."

Mit ein wenig Glück würden sie in der „Antica Focacceria", die nicht zufällig zu den Lieblingslokalen der Palermitaner Studenten zählte, einen Platz finden. Dort gab es nämlich nicht nur deftige Hausmannskost zu vernünftigen Preisen, auch das außerordentlich große Angebot an Biersorten konnte sich sehen lassen. Ob Adele allerdings die mit viel Zwiebeln geröstete Milz, eine der traditionellen Spezialitäten, schmecken würde, erschien Elena mehr als fraglich. Paul hätte sich allein schon beim Gedanken an die in riesigen Kesseln vor sich hin schmurgelnden Innereien vor Abscheu geschüttelt.

„Was halten Sie von einem Sfincione? Das ist der typische Palermitaner Zwiebelkuchen", fragte sie deshalb ihre Begleiterin.

Die aber bestand auf Milz. „Dazu möchte ich ein Bier. Mögen Sie auch eins oder lieber ein Glas Wein?"

„Für mich nur Wasser. Danke."

„Trinken Sie nie Alkohol?"

„Nein, oder besser gesagt ja. Ich trinke nicht."

„Warum? Schmeckt er Ihnen nicht oder vertragen Sie ihn nicht?"

Das Gespräch hatte eine Wendung genommen, die Elena ganz und gar nicht behagte. So sympathisch Adele Bernhardt ihr auch war, ausfragen wollte sie sich nicht lassen. Am besten, sie ging auf das Thema erst gar nicht ein.

Es ging niemand etwas an, dass sie nach Pauls Tod in eine ernsthafte Krise geschlittert war. Zu viel Wein, zu viel Whisky, zu viele Zigaretten. Bis zum Zusammenbruch. Körperlich und seelisch. Doch diese schreckliche Phase ihres Lebens gehörte seit geraumer Zeit endgültig der Vergangenheit an. Alkohol war seither für sie tabu, auch wenn ihr ab und zu ein Bier oder ein Glas Wein vermutlich nicht schaden würde.

„Ich mag keinen Alkohol, so einfach ist das. Aber sehen Sie sich doch um. Lupenreiner Jugendstil, hierzulande Liberty genannt! Bitte gehen Sie auch auf die Toilette, selbst wenn Sie nicht müssen. Es lohnt sich. Die Lampen, die Wasserhähne, alles ist noch original aus der Zeit um 1900."

Mit Jugendstil in Palermo hatte Adele Bernhardt nicht gerechnet. „Das würde Martina Reich gefallen, schließlich ist sie eine ziemlich gefragte Stoffdesignerin, wie sie mir gestern erzählt hat. Nicht, dass sie damit angeben wollte, der Typ ist sie nicht. Aber ein gewisser Stolz klang schon durch, als ich ein bisschen gebohrt habe. Sie hat sogar für eine internationale Hotelkette Möbelstoffe entworfen. Mir fällt aber jetzt nicht mehr ein, ob für Hilton, Marriott oder Intercont."

Die Zeit verging viel zu schnell, und wieder einmal musste Elena zum Aufbruch drängen. Genüsslich trank Adele Bernhardt den Rest ihres Biers, bevor sie sich erhob und der Toilette zustrebte.

„Ich warte beim Ausgang", erklärte Elena und machte den Tisch frei für die jungen Leute, die bereits ein wenig ungeduldig auf die frei werdenden Plätze lauerten. Sie genoss das Stimmengewirr, das sich wie eine Klangwolke über den dampfenden Kesseln hinter dem Tresen erhob. Auch das war das so übel beleumundete Palermo. Nicht die Mafia-Hochburg und auch nicht ein verwittertes Freilichtmuseum, sondern eine Stadt voll Jugend und Leben.

Tief atmete Elena auf der sonnenüberfluteten Piazza durch. Die Heiterkeit des Augenblicks war genau die richtige Medizin, um sich für den bevorstehenden Nachmittag im Krematorium zu stärken.

Weg waren sie. Als Martina Reich auf die schmale Gasse vor dem Palazzo Abatellis trat, konnte sie weit und breit keinen mehr aus ihrer Gruppe entdecken. Umso besser, dachte sie trotzig. Ich brauche niemanden. Habe nie jemand gebraucht. Außer meinen Vater, und der wird nie wiederkommen. Überhaupt wird es niemals wieder jemanden wie ihn geben. Nicht für mich und nicht für diese Welt. Aber die hat ihn ohnedies verkannt, ihn mitsamt seinem Talent und Wissen einfach eingesperrt. Ihm Jahre seines Lebens gestohlen. Und das nur, weil er genauso gut malen konnte wie die Größten der Großen.

Statt ihm zu Füßen zu liegen, wie es einem Genie wie ihm gebührte, nannten es die Richter Fälschung und Betrug in großem Stil und verdonnerten ihn zu acht Jahren Haft. Mörder bekommen oft weniger, hatte er im Gerichtssaal bitter ausgerufen, bevor sie ihn endgültig wegsperrten. In Wahrheit hatte das Urteil „lebenslänglich“ gelautet, denn er war im Gefängnis gestorben. Als berühmt-berüchtigter Mann, dessen Namen man weit über die Grenzen Deutschlands hinaus kannte.

Wie Konrad Kujau, der legendäre Fälscher der Hitler-Tagebücher, hatte es auch Martin Wegand zu internationaler Bekanntheit gebracht. Doch anders als Kujau, der mit nur vier Jahren Haft vergleichsweise billig davongekommen und nach drei Jahren wieder frei gewesen war, hätte Professor Wegand nach seiner Haft niemals Kapital aus seinem zweifelhaften Ruhm geschlagen.

Im Gegenteil, Vater und Tochter wären in der Anonymität untergetaucht, darüber hatten sie oft gesprochen. Er mit einer neuen, amtlich sanktionierten Identität. Und Martina kannte ohnedies niemand unter dem Namen Reich, den sie einer kurzen Ehe verdankte. Nur noch zwei Jahre hätte er ausharren müssen, dann wären drei Viertel der Zeit um gewesen. Man hätte ihn bedingt entlassen, da war sie sich sicher. Dann könnten sie jetzt gemeinsam hier auf Sizilien sein, das er so liebte und ihr schon immer zeigen wollte. Er als ihr Fremdenführer – und nicht diese resolute Reiseleiterin, die ihr nun dauernd in die Quere kam.

In Gedanken versunken war Martina auf der Piazza Marina gelandet, wo sich rund um den Giardino Garibaldi hinter dem alten Hafen ein Lokal an das andere reihte. Seit einigen Jahren hatte sich der heruntergekommene Park herausgemacht. Nicht länger glich die Anlage vor dem Palazzo Steri, wo vor mehr als sechshundert Jahren der letzte Spross der Adelsfamilie Chiaramonte enthauptet worden war, einer städtischen Müllhalde. Und auch von der düsteren Vergangenheit war im Schatten des mächtigen spätmittelalterlichen Palais nichts mehr zu spüren.

Nur wenige Meter vom uralten Hafen Palermos entfernt saßen alte Männer auf den Parkbänken, um wie auf jeder Piazza der Insel tagtäglich die Welt aufs Neue zu erfinden. Liebespaare schlenderten durch die Anlage, und Mütter sahen ihren spielenden Kindern zu, während Touristen die gigantischen Luftwurzeln der größten Gummibäume Europas bestaunten.

Mit kundigem Blick musterte Martina die unter bunten Sonnenschirmen aufgereihten Tische der Trattorien, von denen einige gut besucht, andere wiederum ziemlich leer waren. Ihre Wahl fiel schließlich auf das „Beati e Paolo“, eine gute Entscheidung, wie sich rasch herausstellte. In kürzester Zeit standen eine köstlich duftende Pasta und eine kleine Karaffe Hauswein vor ihr.

„Prosit, Papa!" Schon längst war dieser leise vor sich hin gemurmelte Trinkspruch zum Ritual geworden, an dem Martina auch nach dem Tode ihres Vaters eisern festhielt. Begonnen hatte sie damit, als Martin Wegand verhaftet wurde. Fassungslos darüber, dass man ihn wie einen gemeinen Verbrecher im Morgengrauen abführte, hatte sie sich noch am selben Tag das erste und letzte Mal in ihrem Leben mit voller Absicht betrunken. Dementsprechend fürchterlich war am nächsten Morgen der Kater samt Katzenjammer, als sie sich mit brummendem Schädel der Realität stellen musste.

Ihr über alles geliebter Vater, der anerkannte Kunstexperte und Gutachter – ein Krimineller. An dieser Tatsache führte kein Weg vorbei. Nachdem bis heute unbekannte Täter bei einem der wohl frechsten Kunstdiebstähle der Neuzeit Botticellis weltberühmte „Geburt der Venus" aus den Uffizien von Florenz gestohlen hatten, gehörte Professor Wegand zu dem Experten-Team, das sich hinter den Kulissen um die Wiederbeschaffung des unschätzbaren – und natürlich auch unverkäuflichen – Kunstwerkes bemühte. Man ging davon aus, dass die Diebe früher oder später Kontakt aufnehmen und das Bild zum Rückkauf anbieten würden.

Und so kam es auch. Zähneknirschend zeigte sich die Regierung in Rom bereit, gegen eine damals streng geheim gehaltene Summe den Botticelli von den Gangstern zu erwerben. In aller Stille ging das dubiose Geschäft über die Bühne. In einer Nacht- und Nebelaktion, die einem drittklassigen Thriller entstammen hätte können, musste Wegand das Gemälde auf Echtheit und etwaige Beschädigungen prüfen. Erst danach wurde das Geld auf verschlungenen Pfaden im Austausch gegen das Bild übergeben. Über die Details des abenteuerlichen Deals wurde auch bei der späteren Gerichtsverhandlung nur wenig bekannt. Auch so waren die Fakten peinlich genug.

Ausgerechnet dem staatlich bestellten Fachmann war der wohl noch dreistere Betrug gelungen, indem er die Venus genial kopiert und diese Kopie als Original um einen horrenden Preis an Italien verkauft hatte. Der Clou: Das riskante Treffen mit den Gangstern war nichts anderes als eine von Wegand geschickt in Szene gesetzte Täuschung gewesen. Er war niemals mit verbundenen Augen zum Botticelli gebracht worden, um seine Expertise abzugeben. Die echten Diebe hatten zu diesem Zeitpunkt nämlich noch gar keine Verhandlungen aufgenommen. Und sahen sich nun, da der Botticelli in all seiner Pracht wieder in den Uffizien hing, selbst betrogen.

Erbost wandten sie sich an die Redaktion des staatlichen TV-Senders RAI und gaben an, sie und nur sie wären im Besitz des echten Bildes. Der Staat sei genauso hereingelegt worden wie sie selbst. Ob das nun stimmte oder nicht, eine heiße Story war es in jedem Fall. Denn so etwas hatte es weltweit noch nie gegeben: dass sich professionelle Kunstdiebe, nach erfolgreichem Fischzug um den Lohn ihrer Mühe geprellt, an die Öffentlichkeit wenden müssen, um doch noch zu ihrem Geld zu kommen. Prompt berichteten noch am selben Tag alle großen Fernsehstationen rund um den Globus über die glücklosen Räuber.

Was folgte, war eine Tragikomödie in Fortsetzungen. Rom dementierte. Rom schäumte vor Wut. Rom sah sich zum Handeln gezwungen. Also betonte man zwar, dass es keinen Zweifel an Professor Wegands Seriosität gäbe, bestellte aber dennoch zusätzlich zwei

Gutachter, die bald darauf ebenfalls die Echtheit des Renaissance-Bildes bestätigten. Die Diebe insistierten weiter und boten Italien nun das angebliche und – wie sich später herausstellen sollte – tatsächliche Original zu einem Schleuderpreis an.

Die Regierung steckte in der Zwickmühle, denn mittlerweile machte sich bereits die ganze Welt über Italien lustig. Deshalb wurde schließlich der verantwortliche Kulturminister als Bauernopfer gefeuert und der Botticelli zur Chefsache erklärt.

Der Ministerpräsident fackelte nun nicht mehr lange. In aller Heimlichkeit warf er den bereits bezahlten Millionen tatsächlich noch ein paar weitere nach, um die verfahrene Situation endlich mit letzter Sicherheit klären zu können. Die Gangster ließen danach nie wieder von sich hören, dafür besaß das Land die Venus nun gleich doppelt. Eine Situation, die gar nicht so einzigartig war, wie man vielleicht glauben könnte.

Seit Jahrzehnten kennt man nämlich zwei identische Versionen von Leonardo da Vincis „Madonna in der Felsengrotte“: Eine hängt im Pariser Louvre, die andere in der National Gallery in London. Und natürlich behaupten sowohl England als auch Frankreich, im Besitz des echten Leonardo zu sein. Den direkten Vergleich wagte freilich lange Zeit keine der Regierungen diesseits oder jenseits des Ärmelkanals. Zu riskant erschien es den Politikern, vor aller Welt zugeben zu müssen, dass man möglicherweise nicht das Original, sondern bestenfalls eine Werkstättenarbeit oder gar nur eine später angefertigte Kopie besaß.

Die hochnotpeinliche Angelegenheit erledigte sich in aller Stille. Noch vor der Jahrtausendwende wurde von einem internationalen Gutachter-Gremium ein wahrhaft salomonisches Urteil gefällt: Beide Versionen würden von da Vinci selbst stammen, erklärten die Fachleute unisono, und beide waren somit echt.

Zweifel aber blieben bestehen, denn nicht wenige nahmen an, dass hier eine klassische Gefälligkeitsexpertise erstellt worden sei, damit niemand sein Gesicht – und keiner der Staaten viel Geld – verlor. Dies galt auch für den Botticelli. Besser, eine Venus im Doppelpack zu besitzen, als auch nur das geringste Risiko einzugehen, dass ein geistesgegenwärtiger Kunstsammler zuschlagen und das echte Bild um ein Butterbrot erwerben könnte.

Die Angelegenheit war damit freilich noch lange nicht vom Tisch. Die Medien blieben am Ball, bis schließlich nach einer schier endlosen Experten-Schlacht zweifelsfrei feststand, dass das von Professor Wegand Sandro Botticelli zugeschriebene Bild eine Fälschung war. Und zwar eine von ihm selbst angefertigte, denn nur ihm traute man diese Meisterschaft zu. Abgesehen davon hätte auch kein anderer die Gelegenheit gehabt, einen solchen Coup durchzuziehen.

Wegand schwieg, denn insgeheim hoffte er noch geraume Zeit, das Gericht würde ihm seine Version abnehmen: Er selbst wäre bei dem Geheimtreffen, bei dem er seine Expertise erstellt hatte, hereingelegt worden. Mehr als einen Irrtum, der seinen Ruf als Gutachter allerdings für alle Zeiten ruinieren würde, dürfe man ihm nicht vorwerfen. Er hatte das vereinbarte Geld auftragsgemäß an die Unbekannten übergeben, von einer Fälschung seinerseits oder gar einem Betrug könne keine Rede sein.

Erst als ihm sein Anwalt klarmachte, dass niemand seiner Version Glauben schenken und man garantiert ein Exempel statuieren würde, sollte er nicht tätige Reue üben, zeigte sich Martin Wegand zugänglich. Sein

Vorschlag: ein umfassendes Geständnis sowie die Rückerstattung der erschlichenen Millionen, dafür müsste man ihm aber ein mildes Urteil garantieren.

Ein perfekter Handel, aber mit einem Schönheitsfehler: Das zutiefst blamierte Italien hielt sich nicht an das Abkommen. „Mit einem Verbrecher treffen wir prinzipiell keine Vereinbarungen", dementierte der Justizminister alle Gerüchte über eine etwaige Mauschelei hinter den Kulissen. „Signor Wegand wird seiner Strafe nicht entgehen."

Der Angeklagte verzichtete auf jeden Kommentar. Nach seinem Geständnis schwieg er über seine Tat und er schwieg auch über das gebrochene Versprechen der Politiker. Was hätte er auch sagen können? Dass ihm der Regierungschef höchstpersönlich sein Wort gegeben hatte? Für diese Behauptung wären mindestens fünf Jahre Haft hinzugekommen.

Ob es damals wirklich klug von Papa gewesen ist, sich dazu nicht mehr zu äußern? Hunderte Male hatte sich Martina diese Frage gestellt. Vermutlich schon. Selbst wenn er die volle Strafe hätte absitzen müssen, wäre er noch vor seinem siebzigsten Geburtstag wieder frei gewesen. Frei und ohne finanzielle Sorgen. Auch wenn alle seine Ersparnisse für die Prozesskosten draufgegangen waren. Weil er vorgesorgt hatte. Auf seine Weise. Aber das konnte seine Tochter damals nicht wissen.

Als sich die Gefängnistore hinter Martin Wegand schlossen, überfielen Martina erstmals in ihrem Leben Existenzängste. Von ihrer Mutter, die mit ihrem zweiten Mann in den USA lebte, konnte und wollte sie nichts erwarten. Seit der hässlichen Scheidung ihrer Eltern vor mehr als zwölf Jahren war der Kontakt abgebrochen. Agnes Wegand verzieh es ihrer Tochter offenbar nie, dass sie sich kompromisslos auf die Seite ihres Vaters geschlagen hatte.

Seufzend goss Martina den restlichen Wein in ihr Glas. Damit allein ließen sich die Erinnerungen an ihr zerbrochenes Elternhaus allerdings kaum hinunterspülen. Sie winkte den Kellner herbei, um Nachschub zu bestellen. Ihr war klar, dass sie sich damit als Touristin offenbarte, denn Wein trank man hierzulande ausschließlich während des Essens. Doch Martina war es völlig egal, was man in dem Lokal von ihr denken mochte. Sich nicht um die Meinung anderer zu kümmern, lautete die erste Lektion, die sie nach der Inhaftierung ihres Vaters hatte lernen müssen.

Mit einem bitteren Lächeln griff sie nach dem frisch gefüllten Glaskrug. Sie erlaubte sich nur selten, sich in der Vergangenheit zu verlieren. Ganz automatisch zeichnete Martina verschlungene Kreise und Arabesken in das herabrinnende Kondenswasser der gekühlten Karaffe. Hübsch, stellte sie fest, als sie ihr Werk betrachtete. Ein gefälliges Muster, das sich als Vorlage durchaus verwenden ließe.

Einmal Designerin, immer Designerin, dachte sie. Dazu hat es zumindest gereicht. Dass sie von ihrem Vater genügend Talent für eine eigene Künstlerkarriere geerbt hätte, war pures Wunschdenken geblieben. Schon früh hatte Martina sich über ihre Grenzen klar werden müssen und rechtzeitig auf eine Ausbildung als Grafikerin gesetzt. Dank ihres untrüglichen Gespürs für Farbkombinationen war es ihr nicht schwergefallen, eine Anstellung als Stoffdesignerin zu finden. Ein Beruf, der ihr durchaus Spaß machte.

Weniger Erfolg hatte sie in ihrem Privatleben. Hals über Kopf flüchtete sie sich nach der Verurteilung ihres Vaters in eine ebenso kurze wie unglückliche Ehe. Was ihr neben einigen recht unerfreulichen Erfahrungen einen unbelasteten Namen bescherte, der ihr nun zugutekam. Aus Anna Martina Wegand, die man in der Branche als Tochter des berühmt-berüchtigten Fälschers kannte, war schlicht und einfach Martina Reich geworden. Damals ahnte sie freilich noch nicht, wie wichtig diese Anonymität für sie einmal werden sollte. Das war ihr erst bei ihrem vorletzten Gefängnisbesuch bewusst geworden.

Ein Wegand wird vielleicht zum Häftling, nicht aber zum Sozialfall, hatte ihr Vater ihr kurz vor seinem unerwarteten Herztod erklärt. Nicht nur hatte er konkrete Zukunftspläne für sie beide, er weihte sie auch ein, auf welche Weise er schon lange vor dem missglückten Botticelli-Coup für sein Alter vorgesorgt hatte.

Nur noch einmal sah sie ihn danach lebend, sprühend vor Energie und Freude auf die Zeit, die vor ihnen lag. Ein Hinterwandinfarkt, der Wegand im Schlaf ereilte, machte alles zunichte. Fast alles. Denn gerade noch rechtzeitig hatte er Martina sein Geheimnis verraten.

Deshalb wusste sie ganz genau, wie sie das Erbe ihres Vaters doch noch antreten konnte. Deswegen war sie als Martina Reich, von der keiner je gehört hatte, nach Sizilien gekommen. Als ganz gewöhnliche Touristin und Mitglied einer zufällig zusammengewürfelten Reisegruppe. Dass es unter Umständen Komplikationen geben konnte, hatte sie einkalkuliert. Nicht aber, dass gleich die ganze Reisegruppe ins Visier der Polizei geraten würde, weil ein Teilnehmer auf gewaltsame Weise ums Leben gekommen war. Ein unvorhersehbares Ereignis, das sie zum Rückzug zwang. Nun blieb ihr gar nichts anderes übrig, als abzuwarten.

Entspannt lehnte sich Martina zurück. „Prosit, Papa!" Während sie ihr Glas leerte, fühlte sie sich ihrem toten Vater nahe, der wie schon so oft zuvor mit ihr zu sprechen schien.

„Was passiert ist, war Pech, mein Mädchen, aber keine Katastrophe", hörte sie ihn mit leisem Lachen sagen. „Hab nur ein wenig Geduld und überlege genau, was du jetzt tust. Geh Schritt für Schritt vor und übereile nichts. Bisher hast du alles richtig gemacht. Bald, schon sehr bald bist du am Ziel."

20. Kapitel

Der Abschied von Sigismund Ecks sterblichen Überresten war kurz und schmerzlos. Im wahrsten Sinne des Wortes, denn keiner der Teilnehmer vermisste den Verstorbenen. Niemand hatte ihn näher gekannt und das Wenige, das man von ihm wusste, war nicht dazu angetan, echte Trauer zu empfinden. Daher galt das Mitleid der Reisegruppe, die bis auf die zwei jungen Leute vollständig erschienen war, nicht dem unglückselig zu Tode Gekommenen. In Wahrheit wollte man der bedauernswerten Witwe beistehen, auch wenn diese überraschend gefasst und keineswegs von Kummer überwältigt schien.

Nur der Applaus fehlte zu einer perfekten Theaterinszenierung, als sich die schwarzen Samtvorhänge vor dem wie auf einer Bühne aufgebauten Katafalk schlossen. Dazu erklangen die Schlussakkorde des „Libera Me“ aus Verdis Requiem – die ziemlich ausgeleierte Tonbandaufzeichnung verlieh der Szene einige Skurrilität. Ganz so, als wären die Zuseher selbst die Protagonisten einer Tragikomödie, die mit einer gehörigen Portion Pathos aufgeführt werden musste.

Dabei durfte die dezente Kleidung der hinter vorgehaltenen Händen wispernden Trauergäste ebenso wenig fehlen wie die Symbolkraft einer einzigen dunkelroten Rose auf dem sonst schmucklosen Sarg. Blumengebinde oder Kränze gab es nicht, das wäre Marianne Eck als pure Verschwendung erschienen, weshalb sie gebeten hatte, davon abzusehen.

Erleichtert strebten alle dem Ausgang zu. Zurück ins Leben, zurück zu erfreulicheren Dingen. Nach der düsteren Atmosphäre im Krematorium waren selbst Abgase und Verkehrslärm seltsam tröstliche Boten einer kurzfristig verloren gegangenen Welt.

„So ähnlich wie diese grässliche Aufbahrungshalle haben sich die alten Griechen vermutlich den Hades vorgestellt“, flüsterte Giorgio Valentino der tief in Gedanken versunkenen Elena ins Ohr.

„Sind Sie verrückt geworden? Mich so zu erschrecken! Wo waren Sie überhaupt? Sie wollten doch rechtzeitig da sein, um Frau Eck bei den Formalitäten zu helfen.“

„Die Menschen der Antike müssen Meister im Verdrängen gewesen sein“, setzte er unbeirrt seinen Gedankengang fort. „Von der Unterwelt sprach man am besten nicht. Eine Hölle in unserem Sinn hat ihnen nicht gedroht, wohl aber ein Ort, den man so lang wie nur möglich meiden sollte. Am Ende stand ein Schattenreich, in dem man normalerweise zwar nicht gequält, aber auch nicht geliebt, ja nicht einmal zur Kenntnis genommen wurde. Der Hades war eigentlich ein emotionales Nichts. Scheußliche Vorstellung!“

So gern Elena auch Themen wie dieses diskutierte, im Moment hatte sie wahrlich andere Sorgen. Deshalb reagierte sie eher unfreundlich. „Wollen Sie jetzt philosophieren oder sich vielleicht doch lieber um die Angelegenheit kümmern? Morgen Nachmittag fliegt die Gruppe zurück. Das heißt, dass die Urne spätestens morgen Mittag an die Witwe übergeben werden muss. Auch sollten Sie die Herrschaften vielleicht noch einmal an Ihre Preisabsprache erinnern. Am besten, Marianne Eck bezahlt gleich jetzt in Ihrer Gegenwart, dann kann sie morgen, wenn sie die Asche abholt, nicht übervorteilt werden.“

Giorgio verzichtete darauf, Elena an die Tatsache zu erinnern, dass er ganz und gar freiwillig seine Hilfe angeboten hatte. „Ist schon erledigt. Morgen früh um neun kann die Signora die Urne abholen, aber das weiß sie bereits. Dann gibt sie mir auch die 470 Euro, die ich für meine Cousine aus Deutschland ausgelegt habe."

„Frau Eck ist Ihre deutsche Cousine? Das ist ja ganz etwas Neues", lachte Elena.

„Warum nicht? Viele Sizilianer sind mit Deutschen verwandt und verschwägert. Weshalb sollte also ein Commissario aus Trapani keine Angehörigen in München haben? Aber jetzt ernsthaft. Offiziell konnte ich nur den Leichentransport nach Palermo organisieren. Hier habe ich keinerlei Befugnisse. Solange ich die Sache zu meinem privaten Anliegen mache, bleibt der Todesfall, den man ohnedies unter den Teppich kehren möchte, in meinem Kompetenzbereich. Wenn es aber irgendeinen Wirbel gibt oder gar eine Beschwerde des Bestattungsunternehmens, das ohne meine Einmischung ein Vielfaches hätte kassieren können, habe ich garantiert die Carabinieri am Hals. Und darauf kann ich wirklich verzichten."

Elena grinste wissend. Sie verstand die Zwickmühle, in die sich der hilfsbereite Commissario manövriert hatte, nur allzu gut. Die Polizia Statale untersteht dem Innenressort, die Carabinieri hingegen gehören dem Verteidigungsministerium an. Vielleicht blicken diese nach militärischen Rängen gegliederten Einheiten tatsächlich auf die staatliche Polizei herab. Möglicherweise aber handelt es sich in Wahrheit bloß um ein unausrottbares Vorurteil. Elena war sich da gar nicht so sicher. Doch es genügte bereits, dass selbst höhere Beamte wie ein Commissario Valentino in jedem Carabiniere-Offizier einen unerwünschten Konkurrenten sahen, der ihnen die Butter vom Brot nehmen wollte.

Mittlerweile hatte die Gruppe das schwere Gittertor an der Ausgangspforte erreicht. Als könnten sie das von einem hohen Eisenzaun gesicherte Areal nicht schnell genug verlassen, stürmten alle in den bereitstehenden Bus. „Bis später, ich sehe Sie beim Abendessen“, rief Elena ihren Gästen nach, bevor sie sich wieder dem Commissario zuwandte.

„Zu Fuß sind wir schneller im Zentrum als mit meinem Wagen“, schätzte Valentino die Verkehrssituation richtig ein. „Ich hätte Sie gern auf eine Spritztour ins Grüne eingeladen, aber das können wir vergessen. Schade, dass Sie sich nicht frei nehmen.“

„Ich kann meine Leute doch am letzten Abend nicht allein lassen! Und schon gar nicht, nachdem all das passiert ist. Morgen Vormittag schicke ich sie ohnedies mit Mario und einer Stadtführerin nach Monreale und anschließend zum Airport. Ich muss mit Marianne Eck die Urne abholen. Außerdem habe ich noch so einiges zu organisieren. Ursprünglich wollte nur Adele Bernhardt noch auf Sizilien bleiben. Jetzt aber hängen sowohl Jakubowski als auch Schwabl eine Verlängerungswoche in Taormina an.“

„Die Signora Eck können Sie getrost mir überlassen. Mit ihr habe ich bereits ein Rendezvous ausgemacht. Morgen um zehn Uhr treffe ich sie beim Krematorium. Aber es wäre schön, wenn Sie auch mitkommen könnten.“

„Wenn Sie morgen wirklich Zeit haben, ist das wunderbar. Dann können wir nämlich mit Ihnen direkt zum Flughafen weiterfahren. Dort checke ich die Abreisenden ein und die restlichen drei fahren anschließend mit mir nach Taormina. Für Sie wäre das auch kein Umweg. Am Airport von Palermo müssen Sie sowieso vorbei, wenn Sie zurück nach Trapani fahren.“

„So ist es. Ich habe meinen Zeitplan darauf abgestimmt. Denn irgendwann muss auch ich wieder einmal ins Büro.“

„Ich brauche also kein schlechtes Gewissen zu haben, wenn ich Sie morgen als Taxichauffeur missbrauche?“ Dankbar lächelte Elena den hilfsbereiten Mann an ihrer Seite an.

„Müssen Sie nicht. Wirklich nicht, ich mache das gern. Aber was halten Sie jetzt von einem Kaffee? Oder einem Aperitif?“

Längst hatten sie den schäbigen Außenbezirk verlassen und die von teuren Boutiquen, exquisiten Restaurants und eleganten Cafés gesäumte Via della Libertà erreicht. Auch wenn viele der Jugendstilvillen mit ihren verwunschenen Gärten längst der Baumafia zum Opfer gefallen waren, hatte die „Straße der Freiheit“ dennoch ein wenig von ihrem einstigen Flair ins 21. Jahrhundert gerettet. Noch immer erinnerte der schnurgerade, vierspurige Boulevard an die Aufbruchsstimmung nach Garibaldis Siegeszug. Palermo war um 1900 eine der elegantesten Städte Europas gewesen.

„Ich möchte einen Eisbecher von mindestens tausend Kalorien, und ich weiß auch ganz genau, wo ich den bekomme.“ Elena übernahm die Führung und überquerte die weitläufige Piazza Castelnuovo. Der schattige Platz in Sichtweite des Teatro Politeama war unübersehbar zum Treffpunkt des jungen Palermo geworden. Davon kündete nicht nur eine stark frequentierte McDonald’s-Filiale, auch vor den Bars und Imbissstuben rundum reihte sich ein geparktes Mofa neben das andere. Es war mittlerweile kurz vor 19 Uhr, die ideale Zeit für die Jugend der Hauptstadt, sich ein Stelldichein zu geben.

Ohne auch nur einen Blick auf das Angebot der afrikanischen Straßenhändler zu werfen, die auf bunten Tüchern geradezu perfekte Handtaschenimitationen bekannter Nobelmarken, aber auch geschnitzte Holzfiguren und allerlei anderen Krimskrams feilboten, steuerte Elena das „Antico Caffè“ in der Via Principe del Belmonte an.

Touristen sehen in der bescheidenen Fußgängerzone in einer der Seitengassen der Hauptverkehrsader Via Ruggero Settimo nichts Besonderes. Den in Abgasen und Lärm erstickenden Palermitanern hingegen bedeutet diese kleine Insel der Stille viel. Sie schenkt ihnen nicht nur eine Ahnung von einer neuen Lebensqualität, ihre Existenz signalisiert auch, dass man sich endlich auf dem richtigen Weg befindet. Auf dem Weg zurück nach Europa und nicht etwa in die Dritte Welt, die dem verarmten Sizilien der Nachkriegsjahre bedrohlich nahe gerückt war.

„Glück gehabt“, seufzte Elena zufrieden, als sie sich an dem einzigen unbesetzten Tisch im Freien niederließen. Erst im Sitzen spürte sie ihre müden Füße. Wie gut, dass sie von hier aus nur noch um die Ecke gehen musste.

Elena stieg gern in dem legendären „Hotel delle Palme“ ab, das Mitte des 19. Jahrhunderts von dem ebenso legendären Unternehmer Benjamin Ingham aus Marsala als luxuriöses Privatpalais errichtet worden war. Zu dem Palazzo in der Via Roma hatte seinerzeit ein tropischer Park gehört, in dem seltene Kakteenarten, üppig wuchernde Bananenstauden und Hibiskussträucher in allen nur denkbaren Farbschattierungen wuchsen. Geradezu spektakulär aber war der meterhohe Palmenhain, der nach dem Umbau des Gebäudes zu einer Nobelherberge namensgebend wurde. „Grand Hotel et des Palmes“ lautet bis heute die offizielle Bezeichnung. Doch so wie eine wahre Diva ohne einen pompösen Künstlernamen auskommt, nannten die Palermitaner das neue Schmuckstück ihrer Stadt schlicht „Le Palme“.

Seine schillerndste Ära aber verdankte das Haus nicht etwa Richard Wagner, der als erster Prominenter 1881 mit seiner Cosima eine Suite bewohnt und inmitten der verspiegelten Räume am Parsifal gearbeitet hatte. Vielmehr waren es die berüchtigten Treffen der Provinzbosse der Ehrenwerten Gesellschaft, die in der Zwischenkriegszeit mit allem nur denkbaren Luxus hier stattgefunden hatten. Eine Tradition, die 1957 beim ersten Weltgipfel der Mafia ihre Fortsetzung finden sollte. Bei diesem und einigen weiteren hochkarätig besetzten Treffen drückten die größten Kaliber der Unterwelt diesseits und jenseits des Atlantiks einander die vergoldeten Klinken in die Hand.

Zu den illustren Gästen zählte Vito Genovese ebenso wie Don Calò Vizzini, Genco Russo oder Lucky Luciano. Dass die „Ehrenwerten“ von damals sich nicht als Gangster, sondern als Männer von Welt sahen, stellte 1965 Charles Orlando unter Beweis. Als man dem Mafia-Boss im Morgengrauen im Le Palme die Handschellen anlegte, bat er die Polizei um Diskretion und Ruhe. Schließlich sollte man seine Zimmernachbarn, diese „braven Leute“, nicht unnötigerweise aufwecken.

„Anekdoten über Anekdoten, die allmählich in Vergessenheit geraten“, meinte Valentino. „Das Palermo von heute interessiert sich nicht mehr für die verstaubten Geschichten, lediglich bei den Touristen kommen die Erinnerungen an die große Zeit der alten Mafia noch gut an“, seufzte er.

„Arrivederci, Commissario. Ich muss mich beeilen.“ Erschrocken stellte Elena fest, dass ihr nur noch wenige Minuten bis zur Verabredung mit ihrer Gruppe blieben. „Bis morgen um zehn. Und danke für alles!“

Statt Giorgio die Hand zu reichen, streifte Elena seine Wange mit einem flüchtigen Kuss, bevor sie hinter der messingbeschlagenen Drehtür aus geschliffenem Glas verschwand.

Bedauernd blickte der Commissario der schlanken Gestalt im hell erleuchteten Inneren des „Le Palme" nach, während der goldbetresste Portier eben angekommenen Gästen diensteifrig die Wagentüre öffnete. Hier stand er eindeutig im Weg, aber wohin sollte er nun gehen? Ebenfalls ins Hotel, um Elena und ihrer Schar aus der Distanz beim Essen zuzusehen? Das ließe vielleicht einige aus der Gruppe nervös werden, was recht interessant sein könnte. Doch weit größer war die Gefahr, dass er sich damit lächerlich machte. Abgesehen davon sprengten die Preise des Hotelrestaurants den finanziellen Rahmen eines kleinen Beamten.

Was um alles in der Welt sollte er jetzt mit dem angebrochenen Abend anfangen? Mit Elena zusammen wäre es kein Problem, schließlich kannte er Palermo gut. Aber allein machte das alles keinen Spaß. Kaum war sie weg, vermisste er sie bereits. Erneut ein bedenkliches Alarmsignal.

Dabei hatte er sich seit seiner Scheidung vor acht Jahren längst mit dem Alleinsein angefreundet. Mehr noch, bis auf wenige Ausnahmesituationen genoss er das Singledasein in vollen Zügen. Vor allem an Sonntagen, wenn die typischen sizilianischen Großfamilien die Ausflugslokale bevölkerten und mit kaum zu überbietendem Lärm erfüllten, genügte ihm ein Blick auf das Inferno, um sich glücklich zu preisen.

Da saßen sie, die jungen Väter, eingeklemmt zwischen Eltern, Schwiegereltern, Onkeln und Tanten. Anwesend mussten sie sein, aber das genügte, denn Beachtung schenkte ihnen keiner. Die gebührte der am Kopf der Tafel thronenden Ehefrau und natürlich den Bambini.

Für Träume von der großen weiten Welt blieb in einem Leben zwischen Job und Familie wenig Raum. Auch Giorgio Valentino war es so gegangen, nachdem er sich in die bildhübsche Angelica verliebt und viel zu jung geheiratet hatte. Mit knapp sechsundzwanzig wurde er zum ersten Mal Vater, zwei Jahre nach der Geburt von Catarina folgte Sebastiano.

Von den Kindern sah er freilich wenig, seine ehrgeizigen Pläne, nach der Promotion als Polizeibeamter Karriere zu machen, kosteten den Großteil seiner Zeit. Mit dem Doktorat in Germanistik und Geschichte in der Tasche wäre es zwar theoretisch naheliegend gewesen, einen Posten als Mittelschullehrer anzustreben. In der Praxis hatte er aber kaum eine Chance gehabt, in naher Zukunft auf Sizilien eine Stelle zu finden. Bestenfalls hätte er irgendwo in der tiefsten Provinz Mittelitaliens anfangen können. Oder in Südtirol.

Giorgio fiel die Entscheidung nicht leicht, vor allem, weil er sie allein treffen musste. Angelica war ihm dabei keine Hilfe, was er ihr freilich nicht zum Vorwurf machen konnte. Dass sie sich ausschließlich als seine Frau und als Mutter der Kinder, nicht aber als seine Partnerin betrachtete, entsprach den ewig gültigen Gesetzen des Südens. Und diese galten nach wie vor, allen gesellschaftspolitischen Veränderungen zum Trotz, die Sizilien gezwungen hatten, innerhalb weniger Jahrzehnte Jahrhunderte zu überspringen.

In ihren engen Jeans und kurzen Röcken sah Angelica nicht anders aus als Hunderttausende andere junge Italienerinnen. Dass aber noch die Generation ihrer Mutter das blutige Leintuch als Beweis der Jungfräulichkeit nach der Hochzeitsnacht öffentlich präsentieren hatte müssen, saß tiefer, als sie sich eingestehen wollte. Angelica hielt am traditionellen Rollenverhalten zwischen Mann und Frau eisern fest. Ihr Herrschaftsgebiet umfasste Kindererziehung, Haushalt und Finanzen. Das Einkommen heranzuschaffen, das ihr und ihrer Familie ein gutes Leben garantierte, fiel ausschließlich in die Kompetenz des Mannes, der wiederum keinerlei Einmischung in seinen Bereich dulden sollte.

Es kam ihr nie in den Sinn, dass ausgerechnet ihr Giorgio anders war, sich sehr wohl mit ihr über seine berufliche Zukunft beraten wollte. Kommentarlos akzeptierte sie seine Entscheidung, sein Glück bei der Polizei zu versuchen. Genauso wäre sie ohne Protest damit einverstanden gewesen, als Frau eines Lehrers für eine Weile fern von Sizilien zu leben. Anpassung erwartete man von ihr, nicht aber eine eigene Meinung zu Dingen, von denen sie nichts verstand. Und Anpassung hatte sie auch zu bieten.

Mit Widerspruch hätte Giorgio etwas anfangen können, nicht aber mit Angelicas Schicksalsergebenheit. Etwas so Einschneidendes wie die Entscheidung über seinen Beruf und damit über ihr künftiges gemeinsames Leben schien ihr gänzlich gleichgültig zu sein. Damals endete in Wahrheit seine Ehe, auch wenn ihm das erst viel später klar wurde.

Nie wieder machte er den Versuch, mit ihr über irgendetwas, das ihn berührte, zu sprechen. Was sie einander zu sagen hatten, war denkbar wenig. Wenn er vom Dienst heimkam, redeten sie bei ewig laufendem Fernsehapparat über die Kinder, die Nachbarn, das Wetter.

Als Giorgio nach nur elf gemeinsamen Jahren auszog und zwei Jahre später die Scheidung einreichte, wusste Angelica noch immer nicht, was sie falsch gemacht hatte. In Wahrheit eigentlich gar nichts, dachte Giorgio. Ich war für sie nur der falsche Mann. Er fragte sich, ob er es mit einer anderen Frau geschafft hatte. Mit einer der selbstbewussten Studentinnen, mit denen er in seiner Studienzeit in Palermo ausgegangen war. Wahrscheinlich nicht, denn wie emanzipiert sich die Mädchen auch gegeben haben mochten, im Grunde ihres Herzens dachten sie nicht viel anders als Angelica.

Irgendwann akzeptierte Giorgio, dass er für eine konventionelle Ehe nicht geschaffen war. Natürlich hätte er bei seiner Frau bleiben und sich, wie so viele andere Männer auch, eine Geliebte zulegen können. Die sizilianische Gesellschaft akzeptierte diese Doppelmoral problemlos, ihm aber widerstrebte sie zutiefst.

„Du bist und bleibst ein hoffnungsloser Romantiker", hatte ihm ein Freund nach der Scheidung an den Kopf geworfen. „Auch wenn du es nie zugeben wirst, du glaubst immer noch an die große Liebe, die nie vergeht. Aber die gibt es nicht, finde dich endlich damit ab."

Tief in Gedanken versunken schlenderte Giorgio die von tosendem Verkehrslärm erfüllte Via Roma entlang. Erst die vertraute Sirene eines Polizeiwagens, der mit Blaulicht und quietschenden Reifen in die Via Cavour einbog, holte den Commissario in die Gegenwart zurück. Sein knurrender Magen erinnerte ihn daran, dass er sich schleunigst um ein anständiges Abendessen kümmern sollte.

In der erstbesten Trattoria ließ er sich aufseufzend an einem der mit rot-weiß-gewürfeltem Wachstuch gedeckten Tische im Freien nieder. Während er die Speisekarte studierte, zückte Giorgio ein verknittertes Päckchen „Diana rossa". In aller Ruhe würde er sich gleich eine Zigarette anstecken und zum Essen eine gute Flasche Wein leeren. Sinnliche Genüsse waren noch immer das beste Mittel, um melancholische Gedanken zu vertreiben.

Sein Rezept gegen die Einsamkeit würde auch diesmal wieder funktionieren.

22. Kapitel

Der Himmel über Palermo war von jenem wolkenlosen, durchscheinenden Blau, wie es nur die frühen Morgenstunden eines Maitags zu malen verstehen. Schon in wenigen Wochen, wenn sich die Hitze alljährlich wie eine Glocke über die Insel senkte, würde die unbarmherzige Sommersonne die Farben des Firmaments aufsaugen und in ein dunstiges, die Augen schmerzendes Weiß verwandeln.

Elena liebte diese Tageszeit, ihr gefiel es immer wieder aufs Neue, eine Stadt aufwachen zu sehen. Freilich nur bei schönem Wetter. Im Winter, wenn die verführerischen Gerüche nach ofenwarmem Gebäck und frisch gemahlenem Kaffee nicht ins Freie drangen, machte es ihr nur halb so viel Freude. Dann fehlte auch der zarte Duft nach Jasmin, der nun als flüchtiger Gruß von den schmalen Balkonen und verborgenen Dachgärten wehte. Und nach Orangenblüten, die mit ihrer betörenden Süße das frühlingshafte Sizilien verzauberten.

Heute aber stimmte alles, lediglich die Aussicht, noch einmal zum Krematorium fahren zu müssen, trübte Elenas Stimmung. Kaum war sie von ihrem kurzen Morgenspaziergang zurückgekehrt, betrat auch schon Marianne Eck die Hotelhalle. Viel zu früh, wie zu Lebzeiten ihres Mannes, dachte Elena, die gern noch ein paar Minuten allein geblieben wäre. Bald aber würde der verblichene Oberstudienrat seine Macht verlieren, da war sie sich sicher. Man konnte förmlich zusehen, wie sich die Witwe ihrer unverhofften Freiheit bewusst wurde.

„Es wäre interessant, zu beobachten, wie es weitergeht“, hatte Giorgio gestern gemeint. Ob er Frau Eck wohl noch immer verdächtigt, ihren Mann erschlagen zu haben?, fragte sich Elena, während sie lächelnd auf die Witwe zuging. „Sie sind überpünktlich. Aber wenn Sie schon gefrühstückt haben, können wir fahren. Taxis gibt es gleich um die Ecke. Oder aber an der Piazza Verdi. Das sind auch nur ein paar Schritte von hier, und Sie können dort in aller Ruhe das Teatro Massimo im Morgenlicht ansehen."

„Gern. Denn wer weiß, ob ich jemals wieder nach Palermo komme. Darüber habe ich noch gar nicht nachgedacht", antwortete Marianne Eck mit gerunzelter Stirn. „Aber warum eigentlich nicht? Sizilien kann wohl nichts dafür, das Unglück hätte überall passieren können."

Diese Frau ist wirklich immer wieder für Überraschungen gut, wunderte sich Elena. Dabei sieht sie aus, als könne sie kein Wässerchen trüben. Wollte sie ernsthaft hierher zurückkehren, wo sie alles an den tragischen Tod ihres Mannes erinnern musste? Erstaunlich! Oder war das gar ein raffinierter Schachzug, um ihre Schuldlosigkeit zu unterstreichen? Unauffällig musterte Elena ihre Begleiterin, der ihr Leinenkostüm in dezentem Dunkelblau ausgezeichnet zu Gesicht stand. Wirklich schick, diese neue Garderobe. Er ist kaum drei Tage tot und schon sieht sie um zehn Jahre jünger aus.

„Der Commissario erwartet uns erst um zehn Uhr beim Krematorium. Wir haben also reichlich Zeit", stellte Elena nach einem kurzen Blick auf die Uhr fest. „Wenn Sie Ihre Handtasche im Hotel lassen und vielleicht auch noch etwas flachere Schuhe anziehen, könnten wir sogar noch über den Capo-Markt bis zur Kathedrale schlendern und erst dort einen Wagen nehmen. Glauben Sie mir, es lohnt sich. Dort und auf dem Ballarò-Markt geht es mittlerweile viel lebendiger zu als in der Vucciria, Palermos berühmtestem Markt.

Der ist seit einigen Jahren leider ziemlich heruntergekommen."

Marianne Eck nahm den Vorschlag begeistert auf. Kaum fünf Minuten später fand sie sich wieder bei der Rezeption ein, ohne Tasche und in bequemen Ballerinas, die farblich perfekt zu ihrer Kleidung passten. „Die habe ich mir erst gestern Abend gekauft", erklärte sie mit einem schüchternen Lächeln, als sie Elenas erstaunten Blick bemerkte. „In einem der Schuhgeschäfte in der Via Maqueda, gleich gegenüber vom Teatro Massimo. Ich habe es also schon gesehen. Beleuchtet sogar, aber ich möchte es gern auch bei Tageslicht anschauen. Und auf den Markt möchte ich auch."

„Dann also nichts wie los. Sie bekommen von mir jetzt eine Stadtführung. Im Zeitraffer, dafür aber exklusiv", versprach Elena und hoffte gleichzeitig, dass man ihr die Erleichterung nicht ansah. Wie schön, sie würde die nächste Stunde nicht über den Tod des Lehrers reden müssen, sondern sich auf vertrautem Terrain bewegen, schließlich kannte sie sich in Palermos Geschichte besser aus als die meisten Palermitaner.

Als die beiden nach einem vergnüglichen Bummel durch das Marktgewühl schließlich die Kathedrale erreichten, blieb ihnen gerade noch Zeit für einen kurzen Blick ins Innere. Beim Eintreten zögerte Elena. War ein Besuch bei toten Monarchen wirklich die passende Einstimmung für eine Witwe, die sich auf den Weg machte, die Asche ihres Mannes abzuholen?

Angesichts der Begeisterung, mit der Marianne die vier prunkvollen Sarkophage betrachtete, in denen die sterblichen Überreste des Normannenkönigs Roger II., seiner Tochter Konstanze sowie der Stauferkaiser Heinrich VI. und Friedrich II. ruhten, verflogen ihre Zweifel jedoch rasch.

„Vielen Dank, dass Sie mir das alles gezeigt haben. Jetzt weiß ich erst, was ich mir alles in Ruhe ansehen möchte. Ich komme ganz bestimmt wieder“, schwärmte Marianne Eck noch im Taxi von all den Eindrücken, die sie in eine geradezu euphorische Stimmung versetzt hatten. Nicht einmal die Tatsache, dass sich ihr Wagen nur im Schritttempo vorwärtsbewegte und sie sicherlich zu spät kommen würden, konnte ihre Begeisterung bremsen.

Doch Elena wurde allmählich nervös. Wieder einmal hatte sie den Palermitaner Frühverkehr unterschätzt. Vermutlich wären sie zu Fuß sogar schneller am Ziel. Solange sich die Autoschlange bewegt, gibt es Hoffnung, tröstete sie sich. Nur ungern würde sie den Commissario warten lassen, schließlich war es eine Gefälligkeit, dass er sich für sie Zeit nahm. Das Wunder geschah, als sie kaum noch daran glaubte: Unmittelbar hinter der Piazza Indipendenza löste sich der Stau auf, sodass sie doch noch fast pünktlich beim Krematorium eintrafen.

Giorgio Valentino hatte die Wartezeit dazu genutzt, die einzige lebende Seele weit und breit auf Trab zu bringen. Weil an diesem Vormittag keine Einäscherung stattfand, ließ sich lediglich ein Gartenarbeiter hinter dem fest verschlossenen Gittertor blicken.

„Ich bin mir wie im Film vorgekommen“, erklärte Valentino lachend den beiden Damen die Situation. „Der gute Mann hat erst reagiert, als ich ‚aufmachen, Polizei‘ gerufen habe. Vor lauter Schreck ist ihm die Heckenschere aus der Hand gefallen. Doch dann konnte ich ihn beruhigen, und jetzt telefoniert er gerade mit seinem Chef. Das heißt, dass wir ruhig noch auf einen Kaffee gehen können, vor einer halben Stunde ist mit dem sicher nicht zu rechnen.“

„Irrtum“, unterbrach Elena. „Ich glaube, da kommt er schon.“

Tatsächlich tauchte jener Mann, der tags zuvor die Zeremonie geleitet hatte, am anderen Ende der schmalen Straße auf. „Bitte entschuldigen Sie die Verspätung, Commissario. Und natürlich auch Sie, meine Damen“, rief er schon von weitem. Ein wenig atemlos streckte er den Wartenden zur Begrüßung die Hand entgegen, bevor er sich förmlich als Salvatore Musomeli vorstellte. „Es ist mir eine Ehre. Wir haben eigentlich gestern schon alle Formalitäten für die Signora erledigt. Jetzt muss Ihre Cousine nur noch die Papiere unterzeichnen.“

Signor Musomelis Tonfall ließ keinen Zweifel daran, dass er Valentino das Verwandtschaftsverhältnis mit der Witwe nicht abnahm. In seiner Stimme schwang aber auch die Erleichterung darüber mit, den komplizierten Fall, für den sich sogar die Polizei interessiert hatte, in Kürze wieder los zu sein. Hauptsache, er vergaß nicht, darauf hinzuweisen, dass es in Sizilien nach wie vor nicht erlaubt war, die Urne zu Hause aufzustellen oder gar die Asche in alle Winde zu verstreuen.

Für die erst seit kurzem auch auf der Insel möglichen Einäscherungen galten nämlich dieselben Bestimmungen wie für eine Bestattung: Tote gehörten auf einen Gottesacker, wo sie in säuberlich übereinandergeschichteten Wandgräbern auf das Jüngste Gericht zu warten hatten. Ob Sarg oder Urne, die Bürokratie machte keinen Unterschied, was da eingemauert wurde. Hauptsache, der Name war korrekt im Friedhofsbuch verzeichnet.

In dem winzigen Büro neben der Aufbahrungshalle war es so eng, dass man sich kaum umdrehen konnte.

„Soll ich übersetzen, was Sie unterschreiben müssen?", fragte Valentino und fuhr, ohne eine Antwort abzuwarten, fort: „Im Wesentlichen bestätigen Sie die korrekte Übergabe und dass Sie die Asche Ihres Mannes unverzüglich außer Landes bringen werden. Von mir bekommen Sie zusätzlich eine Bescheinigung, dass die Polizei die Leiche freigegeben hat und mit der Einäscherung einverstanden ist."

Während Marianne umständlich unterschrieb, verschwand Signor Musomeli hinter einem dunklen Vorhang. Eine Minute später kehrte er mit der Urne, die er wie ein Tempelpriester feierlich mit beiden Händen vor sich hertrug, zurück.

„Um Himmels willen, wie kommen wir bloß damit ohne Aufsehen zu meinem Auto", murmelte Giorgio in aufsteigender Panik halblaut vor sich hin. „Ich kann den Studienrat doch nicht in irgendeine Supermarkttüte stecken."

„Ich habe eine dunkle Plastiktasche in der entsprechenden Größe besorgt, denn mir war klar, dass die Signora für den Transport in die Heimat ein Behältnis für die Urne brauchen wird", sagte der Bestattungsunternehmer. Dann aber konnte er sich einen kleinen Seitenhieb auf die Polizei, die ihm ein gutes Geschäft mit einer Ausländerin vermasselt hatte, nicht verkneifen und setzte in süffisantem Tonfall fort: „Alles im Preis inbegriffen. Schließlich wissen wir, was wir unseren stets hilfsbereiten Freunden und Helfern schuldig sind."

Eine halbe Stunde später ärgerte sich Valentino noch immer, dass ihm keine passende Antwort eingefallen war. Doch nicht nur er schwieg, auch die beiden Frauen hatten seit Verlassen des Krematoriums nur wenige Worte gewechselt. Wie ihm ein Blick in den Rückspiegel bestätigte, blickte die Witwe nach wie vor stumm aus dem Seitenfenster, während Elena auf dem Beifahrersitz in Gedanken versunken war. Dabei zeigte sich Palermo an diesem strahlend schönen Vormittag im wahrsten Sinn des Wortes von seiner Sonnenseite. Kein Wölkchen trübte den Himmel über dem Monte Pellegrino, den Valentino ansteuerte.

„Was machen wir hier?", fragte Elena irritiert. „Sollten wir nicht lieber gleich zum Hotel zurückfahren, um unser Gepäck zu holen? Später könnte es knapp werden."

„Keine Sorge, wir haben Zeit genug", beruhigte Giorgio sie. „Aber vielleicht hat Ihnen Signora Eck noch nicht gesagt, dass sie ihren Mann auf Sizilien bestatten möchte."

„Bestatten? Auf dem Monte Pellegrino?"

„Ja. Oder besser gesagt, sie will die Asche in alle Winde streuen."

„Aber das ist doch verboten, das darf sie doch gar nicht", protestierte Elena.

„Doch. Wenn keiner sie dabei beobachtet, geht das schon in Ordnung. Ich weiß jedenfalls nichts davon. Sie vielleicht? Wir unternehmen nur einen Ausflug, und was die Signora macht, wenn wir sie aus den Augen verlieren ..."

Er wird nicht einmal rot, wenn er so etwas sagt, wunderte sich Elena nicht zum ersten Mal über den ganz und gar untypischen Polizeibeamten. „Haben Sie gar keine Skrupel, das Gesetz zu brechen?"

„Nicht, wenn sich Sizilien ganz einfach nicht an gesetzliche Bestimmungen hält, die für ganz Italien gelten. Überall sonst im Land können die Angehörigen mit den Urnen machen, was sie wollen. Auf den Kaminsims stellen oder in die Vitrine. Oder gar ausleeren und wegwerfen, niemanden geht das etwas an.

Nur bei uns ist das nicht möglich. Wenn unseren Politikern etwas nicht passt, berufen sie sich schlichtweg auf den Ausnahmestatus der Insel. Es stimmt, wir sind eine autonome Region und somit in einigen Belangen von der Zentralgewalt in Rom unabhängig. Das gilt aber sicher nicht für jede Bagatelle", ereiferte sich der Commissario.

„Einäscherungen sind hier doch eher selten", wandte Elena ein.

„Noch, aber das könnte sich bald ändern, das wissen die Bürgermeister ganz genau. Und weil sie um die Friedhofsgebühren für ihre Gemeindekassen fürchten, müssen Urnen auch weiterhin wie Särge bestattet werden. Für viel Geld natürlich, denn die Kassettengräber sind alles andere als billig."

Um ein Haar hätte Valentino die Abzweigung zu der großzügig angelegten Panoramastraße verpasst, die zur Grotte der heiligen Rosalia führt. Erst im 17. Jahrhundert, ein halbes Jahrtausend nach dem Tod der frommen Normannenprinzessin, hatte man ihre Gebeine während einer Pestepidemie in einer der unzähligen Höhlen auf dem Monte Pellegrino entdeckt. Danach war die Seuche schlagartig erloschen und Rosalia wurde zur heiß verehrten Schutzpatronin der Stadt.

„Das schönste Vorgebirge der Welt" hatte Goethe den zum Pilgerziel gewordenen Hausberg der Palermitaner einst euphorisch genannt, was Elena schon immer ein wenig übertrieben erschien. Noch weniger als dieses Zitat konnte sie den Ausspruch leiden, dass Sizilien erst der Schlüssel zu allem wäre. Sie war sich sicher, dass sich darunter niemand etwas vorstellen konnte, dennoch wagte es kein Prospekt, kein Filmbericht und kein Reiseführer, ohne das strapazierte Goethewort auszukommen. Und nachgeplappert wurde es dann von allen, auch wenn sie sonst keine Zeile von Goethes Tagebuchaufzeichnungen gelesen hatten.

Angesichts der düsteren Stimmung erschien es aber sogar ihr angebracht, den Dichterfürsten zu zitieren. „Ein weißer Glanz liegt über Land und Meer. Und duftend schwebt der Äther ohne Wolken." Goethe hatte diese unsterblichen Worte geschrieben, als er mit dem Schiff aus Neapel angereist war. So etwas musste einem erst einmal einfallen! Vielleicht konnte sie damit den Bann brechen und die Witwe aus ihrer Erstarrung lösen.

Es funktionierte. „Das kenne ich. Sigi konnte die ‚Italienische Reise' fast auswendig und hat mir immer wieder daraus vorgelesen", brach Marianne Eck plötzlich ihr Schweigen. Unüberhörbar zitterte ihre Stimme, was angesichts ihres Vorhabens kein Wunder war.

„Wollen Sie das wirklich tun?", fragte der Commissario besorgt, dem die unterdrückten Tränen der Witwe nicht entgangen waren. „Wir können immer noch umkehren."

„Nein, ich werde die Asche meines Mannes auf dem schönsten Vorgebirge der Welt zurücklassen. Dann bleibt er für immer hier, im Land seiner Sehnsucht."

Ganz schön sentimental, dachte Elena, bevor sie sich über sich selbst genierte. Wie konnte sie sich anmaßen, ein Urteil über Marianne Eck zu fällen?

„Ich glaube, das ist eine ideale Stelle", verkündete der Commissario, während er den Wagen auf dem Seitenstreifen ausrollen ließ. Nur wer sich hier gut auskannte, konnte den verwilderten Pfad entdecken, der sich durch ein Dickicht aus Brombeersträuchern, Mäusedorn und Disteln schlängelte.

„Ein paar Schritte noch", rief er über die Schulter den Frauen zu, die ihm nur zögernd folgten. „Vielleicht steht sogar die Bank noch. Früher war das hier ein beliebter Rastplatz für Pilger vor ihrer letzten Etappe."

„Und für Liebespaare", murmelte Elena unhörbar vor sich hin. „Daher kennst du, mein Lieber, diese Bank! Denn du bist sicherlich noch nie zu Fuß zur Rosalia gepilgert!"

Zufrieden musterte Giorgio die kleine Aussichtsterrasse, zu der sich der Weg hinter der nächsten Biegung unvermutet öffnete. Von der Straße aus konnte sie hier niemand beobachten.

„Besser, wir lassen die Signora jetzt allein", flüsterte er Elena zu, die sich begeistert umsah. Tief unter ihnen funkelte in dunklem Blau der Golf von Palermo, eingesäumt von einer weißen Spitzenborte hoch aufschäumender Gischt. Nur widerwillig löste sich Elena von dem atemberaubenden Anblick der Stadt zu ihren Füßen.

„Kommen Sie, hier stören wir nur."

„Danke, danke für alles. Ich weiß nicht, was ich ohne Sie getan hätte!" Bevor Elena wieder in den Wagen stieg, drückte sie dem überraschten Commissario einen Kuss auf die Wange. Wie auf ein Stichwort tauchte in diesem Moment Marianne Eck aus dem Dickicht auf. „Jetzt muss ich nur noch das Gefäß loswerden", rief sie. Als wäre mit ihrer höchst persönlichen Begräbniszeremonie alle Last von ihr abgefallen, lächelte sie den Wartenden zu.

„Sie dürfen die Urne auf gar keinen Fall einfach wegwerfen. Um Verwechslungen auszuschließen, ist nämlich im Boden eine Nummer eingraviert. Damit sind natürlich auch Sie als Angehörige registriert und jederzeit auszuforschen. Es ist zwar nicht sehr wahrscheinlich, aber es könnte doch irgendwann einmal Probleme geben", gab Valentino zu bedenken.

„Dann werde ich die Urne eben doch nach Deutschland mitnehmen und auf einem geeigneten Platz abstellen", überlegte sie.

„Wenn Sie möchten, versenke ich sie im Meer. Das ist wahrscheinlich am sichersten und Sie müssen sich nicht damit belasten." Kaum hatte Giorgio die Worte ausgesprochen, bereute er sein Angebot bereits. Zurücknehmen konnte er es freilich nicht mehr, denn wie zuvor Elena drückte ihm nun auch Marianne einen Kuss auf die Wange: „Tausend Dank, Sie sind der netteste Mann, den ich je getroffen habe!"

Mit gelassener Miene begrüßte Marianne Eck zwei Stunden später den Rest der Reisegruppe auf dem Palermitaner Flughafen Punta Raisi. Bis auf das Ehepaar Brehm hatten alle bereits eingecheckt.

„Wir haben auf dich gewartet, damit wir nebeneinander sitzen können", polterte der Zahnarzt beim Anblick der Witwe gutmütig los und überspielte damit seine Verlegenheit ebenso wie die der anderen. Alle hielten unauffällig nach der Urne Ausschau, keiner aber wagte es, danach zu fragen.

Während Felix Strasser noch an seinem Handgepäck herumnestelte, verabschiedeten sich Susanne Strasser und Christine Baumgart mit sichtlicher Erleichterung von ihrer Reiseleiterin. Souveräner als ihre Mütter bedankten sich Claudia und Thomas, die beiden Jüngsten der Gruppe, bei Elena, die sich nervös nach dem Rest ihrer Gäste umsah. Als Letzte trottete schließlich Martina Reich an und auch sie reihte sich nach einem flüchtigen Händedruck in die Schlange vor der Sicherheitskontrolle ein.

Es war vorbei! In jeder Hinsicht, das wurde Elena bewusst, als sie auf den diskret im Hintergrund wartenden Commissario zueilte.

23. Kapitel

Es geht doch nichts über das eigene Bett! Sich wohlig räkelnd dachte Elena wieder einmal an den Lieblingssatz ihres verstorbenen Großvaters, dem ab seinem siebzigsten Lebensjahr Bequemlichkeit über alles gegangen war. Nur Narren würden sich ab einem gewissen Alter durchgelegene Matratzen, steinharte Kissen und lauwarmen Frühstückskaffee antun, hatte er seiner Ehefrau erklärt, als sie ihn zum runden Geburtstag mit einem Flug in die Karibik beschenken wollte. Von der Welt habe er genug gesehen. Sie müsse sich eine andere Begleitung suchen, er bleibe künftig lieber daheim. Punktum.

So weit ist es bei mir noch lange nicht, dachte Elena, die Reisestrapazen prinzipiell nicht scheute und als Bestandteil des Erlebnisses ansah. Aber ab und zu war es schon sehr angenehm, daheim aufzuwachen. Heute gab es keinen Zeitplan, den es einzuhalten galt, und auch keine anstrengenden Touristen, die sie von früh bis spät auf Trab hielten.

Niemand wollte etwas von ihr, außer Ercole natürlich, ihr heißgeliebter Hund, der den Namen des stolzen griechischen Helden nicht von ungefähr trug. Nichts an dem dreifarbigen Jagdhundmischling erinnerte noch an das klägliche, zwölf Wochen alte Fellbündel, das Elena vor zwei Jahren aus der Gefangenschaft eines engen, dunklen Hinterhofs befreit, hochgepäppelt und in einen Herkules verwandelt hatte.

Am liebsten hätte sie damals den gesamten unterernährten Wurf der überforderten Hundemutter adoptiert, doch sie musste realistisch bleiben. Abgesehen davon, dass sie mit einem ganzen Rudel garantiert Schwierigkeiten mit ihrer Umgebung bekommen hätte, mehr als einen Vierbeiner konnte sie sich in ihrem Beruf nicht leisten. Es war schon schwierig genug gewesen, für Ercole eine Hundesitterin zu finden, die sich während ihrer Rundreisen um ihn kümmerte.

„Hinaus mit dir, du verwöhnter Köter!" Lächelnd blickte Elena ihrem Hund nach, der mit einem übermütigen Satz die niedrige Gartenmauer übersprang und im Dickicht des angrenzenden Hangs verschwand. Ercole zu Gehorsam zu erziehen, hatte Elena längst aufgegeben. Sie konnte ihn nur immer und überall an der Leine führen. Oder ihn freilassen und hoffen, dass ihm nichts passierte. Glücklicherweise lag ihr Haus weit genug von Straße und Bahn entfernt. Gefahr aber drohte auch immer wieder von den Sonntagsjägern, die oft genug unkontrolliert herumballerten.

Es wird ihm schon nichts zustoßen, lautete Elenas allmorgendliches Mantra. Wenn auch manchmal erst nach Stunden, so war ihr Hund bisher stets unversehrt heimgekehrt. Bald würde es ihm ohnedies zu heiß werden, um allzu lang herumzutollen, beruhigte sie sich an diesem wolkenlosen Frühsommertag. Auch sie selbst zog bereits einen Schattenplatz auf ihrer Terrasse vor, wo sie ihr frugales Frühstück einnahm. Die Hauptsache dabei war der Kaffee. Dazu hatte sie früher die erste Zigarette genossen, heute knabberte sie stattdessen an einem Keks.

Sie vermisste das Nikotin nur noch selten, doch als sie nun den Blick über ihr gepflegtes Anwesen schweifen ließ, hätte sie gern geraucht. Sie konnte mit sich und dem von ihr geschaffenen kleinen Paradies wirklich zufrieden sein! Ihr Freundeskreis hatte sie für verrückt erklärt, als sie eine günstige Eigentumswohnung im Zentrum von Taormina abgelehnt und sich für das abgelegene, halb verfallene Haus unweit des Friedhofs entschieden hatte. Ein ebenso mutiger wie kluger Entschluss, denn inklusive aller Sanierungskosten war Elena letztendlich überraschend billig davongekommen.

Das lag freilich nicht zuletzt an dem erstaunlich niedrigen Kaufpreis. Den Grund dafür fand Elena bald heraus, doch im Gegensatz zu den Einheimischen war sie nicht abergläubisch. Deshalb besaß sie nun ein Haus in Traumlage, das für sie normalerweise unerschwinglich gewesen wäre.

Tatsächlich hatte sich hier in den siebziger Jahren ein nie geklärter Mordfall ereignet, der bei aller Tragik einer gewissen Komik nicht entbehrte. Damals waren Zwillingsbrüder, die einander wie ein Ei dem anderen glichen, auf eine geniale Idee verfallen: Sobald einer eine abenteuerlustige Touristin abgeschleppt hatte, stand der andere heimlich bereit, um nach erschöpfenden Liebesspielen mit frischen Kräften einzuspringen. So kamen nicht nur beide zum Zug, auch die ahnungslosen Urlauberinnen wussten bald Wunderdinge von ihrem unermüdlichen Liebhaber zu erzählen.

Irgendwann aber mussten es die beiden zu bunt getrieben haben. Eines Tages lag einer der Brüder erstochen auf dem Schlafzimmerboden. Der andere, den die Polizei erst Tage später aufgriff, war völlig verstört, erinnerte sich an nichts mehr und konnte nur konfuse Angaben machen. Die Vermutung lag nahe, dass die Bluttat mit dem Lebenswandel der Zwillinge im Zusammenhang stand. Doch ob nun eine getäuschte Frau zum Messer gegriffen oder sich ein betrogener Ehemann an dem vermeintlichen Potenzwunder gerächt hatte, blieb für immer rätselhaft. Ebenso, was aus dem überlebenden Bruder geworden sein mochte, denn dieser verließ Taormina, so rasch er nur konnte.

Das Haus verfiel, denn niemand wollte dort leben, wo die unerlöste Seele eines Ermordeten spukte.

Elena glaubte nicht an Gespenster, wohl aber an einen guten Geist, der ihr zu ihrem kleinen Paradies verholfen hatte. Selbst nach vier Jahren war ihr die hinreißende Aussicht, die sich von ihrer Terrasse bot, nicht selbstverständlich geworden. Ihr erster Blick galt wie stets der majestätischen Silhouette des Ätna, der noch die letzten Reste seiner Schneehaube trug. Wenn kein Dunst die Sicht behinderte, schien auch die Küste Kalabriens zum Greifen nahe.

An diesem perfekten Maimorgen wölbte sich ein tiefblauer Himmel über Taormina. ein leiser Wind spielte mit den Ähren des wilden Getreides und auch die Ringelblumen mit ihren orangefarbenen Köpfen blühten noch. Bald aber würde die Sommerhitze die Natur erstarren lassen und das Grün der Hänge verbrennen. Dann hielt sich Elena die meiste Zeit in ihrer schattenspendenden Pergola auf, an der sich rot, lila und rosa blühende Bougainvilleen emporrankten.

Nur widerwillig riss sich Elena los, um endlich auszupacken. Statt Ordnung zu schaffen, hatte sie fast eine Stunde lang mit Ercole herumgebalgt, der von wilden Spielen nie genug bekommen konnte. Jetzt aber gab es keine Ausrede mehr. Für ein gemütliches Chaos waren die Wohnräume zu klein. Dem Putzteufel würde sie trotzdem nie verfallen, das stand für sie fest. Die Staubschicht auf den vollgestopften Bücherregalen empfand sie nicht wirklich als Schmutz, und auch die allgegenwärtigen Hundehaare irritierten sie kaum. Nur in Küche und Bad legte sie Wert auf blitzende Sauberkeit.

Bilder hingegen staubte sie prinzipiell nur ab, wenn sie ihre Schätze umhängte. Sobald sie wieder einmal

Lust dazu bekam, was durchschnittlich zweimal pro Jahr der Fall war, hatte Paul mit irgendeiner Ausrede das Weite gesucht. Deshalb konnte Elena bald besser mit der elektrischen Bohrmaschine umgehen als er selbst. Eine Tatsache, an der sein Selbstbewusstsein nicht den geringsten Schaden nahm. Und die ihr zugutekam, als sie schließlich ohne ihn dastand. Wie auch jetzt, als sie beschloss, für das Bild aus Selinunte einen geeigneten Platz zu suchen.

Die Frage war allerdings, wo sie einen finden würde. Auch wenn Elena Kitsch gegenüber eine höchst tolerante Einstellung vertrat, zierten dennoch ausschließlich geschmackvolle Originale ihre Wände. Keines ihrer Bilder war wirklich wertvoll, aber hinter jedem verbarg sich eine Geschichte. Eine Erinnerung an das Leben mit Paul und an den gemeinsamen Freundeskreis in Rom, zu dem viele Maler gezählt hatten. Die meisten Aquarelle stammten aus ihrer römischen Zeit, die Radierungen und Ölbilder wiederum hatten sie fast ausschließlich in Galerien oder Antiquariaten in Prag und Budapest aufgestöbert. Dazu wollte das Bild aus dem Hotelflur nicht so recht passen.

Nach langem Herumprobieren entschied sich Elena für einen Platz über ihrem Schreibtisch, der ein wenig versteckt in einer Nische stand. Hier würde der billige Druck nicht gleich jedem Besucher ins Auge fallen. Sie selbst aber würde sich an dem faszinierenden Porträt erfreuen können und überdies daran erinnert werden, der merkwürdigen Angelegenheit auf den Grund zu gehen. Mit sich und der Welt zufrieden verstaute sie das Werkzeug.

Nachdem Ercole von seinem Mittagsausflug zurück und damit in Sicherheit war, hielt sie nichts mehr von einem faul im Liegestuhl verbrachten Nachmittag ab.

Dazu passte die Lektüre des ersten Bestsellers von Dan Brown wie maßgeschneidert.

Erst als Ercole Stunden später mit lautem Bellen sein Futter einforderte, blickte Elena vom „Sakrileg" auf. Es war erstaunlich, dass bei der Geschichte rund um Mord, Kunstraub und Verschwörung ausgerechnet die biblische Magdalena die Hauptrolle spielte. Eine ganz andere Magdalena allerdings, die sich in jeder Hinsicht von der reuigen Sünderin des katholischen Kanons unterschied. Da war nicht länger von einem Mädchen von zweifelhaftem Ruf die Rede, sondern von einer klugen, selbstbewussten Persönlichkeit. Von Maria aus Magdala, der Ehefrau des Jesus von Nazareth, die nach Ansicht der Kirchenväter eine große Bedrohung für die noch junge Religion darstellte.

Der Gottessohn und Erlöser als Ehemann und Vater – unvorstellbar! So gründlich wie möglich musste die Erinnerung an die historische Magdalena getilgt und ihre Persönlichkeit bis zur Unkenntlichkeit entstellt werden. Nicht nur in Wort und Schrift, sondern auch in der bildlichen Darstellung. Ab dem 15. Jahrhundert hatten sich die Künstler strikt an ein vorgegebenes Schema zu halten, erinnerte sich Elena an ein Kunstgeschichtsseminar an der Wiener Universität.

Am liebsten wollten die frommen Auftraggeber die Hure nackt sehen. Mit hüftlangem Haar, das nur spärlich die Blößen einer tränenüberströmten Sünderin bedeckt. Erotische Phantasien, getarnt durch Heiligenlegenden, daran konnte man im Mittelalter durchaus seine Freude haben! Für Ergötzen sorgte sonst nämlich nur noch der pfeildurchbohrte, sich lustvoll windende Sebastian.

Klerikale Pornographie, nichts anderes war das eigentlich, dachte Elena. Nie wieder würde sie kritiklos vor einem der unzähligen Bilder der Maria Magdalena stehen, mit denen jeder halbwegs namhafte Maler bis weit ins 19. Jahrhundert hinein die Nachwelt beglückt hatte. Welch ein himmelweiter Unterschied zu „ihrer" Maddalena!

Elena sprang auf, um das Porträt der Contessa Villadicani genauer anzusehen. Für eine reuige Sünderin konnte man die schöne, stolze Gräfin, die mit einem fast unmerklichen Lächeln auf den Betrachter herabblickte, wirklich nicht halten.

Von dem Bild weiß Giorgio ja gar nichts, fiel Elena plötzlich ein. Das ist in dem Trubel völlig untergegangen. Spontan griff sie nach ihrem Handy, das neben ihrem Liegestuhl auf dem Fliesenboden lag und erstaunlicherweise den ganzen Nachmittag lang nicht ein einziges Mal geläutet hatte. Kaum aber hielt sie das Telefon in der Hand, schrillte es los. Das ist Gedankenübertragung, dachte sie, als sie die Nummer auf dem Display erkannte.

„Ciao, Giorgio. Wie geht's?"

„Bestens, danke. Oder besser gesagt, der Alltag und der Bürokram haben mich wieder. Ich wollte nur Ihre Stimme hören. Was machen Sie gerade?"

„Faulenzen. Lesen. Kennen Sie übrigens das ‚Sakrileg' von Dan Brown?"

„Nein. Oder warten Sie, vielleicht doch, wenn Sie ‚Il Codice da Vinci' meinen. Ein Thriller, in dem es gleich auf den ersten Seiten eine Leiche im Louvre gibt."

„Genau. Auf Deutsch heißt der Bestseller Sakrileg. Aber eigentlich wollte ich mit Ihnen über etwas Wichtiges sprechen. Auch über eine Magdalena, aber eine sizilianische."

Elena holte tief Luft, bevor sie zu erzählen begann. Von dem Porträt der Contessa Maddalena im Palazzo

Villadicani, von dem es seltsamerweise einen billigen Druck gab, den sie in Selinunte im Hotel entdeckt hatte. Und der jetzt in Taormina in ihrem Haus hing. „Ich habe nicht die geringste Ahnung, was das alles bedeuten soll. Aber irgendetwas stimmt da nicht", beendete Elena ihren Monolog.

Giorgio schwieg, schwieg so lange, bis Elena nachhakte. „Pronto, sind Sie noch da? Bitte sagen Sie doch etwas!"

„Ja, natürlich bin ich noch da. Aber mir hat es die Rede verschlagen. Warum haben Sie mir das nicht schon viel früher erzählt? Und gibt es da noch etwas, das ich wissen sollte?"

Typisch Mann, ärgerte sich Elena. Wenn sie uns nur Vorwürfe machen können! „Von wegen: früher erzählen! Was hat denn die Billigkopie eines sizilianischen Familienporträts mit einer Morduntersuchung zu tun?"

„Wahrscheinlich gar nichts. Aber ich würde mir Ihre Maddalena nur allzu gern einmal ansehen. Heute ist Freitag, am Wochenende habe ich dienstfrei und könnte zu Ihnen nach Taormina kommen. Was halten Sie davon?"

„Warten Sie, da muss ich erst einmal auf meinen Kalender schauen."

Elena wusste ganz genau, dass sie dort keine Eintragungen finden würde, aber das musste sie dem Commissario nicht auf die Nase binden. Besser, er hielt sie für eine vielbeschäftigte Person als für eine Frau, die nur wenig zu tun hatte. Was eigentlich stimmte, denn abgesehen von einigen Reisebegleitungen im Frühjahr und ein paar weiteren im Herbst war sie als wohlversorgte Witwe Herrin ihrer Zeit. Sie arbeitete nicht, weil sie das Geld wirklich benötigte, sondern weil es ihr Spaß machte.

Deutlich hörbar raschelte Elena mit den Papieren auf ihrem Schreibtisch, bevor sie erneut zum Hörer griff. „Einverstanden, Sie können kommen. Freie Hotelzimmer gibt es in Taormina derzeit genug, es war gestern überhaupt kein Problem, passende Quartiere für die Herren Jakubowski und Schwabl zu finden."

„Sehr gut. Ich gebe Ihnen morgen definitiv Bescheid. Denn in meinem Beruf kann im letzten Moment immer noch etwas dazwischenkommen. Ciao, Elena, a domani!"

„Was sagst du, Ercole? Jetzt habe ich doch tatsächlich ein Rendezvous! Mit einem waschechten Commissario noch dazu. Ich bin neugierig, wie er dir gefällt." Der Hund liebte es, wenn Elena mit ihm sprach, denn dann kraulte sie ihn gleichzeitig hinter den Ohren. Oder sie nahm ihn ausnahmsweise auf den Schoß. Ganz so, als wäre er noch der winzige Welpe und nicht ein ausgewachsener Köter, der mittlerweile gut und gerne zwanzig Kilo wog. Egal, was sein Frauchen ihn fragen mochte, Ercole wusste, dass ein Stups mit seiner kalten Schnauze immer die richtige Antwort war.

Zu seiner bewährten Strategie gehörte auch, sich so klein wie möglich zusammenzurollen. Dann war er kaum im Weg und wurde nicht gleich wieder auf den Boden befördert. Es funktionierte auch diesmal. Geistesabwesend streichelte Elena ihren Hund, der genussvoll vor sich hin brummte, während er seinen Kopf in ihre Armbeuge schmiegte.

War es nicht vielleicht doch ein Fehler, dass sie Giorgio so rasch zugesagt hatte? Wenn er einmal da war, kam sie nicht umhin, ihn in ihr Haus zu bitten. Und was dann? Ein romantisches Candle-Light-Dinner auf ihrer Terrasse? Traute Zweisamkeit unter dem Sternenhimmel? Wenigstens war am Wochenende nicht auch noch Vollmond. Das fehlte gerade noch!

Zu Ercoles Missvergnügen sprang Elena plötzlich auf. „Ich hab's! Giorgio soll nach Syrakus kommen", rief sie ihrem Hund zu, der sich erbost beutelte und beleidigt zu seinem Korb trottete. Die Idee war blendend, denn sie wollte den Villadicanis ohnedies möglichst bald ihre erstaunliche Entdeckung zeigen. Außerdem konnte sie nur an Ort und Stelle die Original-Maddalena mit ihrer Kopie vergleichen. Vielleicht spielte ihr das Gedächtnis gar einen Streich und die beiden Frauenporträts unterschieden sich doch! Am besten, sie rief sofort im Palazzo an.

Wunderbar! Sie hätte es nicht besser treffen können. Conte Gabriele war seit gestern in Mailand und sollte erst am Sonntagabend zurückkommen. Somit würden die Freundinnen ohne die scheelen Seitenblicke des Hausherrn endlich einmal nach Lust und Laune miteinander tratschen können. Zu berichten gab es wahrlich genug. Bisher war die Contessa von Elena nur im Telegrammstil über die Geschehnisse unterrichtet worden, jetzt aber wollte sie alles ganz genau wissen.

War es wirklich ein Unglücksfall gewesen? Oder doch der perfekte Mord? Und wenn ja, wer kam als Täter in Frage? Was hatten die Ermittlungen ergeben? Gab es bereits einen Verdacht, oder tappte die Polizei noch völlig im Dunklen? Von diesem Commissario Valentino, von dem Elena offenbar recht angetan war, würde Amalia nun vielleicht die inoffizielle Version erfahren.

Auch wenn sie sich das nicht anmerken lassen wollte, die Gräfin platzte fast vor Neugierde. Einen Polizeibeamten, der einen mysteriösen Todesfall untersuchte, hatte man schließlich nicht alle Tage zu Gast. Begeistert sagte sie zu. Der Commissario sei willkommen, und um ein Hotelzimmer brauche er sich auch nicht zu kümmern. Im Palazzo war Platz genug.

„Sie sind von der Gräfin herzlich eingeladen", erklärte Elena noch am selben Abend dem überraschten Commissario die Änderung ihres Wochenendprogramms. „Ich habe in Ihrem Namen bereits zugesagt."

Giorgio Valentino fand Gefallen an der Idee. „Wenn alles klappt, bin ich am Samstagnachmittag in Syrakus. Es könnte sein, dass ich Ihnen etwas Interessantes zu erzählen habe. Passen Sie bis dahin gut auf sich auf."

Warum hat er das jetzt gesagt?, wunderte sich Elena. Wenn wirklich ein Mörder frei herumlief, so war der längst über alle Berge. Oder besser gesagt in Deutschland, denn die Gruppe war gestern pünktlich abgeflogen. Machte er sich nur wichtig? Oder verdächtigte er gar Wilhelm Schwabl, der kaum einen Kilometer von ihr entfernt im Jolly-Hotel logierte? Undurchsichtig genug war der junge Mann, der plötzlich eine Woche länger als ursprünglich geplant auf Sizilien bleiben wollte, zweifellos. Ludwig Jakubowski oder Adele Bernhardt konnte der Kommissar mit seinen Anspielungen wohl nicht meinen. Sie würde sich jedenfalls nicht kopfscheu machen lassen und wie gewohnt bei offenen Terrassentüren schlafen.

Mitten in der Nacht schreckte Elena hoch. Hellwach setzte sie sich auf. Was geistert bloß in meinem Unterbewusstsein herum, fragte sie sich, als sie die Nachttischlampe anknipste. Was lässt mir um drei Uhr morgens keine Ruhe?

Schlagartig fiel ihr die merkwürdige Szene am Strand von Agrigent ein. Nur sie hatte den Streit zwischen Martina Reich und Sigismund Eck beobachtet. Danach hatte sie unbedingt herausfinden wollen, worum es dabei gegangen war. Doch das würde jetzt wohl für immer ein Geheimnis bleiben.

Am liebsten hätte Elena sofort zum Telefon gegriffen. Zu dumm, dass sie Giorgio nicht schon in Palermo davon erzählt hatte. Aber nun würden ein paar Stunden mehr oder weniger auch keinen Unterschied mehr machen. Vermutlich steckte gar nichts dahinter, und der Eck war wie immer einfach nur ekelhaft gewesen.

Mit wenig freundlichen Gedanken an den Oberstudienrat, der ihr sogar noch als Toter die Ruhe raubte, wälzte sich Elena von einer Seite zur anderen. Um vier Uhr morgens gab sie auf. Den versäumten Schlaf würde sie wohl zur Siestazeit nachholen müssen. Aufseufzend setzte sie sich an den Schreibtisch, um die Abrechnungen für ihre Agentur in Angriff zu nehmen. Bürokratischer Kram, der ihr zutiefst zuwider war. Damit befolgte sie das Hausrezept ihrer Mutter, die stets gepredigt hatte: „Nimm bloß keine Schlaftabletten. Steh lieber auf und stürz dich in eine Arbeit, die dich absolut nicht freut. Zum Beispiel bügeln. Oder Fenster putzen. Mitten in der Nacht. Du wirst sehen, wie sehr du dich plötzlich nach deinem Bett sehnst und auf der Stelle einschlafen kannst."

Es funktionierte auch diesmal. Nach kaum einer halben Stunde Schreibarbeit war es so weit. Nur allzu gern legte sich Elena nochmals nieder und versank in einen tiefen, traumlosen Schlaf, sobald ihr Kopf das Kissen berührt hatte.

Als sie wieder aufwachte, stand die Sonne bereits hoch am Himmel. „Mutter hat wie immer Recht gehabt", murmelte sie Ercole zu, der erwartungsvoll wedelnd seinen verspäteten Morgenauslauf einmahnte. „Aber das müssen wir ihr ja nicht auf die Nase binden. Und vom toten Oberstudienrat erzählen wir ihr auch nichts. Sonst steht sie morgen bei uns auf der Matte."

Jetzt rede ich schon wieder mit meinem Hund! Ein bedenkliches Zeichen, gestand Elena sich gähnend ein. Das kommt davon, wenn man allein lebt. Wenn ich nicht aufpasse, werde ich eine schrullige Alte. Oder so anstrengend wie meine liebe Frau Mama, die auch mit allem und jedem spricht. Ich weiß wirklich nicht, was schlimmer ist.

Darüber aber wollte Elena jetzt nicht nachdenken. Nicht über das komplizierte Mutter-Tochter-Verhältnis, das seit dem Tod des Vaters nur dank der räumlichen Distanz einigermaßen funktionierte. Und auch nicht über die Tatsache, dass kein anderer Mensch auf der Welt ihr in kürzester Zeit mehr auf die Nerven ging als die tüchtige, energische Ilse Hubinek. Kaum waren die beiden zusammen, krachte es bereits, was Außenstehende nur schwer begreifen konnten. Die beiden liebten einander, das war nicht zu übersehen. Aber sie konnten auch nicht miteinander, jedenfalls nicht auf Dauer, wie mehrere erfolglose Versuche des Zusammenlebens bewiesen hatten.

Während Elena ihren Morgenkaffee zubereitete, überlegte sie, dass sie wieder einmal in Wien anrufen sollte. Eigentlich hatte sie das überfällige Telefonat erst für Sonntag eingeplant, aber da würde sie noch in Syrakus sein. Besser, sie absolvierte den Pflichtanruf sofort. Dann hatte sie den Kopf frei für wichtigere Dinge. Wie für das bevorstehende Rendezvous, von dem sie sich mehr versprach, als sie sich eingestehen wollte.

24. Kapitel

Es war wie verhext. Kaum glaubte Elena, endlich nach Syrakus aufbrechen zu können, kam etwas dazwischen. An diesem Morgen hielt ihr Telefon sie auf Trab. Die Agentur, der sie noch am späten Freitagnachmittag nicht nur ihre Abrechnung, sondern auch einen ausführlichen Bericht über den Todesfall Eck gemailt hatte, verlangte noch weitere Details. Kaum war das erledigt, rief Adele Bernhardt an, um ein Treffen zu vereinbaren. Sie wollte sich für die Essenseinladung in Palermo revanchieren und schien enttäuscht, als ihr Elena ziemlich kurz angebunden erklärte, dass sie leider keine Zeit habe.

Spätestens um zehn hatte Elena losfahren wollen, nun aber war es bereits zwanzig nach elf, als sie den aufgeregten Ercole endlich in ihren kleinen Wagen verfrachten konnte. Bis zuletzt war sich der Hund nicht sicher gewesen, ob er auch wirklich mitdurfte. Jetzt aber streckte er sich zufrieden auf dem Rücksitz aus. Ercole fuhr leidenschaftlich gern Auto und würde sich erst am Ziel wieder bemerkbar machen.

Ihre Verspätung hatte auch eine positive Seite. Als Elena nach zweistündiger Fahrt die Autobahn verließ, um sich in den Stadtverkehr von Syrakus einzureihen, war Siestazeit und damit das schlimmste Chaos vorbei. Hoch erfreut, dass sie hier ausnahmsweise einmal nicht im Stau steckte, bog sie in Richtung Corso Umberto ein. Die Oleanderbäume, die an beiden Seiten die Straße säumten, standen in der ersten Blüte. Ihre Rosa- und Rottöne prägten das Stadtbild ebenso wie der helle Sandstein aus den umliegenden Hybläischen Bergen.

Bereits die alten Griechen hatten das weiche Gestein als Baumaterial genutzt, wie einige erhalten gebliebene Steinbrüche aus der Antike zeigten. Einen davon gab es gleich neben der „Villa Politi“, einem Jugendstil-Hotel der Extraklasse, das mit seinen mahagonigetäfelten Salons und den offenen Kaminen einem Agatha-Christie-Roman entstammen könnte. Hier war Winston Churchill bei seinen Sizilienreisen, die er nach dem Zweiten Weltkrieg unternommen hatte, abgestiegen. Wo sich heute dekorativ Bougainvilleen rankten und meterhohe Palmen für erfrischenden Schatten sorgten, musste die Arbeit in den glühend heißen Steinbrüchen einstmals die Hölle auf Erden gewesen sein.

Elena ließ die Abzweigung zur „Villa Politi“ links liegen. Da sie zu ihrem Bedauern noch nie dort logiert hatte, sollte sie doch zumindest einmal in der verspiegelten Bar einen Drink nehmen, überlegte sie im Vorbeifahren.

Jetzt musste sie nur noch den Ponte Nuovo überqueren, der die Altstadt auf der Insel Ortygia mit dem restlichen Syrakus verband. Um einen Parkplatz brauchte sie sich diesmal nicht zu kümmern, sie konnte ihren Wagen ausnahmsweise im Hof des Palazzo Villadicani abstellen. Ein Privileg, das sonst nur der Hausherr genoss, aber bis der Conte aus Mailand zurückkam, würde Elena längst wieder über alle Berge sein.

„Du wirst es nicht glauben, aber Commissario Valentino ist bereits da. Er hat seinen Punto ganz in die Ecke gequetscht, damit dein Auto auch noch Platz hat“, rief Amalia ihrer Freundin von einem der Fenster im zweiten Stockwerk ihres Palazzo zu. Wie zur Bestätigung tauchte Giorgios Kopf ebenfalls zwischen den Fensterläden der Bibliothek auf. Geduldig wartete Elena, bis die schweren Doppelflügel des Eingangstores wie von Geisterhand bewegt zurückschwangen und den Weg in den gepflasterten Innenhof freigaben. Der elektrische Türöffner war eine Neuerwerbung der Villadicanis – und des Grafen ganzer Stolz.

Erst als sich die Pforte ebenso lautlos geschlossen hatte, durfte Ercole aus dem Auto springen. Er kannte sich aus und raste die elegant geschwungene Treppe hinauf, um mit freudigem Gebell die Hausherrin zu begrüßen. Ob auch Giorgio Hunde mag?, fragte sich Elena, während sie ihre Reisetasche aus dem Kofferraum hievte. Wenn nicht, hat er eben Pech gehabt.

Ihre Bedenken hätte sie sich sparen können. Der Commissario und der Hund waren bereits ein Herz und eine Seele, als Elena mit Ercoles Wasserschüssel in der einen und ihrem Gepäck in der anderen Hand die Privaträume der Villadicanis betrat. „Einen treulosen Köter hast du! Mich hat er diesmal kaum beachtet", beklagte sich Amalia lächelnd bei ihrer Freundin, nachdem sie ihr zur Begrüßung einen Kuss auf die Wange gedrückt hatte.

„Stimmt nicht, Sie haben einen wunderbaren Hund", widersprach Giorgio aus den Tiefen des Salons, der auch tagsüber im Dämmerlicht lag. Mit dem begeistert hechelnden Ercole an seiner Seite trat der Commissario lächelnd aus dem Halbdunkel. „Wie schön, Sie so bald wiederzusehen!"

Den hat es erwischt, dachte Amalia, während sie Richtung Küche verschwand. Und wenn sie nicht alles täuschte, dann ließ er auch Elena nicht ganz kalt.

„Kommt doch bitte zu mir", rief sie wenig später den beiden zu. „Weil Gabriele nicht da ist, können wir ganz informell sein. Die Kinder sind ebenfalls aus dem

Haus. Fabrizio ist mit der Schule auf Sizilienrundreise und Luisa darf heute bei ihrer Cousine übernachten. Ich schlage vor, wir nehmen jetzt nur einen kleinen Imbiss und halten anschließend Siesta. Danach ist es auch auf dem Dach nicht mehr zu heiß."

Als sich Elena, Ercole und Giorgio kurz nach sechs Uhr abends auf der Terrasse einfanden, strahlten die Steine noch immer die Hitze des Tages ab. Doch inmitten der prächtig gedeihenden Kübelpflanzen konnte man bereits angenehm sitzen. Jemand hatte offenbar erst wenige Minuten zuvor die Palmen, Hibiskussträucher und Oleanderbüsche reichlich gegossen.

„Manchmal glaube ich, dass die Pflanzen vor lauter Vergnügen jubeln, wenn sie Wasser bekommen", erklärte Amalia ihren Gästen, warum sie sich am liebsten selbst um den Dachgarten kümmerte. „Außerdem rede ich mit ihnen, aber das erzählt ihr besser nicht weiter. Gabriele hält mich sonst für verrückt!"

Insgeheim bedauerte Giorgio allmählich den abwesenden Hausherrn, ohne den das Leben angeblich so viel einfacher war. Männliche Solidarität vermutlich, analysierte er seine Reaktion auf die beiden Frauen, die offenbar auch auf ihn unschwer verzichten konnten. Zumindest glaubte er, die Freundinnen, die sich unbeschwert unterhielten, hätten seine Anwesenheit längst vergessen. Ein Irrtum, wie er erleichtert feststellte, als Elena plötzlich ihre Hand auf seinen Unterarm legte und unvermittelt ernst wurde.

„Kommen wir zur Sache. Ich habe Ihnen etwas unterschlagen. Marianne Eck hat mir nämlich etwas recht Merkwürdiges erzählt. Das ist mir leider erst heute Nacht wieder eingefallen."

„Das passt haargenau zu meinen Ermittlungen", erklärte Giorgio, als Elena ihren Bericht beendet hatte.

„Und ich kann mir ziemlich genau vorstellen, wer von Signor Eck nicht erkannt werden wollte."

„Wer denn um alles in der Welt? So reden Sie doch", forderte Elena ungestüm. „Wen hätte Sigismund Eck entlarven können?"

„Martina Reich. Sie hieß mit dem Mädchennamen Anna Martina Wegand und hat einen gewissen Andreas Reich geheiratet, von dem sie aber längst wieder geschieden ist. Ich habe die Daten sämtlicher Gruppenteilnehmer bei Interpol abgefragt, und das ist unter anderem dabei herausgekommen."

„Wegand? So wie der berühmte Martin Wegand?", platzte Amalia, die bisher dem Gespräch stumm gefolgt war, unvermutet heraus.

„Ja, Martina ist seine Tochter", antwortete Giorgio. „Die Tochter des genialsten Kunstfälschers des 20. Jahrhunderts."

„Gut und schön, es ist zu begreifen, dass sie inkognito leben möchte. Schließlich hat der Skandal um die Botticelli-Venus seinerzeit genügend Staub aufgewirbelt. Aber Martin Wegand ist meines Wissens im Gefängnis gestorben und heute kräht kein Hahn mehr nach ihm. Und was hat das alles mit einem Oberstudienrat aus München zu tun?", mischte sich Elena, der es vor Verblüffung kurz die Rede verschlagen hatte, wieder ins Gespräch.

„Ich kann natürlich nur Vermutungen anstellen. Der Eck hatte Kunstgeschichte studiert, bevor er Zeichenlehrer geworden ist. Vielleicht kannte er Wegand noch von der Universität."

„Unsinn, es geht doch um die Tochter und nicht um den Vater", wandte Elena ein.

„Stimmt. Aber sowohl die Wegands als auch die Ecks lebten jahrzehntelang in München. Da können sich doch die Wege der beiden Familien ohne weiteres irgendwann einmal gekreuzt haben“, spann Giorgio den Gedanken weiter.

„Zugegeben, das ist möglich. Aber das erklärt noch lange nicht, warum es Martina besonders gestört hatte, den Ecks wieder zu begegnen. Es ist jedenfalls verständlich, dass sie lieber den Namen ihres geschiedenen Mannes trägt als den ihres berüchtigten Vaters“, konterte Elena. „Das ist ebenso wenig strafbar wie ihr seltsames Verhalten. Vielleicht spinnt sie bloß ein bisschen.“

„Was war seltsam?“, hakte Giorgio sofort nach.

„Auch hier im Palazzo ist sie mutterseelenallein durch die Salons gewandert, während alle anderen oben auf der Terrasse gesessen sind“, berichtete Amalia. „Das hat mir mein Au-pair-Mädchen erzählt, und ich habe nur deswegen nichts davon gesagt, um Gabriele nicht zu beunruhigen. Du weißt ja, wie er ist. Überall sieht er nur Diebe und Räuber, die es auf seine Kostbarkeiten abgesehen haben. Als ob es bei uns etwas wirklich Wertvolles zu stehlen gäbe.“ Resigniert zuckte die Contessa mit der Schulter.

„Wer weiß, vielleicht gibt es doch etwas, denn das Wichtigste habe ich euch noch gar nicht gezeigt“, antwortete Elena zu Amalias Verblüffung. Sie nestelte in einer Tragtasche, die sie zuvor neben sich abgestellt hatte, und zog einen sorgsam in Seidenpapier geschlagenen Gegenstand hervor.

„Aber das ist ja Zia Maddalena“, rief die Contessa. „Warum hast du das Bild mit heraufgenommen?“

„Habe ich nicht. Euer Bild ist dort, wo es hingehört. Dieses hier habe ich in einem Hotel in Selinunte entdeckt“, beruhigte Elena ihre Freundin. Und mit einem Seitenblick zu Valentino fügte sie hinzu: „Es ist ein billiger Druck, wie man ihn in jedem Souvenirladen bekommt. Jetzt hängt statt der Maddalena eine Agata um zehn Euro dort. Natürlich habe ich das Bild nicht einfach eingesteckt, sondern durch ein anderes ersetzt. Ich stehle doch keine Heiligen!"

„Sie nicht, aber vielleicht ist Ihnen beim Stehlen ein anderer zuvorgekommen", sagte Giorgio nachdenklich. „Könnte ich bitte das Original sehen?"

Amalia sprang auf und eilte davon. „Da ist es", erklärte sie Minuten später und hielt dem Commissario das goldgerahmte Porträt der schönen Ahnherrin hin. Giorgio drehte das Bild um und löste das zentimeterdicke Holz, das mit vier simplen Metallklammern befestigt war, in Sekundenschnelle aus dem Rahmen.

„So einfach geht das", erklärte er, „kein doppelter Boden und keine faulen Tricks. Man muss nur wissen, dass sich solche Halterungen um neunzig Grad drehen lassen." Ernst blickte der Commissario die Gräfin an, die wie gebannt auf die beiden Porträts starrte, die nun nebeneinander auf dem noch sonnenwarmen Marmortisch lagen. Sie glichen einander wie ein Ei dem anderen. Zwei mit Ölfarben bemalte Holztafeln, nicht nur eine, wie sich bei genauer Betrachtung herausstellte.

Im hellen Tageslicht zeigte sich, dass es sich auch bei Elenas Exemplar keinesfalls um einen aufkaschierten Druck, sondern um eine sorgfältig angefertigte Kopie handelte. Minutenlang sprach keiner ein Wort. Erst Ercole, dem die angespannte Stimmung zwischen den drei Menschen nicht entgangen war, brach mit leisem Winseln den Bann.

„Könnte mir jemand erklären, was das soll?", flüsterte Amalia mit vor Erregung heiserer Stimme. „Wieso gibt es unser Familienbild in zweifacher Ausführung?"

„Erst einmal müssen wir feststellen, welches von beiden das Original und welches die Kopie ist“, warnte Giorgio. „Wenn wir nicht aufpassen, weiß keiner mehr, welches Bild ich aus dem Rahmen genommen habe. Am besten, ich markiere es. Und zwar sofort.“

Vorsichtig ritzte der Commissario mit seinem Taschenmesser ein winziges Kreuz in die Rückseite der einen Holztafel. Eine kluge Maßnahme, denn bald hätte keiner der drei mehr mit Sicherheit sagen können, ob er nun das Original oder die Kopie in den Händen hielt. Doch als sich Amalia dafür erleichtert bedanken wollte, versetzte ihr Giorgio den nächsten Schreck. „Die Markierung sagt uns nur, dass sich dieses eine Bild heute in Ihrem Besitz befunden hat, nicht aber, ob es das echte ist. Ein Austausch könnte schon früher stattgefunden haben.“

„Du meinst also, irgendwer hat irgendwann eine Kopie angefertigt und das Original möglicherweise bereits längst durch sie ersetzt“, folgte Elena dem Gedankengang des Commissario und merkte dabei gar nicht, dass sie ihn versehentlich wieder einmal geduzt hatte. „Aber wenn das Bild im Palazzo eine Kopie sein sollte, dann habe ich aus Selinunte das Original mitgenommen. Ist doch logisch, oder?“

„Gar nichts ist logisch“, warf Amalia ein. „Wer soll sich denn die Mühe machen, ein ziemlich wertloses Familienerbstück zu kopieren, um es anschließend stehlen zu können?“

„Ein genialer Kunstfälscher wie Martin Wegand. Oder seine Tochter, die sein Talent ebenso geerbt haben könnte wie seine kriminelle Energie“, antwortete Elena. „Langsam ergibt das alles einen Sinn. Oder besser gesagt, es hätte einen Sinn, wenn das Bild wenigstens ein paar hunderttausend Euro wert wäre. Aber du hast doch gesagt, ein unbekannter Künstler hat Gabrieles Urgroßtante etwa um das Jahr 1800 herum gemalt."

„Das besagt zumindest das Gutachten, das noch mein Schwiegervater in Auftrag gegeben hat. Frühes 19. Jahrhundert, so der Experte damals, und bestenfalls ein paar tausend Mark wert. Die Datierung deckt sich laut Familienchronik auch mit den Geburts- und Sterbedaten von Maddalena. Gabrieles Vater war ziemlich enttäuscht, denn irgendwer hatte ihm den Floh ins Ohr gesetzt, dass das Bild gar nicht seine Tante zeigen würde, sondern um einiges älter sein könnte."

„Wie hieß denn der Gutachter? War es vielleicht ein Experte aus dem Ausland? Sie haben doch eben von D-Mark gesprochen", fragte Giorgio mit scharfem Unterton.

„Den Namen habe ich nie gehört, aber der Sachverständige kam mit Sicherheit aus Deutschland. Nichts geht über deutsche Gründlichkeit, hat mein Schwiegervater immer geschwärmt. Da wisse man, was man für sein Geld bekommt."

„Ob er sich da nur nicht getäuscht hat!" Der Commissario war sich mit einem Mal ziemlich sicher, auf der richtigen Spur zu sein. „Diese Expertise gibt es doch noch, Contessa. Könnten Sie sie mir zeigen?"

„Am besten, wir warten damit, bis mein Mann aus Mailand zurück ist. Ich möchte nicht in seinem Schreibtisch wühlen. Und auf einen Tag mehr oder weniger kommt es jetzt auch nicht mehr an. Was haltet ihr von einem Aperitif in der Bibliothek?" Die Hausherrin wartete eine Antwort erst gar nicht ab, sondern ging ihren Gästen voraus.

„Sie ist völlig durcheinander und will es sich nicht anmerken lassen", flüsterte Elena. „Am besten, wir reden während des Essens nicht mehr darüber. Jetzt hängen wir das Original, wenn es denn eines ist, samt Rahmen vorerst wieder an die Wand. Später können wir immer noch beratschlagen, wie es weitergehen soll." Sorgsamer als zuvor verstaute Elena ihre Maddalena in der Tasche.

Die Mahlzeit, die Amalia auftischte, verlief ziemlich schweigsam. Als Überraschung hatte sie den Koch engagiert, der sonst nur bei großen Empfängen zum Einsatz kam. Er hatte alles perfekt vorbereitet, Amalia musste nur noch die Spaghetti ins kochende Wasser werfen und darauf achten, dass der Fisch im Rohr nicht verbrutzelte. Bedauerlicherweise aber würdigte keiner den exzellenten, noch lauwarmen „insalata di mare", der förmlich auf der Zunge zerging. Erst bei der Pasta Conte Villadicani, einer Köstlichkeit aus frischem Thunfisch, Spinat, Kirschtomaten und Melanzane, setzte Giorgio zu einer Lobeshymne an.

„Mit dieser Kreation hat Roberto Todaro, ein Freund meines Mannes, vor drei Jahren einen internationalen Gourmetwettbewerb gewonnen", klärte die Gastgeberin den Commissario auf. „Wir mussten zuvor als Testesser herhalten. Und weil Gabriele so begeistert war, hat Roberto die Pasta kurzerhand nach ihm benannt."

„Für Todaro würde ich auch jederzeit als Vorkoster einspringen", erklärte Giorgio mit verzückt verdrehten Augen. „Er ist wirklich einer der Größten!"

„Anschließend gibt es ‚Dentice al forno', also lassen Sie in Ihrem Magen noch ein wenig Platz für den Fisch", warnte Amalia lächelnd. Doch noch bevor sie die Zahnbrasse aus dem Herd nehmen konnte, schlug Ercole an. Aufgeregt bellend sauste der Hund zur Tür, in der plötzlich der Hausherr auftauchte.

„Buona sera!" Mit undurchdringlicher Miene musterte Gabriele Villadicani die erstaunten Gesichter. Seinen Unmut über den Besuch, mit dem er nicht gerechnet hatte, ließ er sich nicht anmerken, dazu war er viel zu wohlerzogen. „Aber bitte, lassen Sie sich nicht stören."

Höflich stand Giorgio auf, um sich in aller Form vorstellen zu lassen.

„Sehr erfreut, Commissario. Ciao, Elena. Schön, dich so bald wiederzusehen." Der Conte wusste, was sich gehörte, doch Amalia kannte ihren Mann gut genug, um sich nicht täuschen zu lassen. Gabriele war ganz und gar nicht erfreut. Nicht über die Hausgäste, mit denen er nach einem anstrengenden Tag wohl oder übel Konversation machen musste. Und schon gar nicht darüber, dass es im vollgeparkten Hof keinen Platz mehr für sein Auto gab.

„Möchtest du noch etwas vom Meeresfrüchtesalat? Oder fängst du gleich mit der Pasta an? Du hast doch noch nichts gegessen, oder?", erkundigte sich Amalia fürsorglich, nachdem sie Gabriele mit einem flüchtigen Kuss begrüßt hatte. Die Frage, weshalb er mehr als einen Tag früher als geplant zurückgekehrt war, verkniff sie sich. Empfindlich, wie er sein konnte, würde er das möglicherweise als Vorwurf auffassen.

„Die Alitalia hat für morgen einen Streik angekündigt", nahm Gabriele das Gespräch auf. „Ich hätte also erst am Montag heimreisen können. Doch zum Glück gab es in der heutigen Abendmaschine noch einen Platz."

„Sie waren auf der Antiquitätenmesse?", erkundigte sich Giorgio arglos. Er konnte schließlich nicht wissen, dass der Conte nach Mailand geflogen war, um klammheimlich den Verkauf seiner historischen Waffensammlung vorzubereiten. Im Rahmen der Messe hatte er Preisvergleiche anstellen können und die entsprechenden Kontakte geknüpft. Jetzt musste er sich nur noch von den Familienerbstücken trennen, was ihm schwerer fiel, als er zugeben wollte.

„Ja, ich war auf der Messe", antwortete Gabriele kurz angebunden, doch dann besann er sich seiner Hausherrenpflichten. „Verstehen Sie etwas von Antiquitäten, Commissario?", setzte er höflich fort.

„Nicht wirklich. Mit einer einigermaßen guten Fälschung könnte man mich jederzeit hereinlegen. Apropos. Die Contessa hat erzählt, dass Ihr Vater vor einigen Jahren einen Gutachter aus Deutschland engagiert hatte. Wissen Sie noch, wie der Mann hieß?"

„Natürlich, doch warum fragen Sie, Commissario?", antwortete der Conte erstaunt.

„Das erkläre ich Ihnen sofort. Aber erst sagen Sie mir bitte den Namen!"

„Den vergisst man nicht so leicht. Wegand, der berühmte Martin Wegand. Ich nehme an, Sie wissen, von wem ich spreche?"

„Natürlich. Und jetzt sage ich Ihnen den Grund für meine Neugier. Es könnte sein, dass Ihr Vater hereingelegt worden ist. Dass Wegand über ein bestimmtes Bild absichtlich eine falsche Expertise erstellt hat."

„Aber warum? Und von welchem Bild sprechen Sie? Er hat damals alle unsere Schätze begutachtet. Nur leider war kein einziger wirklicher Schatz dabei!"

„Ich meine das Porträt, das angeblich Ihre Urgroßtante Maddalena zeigt. Angeblich, denn ich vermute, dass sie es nicht ist. Weil es sich möglicherweise gar nicht um eine Malerei des 19. Jahrhunderts handelt."

„Wie kommen Sie denn darauf? Sie haben doch selbst gesagt, dass Sie sich mit Antiquitäten nicht auskennen."

„Aber mit der bildenden Kunst. Ein wenig zumindest. Das heißt nicht, dass ich eine Kopie von einem Original unterscheiden kann, darüber streiten oft genug selbst renommierte Fachleute, wie wir alle wissen. Aber in meinem Geschichtsstudium habe ich einiges über die jeweiligen Epochen gelernt. Mehr denn je interessiert die Historiker heute das Alltagsleben von einst, Arbeitsbedingungen und Krankheiten, Essgewohnheiten und Kleidung. Meiner Ansicht nach ist Ihre Maddalena ein Werk der Renaissance."

„Ein Werk im Stil der Renaissance", korrigierte Gabriele den Commissario. „Das besagt zumindest das Gutachten, daran erinnere ich mich genau."

„Und wenn das nur eine Behauptung des Signor Wegand war? Damit keine unbequemen Fragen gestellt werden, weil jeder halbwegs gebildete Laie sehen kann, dass diese Magdalena nach der Mode des 16. Jahrhunderts frisiert und gekleidet ist?"

„Aber welchen Grund hätte er gehabt, das Bild falsch zu datieren?", fragte Gabriele verwirrt.

„Möglicherweise einen sehr triftigen", mischte sich Elena ein. Zu Gabrieles Verblüffung zog sie das Bild, von dem die ganze Zeit die Rede war, aus ihrer Tasche. „Keine Angst, das ist nur eine Kopie. Aber eine exzellente, wie du dich selbst überzeugen kannst."

Während der Conte sprachlos von einem zum anderen sah, setzte Giorgio zu einer Kurzfassung des bisherigen Geschehens an. „Die Ermittlungen im Fall Sigismund Eck wurden auf höhere Weisung eingestellt. Ich kann sie nur wieder aufnehmen, wenn ich neue Fakten vorlegen kann." Der Commissario sah den Grafen erwartungsvoll an.

„Sie meinen, wenn wir einen Zusammenhang zwischen Wegand, dessen Tochter, einem falschen Gutachten und dem Tod des Studienrates herstellen können", platzte Elena heraus, was ihr einen missbilligenden Blick Gabrieles eintrug. „Den Schlüssel dazu können uns nur die beiden Maddalenas liefern. Eine neue Expertise muss her, koste es, was es wolle!“

„Du hast leicht reden“, giftete Gabriele. „Koste es, was es wolle! Ha! Und ich soll das bezahlen, oder wie?“

„Sicher, wer denn sonst“, konterte Elena im gleichen Tonfall. „Schließlich könnte es für dich um sehr viel Geld gehen, falls es sich tatsächlich um ein Renaissancebild handelt. Zufällig weiß ich, dass erst vor kurzem bei einer Auktion in Wien ein nicht signiertes Porträt aus dem frühen 16. Jahrhundert um sage und schreibe 840.000 Euro versteigert wurde.“

„Woher weißt du das?“, meldete sich Amalia zu Wort. „Und wer legt für das Abbild einer unbekannten Person eine solche Summe auf den Tisch?“

„Eure Landsleute! Im Wiener Dorotheum zählen Italiener zu den finanzkräftigsten Kunden. Vor allem wenn es um Heiligenbilder geht, egal aus welcher Epoche. Ich kenne mich deswegen ein wenig aus, weil einer meiner ältesten Freunde im österreichischen Denkmalamt sitzt und keine Kunstauktion auslässt. Aus beruflichem und auch aus privatem Interesse. Wenn sich einer auskennt, dann er!“

„Du meinst, er könnte ein Gutachten erstellen?“, hakte Amalia nach.

„Sicherlich. Sogar zu einem Freundschaftspreis, wenn ich ihn darum bitte. Und wenn ich ihn entsprechend neugierig mache, dann vielleicht sogar gratis. Das ist überhaupt die Idee. Wir zwei fliegen mit beiden Bildern nach Wien, und in einer Woche wissen wir mehr“, schlug Elena spontan vor und setzte nach einem Seitenblick auf den Hausherrn fort: „Amalia muss schon mit, denn allein kann ich die Verantwortung für euer Bild nicht übernehmen. Und es kostet nur den Flug, denn wohnen können wir beide natürlich bei meiner Mutter.“

„Ein hervorragender Vorschlag“, sprang Giorgio den beiden Frauen bei, die Gabriele erwartungsvoll anblickten. „Leider kann ich derzeit nicht weg, sonst würde ich sofort mitfliegen.“

„Also gut, einverstanden“, gab sich der Conte geschlagen. „Auch wenn vermutlich nichts dabei herauskommen wird, aber so bist du wenigstens endlich einmal in Wien gewesen. Das hast du dir doch schon so lange gewünscht. Aber um Himmels willen, was riecht denn da so verbrannt?“

„Der Fisch!“ Mit einem Schrei stürzte Amalia in die Küche.

Soll nichts Ärgeres passieren, dachte Elena pragmatisch, als ihre Freundin mit hochrotem Kopf zurückkehrte und gestand, dass die Zahnbrasse leider verkohlt war.

Hunger hatte ohnedies keiner mehr. Gabriele wollte nur noch etwas Obst und hob wenig später die Tafel auf. Giorgio hätte gern den Abend mit Elena auf der Terrasse ausklingen lassen, doch er holte sich eine Abfuhr. Nachdem sich das Ehepaar Villadicani zurückgezogen hatte, eilte auch sie nach einem flüchtigen Kuss auf seine Wange in ihr Zimmer.

Es fiel ihr nicht leicht, die Spröde zu spielen, aber sie musste die Bremse ziehen. Irgendwie ging ihr das alles zu schnell. Statt mit dem echten Commissario den Sternenhimmel über Syrakus zu betrachten, wollte sich Elena an diesem Abend mit der Gesellschaft von Dan Browns fiktivem Helden begnügen, was ihr allerdings nur für kurze Zeit gelang. Bereits nach wenigen Seiten Lektüre schlief sie tief und traumlos, was Giorgio im danebenliegenden Gästezimmer freilich nicht überhören konnte. Ercole und sein Frauchen schnarchten offenbar um die Wette.

Gut zu wissen, dachte Giorgio amüsiert, bevor er sich die Decke über die Ohren zog. Nicht, dass es mir etwas ausmacht. Aber ich bin zumindest vorgewarnt. Für den Fall des Falles.

25. Kapitel

„Geschafft. Wir sitzen tatsächlich im Flugzeug. Das hättest du dir vor einer Woche noch nicht träumen lassen!“ Zufrieden mit sich und der Welt nickte Elena ihrer Freundin zu. „Gabriele konnte keinen Rückzieher mehr machen, das wäre ihm vor Giorgio allzu peinlich gewesen.“

„Schau dir das einmal an. Hier muss ein Elefantenbaby gesessen sein. Der Riemen lässt sich gar nicht mehr zurückstellen.“ Nervös nestelte Amalia an ihrem viel zu weit eingestellten Sitzgurt. „Ach, so geht das! Jetzt passt es“, seufzte sie endlich erleichtert auf. „Entschuldige, ich habe nicht zugehört. Was hast du gesagt?“

„Nichts Wichtiges. Ich meinte nur, dass wir deinen Mann ganz schön überrumpelt haben.“

„Ich werde diese Reise von der ersten bis zur letzten Sekunde genießen, das verspreche ich dir. Jetzt aber halt bitte meine Hand, bis wir in der Luft sind. Das ist erst mein dritter Flug, und ich bin ein bisschen nervös.“

Als die Triebwerke aufheulten, ergriff Elena pflichtschuldig die eiskalten Finger ihrer Freundin, die mit geschlossenen Augen reglos auf ihrem Fensterplatz saß. „Ich mag diese Startgeräusche. Das klingt doch, als würde eine Herde wilder Pferde plötzlich losrasen“, versuchte sie Amalia abzulenken. Mit wenig Erfolg, denn diese klammerte sich so lange an ihr fest, bis ein gleichmäßiges Brummen verriet, dass die Maschine ihre Flughöhe erreicht hatte.

„Wie war das mit dem Genießen? Du könntest allmählich damit anfangen“, flüsterte Elena mit leisem Spott, als sich eine Stewardess mit dem Getränkewagen näherte. „Ein Glas Sekt ist genau das Richtige für dich. Wir haben bald Mittagszeit, also ist ein Drink bereits erlaubt. Außerdem solltest du aus dem Fenster schauen. Wir fliegen über den Ätna."

Der Anblick des mächtigen Gebirgsmassivs entlockte einigen Passagieren begeisterte Ausrufe. Aus dieser Höhe sahen die unzähligen erloschenen Krater wie ausgetrocknete Pusteln auf der Haut eines Riesen aus. Hephaistos ist bei der Arbeit, stellte Elena fest, als die mächtige Rauchsäule in Sicht kam, die als weiße Fahne aus dem Gipfelkrater aufstieg.

In der Mythologie der alten Griechen hatte kein Geringerer als der Gott der Schmiedekunst im Schlund des Vulkans seine Werkstatt aufgeschlagen. Eine Vorstellung, die Elena besonders gut gefiel. Während die Geschwister auf dem Olymp auf der faulen Haut lagen, war der hässliche Bruder mit dem Hinkebein der Einzige, der etwas arbeitete. Zum Lohn dafür wurde er von seiner Frau Aphrodite, der Göttin der Schönheit und des Liebreizes, betrogen.

Was uns die Alten wohl damit sagen wollten? In erster Linie, dass Fleiß für sie keine Tugend, sondern bloß ein notwendiges Übel darstellte. Wer arbeiten musste, galt ihnen als Banause. Als ungebildeter Mensch, weil ihm die Arbeit keine Zeit für kreativen Müßiggang ließ. Amüsiert dachte Elena an all die ehrgeizigen Karrieristen, denen sie im Lauf der Jahre begegnet war. Eine Welt würde für sie zusammenbrechen, wenn sie über diese Geschichte wirklich nachdenken müssten.

Eigentlich hatte keiner, mit dem sie noch in Kontakt stand, eine Spitzenposition erreicht, spann Elena den Gedanken weiter. Wahrscheinlich waren sie gerade deswegen ihre Freunde geblieben. Wie Norbert Cordes, der es beim Denkmalamt zwar zur anerkannten Kapazität, aber nie zum Chef gebracht hatte. Hofrat dürfte er wahrscheinlich noch werden, aber das war es dann auch schon. Liebevoll dachte sie an den Mann, dem sie in wenigen Stunden um den Hals fallen würde. Er ging jetzt auch schon auf die fünfzig zu, rechnete Elena nach. Sie kannte ihn also bereits mehr als ihr halbes Leben.

Auch Amalia, deren Wangen allmählich wieder etwas Farbe bekamen, dachte an den Kunstexperten, den sie noch heute Abend kennen lernen sollte. Sein Urteil konnte alles für sie ändern, denn wenn das Bild, das sie sorgsam in ihrem Handgepäck verstaut hatte, auch nur einigermaßen etwas wert war, musste sie sich keine Sorgen um die Zukunft ihrer Kinder machen. Zumindest ihre Ausbildung wäre gesichert, und das erschien der Contessa, die selbst nur allzu gern studiert hätte, das Allerwichtigste.

Kaum anderthalb Stunden später schmerzten Elenas empfindliche Ohren, ein deutliches Zeichen, dass die Maschine an Höhe verlor und allmählich zum Sinkflug ansetzte. „Meine Mutter wollte uns vom Flughafen abholen, aber ich habe ihr das ausgeredet. Die öffentlichen Verkehrsmittel funktionieren hervorragend. Wir müssen nur auf unser kostbares Handgepäck aufpassen, auch Wien ist längst keine Insel der Seligen mehr. Aber jetzt schau nicht mich an, sondern hinunter. Du kannst schon die Donau sehen. Gleich sind wir da. Wie schön, meine Stadt begrüßt uns mit Kaiserwetter!"

„Kaiserwetter? Was heißt das?", wollte Amalia wissen, die vor ihrer Abreise noch rasch einen Kurzabriss der österreichischen Geschichte gelesen hatte. „Ihr habt doch schon lange keinen Kaiser mehr!"

„Stimmt. Aber strahlend schöne Sommertage nennen wir noch immer so. Wir nennen ja auch höhere Beamte Hofräte, obwohl es längst keinen Hof mehr zu beraten gibt“, lachte Elena ihre Freundin an, die offenbar gar nicht bemerkt hatte, dass sie bereits gelandet waren.

Die beiden mussten nicht lange auf ihre Koffer warten.

„Du willst offenbar auswandern“, neckte Elena die Contessa, als die Sizilianerin ihr voluminöses Gepäckstück vom Laufband hievte. „In Catania habe ich nichts gesagt, um nicht Öl in Gabrieles Feuer zu gießen. Was schleppst du denn alles mit? Wir bleiben eine Woche und nicht ein Jahr“, lästerte sie, während sie ihren Trolley zum Ausgang rollte. Von einem Augenblick zum anderen aber verdüsterte sich ihre Miene. „Da vorne steht Mutter. Ich hätte mir denken können, dass es ihr wieder einmal egal ist, was wir vereinbart haben.“

„Sei nicht so streng. Sie wollte dir doch nur eine Freude machen.“

„Glaubst du? Du kennst sie nicht. Noch nicht. Es muss einfach alles nach ihrem Kopf gehen, das war schon immer so. Ich kann hundertmal sagen, dass sie uns nicht abholen soll, sie wird sich nicht daran halten. Aber was soll’s, ich werde meine Mutter nicht mehr ändern und ein paar Tage wird es schon gut gehen. Vor allem, weil du dabei bist. Da müssen wir uns beide zusammenreißen.“

Amalia wusste von dem nicht unproblematischen Verhältnis der beiden, doch so richtig vorstellen konnte sie sich den Mutter-Tochter-Konflikt noch nicht.

„Hallo, Helene. Hier bin ich!“, verschaffte sich in diesem Moment eine aufgeregt winkende Frau in der Ankunftshalle Gehör. Absperrungen waren nach Ansicht von Ilse Hubinek dazu da, um überwunden zu werden, weshalb sie, ohne zu zögern, den Ankommenden entgegenlief. Elena seufzte resigniert und rüstete sich für das Kommende.

Spätestens auf der Ringstraße musste sie sich jedoch eingestehen, dass die Autofahrt doch keine so schlechte Idee war. Statt auf direktem Weg die Wohnung anzusteuern, umrundete ihre Mutter auf Wiens Prachtboulevard die Innenstadt.

„Amalia soll unsere Stadt gleich von ihrer schönsten Seite sehen. Übersetz ihr das bitte", forderte sie ihre Tochter auf, als sie sich der Staatsoper näherten.

„Ihr könnt Englisch miteinander reden", zischte Elena, die nicht die geringste Lust hatte, die kommenden Tage als Dolmetscherin zu fungieren. „Außerdem ist dein Italienisch gar nicht so schlecht, wenn ich mich recht entsinne. Es kann gar nicht schaden, wenn du es wieder einmal ein bisschen aufpolierst." Amalia verstand kein Wort, aber der Disput der beiden interessierte sie angesichts der Postkartenidylle herzlich wenig. Fasziniert betrachtete sie die von blühenden Sträuchern und Bäumen gesäumten Prunkbauten und Denkmäler, die wie in einem Film an ihr vorüberzogen.

„Wien ist im Mai am allerschönsten", deutete Elena den Blick ihrer Freundin richtig, als sie sich dem Parlament näherten. „Wenn ich weiß, dass auf dem Heldenplatz der Flieder blüht, habe sogar ich Heimweh. Und das heißt was."

„Du und Heimweh, dass ich nicht lache. Schön wär's, dann würde ich dich öfter zu Gesicht bekommen", mischte sich Ilse Hubinek ein, die tatsächlich fast jedes Wort verstanden hatte. „Du musst mir noch erklären, wie ich zu der unverhofften Ehre deines Besuches komme. Vor ein paar Tagen hast du mir noch erzählt, dass du viel zu viel zu tun hast!"

Es geht schon los, dachte Elena grimmig, doch sie beherrschte sich. „Man wird doch seine Pläne ab und zu ändern dürfen, oder?“ Dann aber konnte sie sich einen leisen Seitenhieb nicht ersparen. „Das machst du jedenfalls andauernd.“

Elena hatte nicht vor, den wahren Grund ihres Aufenthalts zu verraten. Was eigentlich gemein war, denn ihre Mutter liebte Geheimnisse über alles. Und sie konnte sie auch für sich behalten, musste Elena im Stillen zugeben. Wenn man ihr etwas anvertraute, dann war es bei ihr sicher. Diese Erfahrung hatte sie bereits als Kind gemacht, während ihr geliebter Vater in dieser Hinsicht keineswegs verlässlich gewesen war. Vielleicht erzähle ich ihr die ganze verworrene Geschichte doch, überlegte sie. Uns schadet es nicht, und ihr macht es Freude.

„Wie wäre es mit einem Apfelstrudel im Landtmann?“, schlug Ilse vor, als auf der rechten Seite das Burgtheater und damit auch eines der traditionsreichsten Kaffeehäuser der Stadt in Sichtweite kam. „Oder essen wir lieber daheim eine Jause? Kuchen habe ich besorgt.“

Nur allzu gern wäre Elena auf der Stelle eingekehrt, doch die Vorsicht gebot ihr, das Handgepäck mit dem kostbaren Inhalt nicht eine Sekunde allein zu lassen. Ins Lokal mitschleppen wollte sie es auch nicht. „Fahren wir lieber nach Hause, damit wir uns noch ein wenig ausruhen können.“

„Ausruhen? Wofür?“, hakte Ilse sofort nach. „Ihr lasst mich doch nicht etwa gleich wieder allein? Deinetwegen habe ich meinen Canastaabend verschoben!“

„Tut mir leid, Mutter, das konnte ich nicht wissen. Um sieben Uhr sind wir bei den Cordes eingeladen.“

Beleidigtes Schweigen war die Antwort. Auch gut, dann erzähle ich ihr eben doch nichts, dachte Elena trotzig. Zum Glück konnte sie nicht sehen, wie sehr sie in diesem Moment ihrer Mutter glich, denn das hätte ihre Laune noch weiter verschlechtert. Nichts brachte Elena nämlich mehr in Rage als dieser Vergleich. „Wie deine Mutter!“, einzig und allein Paul hatte es bisweilen gewagt, auszusprechen, was auch anderen oft auf der Zunge lag.

Ob es Elena nun wahrhaben wollte oder nicht, die Ähnlichkeit war unübersehbar. Sowohl im Äußeren, was der Tochter durchaus zur Ehre gereichte, denn Ilse Hubinek war in ihrer Jugend bildhübsch gewesen, als auch im Hinblick auf gewisse Charakterzüge, positive wie negative. Nicht zuletzt deswegen glich ein Gespräch der beiden nicht selten einem verbalen Schlagabtausch, der mit subtilen Waffen geführt wurde. Oft genügte ein einziges falsches Wort, das einem Außenstehenden völlig harmlos erschien, um eine Explosion auszulösen.

„Mein Haus ist Ihr Haus! So sagt man doch bei Ihnen?“ Noch bevor sie ihre Wohnung im vierten Stockwerk aufsperrte, hieß Ilse ihren Gast ein wenig atemlos, dafür aber in bestem Italienisch willkommen. Keuchend bedankte sich die fast dreißig Jahre jüngere Amalia, während sie ihren Koffer mit letzter Kraft über die Türschwelle hob.

„Ans Stiegensteigen wirst du dich leider gewöhnen müssen“, warnte Elena. „Die meisten meiner Freunde wohnen in ähnlichen Häusern, und die wenigsten haben einen Lift. Hier soll auch seit Jahrzehnten einer eingebaut werden, aber geschehen ist noch immer nichts.“

Neugierig blickte sich Amalia um. Selbst ihr, die an die weitläufigen Raumfluchten eines Palazzo gewöhnt war, erschienen die mit Parkettboden und Stuckaturdecken ausgestatteten Zimmer äußerst großzügig geschnitten. „Kompliment, Signora. Sie haben es wunderschön hier“, rief sie in aufrichtiger Begeisterung aus, während Elena bereits ungeduldig drängte.

„Komm, ich zeige dir dein Zimmer und das Bad. Das müssen wir uns allerdings zu dritt teilen, denn es gibt in Wohnungen dieser Art immer nur ein Badezimmer. Aber dafür ist es ziemlich groß.“

Bereitwillig kam Amalia mit, und kaum hatte sie sich auf der breiten Gästecouch ausgestreckt, fielen ihr auch schon die Augen zu. Auch Elena hätte sich gern in ihr ehemaliges Mädchenzimmer zurückgezogen, das im Wesentlichen unverändert geblieben war. Aber wie sie aus Erfahrung wusste, würde ihre Mutter sie so lange nicht in Ruhe lassen, bis sie ihr eine plausible Erklärung für ihren Überraschungsbesuch gab.

Wozu die Phantasie strapazieren, überlegte sie, bevor sie sich in der gemütlichen Wohnküche auf die Eckbank fallen ließ. Was konnte es schon schaden, wenn sie in groben Zügen den wahren Grund ihrer Reise schilderte.

Vom Tod des deutschen Oberstudienrats und allem, was damit zusammenhängen mochte, erzählte sie allerdings nichts. Die Geschichte von der mysteriösen Kopie eines Familienporträts, das möglicherweise ein Vermögen wert war, genügte bereits, um die Mutter in helle Aufregung zu versetzen.

„Ich muss das Bild auf der Stelle sehen“, forderte sie mit blitzenden Augen. „Also geh schon und bring es her“, setzte sie ungeduldig hinzu, als ihre Tochter nicht sofort aufsprang.

Das habe ich wieder nötig gehabt. Mich herumscheuchen zu lassen, als wäre ich noch ein Kind, ärgerte sich Elena. „Du wirst es schon noch erwarten. Jetzt möchte ich erst einmal in Ruhe meinen Kaffee trinken.“ Erst als sie fand, dass sie ihre Mutter nun lange genug auf die Folter gespannt hatte, holte sie das Paket aus ihrem Handkoffer.

„So klein habe ich mir das aber nicht vorgestellt", rief Ilse sichtlich enttäuscht aus.

„Was hast du denn geglaubt? Dass wir mit zwei Riesenschinken zwischen Catania und Wien hin- und herfliegen?"

„Natürlich nicht. Aber es gibt auch noch Formate dazwischen, oder?"

Elena verdrehte die Augen, was ihre Mutter glücklicherweise nicht bemerkte, sonst wäre es vielleicht bereits in den ersten Stunden ihres Zusammenseins zum Krach gekommen. „Während du auspackst, hole ich ein Maßband. Ich möchte doch zu gern wissen, wie groß das Bild ist."

„Das kannst du dir sparen, Amalia und ich haben längst alles abgemessen. Beide Holztafeln sind exakt 32,5 Zentimeter breit und 41 Zentimeter hoch", erklärte Elena und fügte nicht ohne Bosheit hinzu: „Aber willst du dir unsere Maddalena nicht erst einmal anschauen, bevor du dich für ihren Quadratzentimeter-Preis interessierst?"

„Red keinen Unsinn", antwortete Ilse, die auf diese Bemerkung erst gar nicht einging, fast automatisch. Stattdessen starrte sie fasziniert auf das anmutige Frauenantlitz, das ihr aus einem Wust aus Packpapier und Schnüren von ihrem Küchentisch entgegenblickte. Ehrfürchtig strich sie mit den Fingerkuppen zart über die tiefschwarzen Locken, bevor sie hervorstieß: „Contessa Maddalena muss eine wunderschöne Frau gewesen sein."

„Wenn das ihr Abbild ist, ja. Aber hoffen wir doch für die Villadicanis, dass es jemand anderer ist. Jemand, der viel früher gelebt hat. Ich habe dir doch erklärt, dass die Malerei möglicherweise aus dem 16. oder vielleicht sogar aus dem 15. Jahrhundert stammen könnte."

„Aber wen zeigt dieses Bild? Wieso gibt es diese Kopie, die ausgerechnet du in einem Hotelflur entdecken musstest? Wann hat man sie angefertigt und weshalb? Und wie ist sie dort hingekommen?"

„Wenn wir nur auf eine dieser Fragen eine Antwort hätten, wären wir schon ein gehöriges Stück weiter. Der Einzige, der uns weiterhelfen kann, ist Norbert Cordes. Deswegen gehen wir noch heute zu ihm." Elena hoffte, dass ihre Mutter nun verstehen würde, weshalb sie den ersten Abend in Wien nicht mit ihr verbringen konnte.

„Warte, ich suche dir ein paar Informationen über die Kunst der Renaissance heraus. Damit du dich nicht blamierst." Ilse sprang auf und lief ins Wohnzimmer.

„Du wirst dir noch den Hals brechen", rief Elena besorgt, als sie ihre Mutter auf einem Stuhl balancierend vor der hohen Bücherwand erblickte. „Hundertmal hat Vater dir gesagt, dass du auf eine Trittleiter steigen sollst, wenn du ganz oben etwas suchst."

„Reg dich nicht auf, hier hab ich schon, was ich wollte." Wie gewohnt ging Ilse erst gar nicht auf den Vorwurf ein, sondern reichte Elena einen reichlich verstaubten Bildband über die italienische Renaissance, bevor sie triumphierend von dem fragilen Möbelstück stieg. „Schlag doch als Erstes Leonardo da Vinci nach. Mich interessiert, wie groß die Mona Lisa ist. Die habe ich nämlich auch ziemlich klein in Erinnerung."

„Öl auf Holz, um 1500, 77 mal 53 Zentimeter", las Elena ihrer Mutter vor. „Du hast Recht, das Format ist eigentlich sehr bescheiden. Zumindest im Vergleich mit seiner Madonna in der Felsgrotte, die ist fast zwei Meter hoch. Noch kleiner als die Mona Lisa ist allerdings das hier abgebildete Porträt der Ginevra de' Benci, die er bereits 1474 gemalt hat. Es misst nur 39 mal 37 Zentimeter."

„Wer auch immer diese Ginevra sein mag, sie sieht recht melancholisch aus", stellte Ilse kritisch fest. „Nicht so unsere Magdalena, die schaut höchst selbstbewusst drein. Ich nenne sie weiter so, bis ihr herausgefunden habt, um wen es sich wirklich handelt."

Elena verbiss sich eine Bemerkung. Typisch Mutter. Von wegen „unsere Magdalena". Sie kann es nicht lassen, alles und jeden zu vereinnahmen, und sie merkt es nicht einmal. Gleich wird sie fragen, ob sie nicht heute Abend mitkommen kann.

„Sag einmal, wie geht es eigentlich den Cordes? Ich habe die beiden seit Ewigkeiten nicht mehr gesehen", erkundigte sich Ilse beiläufig, während sie die Kaffeeschalen in den Geschirrspüler stellte.

„Ich hab's doch gewusst", murmelte Elena halblaut, bevor sie antwortete: „Gut, sehr gut sogar. Norbert sowieso, der ist endlich in einer höheren Gehaltsstufe angelangt und verdient nun ganz ordentlich. Und Monika ist mit ihrem Modeschmuck inzwischen auch ziemlich erfolgreich."

„Woher weißt du das alles so genau, bevor du überhaupt dort warst?"

„Es gibt Telefone, Mutter. Wir haben ausführlich geplaudert, als wir den heutigen Abend vereinbart haben. Monika hat mir Rindsrouladen versprochen und nachher ihren sagenhaft guten Mohr im Hemd. Du siehst, selbst das weiß ich bereits. Und auch, dass wahrscheinlich ihre Tochter Manuela mit ihrem Freund zum Essen vorbeischauen wird."

„Wie alt ist denn die kleine Cordes inzwischen? Sie müsste auch schon volljährig sein", überlegte Ilse, die

Elenas ungewöhnlich ausführliche Auskunft richtig interpretierte. Im Klartext hieß das: Liebe Mutter, da Monika Cordes bereits für sechs Personen kocht, kann man sie im letzten Moment nicht mit einem siebten Gast belasten.

„Manuela wird im Oktober zwanzig. Die Zeit rast. Überhaupt und ganz besonders im Moment. In einer halben Stunde müssen wir aufbrechen. Könntest du vielleicht bei Amalia anklopfen und fragen, ob sie etwas braucht? Ich muss jetzt sofort duschen und mich umziehen. Das Bild lasse ich hier. Packst du es bitte wieder ein?“, bat Elena, die nach einem Blick auf die Uhr entsetzt aufgesprungen war.

In aller Eile verließ sie die Küche, doch dann steckte sie den Kopf noch einmal zur Tür herein. „Danke übrigens für den netten Nachmittag, Mutter.“

Gerührt schüttelte Ilse den Kopf über ihre unberechenbare Tochter, die in einem Moment giftig und bissig, im nächsten dafür liebevoll und zärtlich sein konnte. Bevor sie jedoch allzu sentimental wurde, gewann ihr Humor, ihr „Göttergeschenk“, wie sie ihn nannte, die Oberhand. „Geschieht mir schon recht, warum hab ich ihr auch unbedingt meinen Charakter vererben müssen.“

26. Kapitel

An manchen Frühsommerabenden, wenn die Sonnenstrahlen ein letztes Mal über verspielte Jugendstilfassaden streichen oder sich im dichten Laub blühender Kastanienbaume verlieren, gleicht Wien einer Operettenkulisse. Als Elena mit ihrer sizilianischen Freundin das Wohnhaus ihrer Mutter in der Porzellangasse verließ, wusste sie, dass heute einer dieser perfekten Abende war. Wie blankgefegt lag das Pflaster da, und der leise Wind, der sonst in diesen Stunden den Staub des Tages aufwirbelte, trug den unverwechselbaren Geruch nach frisch gemähtem Gras mit sich.

Alles passte, auch die Straßenbahn der Linie D, die mit ihren verhältnismäßig langen Intervallen die Geduld der Wiener tagtäglich aus Neue auf die Probe stellte, bog prompt um die Ecke. Bepackt, wie sie waren, ließen sich die beiden erleichtert auf einer der freien Sitzbänke nieder, schleppten sie doch neben den beiden Bildern auch noch einige gewichtige Gastgeschenke mit. Und trotzdem machte Elena diesen Umweg, um Amalia noch ein Stückchen mehr von Wien zu zeigen.

Die Contessa hatte es sich nicht nehmen lassen, ein paar Flaschen aus dem gut sortierten Weinkeller ihres Mannes mitzubringen. Elena wiederum wusste, dass sie Monika Cordes die größte Freude mit Kapern von den Liparischen Inseln machen konnte. Und zwar mit größeren Mengen, denn ein halbes Kilogramm der eingesalzenen Blütenknospen war weg wie nichts, seitdem die leidenschaftliche Köchin ein Kapernsalat-Rezept entdeckt hatte. Am Schottentor mussten die beiden Frauen in den 37er umsteigen, der sie direkt zu ihrem Ziel brachte.

Auch in dem ebenso teuren wie begehrten Wohnviertel Döbling, wo die beiden die fast leere Straßenbahn wieder verließen, herrschte noch die unwirkliche Stimmung der blauen Stunde. Nach der Hektik des Tages und dem abendlichen Stoßverkehr hielt die Millionenstadt für eine kleine Weile den Atem an, um sich für die bevorstehende Nacht mit all ihren Lichtern und Verheißungen zu rüsten. Kurz vor 19 Uhr waren nur wenige Autos unterwegs, und auf den breiten Gehsteigen sah man bloß ab und zu einen Passanten, der seinen Hund ausführte.

„So süß riechen im Mai nur die Akazien", schwärmte Elena, als sie nach dem Überqueren der Döblinger Hauptstraße in eine kleine Gasse einbogen. „Hofzeile Nummer drei, hier sind wir schon", rief sie Amalia zu, die ein paar Schritte hinter ihr geblieben war. „Kommst du zurecht?"

„Kein Problem, ich habe nur die Fassade bewundert. Sie erinnert mich an die in der Porzellangasse. Liberty, stimmt's?"

„Stimmt. Nur sagen wir hierzulande Jugendstil dazu. Dir wird auch drinnen gleich einiges bekannt vorkommen. Zum Beispiel das schmiedeeiserne Tor, das Muster der Bodenfliesen, die Spiegel und Lampen. All diese Häuser wurden etwa um 1900 gebaut und man hat sie ziemlich ähnlich ausgestattet. Je mehr Geld vorhanden war, desto üppiger fiel auch das Dekor aus. Manchmal blieb dann, wie du siehst, nichts mehr für einen Aufzug übrig. Jetzt aber auf in den dritten Stock."

Außer Atem erreichten die beiden den letzten Treppenabsatz, wo sie ihr Gastgeber bereits grinsend in der offenen Wohnungstür erwartete. „Sehr gesund, Helene. Vor allem für eine Ex-Raucherin", feixte Norbert, der bis zu seinem Herzinfarkt zwei Jahre zuvor selbst wie ein Schlot gequalmt hatte.

Nach einer herzlichen Umarmung wandte er sich an Amalia, die er zu Elenas größtem Erstaunen auf Italienisch begrußte: „Buona sera, Contessa, benvenuto!" Doch bevor sie dazu eine Bemerkung machen konnte, kam ihr Norbert zuvor.

„Das ist es auch schon, viel mehr konnte ich mir in aller Eile nicht merken. Monika, die seit zwei Jahren Italienisch lernt, hat mir einen Crash-Kurs gegeben, und das ist das Ergebnis!"

„Ein sehr klägliches, wie du bald merken wirst", ließ sich aus dem Hintergrund des verwinkelten Vorzimmers die Dame des Hauses vernehmen. „Grüß dich, meine Liebe. Contessa, piacere!"

„Vergessen Sie das Contessa bitte, ich heiße Amalia. Vielen herzlichen Dank für die Einladung. Darf ich Ihnen eine kleine Kostprobe von unseren Weinen überreichen?" Während Amalia aus den Tiefen ihrer voluminösen Tasche Flasche um Flasche hervorholte, fischte Elena nach den in Plastikbeuteln eingeschweißten Kapern, die selbst in dieser Verpackung ihren würzigen Duft verströmten.

„Jetzt fehlen nur noch die Bilder", verschaffte sich Norbert, der unbeachtet geblieben war, Gehör. „Legen wir sie in mein Arbeitszimmer, dort kann ich sie mir später in Ruhe ansehen."

Dass man in Österreich vor acht Uhr abends zu essen pflegt, wusste Amalia, und sie hatte sich gefragt, ob sie zu dem für sie ungewöhnlich frühen Zeitpunkt überhaupt genügend Appetit mitbringen würde. Eine unnötige Sorge, wie sich herausstellte. Das eher karge Mittagessen im Flugzeug lag lange zurück.

„Ein größeres Kompliment könnte sie dir nicht machen, Monika!" Zu Elenas Verwunderung hatte sich die zierliche Amalia, die daheim nur wie ein Spatz aß, immer wieder nachreichen lassen. „Ich futtere bei dir immer, bis ich fast platze, das ist nichts Neues. Aber dass du unsere Contessa eingekocht hast, alle Achtung. Die Italiener und allen voran die Sizilianer sind entsetzlich heikel, besonders im Ausland. Weil sie ihre eigene Küche schlicht und einfach für die beste der Welt halten, wollen sie gar nichts anderes ausprobieren."

Ausnahmsweise hatte Elena Deutsch gesprochen, was Norbert, der die meiste Zeit stumm geblieben war, von seiner zweiten Dessert-Portion aufblicken ließ. „Zu dumm, dass Manuela abgesagt hat. Dann hätte ich zwar nicht ihren Mohr im Hemd aufessen können, aber wir wären zumindest zwei gewesen, die nicht Italienisch sprechen."

Monika verstand den Wink mit dem Zaunpfahl sofort. Norbert hielt in Wahrheit nur noch die Höflichkeit an der Tafel, in Gedanken war er längst bei den Bildern, die er begutachten sollte. „Warum fängst du nicht schon mit der Arbeit an, während wir noch ein wenig plaudern", forderte sie ihren Mann auf, der sich das nicht zweimal sagen ließ.

Als hätte er auf dieses Stichwort nur gewartet, sprang Norbert auf. „Unterhaltet euch schön, ich schau mir inzwischen einmal an, was ihr da mitgebracht habt."

Mit einem Seufzer der Erleichterung sah Elena dem allmählich ungeduldig gewordenen Hausherrn nach. Seit Norbert nicht mehr rauchte, bereitete ihm das lockere Zusammensitzen im Freundeskreis merkbar weniger Vergnügen als früher. Nicht einmal der Wein schmeckte ihm so gut wie einst, registrierte Elena das noch halbvolle Glas, das er achtlos auf dem Tisch zurückgelassen hatte. Früher hätte er es samt Aschenbecher und brennender Zigarette zur Sitzecke mitgenommen und es sich in seinem Fauteuil für einen längeren Plausch gemütlich gemacht.

Während Elena noch im Wohnzimmer umherwanderte und sich beim Betrachten der vertrauten Bilder und Möbel in Erinnerungen verlor, unterhielten sich die beiden anderen bereits prächtig. Als würden sie einander schon seit Jahren kennen, steckten sie die Köpfe zusammen. Ein reizvoller Kontrast: Die feingliedrige Amalia mit ihren langen schwarzen Locken verkörperte perfekt den Typus der schönen Südländerin, die brünette Monika, die einen lebenslangen Kampf mit der Waage ausfocht, vertrat mit ihren glatten, kurz geschnittenen Haaren jenen der Mitteleuropäerin schlechthin.

Elena hörte nur mit halbem Ohr zu und bekam deshalb auch nicht mit, dass die zwei konkrete Pläne für die kommenden Tage schmiedeten. Offenbar bin ich auf einem Nostalgietrip, sobald ich Wiener Boden betrete, dachte sie mit leiser Wehmut. Und hier war ihr alles ganz besonders vertraut. Jede einzelne Miniatur, jeden Biedermeierschrank und jeden Teppich in diesen vier Wänden kannte sie länger, als sie Paul gekannt hatte.

Wie viele Nachmittage hatte sie als blutjunge Studentin hier verbracht, wie viele Abende und auch wie viele Nächte. Denn oft genug war sie weit nach Mitternacht zu müde und auch zu beschwipst gewesen, um noch nach Hause zu fahren. Dann hatte sie neben den leeren Gläsern und den übervollen Aschenbechern einfach auf der Couch geschlafen, und am nächsten Morgen hatte ihr Monika stillschweigend vor dem Frühstück ein Glas Alka Seltzer kredenzt. Liebevoll betrachtete Elena ihre nur um wenige Jahre ältere Freundin, die schon als junge Frau Wärme und Mütterlichkeit ausgestrahlt hatte.

„Kommt alle sofort zu mir! Sofort!“ Wie ein Springteufel aus der Kiste tauchte Norbert im Türrahmen auf.

Nach seinem wirren Haarschopf zu schließen, schien er ziemlich aus der Fassung zu sein. Ohne eine Antwort abzuwarten, verschwand er wieder in seinem Arbeitszimmer: „Wo bleibt ihr denn! Kruzifix noch einmal!" Alarmiert stürzten die drei in Norberts Heiligtum, das normalerweise für Besucher tabu war.

In seinen ausgeblichenen Grün- und Brauntönen erinnerte der Raum ein wenig an ein Herrenzimmer in einem englischen Landhaus. Auf dem abgewetzten Samt des riesigen Ohrenstuhls, in dem selbst große Männer wie Norbert klein wirkten, stapelten sich Kunstkataloge, Museumsführer und Bildbände. Papiere und Bücher bedeckten auch den wuchtigen Schreibtisch, der mit seinen üppigen Schnitzereien und Löwentatzen-Füßen auf einem dunkelroten, schon ein wenig dünn gewordenen Perserteppich ruhte.

Erwartungsvoll blickten die drei Frauen den sonst so gelassenen Mann an, der offenbar knapp davor war, die Fassung zu verlieren. Mit pathetischer Geste deutete Norbert auf die vor ihm liegende Ölmalerei.

„Lupenreine Renaissance, so viel steht fest", sprudelte er hervor. „Vermutlich sogar sehr frühe Renaissance, also erste Hälfte des 15. Jahrhunderts, würde ich meinen. Und von einem Könner gemalt, von einem Meister und nicht von irgendeinem Schüler oder Epigonen."

„Verstehe ich dich richtig, Norbert, bevor ich für Amalia übersetze? Das Bild, das die Villadicanis für ein Porträt ihrer Urgroßtante halten, ist tatsächlich mehr als fünfhundert Jahre alt?" Elena vergewisserte sich nochmals, um bloß keine falschen Hoffnungen zu wecken. „Bist du wirklich ganz sicher?"

„So sicher, wie ich aufgrund meiner Ausbildung und Erfahrung nur sein kann. Natürlich ist für eine Expertise noch eine ganze Reihe von Untersuchungen nötig.

Damit kann ich gleich morgen in unserem Labor beginnen", bestätigte Norbert.

Fasziniert sah er zu, wie sich auf Amalias Gesicht fassungsloses Staunen ausbreitete. „Du sollst jetzt nur dolmetschen und nicht monologisieren", drängte Norbert ungeduldig, als er sah, dass Elena Luft holte, um zu einem weiteren Wortschwall auf Italienisch anzusetzen. „Das ist nämlich noch nicht alles."

„Wie bitte? Weißt du vielleicht gar, wer der Künstler war?"

„Das werden wir vielleicht nie herausfinden. Aber etwas anderes gibt mir zu denken. Ich habe noch nie zuvor eine so perfekt ausgeführte Kopie gesehen. Mit bloßem Auge kann ich die Bilder beim besten Willen nicht unterscheiden. Nach den entsprechenden Farbpigment- und Bindemittelanalysen werden wir das Original natürlich zweifelsfrei identifizieren können."

„Und was ist, wenn sich herausstellt, dass beide Porträts aus der Renaissance stammen?", ließ sich unvermittelt Monika vernehmen. „Vielleicht hat der Auftraggeber damals einfach noch ein weiteres Exemplar anfertigen lassen. Weil das erste verloren gegangen ist oder gestohlen wurde."

„Das kannst du vergessen. Natürlich haben Künstler aus verschiedenen Gründen bisweilen dasselbe Motiv öfter gemalt. Aber immer mit kleinen Variationen und keinesfalls als perfekte Kopie. So etwas macht nur ein professioneller Kopist. Oder ein Fälscher."

„Aber Kunstfälschungen sind doch keine Erfindung unserer Tage, das glaube ich einfach nicht. Kopiert hat man bereits in der Antike, und zwar in großem Stil. Die Archäologischen Museen sind voll von römischen Kopien griechischer Originalskulpturen", mischte sich Elena ein.

„Du hast schon Recht, abgesehen von den Nachschöpfungen der Römer sind uns nur wenige Kunstwerke aus dem alten Hellas geblieben. Aber das ist etwas ganz anderes. Damals hat man in großem Stil Duplikate in Auftrag gegeben. Bei ehrenwerten Kunsthandwerkern und ganz offiziell."

„So wie bei seriösen Kopisten von heute also. Die sind meines Wissens wieder sehr gefragt. Ich weiß von einigen Leuten, dass sie ziemlich gute Kopien von berühmten Werken daheim an der Wand hängen haben." Elena erinnerte sich an einige römische Wohnungen voll von Ölgemälden und Aquarellen, die sie samt und sonders aus Museen kannte.

Norbert nickte bestätigend. „Angefangen hat man damit im 19. Jahrhundert. Seit damals ahmen ehrgeizige Kopisten akribisch jedes Detail nach. Das reicht von der Struktur der Leinwand beziehungsweise der Holzart der Bildträger bis zu den exakten Farbmischungen, die man nicht im Laden kauft, sondern nach alten Verfahren selbst herstellt. Kopien sind seit einigen Jahren wieder in Mode und auch gar keine schlechte Geldanlage. Mittlerweile haben sie sogar einen ziemlich hohen Marktwert – mit steigender Tendenz."

„Damit war das 19. Jahrhundert auch die Zeit der ersten großen Fälschungen", spann Elena den Gedanken weiter. „Ist doch naheliegend! Die Versuchung, sein Werk für ein Original auszugeben, muss für einen talentierten Kopisten enorm gewesen sein. Damals wie heute."

„Natürlich. Und es ist auch immer wieder vorgekommen", bestätigte Norbert. „Wobei Fälscher es weit bringen konnten, vor allem wenn sie sich spezialisiert hatten. Wie der Armenier Oxan Aslanian, der in Berlin und Hamburg tätig war. Er ist mit der Produktion altägyptischer Kunstobjekte gar nicht mehr nachgekommen. Nach dem Zweiten Weltkrieg hat er Museen und Sammler in ganz Europa mit seinen täuschend echten Relieffragmenten aus der Pharaonenzeit überhäuft. Als er schließlich doch aufflog, machten die Betrogenen aus der Not eine Tugend und verliehen ihm kurzerhand den ehrenvollen Spitznamen ‚Berliner Meister'. Auf diese Weise hielt sich der Schaden in Grenzen, denn so kam den an sich wertlosen Falsifikaten weiterhin eine gewisse Bedeutung zu. Und dementsprechend auch ein respektabler Preis."

„Aslanian? Nie gehört! Wieso weißt du das schon wieder, du bist doch kein Ägyptologe?", wunderte sich Elena nicht zum ersten Mal über Norberts umfassendes Wissen.

„Reiner Zufall! Wir waren vor einem Jahr in Berlin, und da gab es eine Sonderausstellung der genialen Fälschungen dieses Herrn", warf Monika trocken ein, bevor sich Norbert allzu sehr aufplustern konnte. „Außerdem liebt mein Mann Kunstaffären und alles, was damit zusammenhängt."

Norbert versuchte erst gar nicht, seiner Frau zu widersprechen. „Stimmt. Dabei sind es zumeist nicht die großen Skandale, die am lustigsten sind. Am besten gefallen mir eigentlich die mühsam geheim gehaltenen Geschichten. Wie die vom Höschenmaler aus Niederösterreich."

„Seltsamer Name für einen Künstler", wunderte sich Elena.

„Unsinn, ein Höschenmaler ist einer, der Höschen malt. Das weißt du nicht? Du hast doch irgendwann einmal ein paar Semester Kunstgeschichte belegt, oder irre ich mich?", erinnerte sie Norbert an die gemeinsame Studienzeit. „Klingelt da gar nichts bei dir?"

„Nein, absolut nicht. Aber warte einen Moment. Erst muss ich Amalia das Wort Höschenmaler übersetzen, was gar nicht so einfach ist.“

Elena hatte kaum geendet, da lachte die Sizilianerin zum Erstaunen aller laut auf. „So hat man doch den Mann genannt, der im Auftrag des Papstes den Nackten in der Sixtinischen Kapelle Hosen angezogen hat. Wie er hieß, habe ich aber vergessen.“

Begeistert klatschte Norbert in die Hände. Er hatte zwar nur jedes zweite Wort verstanden, doch er begriff auch ohne Elenas Hilfe, dass Amalia sich auskannte. „Völlig richtig, Contessa. Der greise Michelangelo musste noch miterleben, auf welch brutale Weise Paul IV. sein Jüngstes Gericht verunstalten ließ. Ausgeführt hat das ein gewisser Daniele da Volterra, den sonst heute kaum noch einer kennen würde. Andererseits, wer möchte schon als Höschenmaler in die Annalen eingehen?“

„Was aber hat Michelangelos Fresko mit Niederösterreich zu tun?“, hakte Elena nach.

„Eigentlich dürfte ich euch das gar nicht erzählen, aber es ist einfach zu köstlich. Namen werdet ihr von mir jedoch keine erfahren, aber das ist auch nicht so wichtig. Stellt euch vor, irgendwo im tiefsten Waldviertel steht eine hübsche kleine Dorfkirche mit wertvollen Fresken aus der Renaissance, die kaum noch zu erkennen sind. Mit großem Aufwand und dementsprechend hohen Kosten werden die Wandmalereien aus dem 16. Jahrhundert gerettet. Bei der Restaurierung kommt freilich einiges zutage, was vorher nicht zu sehen war. Unter anderem pudelnackte Engel in Hülle und Fülle.“

„Warte, ich ahne, was kommt“, unterbrach Elena die Erzählung. „Wenn ich es ausspreche, plauderst du nichts aus und brauchst auch kein schlechtes Gewissen zu haben.“

„Weibliche Logik, aber gut. Was, meinst du, ist geschehen?“

„Irgendwer war über die nackten Tatsachen so entsetzt, dass er sie einfach übermalt hat!“

„Richtig, Helene. Aber es war nicht irgendwer, sondern der Pfarrer höchstpersönlich. Heiliger Zorn muss den frommen Mann ergriffen haben, so wie einst den unseligen Papst. Dabei kannte der brave Landpriester die Geschichte garantiert nicht, als er seinen Mesner dazu brachte, die Schamlosigkeiten gründlich zu übermalen. In einer Nacht- und Nebelaktion hat der Gute fast alles überpinselt, was unsere Restauratoren in mühseliger Kleinarbeit freigelegt hatten.“

„Und wer kam für den Schaden auf? Ich nehme an, eure Leute haben die übermalten Fresken noch einmal instand gesetzt!“

„Was ist dem Denkmalamt denn anderes übrig geblieben? Der Aufwand dafür musste allerdings anderswo eingespart werden. Haftbar machen konnte man auch keinen, weil sich der Bischof sofort vor den Pfarrer gestellt und kräftig interveniert hat. Deswegen kam von ganz oben auch ein Maulkorberlass. Selbst im Amt wurde über die Angelegenheit nur hinter vorgehaltener Hand geredet“, erregte sich Norbert.

„Gib’s zu, dich hat der Hafer gestochen und am liebsten hättest du diese köstliche Geschichte einem Journalisten gesteckt“, lachte Elena.

„Du kennst mich. Auf der einen Seite wollte ich natürlich, dass die Öffentlichkeit von der Affäre erfährt. Wenn wir schon für die sagenhafte Dummheit eines Landpfarrers zahlen müssen, dann sollte man sich wenigstens darüber lustig machen dürfen. Aber es gibt auch so etwas wie Loyalität meinem Amt und den Kollegen gegenüber.“

Zärtlich sah Elena ihren Jugendfreund an. Sie kannte wirklich kaum einen Menschen, dem Anstand und Fairness so viel bedeuteten. Auf ihn konnte sie sich blind verlassen – und zwar in jeder Hinsicht. Vielleicht hatte sie ihm heute gar einen Kunstschatz von großem Wert ins Haus geschleppt. Sollte sich das Bild aus Sizilien tatsächlich als Renaissancewerk entpuppen, dann gab es wohl niemanden, bei dem es besser aufgehoben wäre als bei Norbert Cordes.

Dennoch war es gut, dass Elena an diesem Abend nicht wusste, was im Kopf ihres Freundes wirklich vorging. Als Monika längst im Bett lag, saß Norbert immer noch an seinem Schreibtisch. Wieder und wieder starrte er die beiden völlig identischen Frauengesichter an. Mit ihrem unergründlichen Lächeln schienen sie ihm etwas sagen zu wollen.

Je länger er sie betrachtete, umso sicherer wurde er. „Auch wenn ich noch nicht weiß, wer ihr wirklich seid, so bin ich absolut sicher, dass eine von euch beiden ziemlich bedeutend ist. Das spüre ich. Jetzt muss ich es nur noch beweisen. Und eurem Geheimnis auf die Spur kommen. Was habt ihr zu verbergen? Ich werde es herausfinden."

27. Kapitel

Das gewaltige überkuppelte Vestibül empfängt den Besucher des Wiener Kunsthistorischen Museums mit einem optischen Paukenschlag. Wer die in elegantem Schwarz und Weiß gestaltete Eingangshalle verlässt und das Treppenhaus aus vielfarbigem Marmor betritt, fühlt sich vom Deckenbild des ungarischen Malers Michael Munkácsy geradezu magisch emporgezogen. Ganz so, als würde er gemeinsam mit den genialen Künstlern der Renaissance zum Papstthron schreiten.

Der historische Prunk mit üppigen Goldverzierungen bildet den Rahmen zu einer der bedeutendsten Gemäldegalerien Europas. Im ersten Stock des Gebäudes im typischen Wiener Ringstraßen-Stil findet sich neben der weltweit größten Brueghel- und einer beachtlichen Rubens-Sammlung eine erlesene Auswahl an Meisterwerken der bedeutendsten Maler vom 15. bis zum 18. Jahrhundert.

Als Elena am nächsten Vormittag das Museum betrat, verschwendete sie allerdings keinen Blick auf die Pracht der Eingangshalle und eilte an der schneeweißen Canova-Plastik „Theseus im Kampf mit den Kentauren" im Halbstock vorbei, eine Auftragsarbeit Napoleons, der sich damit selbst verherrlicht hatte. Ihr Ziel war diesmal einzig und allein der Westflügel, in dem die italienische Renaissance mit Bildern von Giorgione, Raffael oder Tizian würdig vertreten war.

Seit ihrer Kindheit fühlte sich Elena hier wie zu Hause – dank ihrer Mutter. Schon früh hatte Ilse Hubinek ihrer kleinen Tochter die schönsten Altwiener Sagen erzählt und sie anschließend zu den Schauplätzen der Geschichten geführt. Zum Basiliskenhaus, zum Stock im Eisen oder zur Spinnerin am Kreuz. Und an einem Sonntagvormittag in Elenas Mittelschulzeit hatte die zehnjährige Helene zum ersten Mal die monumentale Halle des Museums betreten.

Das war der Anfang ihrer Liebe zu den schönen Künsten. Eine Leidenschaft, die sie nie mehr verlassen sollte. So gesehen war es auch kein Zufall, dass sie sich Jahre später ausgerechnet in einen Bildhauer verliebte. Als Paul Martell sie zum ersten Mal küsste, beendete er damit eigentlich nur eine stundenlange Diskussion über Joseph Beuys, dem Elena ganz und gar nichts abgewinnen konnte. „Wie hätte ich dir denn sonst den Mund verschließen sollen?“, hatte er sie noch Jahre später damit geneckt. „Unser erster Kuss war blanke Notwehr!“

Beides blieb, solang Paul lebte. Leidenschaftliche Umarmungen und nächtelange Debatten, wenn sie wieder einmal verschiedener Meinung über einen Künstler, ein Kunstwerk, einen Stil oder eine Ausdrucksform waren. Auf ihren Reisen quer durch Europa hatten sie natürlich die bedeutendsten Sammlungen besucht, den Prado, den Louvre, die Eremitage oder die Uffizien. Doch im Grunde ihres Herzens blieb Elena ihrer ersten Liebe treu. Mehr als alle anderen liebte sie ihr Museum, dem sie bei jedem Heimaturlaub zumindest einmal ihre Reverenz erwies.

Wenn sie nach Wien kam, gehörten für sie drei Dinge zum feststehenden Ritual: sich in der Dorotheergasse mit Trzesniewski-Brötchen, den berühmten Kanapees mit allerlei Aufstrichen, so richtig satt zu essen. Im Ringstraßen-Café Landtmann einzukehren, um vom bestinformierten Kellner Wiens den neuesten Polit- und Society-Tratsch zu erfahren, der nicht in der Zeitung stand. Und das Kunsthistorische Museum zu besuchen, das sie einmal sogar einem aufdringlichen Verehrer keck als ihre Privatadresse angegeben hatte.

Aufatmend ließ sich Elena auf einer der Bänke in Saal Nummer eins nieder, die zur geruhsamen Betrachtung einluden. Stundenlang konnte sie hier in Gesellschaft von Mantegna, Bellini und Antonello da Messina verweilen. Zwar zählte der mit Pfeilen durchbohrte heilige Sebastian, der sich in den meisten Darstellungen in lustvollem Schmerz windet, nicht unbedingt zu ihren Lieblingsmotiven. Andrea Mantegna aber war es erstaunlich gut gelungen, selbst diesem Heiligen ein Martyrium in Würde zu schenken.

„Das kann nur einer, der musizierende Engel so malen kann, dass man geradezu hört, wie falsch sie spielen!" Mit einem Schmunzeln erinnerte sich Elena an das Altarbild in der Chiesa San Zeno in Verona, auf dem sich die kleinen nackten Himmelsboten mit ihren Instrumenten abmühen. Diesmal aber interessierten sie weder männliche Heilige noch unmusikalische Engel. Auch vor Antonellos ziemlich konventioneller Madonna mit dem Jesuskind hielt sie sich nicht lange auf. Wonach sie wirklich suchte, waren interessante Frauengesichter. Weibliche Porträts, die sie mit ihrer Maddalena vergleichen wollte.

Natürlich entdeckte sie absolut nichts. Enttäuscht, dass sie der Lösung nicht einen Millimeter näher gekommen war, tröstete sie sich nach einem flüchtigen Rundgang in der italienischen, spanischen und französischen Abteilung mit den drei Rubens-Sälen im gegenüberliegenden Ostflügel. Im Gegensatz zu ihrem Mann, der üppige weibliche Formen weder in natura noch in der Kunst gemocht hatte, liebte Elena die Unbefangenheit der nackten Rubens-Frauen. Eine höchst bedenkliche Fleischeslust, wie Paul einmal süffisant bemerkt hatte. Für sie aber bedeutete der Anblick Sinnlichkeit und Lebensfreude pur.

Nachdem sie sich an Rubens wohlig sattgesehen hatte, strebte sie gut gelaunt dem Museumscafé zu. Dort sollte sie bald ihre Mutter und Amalia treffen, die von einem gemeinsamen Bummel in der Innenstadt kamen. Die zwei verstanden sich prächtig, seit sich Ilse Hubinek nicht mehr für ihr fehlerhaftes Italienisch genierte. Als sie festgestellt hatte, dass Grammatik nicht alles war und sie sich durchaus verständlich machen konnte, hatte sie begonnen, wie ein Wasserfall zu reden. Was wiederum Amalia zugutekam, die keine bessere Fremdenführerin hätte finden können.

Kaum hatte Elena Platz genommen und ihr Mobiltelefon wieder eingeschaltet, ging unüberhörbar ein Anruf ein. Verlegen blickte sie sich um, doch zum Glück saßen nur wenige Gäste in dem ebenso eleganten wie sündteuren Lokal. Im Grunde ihres Herzens hasste es Elena, immer und überall erreichbar zu sein und in der Öffentlichkeit zu telefonieren.

„Carissima! Wie geht es dir? Wo steckst du? Warum meldest du dich nicht? Ich habe mir schon Sorgen gemacht!“, drang Giorgios sonore Stimme an Elenas Ohr.

„Buon giorno, Giorgio. Du überfällst mich gleich mit drei Fragen auf einmal. Aber schön, es geht uns gut, ich bin im Museum und warte auf Amalia. Und ich habe nicht angerufen, weil ich bisher absolut keine Zeit hatte.“

„Spann mich bitte nicht auf die Folter. Gibt es Neuigkeiten über das Bild? Was sagt dein Experte?“

„Ich bin noch keine 24 Stunden in Wien, und zaubern kann ich auch nicht. Geduld, Commissario, Geduld! Nur so viel kann ich dir am Telefon verraten:

Urgroßtante Maddalena wird bereits untersucht, und es könnte eine große Überraschung für uns alle geben. Näheres weiß ich frühestens morgen."

„Natürlich kannst du zaubern, Elena", antwortete Giorgio unerwartet leise. „Und damit meine ich nicht das Bild. Weißt du nicht, dass du mich verzaubert hast?"

Stille. Elena hatte es kurzfristig die Rede verschlagen. Was um alles in der Welt sollte sie darauf sagen? Verlegen lachte sie auf. „Das will ich doch hoffen. Wenn ich die Polizei nicht mehr bezirzen kann, bin ich endgültig alt geworden!"

„Keine Ausweichmanöver, Elena. Du weißt genau, wie ich das meine."

„Ja. Aber ich möchte nicht am Telefon darüber sprechen."

„Worüber? Über die Liebe? Warum willst du nicht hören, dass ich mich in dich verliebt habe? Hals über Kopf, wie man bei euch sagt."

„Weil am Nebentisch eine Dame sitzt, die offenbar Italienisch kann und vom Lauschen bereits so lange Ohren wie ein Esel hat. Weil jeden Moment meine Mutter mit Amalia auftauchen wird und die beiden mir an der Nasenspitze ansehen, was geschehen ist."

„Ist denn etwas geschehen? Auch mit dir?"

„Ja, verdammt noch einmal, Giorgio. Ja, ich mag dich. Sehr sogar. Bist du jetzt zufrieden?"

„Nicht ganz", antwortete der Mann, der zweitausend Kilometer entfernt an seinem Schreibtisch saß. „Zufrieden bin ich erst, wenn ich dich in meinen Armen halten kann. Aber glücklich bin ich, sehr glücklich sogar. Ich melde mich heute Abend wieder. Ciao, amore mio. A più tardi."

Kaum hatte Elena das Gespräch beendet, tauchten Amalia und ihre Mutter auf. „Was gibt es denn? Du strahlst, als wären heute Weihnachten und Geburtstag auf einmal", stellte Ilse mit einem Blick auf ihre Tochter fest.

Ach Mutter, dachte Elena, was würdest du wohl sagen, wenn ich dir die Wahrheit erzähle? Dass ich mich in einen Mann verliebt habe, den ich kaum eine Woche kenne. Könntest du das verstehen? Nach Vaters Tod hast du dich immer sehr diskret verhalten. Solange ich noch in Wien war, hast du nie einen anderen Mann ins Haus gebracht. Ich habe dich auch nie danach gefragt, für mich war es selbstverständlich, dass es für meinen Vater ganz einfach keinen Ersatz geben konnte. Über deine Einsamkeit aber habe ich nie nachgedacht. Nicht darüber, dass dein Leben mit sechsundfünfzig Jahren doch noch nicht vorbei gewesen sein konnte. Das habe ich mir nie klargemacht. Bis heute nicht.

„Ja, vielleicht gibt es wirklich bald einen Grund zum Feiern", rutschte es Elena zu ihrem eigenen Erstaunen heraus. Eigentlich hatte sie ihre Mutter wie gewohnt auf Distanz halten wollen. Doch jetzt war es zu spät, sie konnte die Worte nicht mehr zurücknehmen.

„Du wirst es mir schon sagen, wenn es so weit ist. Aber jetzt müssen Amalia und ich erst einmal etwas trinken, wir sind beide am Verdursten." Zu Elenas Erstaunen bohrte ihre Mutter, die sonst immer alles ganz genau wissen wollte, nicht weiter nach.

„Jeden Moment wird Doktor Cordes hier auftauchen. Er hat versucht, dich zu erreichen, aber dein Handy war besetzt. Also hat er bei mir angerufen."

Elena sah nach und fand eine SMS von Norbert. „Ich muss dich dringend treffen", hatte er ihr vor gut einer Stunde geschrieben. Was sollte das bedeuten?

„Küss' die Hand, gnädige Frau! Buon giorno, Contessa! Grüß dich, Helene!" Norbert Cordes, der mit seinem dunklen Anzug und dem weißen Hemd perfekt mit der Eleganz seiner Umgebung harmonierte, begrüßte die drei Damen mit der Nonchalance eines Hausherrn. Doch Elena ließ sich von seiner Lässigkeit nicht täuschen. Wenn er nervös war, zuckte seine linke Augenbraue. An diesen nervösen Tick konnte sie sich noch aus Prüfungstagen erinnern. „Bringst du gute oder schlechte Nachrichten? Sag schon!"

„Beides. Welche wollt ihr zuerst hören?" Fragend blickte er Elena und ihre Mutter an, doch dann überlegte er es sich anders. „Frag bitte die Contessa, eigentlich sollte sie das entscheiden." Hastig übersetzte Elena. Statt einer Antwort streckte Amalia den Daumen ihrer rechten Hand empor.

„Der Gladiator darf leben", lachte Norbert über die uralte Zeichensprache, die keinen Zweifel offen ließ. „Also die gute Nachricht zuerst." Zufrieden stellte er fest, dass er seine Zuhörerinnen völlig in seinen Bann geschlagen hatte. Sie bemerkten nicht einmal den endlich aufgetauchten Kellner, dem nun keiner Beachtung schenkte.

„Wir haben von den Gemälden Röntgen- und Infrarot-Aufnahmen gemacht und schließlich auch noch Farb- und Holzanalysen erstellt. Exakte Ergebnisse erwarte ich in drei bis vier Tagen. Aber eines kann ich jetzt schon sagen: Alles deutet darauf hin, dass es sich um ein Werk aus dem frühen 15. Jahrhundert handelt. Also aus der Frührenaissance, wie ich von Anfang an vermutet habe."

„Aber das ist doch wunderbar! Ab sofort haben die Villadicanis keine finanziellen Sorgen mehr!" In Windeseile übersetzte Elena die gute Nachricht. Doch statt zu jubeln, schwieg Amalia. „Was ist? Freust du dich denn nicht?" Verwundert wandte sie sich an ihre blass gewordene Freundin. Doch diese sah Norbert ängstlich an, als sie leise antwortete: „Er hat auch eine schlechte Nachricht, Elena. Hast du das vergessen?"

„Also, spuck aus. Was gibt es Schlimmes?", forderte Elena forscher als beabsichtigt ihren Jugendfreund auf. Norbert warf einen Blick auf die Contessa, bevor er weitersprach. „Bring es ihr bitte schonend bei, denn wir werden schon eine Lösung finden. Aber vorher möchte ich zur Sicherheit wissen: Welches Bild ist im Besitz der Villadicanis? Das mit dem scheußlichen Kratzer auf der Rückseite?"

„Richtig. Damit wir es nicht verwechseln, hat Giorgio das Original mit seinem Taschenmesser markiert. Aber ganz vorsichtig, er hat sicher nichts beschädigt. Das kann ich bezeugen!"

„Giorgio? Du sprichst von dem Kommissar, der diesen Todesfall untersucht hat, sehe ich das richtig? Interessant, du verteidigst ihn wie eine Löwenmutter ihr Junges. Meine liebe Helene, was soll ich bloß davon halten?"

„Lass diesen Unsinn. Natürlich verteidige ich einen Mann, der schlau genug war, eine äußerst wichtige Markierung in ein dickes Holzstück zu ritzen. An einer Stelle, die sonst keiner sieht", fauchte Elena, die sich des prüfenden Blicks ihrer Mutter wohl bewusst war. „Du hast doch selbst gesagt, dass die beiden Maddalenas mit freiem Auge nicht zu unterscheiden sind."

„Reg dich nicht auf, um deinen Giorgio geht es doch gar nicht, sondern nur darum, welches Bild aus dem Palazzo stammt. Aber wenn wir schon dabei sind, sag ihm, dass er das nächste Mal lieber Stempelfarbe statt einem Messer verwenden soll. Was er gemacht hat, ist barbarisch. Aber jetzt zurück zur Sache."

Schlagartig war Norbert sehr ernst geworden. „Es steht leider zweifelsfrei fest, dass es sich bei dem Exemplar mit der Markierung um eine Kopie aus jüngster Zeit handelt. Das Original ist in deinem Besitz, Helene. Wie auch immer du dazu gekommen sein magst."

Aus Elenas Gesicht war jede Farbe gewichen, was Amalia nicht entging. Aufgeregt redete die Sizilianerin auf sie ein. „Was hat er gesagt? Bitte übersetze doch endlich."

Als Elena geendet hatte, trat bedrücktes Schweigen ein. Ilse Hubinek war die Erste, die sich wieder fasste: „Was bedeutet das im Klartext, Herr Doktor?"

„Dass Ihre Tochter ein Kunstwerk aus der Renaissance besitzt. Selbst wenn wir den Maler nicht identifizieren können, hat das Bild einen beträchtlichen Wert. Sollte sich aber meine Vermutung bestätigen, handelt es sich um ein unbekanntes Meisterwerk eines ganz Großen. Und dann geht es vielleicht um Millionen. Euro wohlgemerkt. Oder Dollar." Verlegen rückte Norbert seine Krawatte zurecht, bevor er in einer abweisenden Geste die Hand hob. „Nein, fragt mich jetzt bitte nicht weiter aus. Ich habe einen ganz konkreten Verdacht, aber bevor ich nicht absolut sicher bin, werde ich nichts mehr dazu sagen."

Wie betäubt hob Amalia das Gesicht. „Aber wie hängt das alles zusammen? Wenn das Porträt nicht Gabrieles Urgroßtante zeigt, wer ist diese Frau dann? Wer auch immer sie sein mag, die Villadicanis hätten niemals eine Kopie an die Wand gehängt! Wieso fand Elena das Original in einem dunklen Hotelflur in Selinunte?", ließ sie ihre Zweifel hören.

„Fragen über Fragen, die ich nicht beantworten kann. Das fällt viel eher in das Zuständigkeitsgebiet eures Commissario. Aber machen wir uns eines gleich klar: Elena hat sich das Bild einfach angeeignet. In gutem Glauben, dass es sich bloß um ein wertloses Souvenir handelt. Strafrechtlich kann man ihr keinen Strick daraus drehen. Noch nicht. Wenn sie das gute Stück schnurstracks zurückbringt."

„Einen Teufel werde ich tun, lieber Norbert. Es muss eine andere Erklärung dafür geben, wie und wann dieses kostbare Kunstwerk zwischen lauter billigem Zeug gelandet ist. Irgendwer muss es in voller Absicht dort versteckt haben. Du erinnerst dich, Amalia, wir haben bereits auf eurer Dachterrasse über diese Möglichkeit gesprochen. Damals hat Giorgio den Verdacht geäußert, dass der Austausch längst stattgefunden hat."

„Und was wird euer Kommissar machen, wenn er vom tatsächlichen Wert erfährt? Stillschweigend über einen Millionendiebstahl hinwegsehen? Welchen Grund sollte er denn haben, sich über Recht und Gesetz hinwegzusetzen? Schließlich ist er Polizeibeamter."

„Ein Beamter bist du auch. Und ich hoffe doch sehr, dass du im Falle des Falles schweigen wirst."

„Auf mich kannst du dich verlassen, Helene. Erstens kennen wir einander ein halbes Leben, und zweitens mache ich mich damit keiner Pflichtverletzung schuldig. Dein Giorgio übrigens auch nicht, wenn du ihm ab sofort nichts mehr erzählst."

„Erstens ist das nicht mein Giorgio, und zweitens ruft er sicher demnächst an, um die Neuigkeiten über die beiden Maddalenas zu erfahren. Es wird nicht leicht sein, ihm die Wahrheit zu verschweigen. Wenn ich ihm nichts mehr erzähle, wird er erst recht misstrauisch."

Seit ihrem letzten Telefonat war sich Elena zwar absolut sicher, dass sie von Giorgio nichts zu befürchten hatte, aber das wollte sie niemandem auf die Nase binden. Viel wichtiger erschien es ihr, die Angelegenheit mit Amalia zu klären. Und zwar sofort.

In wenigen Worten machte Elena ihrer Freundin deutlich, dass sie nicht einmal im Traum daran dachte, das Original für sich zu beanspruchen. „Dieses Bild war und ist euer Eigentum, daran gibt es für mich nicht den geringsten Zweifel. Und jetzt will ich davon nichts mehr hören." Energisch wehrte sie ab, als Amalia widersprechen wollte. „Denk lieber darüber nach, ob es in der Familie Villadicani noch eine andere Maddalena gegeben hat."

Nachdenklich runzelte Amalia die Stirn. „Wenn das jemand weiß, dann Gabriele. Ich werde ihn noch heute fragen, aber vorerst nichts Näheres sagen. Wenn er erfährt, dass dieses Bild mehr als ein paar hundert Euro wert ist, steht er schon morgen vor der Tür. Ich kenne ihn, mit etwas wirklich Kostbarem würde er mich nie allein reisen lassen."

Und was ist mit mir?, dachte Elena. Amalia reist nicht allein, aber ich zähle für Gabriele offenbar nicht. Ihrer Freundin zuliebe sparte sie sich jedoch jeden Kommentar und wandte sich stattdessen an Norbert. „Du grässlicher Geheimniskrämer wirst mir natürlich nicht so bald verraten, was du vermutest."

„Ein wenig Zeit musst du mir schon noch lassen, bevor ich Konkretes sagen kann", antwortete Norbert mit strenger Miene. Um keinen Preis wollte er sich seine Rührung anmerken lassen. Er hatte sich in seiner alten Freundin Helene nicht getäuscht. Nicht eine Sekunde war ihr in den Sinn gekommen, das kostbare Original für sich zu beanspruchen.

Mit einer auffordernden Geste trat Ilse an den Tisch, den sie zuvor unbemerkt verlassen hatte. „Was ist, schauen wir jetzt zur Saliera? Deswegen sind wir schließlich ins Museum gekommen. Das Problem mit eurer Heiligen oder eurer Tante oder gar eurer heiligen Tante werden wir heute nicht mehr lösen, also los.“

Erleichtert über den Ausgang des Gesprächs schob Norbert seinen Stuhl zurück, um nach der Brieftasche zu greifen. „Lassen Sie, Herr Doktor, das habe ich schon erledigt“, sagte Ilse. „Aber wenn Sie uns zur Saliera begleiten könnten, das wäre schön.“

„Eigentlich sollte ich ja noch ins Amt. Aber für heute ist der Tag ohnehin schon so gut wie gelaufen. Ich komme mit.“ Ein Besuch bei Benvenuto Cellinis berühmtester Goldschmiedearbeit, die erst vor einigen Jahren weltweit für Schlagzeilen gesorgt hatte, schien Norbert im Moment genau das Richtige. Was konnte passender sein als die unglaubliche Geschichte des spektakulären Kunstdiebstahls, der schließlich ein unerwartetes Happy End gefunden und dem blamierten Museumsdirektor Besucherrekorde beschert hatte.

Erst als Elena stolperte, merkte sie, dass sie inzwischen im Hochparterre angekommen waren. Bereits am Treppenabsatz empfing sie gedämpftes Stimmengemurmel und wies ihnen den Weg. Außer einer Menschenmauer konnten sie freilich vorerst nichts sehen, erst als nach einer Weile Bewegung in die Gruppe vor einer Glasvitrine im Zentrum des Saales kam, erhaschten sie einen Blick auf das glänzende, kaum 30 Zentimeter hohe Meisterstück des Florentiner Goldschmieds der Spätrenaissance.

„Wunderschön. Aber ein Salzfass, das 50 Millionen Euro wert ist? Wer zahlt einen solchen Wahnsinnsbetrag?“, seufzte Ilse.

„Im Zweifelsfall die Japaner“, lachte Norbert. „Denken Sie nur an das Porträt des Dr. Gachet von van Gogh, dafür haben sie 1990 schlappe 82 Millionen Dollar hingelegt. Und das ist noch nicht das teuerste Bild. 2004 kam ein Picasso, und zwar der Junge mit Pfeife, um mehr als 100 Millionen Dollar unter den Hammer. Den Rekord hält derzeit Gustav Klimts Goldene Adele, für die nur zwei Jahre später 135 Millionen Dollar hingeblättert wurden."

„Von Ronald Lauder, wenn mich nicht alles täuscht", warf Ilse ein, die für ihren Geschmack viel zu lange geschwiegen hatte. „Dem Sohn von Estée Lauder, die mit ihrer Kosmetik reich geworden ist. Aber 135 Millionen Dollar! Das ist selbst für diese Familie kein Pappenstiel."

„Nein. Und ganz im Ernst, natürlich sind die Preise schamlos überhöht. Vielleicht wird dieser künstlich überhitzte Markt auch irgendwann zusammenbrechen. Derzeit aber deutet noch nichts auf ein reinigendes Gewitter hin, und das kann unserer Contessa nur recht sein. Unter einer Viertelmillion Euro würde ein Auktionshaus wie Sotheby's ihre Maddalena gar nicht ausrufen. Das ist die Mindestsumme, mit der sie rechnen kann. Wenn der Maler unbekannt bleibt, wohlgemerkt!"

„Das wird er aber nicht! Dafür wirst du schon sorgen!" Elenas Vertrauen in Norberts Spürsinn war grenzenlos. „Du wirst herausfinden, wer sie gemalt hat, und dann ist das Bild ein Vielfaches wert."

„Meine Liebe, du stellst dir das recht einfach vor, so ist es aber nicht. Oft weiß man etwas, weiß es mit absoluter Sicherheit, kann es aber nicht beweisen."

„Du kennst den Maler also bereits?"

„Ja, ich glaube schon. Und auch die Identität der schönen Unbekannten. Sie war es übrigens, die mir den rechten Weg gewiesen hat. Während man in unseren Restaurierwerkstätten weitere Untersuchungen anstellt, forsche ich jetzt nach Bestätigungen. Manchmal gibt es Briefe, manchmal sogar Rechnungsbelege. Oder auch Mahnungen, wenn ein Auftraggeber wieder einmal nicht zahlen wollte. Die Zahlungsmoral der Kirche war nicht besser als die des Adels, und viele Künstler mussten um ihr Honorar betteln. Oft setzt uns aber auch erst die Dendrochronologie auf die richtige Spur."

„Lass bitte das Fachchinesisch, Herr Doktor! Du hast es mit Laien zu tun. Meine paar Semester Kunstgeschichte vergiss, die bringen mich in diesem Fall nicht weiter."

„Dendrochronologie ist ein wissenschaftliches Verfahren zur Bestimmung des Holzalters", erläuterte Norbert geduldig. „In vielen Fällen, in denen genügend Vergleichsuntersuchungen gemacht wurden, können wir feststellen, aus welcher Epoche der hölzerne Bildgrund stammt. Und natürlich auch, von welcher Baumart. In eurem Fall handelt es sich ziemlich sicher um Eiche. Dafür habe ich zwar noch keine Bestätigung, aber das sagt mir nach einem ersten optischen Befund meine Erfahrung. Nur zum Vergleich, die Mona Lisa wurde auf Pappelholz verewigt, was durchaus typisch für die Renaissance war."

Renaissance, Eichenholz und ein exaktes Format. Mit diesen drei Angaben musste sich doch im Internet etwas finden lassen! Elena hatte es plötzlich sehr eilig. „Wir sehen uns später, Mutter. Ich bin pünktlich zum Abendessen zu Hause. Ciao, Amalia, servus, Norbert! Viel Spaß noch!"

Bevor die anderen protestieren konnten, strebte Elena bereits dem Ausgang zu. Sie wusste genau: Sollte Norbert keine eindeutigen Beweise entdecken, würde er ihr den Künstler nie verraten. Dann mussten sie einen anderen Experten aufsuchen, eine zeitaufwendige, teure Angelegenheit. Besser, sie fand selbst etwas heraus. Auch wenn die Chancen gering waren, sie wollte es zumindest versuchen.

28. Kapitel

Verträumt lag der kleine Franziskanerplatz in der Nachmittagssonne. Eine Oase der Stille, nur wenige Schritte vom Stephansdom entfernt. Aber auch ein Dorado für Tauben, wie Elena missvergnügt feststellte, als sie im „Kleinen Café" auf ihre Schulfreundin Cornelia wartete. Viel lieber wäre sie draußen gesessen, unter einem der ausladenden Sonnenschirme, die auf dem grauen Pflaster fröhliche Farbakzente setzten. Doch Elena litt seit ihrer Kindheit unter einer Phobie vor jeder Art von flatterndem Federvieh. Am allermeisten aber graute es ihr vor den allgegenwärtigen Tauben.

Der Ekel saß tief. Wenn sie allein unterwegs war, wechselte sie eines einzelnen Vogels wegen die Straßenseite. In Begleitung versuchte sie, sich zu beherrschen, was ihr allerdings nur selten gelang. Meist stürzte sie kopflos davon, verfolgt vom Geflatter ihrer Feindinnen, die ihre Panik instinktiv spürten. Einmal wäre sie fast vor ein Auto gerannt, ein anderes Mal hätte sie um ein Haar die Kontrolle über ihr Fahrzeug verloren, als eine Taube gegen die Windschutzscheibe geprallt war.

Gern hätte Elena mit jenen getauscht, die sich vor Schlangen oder Spinnen ekelten. Denen begegnete man weit seltener, und sie saßen auch nicht ausgerechnet vor den Kirchen, die sie besichtigen wollte, oder spazierten unverfroren zwischen den Tischen der Straßencafés herum. Solange sie zurückdenken konnte, hatten Tauben ihre Lebensqualität empfindlich eingeschränkt, und das würde vermutlich bis ans Ende ihrer Tage so sein.

Schicksalsergeben blickte sie durch die staubige Scheibe des „Kleinen Café". Jeden Moment musste

Cornelia auftauchen, die ihr die Schlüssel ihrer Wohnung in der nahen Grünangergasse anvertrauen würde.

Wie immer war die vielbeschäftigte Innenarchitektin auf dem Sprung gewesen, als Elena sie noch vom Museum aus angerufen hatte. Für einen Plausch würde Cornelia wieder einmal keine Zeit haben, doch das war Elena ausnahmsweise sogar recht. Alles, was sie im Moment wollte, war ein ungestörter Zugang zum Internet.

„Hallo, meine Liebe. Gut siehst du aus. Frisch verliebt? Sicher! Ich platze vor Neugierde, aber ich kann nicht eine Sekunde bleiben. Sehe ich dich morgen? Unsinn, das geht bei mir auch nicht. Übermorgen? Egal, wir werden es schon irgendwann einmal schaffen. Hier sind die Schlüssel. Wenn du gehst, lass sie einfach im Wohnzimmer liegen. Du brauchst die Tür nur zuzuwerfen. Servus!" Wie ein Wirbelwind war Cornelia hereingefegt und, bevor Elena nur ein Wort des Dankes hatte sagen können, auch schon wieder verschwunden.

Eine Viertelstunde später saß Elena im exquisit eingerichteten Arbeitszimmer vor dem Bildschirm. Die Recherche war mühsam, wie sie gleich beim ersten Versuch feststellen musste. So bot ihr die Suchmaschine mit den Stichworten Renaissance und Porträts innerhalb von 0,49 Sekunden nicht weniger als 1.270.000 Eintragungen an. Als sie den Begriff Eichenholz ergänzte, blieben immer noch 5.200 übrig.

Geduldig machte sie sich daran, die interessantesten Hinweise durchzusehen. Dabei hielt sie sich auch mit Themen auf, die bestenfalls am Rand mit ihrer Suche zu tun hatten. Allerdings entpuppte sich beispielsweise ein vielversprechender Titel wie „Humoristische Erotik in der italienischen Graphik des 16. Jahrhunderts" als Dissertation ohne Abbildungen. Seriös, aber staubtrocken, wie Elena nach einer kurzen Leseprobe feststellte. Schade.

So kam sie nicht weiter. Verschwommen erinnerte sie sich an etwas, das Norbert ganz beiläufig erwähnt hatte. Angestrengt dachte sie nach. Von Zahlungsbestätigungen war die Rede gewesen und von Mahnbriefen, aber das half ihr nicht, solange sie gänzlich im Dunkeln tappte. Plötzlich fiel es ihr ein. Norbert wusste, wen das Bild zeigte. Mehr noch, die schöne Unbekannte selbst hatte ihn angeblich auf die Fährte gebracht, die zum Künstler führte.

Was lag näher, als es mit dem Namen der Urgroßtante zu versuchen. Auch wenn ein Bild aus der Renaissance unmöglich eine Contessa aus dem 19. Jahrhundert zeigen konnte. Vielleicht aber tauchte Maddalena im Geschlecht der Villadicani, die ihren Stammbaum immerhin bis ins 12. Jahrhundert zurückverfolgen konnten, schon weit früher in den Familienannalen auf. Auf gut Glück versuchte sie es mit den Stichworten „Renaissance Porträt Eichenholz Maddalena".

Eine Stunde später war Elena um einiges klüger, ihrem Ziel aber nicht einen Schritt näher. Beispielsweise wusste sie nun, dass sogar eine Luther-Tochter auf den Namen Magdalena getauft worden war. Oder dass ein von Anthonis van Dyck gemaltes Porträt der Dirne Maria Magdalena bereits 2001 mit einem Schätzpreis von 600.000 D-Mark um unglaubliche 5.734.000 D-Mark einen Käufer gefunden hatte.

Der flämische Künstler hatte Magdalena exakt so gemalt, wie der Vatikan die Frau im Dunstkreis Jesu bis heute sehen wollte. Mit wallendem rotem Haar, dem Zeichen der Sünde schlechthin. Das Haupt demütig über einen Totenschädel geneigt, schuldbewusst und büßend bis zum Jüngsten Tag. Nur die nackten Brüste fehlten auf dem Porträt, das mit Ölfarben auf Papier gemalt und anschließend auf eine Tafel aus Eichenholz gezogen worden war. Viel hat sich an der Methode seither nicht geändert, stellte Elena fest.

Zum ersten Mal dachte sie in Ruhe darüber nach, dass sie sich vielleicht wirklich eines Kunstdiebstahls größten Stils schuldig gemacht haben könnte. Unsinn, rief sie sich selbst zur Ordnung, der Hotelier am Westzipfel Siziliens besaß keinen Dachboden, auf dem sich ein verschollener Schatz jahrhundertelang hätte verstecken können. Das Haus war unverkennbar ein Neubau. Zuvor hatte es dort bestenfalls eine ebenerdige Fischerhütte gegeben, ohne Keller und ohne Speicher, so viel stand fest.

Von der ungewohnten Arbeit am Bildschirm tränten Elena allmählich die Augen und auch ein leichter Kopfschmerz kündigte an, dass sie es genug sein lassen sollte. Doch wie beim Pilzesuchen war es auch beim Googeln, konstatierte sie. Man konnte einfach nicht aufhören! Unter dem nächsten Baum konnten die schönsten Herrenpilze wachsen. Und ein weiterer Mausklick konnte endlich ein millionenschweres Geheimnis lüften.

Elena erlag der Sucht, und so unternahm sie nun einen virtuellen Spaziergang durch eine ganze Reihe von Museen, die sie in der Realität schon besucht hatte. Damals war ihr Interesse allerdings nicht auf Frauen fixiert gewesen. Doch wie sie schnell merkte, konnte das durchaus seine Reize haben. So war sie beispielsweise auf Malta achtlos an dem ziemlich beschädigten Ölgemälde eines Onofrio Palumbo vorbeigeschlendert, das einer gewissen unfreiwilligen Komik nicht entbehrte.

Statt zu beten und zu büßen, telefonierte eine splitterfasernackte Magdalena ganz ungeniert inmitten einer dramatischen Landschaft. Ihre Körperhaltung und ihr Gesichtsausdruck ließen gar keinen anderen Schluss zu. Das Handy selbst blieb dem Betrachter jedoch verborgen, was bei einem Bild aus dem frühen 17. Jahrhundert auch nicht weiter verwunderlich war.

Welch ein Motiv für eine Werbekampagne, dachte Elena. Eine Agentur, die für Telecom arbeitet, könnte sich mit dieser Magdalena eine goldene Nase verdienen. Ein direkter Draht zum Himmel oder so ähnlich würde der Slogan dazu lauten, überlegte sie. Aber in der Firma kennt dich keiner mehr, und selbst wenn, dann haben deine alten Kollegen anderes im Sinn. Spar dir deine Ratschläge, du bist viel zu lange aus dem Geschäft!

Elena wusste, dass sie in der Werbebranche Karriere gemacht hätte. Doch sie war mit Paul nach Rom gezogen, ein Entschluss, den sie nie bereut hatte. Für einen Wiedereinstieg war es nun eindeutig zu spät, Frauen über vierzig stellt niemand mehr als Texterinnen ein.

Sie trauerte den hektischen Zeiten doch nicht etwa nach? Unsinn. Abgesehen davon, dass sie nicht mehr in Wien leben konnte und wollte, war ihr jegliche Teamfähigkeit abhandengekommen. Keine Chance für eine Einzelkämpferin mittleren Alters, so viel war klar. Aber alle Chancen der Welt für die Liebe, dachte sie, als sie auf dem Display ihres Handys die Nummer des Anrufers erkannte. Noch bevor Giorgio ein Wort sagen konnte, sprudelte Elena los.

„Wie schön, dass du anrufst. Ich muss dir einiges erzählen."

„Langsam, langsam, es läuft uns nichts davon. Erst einmal muss ich dir sagen, dass ich dich furchtbar vermisse. Und schon die Stunden zähle, bis du wieder da bist."

„Nur noch drei Tage, dann siehst du mich wieder. Das heißt, wenn du nach Catania kommst."

„Worauf du wetten kannst. Ich habe dich ja gewarnt, dass ich noch jede Menge Resturlaub habe. Ich werde zu allen möglichen und unmöglichen Zeiten bei dir auftauchen!"

„Halt, auch ich habe einen Beruf, vergiss das nicht. Ich bin nicht das brave Hausmütterchen, das auf dich wartet. Das muss dir schon klar sein."

„Keine Angst, ich weiß schon, worauf ich mich einlasse. Schließlich bin ich alt genug."

„Für Dummheiten ist man nie zu alt. Das wirst du gleich merken. Denn es könnte sein, dass du es noch bitter bereuen wirst, mich zu kennen."

„Red keinen Unsinn. Was hast du angestellt? Was ist so furchtbar, dass ich es nicht wissen sollte?"

„Kannst du den Privatmann Giorgio vom Commissario Valentino trennen?"

„Schwerlich. Aber ich könnte es versuchen. Du willst Giorgio etwas erzählen, was du Valentino nie gestehen würdest?"

„So ist es. Mit wem spreche ich also jetzt?"

„Das fragst du noch? Glaubst du, ein Polizeibeamter sagt dir, dass du ihm fehlst? Bist du denn allein? Kannst du offen reden?"

„Mutterseelenallein. In einer Wohnung, in der ich einen PC benutzen kann. Weil ich ein wenig im Internet surfen wollte, was mir allerdings nicht viel gebracht hat. Also gut, jetzt vertraue ich Giorgio mein Geheimnis an. Meinem Freund Giorgio, wohlgemerkt, der nichts, was ich sage, gegen mich verwenden darf." So kurz wie möglich schilderte Elena den Stand der Dinge. „Du hattest vollkommen Recht", schloss sie mit leiser Stimme. „Schon in Syrakus hast du die Möglichkeit angedeutet, dass ich das Original und nicht die Kopie aus Selinunte mitgenommen habe."

„Ich erinnere mich. Aber du weißt auch, wie ich zu dieser Schlussfolgerung gekommen bin. Oberflächlich betrachtet muss man Doktor Cordes zustimmen. Das Bild aus dem Hotelflur ist zwar in deinem Besitz, aber es ist nicht dein Eigentum. Ob es aber dem Hotelier gehört, steht auf einem anderen Blatt. Wenn ich ein Auto auf einem Privatgrundstück parke, kann es der Besitzer des Areals auch nicht zu seinem Eigentum erklären. So ähnlich verhält es sich möglicherweise mit dem Porträt."

„Meinst du, jemand hat das Renaissancebild, das den Villadicanis gehört, im Palazzo durch eine Kopie ersetzt, um es danach in einem jedermann zugänglichen Hotelflur aufzuhängen? Das macht wenig Sinn, aber es scheint mir die einzig mögliche Erklärung, wie die gute Zia Maddalena dort gelandet sein könnte."

„Weder Tante noch Urgroßtante, so viel steht doch fest", korrigierte Giorgio sanft, bevor er nun doch einen amtlichen Tonfall anschlug. „Wenigstens das wissen wir mit absoluter Sicherheit. Nicht beweisen können wir den Austausch der Bilder, doch alle Indizien deuten darauf hin. Der oder die große Unbekannte hat nach dem erfolgreichen Coup seine Beute an eine Hotelwand gehängt. Aus Gründen, die wir ebenfalls nur erraten können."

„Glaubst du, dass unser toter Studienrat etwas damit zu tun hat?"

„Ja. Wobei ich jetzt noch nicht so weit gehen möchte, den mysteriösen Unfall mit dem Bilderdiebstahl in Verbindung zu bringen. Auch wenn ich einen Zusammenhang durchaus für möglich halte. Ich glaube schlicht und einfach, dass eine gewisse Martina Reich das Villadicani-Porträt durch die Kopie ersetzt hat."

„Das ist ziemlich plausibel. Vor allem, weil Martinas Vater seinerzeit ein falsches Gutachten erstellt hat. Mit voller Absicht, wie wir jetzt annehmen können. Weil er schon damals den Wert erkannt haben muss. Und eine risikolose Möglichkeit gesehen hat, reich zu werden", spann Elena den Gedanken weiter.

„Richtig. Die Tochter hat die Sache zu Ende gebracht. Als aber nach dem Tod des Signor Eck eine Gepäckuntersuchung und damit ein Auffliegen des Diebstahls drohte, bekam sie kalte Füße. Doch sie war schlau und handelte nach dem Motto, dass man einen Baum am besten in einem Wald versteckt. Viel Zeit blieb ihr nicht, und so hat sie das kostbare Original einfach zwischen die im Format ziemlich ähnlichen Heiligenbilder gehängt. Besser gesagt, geparkt, denn ohne deine Einmischung hätte sie es unmittelbar vor der Abreise wieder eingesteckt."

„Pass auf, dass ich nicht gleich vor Stolz platze. Ohne mich wäre die Reich nie aufgeflogen. Und die Villadicanis hätten nie erfahren, dass sie ein überaus kostbares Renaissancebild besessen haben. Es wäre für immer weg gewesen."

„Bleib auf dem Teppich. Du hast das Bild gerettet, und das ist das Wichtigste. Aber der Reich kann derzeit niemand etwas nachweisen. Nicht den Diebstahl und schon gar nicht, dass sie mit dem Tod von Sigismund Eck etwas zu tun hat."

„Du glaubst immer noch an Mord?"

„Mehr denn je. Aber ich weiß auch, dass die mutmaßliche Mörderin mit größter Wahrscheinlichkeit ungeschoren davonkommen wird. Und ich mit leeren Händen dastehe. Für eine DNA-Analyse ist es zu spät. Weil die Causa als Unfall eingestuft wurde, hat man den tödlichen Gesteinsbrocken nicht in der Asservatenkammer aufbewahrt. Er ist weg. Aber jetzt etwas ganz anderes. Du machst dir Sorgen, dass ich dir beziehungsweise den Villadicanis den Besitz des Originals absprechen könnte. Nochmals, da kannst du ganz beruhigt sein. Viel mehr zu schaffen macht mir, dass die Ausfuhr eines solchen Kunstwerks streng verboten ist. EU hin oder her, Italien kennt da kein Pardon."

Elena überlief es siedend heiß. Kunstschmuggel fiel zwar nicht in das Ressort eines Kommissars der Mordkommission, aber zweifellos war er verpflichtet, ein solches Delikt zu melden. „Was wirst du tun?", krächzte sie.

„Gar nichts, wenn ihr das Original heil zurückbringt. Das können sich die Villadicanis dann wieder in ihren Salon hängen. Oder zum Verkauf anbieten. Ganz offiziell", beruhigte sie Giorgio. „Aber du musst mich schon verstehen. Stell dir nur vor, es wäre ein verschollenes Werk von Leonardo!"

„Jetzt bleib bitte du realistisch. Ein da Vinci! Offenbar spukt dir noch immer Dan Brown im Kopf herum. Das erscheint mir dann doch zu weit hergeholt. Aber die Idee ist verführerisch. Nach dieser Lektüre hält man alles für möglich."

„Lass dich von einer zufälligen Namensgleichheit nicht in die Irre führen", warnte Giorgio. „Bei den Villadicanis hat es immer wieder eine Contessa Maddalena gegeben, das hat mir der Conte gestern bestätigt."

„Du stehst in Kontakt mit Gabriele?", wunderte sich Elena.

„Ja. Er hat mich angerufen, ob ich schon etwas von euch gehört habe. Offenbar war das Handy seiner Frau abgeschaltet und er hat sich Sorgen gemacht."

Das ist wieder einmal typisch, ärgerte sich Elena. Vertrauen ist gut, Kontrolle aber noch besser. Ausgerechnet der Kommunistenhasser Gabriele schwor auf Lenins Grundsatz. Wahrscheinlich weiß er das gar nicht. Bei nächster Gelegenheit werde ich ihn aufklären, in welche verbale Nähe ihn sein permanentes Misstrauen bringt, dachte sie boshaft.

Aber ein wenig Vorsicht könnte mir selbst nicht schaden, gestand sie sich ein. Und allzu vertrauensselig durfte sie auch Giorgio gegenüber nicht sein. Sie durfte ihn keinesfalls in einen Gewissenskonflikt bringen. Sollte der Maler tatsächlich identifiziert werden, ging es möglicherweise wirklich um Millionen. Ob Giorgio die illegale Ausfuhr dann immer noch so locker sehen würde? In jedem Fall war es besser, sie verriet ihm mit keinem Wort, dass Norbert bereits eine konkrete Spur verfolgte.

„Elena, bist du noch da? Gut. Aber ich muss jetzt Schluss machen. Pass auf dich auf. Ich vermisse dich."

„Du fehlst mir auch. Ich würde so gern mit dir in aller Ruhe besprechen, was ich alles im Internet entdeckt habe."

„Und ich würde dir den Mund verschließen. Weil es außer reden noch etwas gibt. Etwas viel Wichtigeres. Meinst du nicht? Ciao, amore."

„Ciao, Giorgio!"

Spätestens übermorgen würde Norbert das Geheimnis lüften. Dass ihre Internetsuche nichts gebracht hatte, irritierte Elena kaum. Es war ohnedies eine Schnapsidee gewesen, klüger sein zu wollen als ein renommierter Kunstexperte.

Wie nahe sie der Wahrheit gekommen war, ahnte sie zum Glück nicht.

29. Kapitel

Der Sommer kam über Nacht. Während sich Mitteleuropa noch von den Eisheiligen erholte und die kalte Sophie am 15. Mai sogar für Morgenfrost gesorgt hatte, kletterten die Temperaturen auf Sizilien schlagartig auf 30 Grad. Adele Bernhardt, die seit jeher besser mit Hitze umgehen konnte als mit Kälte, gratulierte sich zum wiederholten Mal dazu, dass sie geblieben war.

Zufrieden blickte sich die pensionierte Lehrerin in dem gemütlichen Apartment um, das sie gemeinsam mit Ludwig Jakubowski bewohnte. In getrennten Schlafzimmern selbstredend. Für ein Liebesabenteuer war sie sich mit ihren 75 Jahren nun wirklich zu alt. Aber einen Verehrer konnte sie sich schon noch zulegen.

Dass sie dem immer noch gut aussehenden Mann gefiel, war ihr schon während der Rundreise klar geworden. Bei jeder Gelegenheit hatte der Witwer ihre Gesellschaft gesucht. Wirklich nahegekommen waren sich die beiden nach dem tragischen Tod des Sigismund Eck. Seit einem Glas Wein, das sie sich nach der Einäscherung des bedauernswerten Oberstudienrats zur Aufmunterung genehmigt hatten, waren sie sogar per Du.

Bei dieser Gelegenheit hatte sie Ludwig von der Verlängerungswoche in Taormina erzählt. Zu ihrer größten Überraschung änderte er seine Pläne auf der Stelle. „Daheim wartet nur eine leere Wohnung auf mich. Ich möchte dir gerne noch Gesellschaft leisten. Aber nur, wenn es dir recht ist."

Wie hätte sie da Nein sagen können? Außerdem schmeichelten ihr die Aufmerksamkeiten ihres Kavaliers durchaus. Offenbar wurde man nie abgeklärt genug, um nicht auf das uralte Spiel mit dem Feuer hereinzufallen. Das sollten einmal ihre Töchter erfahren! Nie im Leben hätten die beiden sich vorstellen können, dass ihre Mutter mit einer Urlaubsbekanntschaft flirtete. Dabei waren sie längst keine Teenager mehr. Liebe und Leidenschaft aber hielten sie dennoch für ein Privileg der Jugend, bis das eigene Alter sie eines Besseren belehren würde.

Auch Ludwig Jakubowski hatte noch nicht verlernt, wie man einer Frau erfolgreich den Hof macht. So kam es, dass er nicht mit den anderen zurück nach Deutschland flog, sondern ein Zimmer im selben Hotel nahm, in dem auch Adele abgestiegen war. Ein teurer Spaß, denn als Individualtourist musste er in dem noblen Vier-Sterne-Haus den vollen Preis hinblättern, während sie ihren Aufenthalt im „Trinacria Palace" zu einem günstigen Pauschaltarif in München gebucht hatte.

Gemeinsam waren sie zum Reisebüro gepilgert. Während Adele nur ihren Rückflug bestätigen wollte, hatte sich Ludwig um ein neues Ticket kümmern müssen. Wenige Schritte vor der Agentur aber war er plötzlich vom Corso abgebogen. „Gehen wir doch noch kurz in den Stadtpark. Ich möchte etwas mit dir besprechen", hatte er sie gebeten. Erstaunt war sie ihm in die großzügige Anlage gefolgt, die einen hinreißenden Blick auf die weit geschwungene Doppelbucht von Giardini Naxos freigab.

„Schau dich doch einmal um. Diese Blütenpracht! Diese Farben! Bougainvilleen, Oleander, Jasmin! Riechst du, wie süß es duftet? Atme tief ein, und dann sag mir einen plausiblen Grund, warum du zurück nach München willst. Die Biergärten haben noch länger offen! Abgesehen davon hat der Sommer bei uns daheim noch nicht angefangen. Ich habe gestern den Wetterbericht gesehen. Saukalt ist es. Zumindest viel zu kalt für die Jahreszeit. Bleiben wir doch noch ein bisschen hier!“

„Einen plausiblen Grund willst du hören? Gut. Für eine Fortsetzung ist mir unser Hotel schlicht und einfach zu teuer. Und in ein billigeres zu ziehen, bringt auch nichts. Das wäre ein desillusionierendes Urlaubsende. Wie heißt es? Man soll immer dann aufhören, wenn es am schönsten ist.“

„Du hast völlig Recht, ein Hotelwechsel kommt nicht in Frage. Einladen lässt du dich auch nicht von mir, das weiß ich. Du brauchst gar nicht so ablehnend zu schauen, ich kenne deine Antwort und werde dich deshalb gar nicht erst fragen. Aber ich hätte einen anderen Vorschlag. Ich weiß von einem freien Apartment in Giardini Naxos. Zwei Schlafzimmer, zwei Bäder, teilen müssten wir uns nur das Wohnzimmer und die Küche. Alles zusammen 500 Euro pro Woche, das macht 250 pro Person. Was würdest du davon halten?“

Adele zögerte nur einen Moment. „Das klingt sehr verführerisch. Allerdings käme für mich auch noch ein neues Rückflugticket dazu. Nein, so gerne ich bleiben würde, es geht einfach nicht.“

Ludwig lächelte triumphierend. „Ich war vor dem Frühstück in der Reiseagentur. Wenn du dich heute noch entscheidest, kannst du umbuchen. Fast kostenlos. Ein neues Ticket brauchst du nicht, meines ist ja auch nur verfallen, weil ich erst im allerletzten Moment umdisponiert habe.“

„Viel Zeit, darüber nachzudenken, lässt du mir ja nicht gerade. Also gut, einverstanden. Wenn der Flug gesichert ist, verlängern wir um eine Woche.“

„Um zwei Wochen. Der nächste Charter nach München ist ausgebucht. Da ist Christi Himmelfahrt und ganz Bayern auf den Beinen oder in der Luft. Aber auf dem übernächsten Flug gibt es noch freie Plätze." Nach dieser Eröffnung wagte es Ludwig nicht, Adele in die Augen zu schauen. „Das heißt, wir würden bis zum 1. Juni auf Sizilien bleiben. Ein gutes Datum, meinst du nicht?" Mit einem erwartungsvollen Lächeln sah er nun doch auf. Die gerunzelte Stirne der ehemaligen Lehrerin verhieß allerdings nichts Gutes.

Wie oft hat er diesen treuherzigen Blick wohl vor dem Spiegel geübt, fragte sich Adele, die plötzlich hell auflachen musste. Ludwig konnte den Stimmungswandel erst gar nicht fassen. „Du bist also einverstanden?", flüsterte er. „Ich kann dir gar nicht sagen, wie sehr ich mich freue. Gleich morgen in der Früh ziehen wir um."

„Immer schön langsam. Warum sollte ich Hals über Kopf das Hotel verlassen? Mein Zimmer ist bis Donnerstag bezahlt!"

„Meines aber nicht. Für eine Nacht im Trinacria Palace muss ich 180 Euro hinblättern, also fast so viel wie für eine Woche im Apartment."

„Eigentlich ist das dein Problem und nicht meines. Ich sehe schon ein, dass es praktischer ist, gemeinsam zu übersiedeln. Aber was ist mit der 15. Nacht, denn wenn ich noch rechnen kann, nehmen wir die Ferienwohnung für exakt zwei Wochen und einen Tag?"

„Die schenkt uns die Signora Kristina, denn ihre nächsten Gäste kommen erst am darauffolgenden Wochenende. Sie ist übrigens eine Deutsche, die vor mehr als dreißig Jahren nach Sizilien geheiratet hat. Von ihrem Mann ist sie längst geschieden, aber ihre Kinder leben hier und deswegen ist sie auch geblieben."

„Das ist ja unglaublich! Woher weißt du das alles? Wie hast du das Apartment gefunden? Und wann hast du es dir angesehen?"

„Gestern Nachmittag. Während du beim Friseur warst. Den Tipp habe ich in der kleinen Bar neben unserem Hotel bekommen. Von dem jungen Mann hinter der Theke. Er ist der Sohn der Putzfrau, die für Signora Kristina arbeitet. Daraufhin habe ich mir ein Taxi genommen und bin hingefahren. Das Haus liegt direkt am Meer, zum Strand sind es nur ein paar Schritte. Die Wohnung ist groß, hell, geschmackvoll möbliert, und eine Terrasse haben wir auch noch. Du wirst sehen, es ist einfach ideal!"

Ludwig hat nicht übertrieben, stellte Adele tags darauf befriedigt fest, als sie den sonnendurchfluteten Raum in Ruhe betrachtete. Kein unnötiger Schnickschnack und doch anheimelnd und wohnlich, diese Mischung fand man nur selten. Welch ein Gegensatz zu Taormina! Wie nahezu überall waren Singles auch hier die Stiefkinder der Hotellerie. Skrupellos steckte man Alleinreisende zumeist in winzige Kammern und knöpfte ihnen dafür auch noch unverschämt viel Geld ab.

Adele weinte ihrem dunklen Hotelzimmer, in dem man sich kaum umdrehen konnte, wahrlich nicht nach. Nur das reichhaltige Frühstücksbüffet, das dem internationalen Standard eines Vier-Sterne-Hauses durchaus entsprach, würde sie vermissen. Vor ihrem geistigen Auge tauchten ofenwarme Hörnchen, duftendes Brot, Honig und Marmeladen, Platten mit Käse, Schinken und Eiern in allen nur denkbaren Zubereitungsarten auf. Zwar verstanden die Sizilianer nach wie vor nicht, wie man das alles frühmorgens in sich hineinstopfen konnte, ein Cappuccino und ein Cornetto genügten doch vollauf. Aber Touristen waren nun einmal ein seltsames Völkchen, und wenn man sie zufrieden stellen wollte, musste man ihnen ihren Willen lassen.

„Der Kaffee ist fertig", rief in diesem Moment Ludwig aus dem Nebenraum. „Soll ich ihn dir ans Bett bringen?"

„So weit kommt es noch! Das wirst du schön bleiben lassen. Ich bin gleich bei dir", protestierte Adele.

Keine zehn Minuten später saß sie an einem liebevoll gedeckten Tisch. Ludwig war offenbar bereits beim Bäcker und in dem kleinen Lebensmittelladen gleich nebenan gewesen und hatte großzügig eingekauft. Zweisamkeit hat doch einiges für sich, konstatierte Adele. Sie dachte an ihren einsamen Frühstückstisch daheim. Auch wenn sie ihr Singledasein überaus schätzte und nicht im Traum daran dachte, ihre Unabhängigkeit aufzugeben, genoss sie die ungewohnte Gesellschaft in vollen Zügen.

Wohlig satt blickte sie auf die glitzernden Diamanten, die auf dem Meer um die Wette funkelten. Nichts störte die Idylle, nur ein Jogger lief den noch menschenleeren Sandstrand entlang. Spätestens in einer Stunde würden freilich die ersten Badegäste eintreffen. Und mit ihnen Trubel und Lärm, aber auch jene undefinierbare Heiterkeit und Leichtigkeit, wie sie zu einem italienischen Sommer gehören.

Längst hatte das ehemalige Fischerdorf Giardini Naxos dem weltberühmten Taormina als Badeort den Rang abgelaufen. Die glanzvollen Zeiten, in denen die Reichen und Schönen nach Sizilien gekommen waren, um bei angenehmen Frühlingstemperaturen zu überwintern, gehörten unwiderruflich der Vergangenheit an. Die Touristen reisten nun im Sommer ans Mittelmeer, weil sie in erster Linie am Strand liegen und im Wasser planschen wollten. Dafür aber war das Bergstädtchen auf einer Terrasse des Monte Tauro denkbar schlecht geeignet.

Zwar kletterte Taormina allmählich von seinem zweihundert Meter hohen Felssattel herunter und etablierte mehr und mehr Hotelanlagen am Meer, um konkurrenzfähig zu bleiben. Doch eingezwängt zwischen Hauptstraße und Bahn war Taormina Mare alles andere als ein ruhiges Ferienziel, darüber konnte auch die dekorative Isola Bella nicht hinwegtäuschen. In den Sommermonaten drängten sich die Badenden rund um die Schöne Insel Handtuch an Handtuch fast so eng aneinander wie an der Oberen Adria.

In den Nachbarorten Letojanni und Giardini Naxos hingegen boten die weitläufigen Strände genügend Platz. Allerdings musste man langsam um die Gärten, die „giardini“ von Naxos, fürchten. Jahr für Jahr fiel ein weiteres Stück Grün dem Grau von Apartmenthäusern, Hotelsilos und Einkaufszentren zum Opfer. Nur die Archäologische Zone im Herzen der charakteristischen Doppelbucht durfte nicht angetastet werden. Hier waren im 8. Jahrhundert vor Christus die ersten Griechen, für die Sizilien zur neuen Heimat werden sollte, an Land gegangen.

Viel gab es von ihrer Stadt, die sie auf den Namen ihrer Heimatinsel Naxos getauft hatten, allerdings nicht mehr zu sehen. Ein paar Mäuerchen und einige wenige Überreste der bereits in der Antike zerstörten Tempel. Doch selbst das genügte glücklicherweise, um dem ausufernden Bauboom Einhalt zu gebieten.

„Irgendwann einmal möchte ich bei Sonnenuntergang durch den Tempelbezirk schlendern“, erklärte Adele mit weit ausholender Geste. „Der ist gleich dort drüben hinter der Hafenmole, wenn ich nicht irre.“

„Warum nicht? Aber vorher sollten wir uns vielleicht das Teatro Greco von Taormina ansehen. Goethe hat es das schönste Theater der Welt genannt. Das dürfen wir uns nicht entgehen lassen, auch wenn ich von Tag zu Tag fauler werde. Morgen ist Freitag, also fahren wir am besten heute noch hinauf nach Taormina. Aber mit dem Bus, das Taxi ist unverschämt teuer. Bis dahin rühre ich mich nicht von der Stelle. Jetzt möchte ich einfach nur hier sitzen, ein wenig lesen und vor mich hin träumen."

„Dann lasse ich dich besser allein. Ich schau mich ein wenig in der Ortschaft um. Für Speis und Trank ist gesorgt, du brauchst nur den Kühlschrank aufzumachen. Wenn es dir recht ist, gibt es kein richtiges Mittagessen, sondern du bedienst dich, wenn du Hunger hast. Dafür gehen wir am Abend in eine nette Trattoria. Einverstanden?"

„Einverstanden. Abmarsch um 16 Uhr? Dann ist die Siesta vorbei, das Theater aber noch offen. Viel Spaß!" Kaum war die Tür hinter Ludwig ins Schloss gefallen, machte es sich Adele in einem Liegestuhl bequem. Dieser Mann war wirklich ein Juwel! Menschen, die unentwegt um sie herumscharwenzelten, ertrug sie auf Dauer nur schwer. Genau das hatte sie gefürchtet: dass sie kaum eine Minute für sich alleine haben würde und ihr die gut gemeinten Aufmerksamkeiten ihres Verehrers bald auf die Nerven gehen würden.

Doch nicht nur Adele, auch Ludwig war erleichtert, wie gut sich der gemeinsame Urlaub anließ. Unter hundert Frauen gab es vielleicht eine, mit der er sich nach so kurzer Bekanntschaft auf ein solches Arrangement eingelassen hätte. Eine wie Adele, das war ihm beim ersten Blick in ihre klugen Augen klar geworden.

Sie hatte ihm auf Anhieb gefallen. Ihre Züge ließen Humor, Großzügigkeit und Spontaneität erahnen. Das Alter hatte Adele Bernhardt nichts anhaben können. Nicht ihrem Aussehen, denn abgesehen von ein paar Falten war ihre Haut noch immer straff und ihre Figur so schlank und durchtrainiert, dass so manche wesentlich Jüngere sie darum beneiden konnte. Und schon gar nicht ihrem Esprit und ihrem manchmal recht deftigen Humor.

Mit federnden Schritten strebte Ludwig der netten Hafenbar zu. Höchste Zeit für ein kleines Bier und die erste Zigarette des Tages. Aus Rücksicht auf Adele rauchte er in ihrer Gegenwart so wenig wie möglich. Auch wenn es sie angeblich nicht störte.

„Herr Jakubowski?" Irritiert blickte Ludwig von seinem Glas auf, doch dann erkannte er den Mann am Nebentisch.

„Immer noch im Lande, Herr Schwabl? Ich dachte, Sie wären längst mit dem Zug Richtung Norden unterwegs." Fragend sah er den jungen Mann an, der ihm von ihrer gemeinsamen Rundreise als angenehmer Gesprächspartner in Erinnerung war. „Sie wollten doch nur zwei Nächte in Taormina bleiben?"

„Stimmt, aber ich habe kurzfristig umdisponiert und mir ein Leihauto genommen. Morgen fahre ich nochmals nach Agrigent und Selinunte. Ich möchte mir die griechischen Tempel in aller Ruhe zum zweiten Mal ansehen. Diesmal ohne Leiche, wie ich hoffe."

„Sicherlich. Die Chancen, dass sich so ein tragischer Unglücksfall in Ihrer Anwesenheit wiederholt, stehen vermutlich eins zu mehreren Millionen. Wann wollen Sie wieder zurück in Taormina sein?"

„Gar nicht. Ich gebe das Auto in Palermo ab, und dann geht es mit dem Schiff weiter nach Neapel. Sie wissen ja, meine Flugangst. Aber das hat auch Vorteile, denn so komme ich ganz schön herum."

„Selbständig durch Sizilien zu fahren würde mich auch reizen. Aber hier gefällt es uns so gut, dass wir erst gestern in ein Apartment gleich um die Ecke gezogen sind."

„Wir? Damit meinen Sie wahrscheinlich Frau Professor Bernhardt. Gratuliere! Eine großartige Person! Richten Sie ihr von mir die besten Grüße aus. Jetzt muss ich aber gehen. Schönen Urlaub noch!"

Ein netter Kerl, dachte Ludwig, als er seinem Landsmann zusah, wie er sich mit seinen langen Beinen mühsam hinters Steuer zwängte. Merkwürdig nur, dass er mutterseelenallein unterwegs war.

„Du hast Recht, das ist schon seltsam", meinte Adele, als er ihr ein paar Stunden später die Grüße ausrichtete. „Dass ein junger Mann wie er an einer Gruppenreise teilnimmt, ist erstaunlich genug. Aber dass er dann auch noch seine Pläne umstößt, um sich alles noch einmal anzusehen, wundert mich sehr." Nachdenklich runzelte Adele die Stirn. „Es sei denn, er hat mit der Sache mehr zu tun, als wir ahnen."

„Wie meinst du das? Der Täter kehrt an den Tatort zurück?"

„Unsinn. Ich glaube nicht, dass dieser Wilhelm Schwabl den armen Oberstudienrat auf dem Gewissen hat. Mir fällt beim besten Willen kein Grund dafür ein", sagte Adele, bevor sie innehielt. „Oder vielleicht doch? Erinnerst du dich, was Marianne Eck in Erice gesagt hat? Dass ihr Mann jemanden erkannt hat, der nicht erkannt werden wollte!"

„Stimmt. Das war ja nicht zu überhören. Auch wenn alle so getan haben, als wären sie taub."

„Aber ihr Mann konnte ihr nicht mehr erzählen, wen er damit gemeint hat. Komisch, nicht?"

„Und du meinst, der große Unbekannte könnte der Schwabl sein?"

„Eigentlich habe ich eher an Martina Reich gedacht. Aber die ist weg, und er ist immer noch da. Meinst du, das könnte den Commissario interessieren?“

„Jetzt übertreibst du aber, Adele. Verzeih, wenn ich das so offen ausspreche, aber du bist nicht Miss Marple.“

„Bin ich nicht, das stimmt. Mit einer zierlichen Jungfer habe ich wirklich wenig gemeinsam“, lachte Adele. „Aber er hat gesagt, ich soll ihn anrufen, wenn mir noch etwas einfällt. Oder auffällt.“

„Das sagen sie immer, wie man weiß. In jedem Fernseh-Krimi kommt dieser Satz mindestens einmal vor“, gab Ludwig mit vergnügtem Grinsen zu bedenken, bevor er fortfuhr. „Vielleicht hast du doch Recht und der Kommissar ist dankbar für jede Information. Hast du noch seine Nummer?“

„Ja. Aber bevor ich mit der Polizei telefoniere, möchte ich einmal darüber schlafen. Auf einen Tag respektive eine Nacht kommt es sicher nicht an. Also was ist, fahren wir jetzt hinauf nach Taormina?“

Als die beiden eine gute Stunde später am Eingang des Griechischen Theaters ankamen, strömte gerade die letzte Reisegruppe heraus. Ein idealer Zeitpunkt, wie Adele zufrieden feststellte. Außer ihnen hielten sich nur noch wenige Besucher auf den sonnenwarmen Zuschauerrängen auf. Auch die Bühne befand sich bereits im Schatten, nur auf dem Gipfel des Ätna im Hintergrund lag noch das milde Abendlicht.

„Uns bleibt etwas Zeit, bis sie uns hinauswerfen. Bis kurz vor Sonnenuntergang“, meinte Ludwig.

Adele saß wie verzaubert auf einer Stufe der obersten Reihe. Plötzlich lächelte sie ihren Begleiter an. „Jetzt muss ich dir etwas sagen. Danke, dass du mich zum Bleiben überredet hast. Diese Tage werde ich nie vergessen.“

Ludwig strahlte. Er versuchte nicht einmal zu verbergen, wie sehr er sich freute. Nur seine Verlegenheit sollte Adele tunlichst nicht bemerken, weshalb er abrupt das Thema wechselte.

„Wohnt nicht unsere Reiseleiterin hier ganz in der Nähe?“ Im Grunde seines Herzens war es ihm völlig egal. Nicht aber Adele, die wie elektrisiert auffuhr.

„Das habe ich total vergessen. Ihr Haus liegt etwas abseits, hat sie gesagt. Mit Blick auf das antike Theater. Also müssten wir es von hier aus sehen können.“ Nach einigem Kramen in ihrer Umhängetasche förderte Adele ein abgewetztes Opernglas zutage. „Das rosafarbene Haus dort unten muss es sein“, meinte sie nach einer Weile. „Gleich neben dem großen Baum. Auch mit freiem Auge sieht man die grünen Fensterläden und die Terrasse, von der sie erzählt hat.“

Ludwig griff nach dem Fernglas, das ihm Adele bereitwillig hinstreckte. „So ist es besser. Wenn mich nicht alles täuscht, ist sie sogar daheim.“

„Ja, dort unten bewegt sich eine Gestalt. Wir könnten Elena besuchen. Zu Fuß ist es nicht weit.“

„Keine gute Idee. Vermutlich ist sie wenig begeistert, wenn wir sie einfach so überfallen.“

„Gut, dann rufe ich sie eben vorher an.“ Zu Adeles Enttäuschung aber meldete sich statt Elena nur eine unpersönliche Stimme, die sie auf die Mailbox verwies. Doch bevor sie eine Nachricht hinterlassen konnte, wurde sie von Ludwig an der Hand gepackt.

„Das dort unten ist nicht Elena. Schau selbst, diese Frau sieht aus wie Martina Reich.“

„Du musst dich irren, die Reich ist doch nach Deutschland zurückgeflogen“, widersprach Adele. Wie ein Scheinwerfer erfasste in diesem Augenblick das Sonnenlicht die Frau, die sich bisher im Schatten des Hauses bewegt hatte.

„Kein Zweifel, das ist nicht Elena, sondern Martina!"

„Seltsam. Erst triffst du Wilhelm Schwabl, der längst weg sein sollte. Und dann sehen wir auch noch die Reich, wie sie um Elenas Haus herumschleicht. Ist sie vielleicht gar nicht abgereist? Oder ist sie zurückgekehrt? Ich glaube, jetzt haben wir wirklich gute Gründe, den Kommissar anzurufen."

Und schon tippte Adele die Nummer ein, die ihr Giorgio Valentino für alle Fälle gegeben hatte.

„Buona sera. Wir möchten zu Signora Martell", sagte Adele in ihrem holprigen Italienisch. „Das ist doch ihr Haus, nicht wahr?"

„Ja, aber Signora Elena ist nicht da. Sie kommt erst in ein paar Tagen", gab die junge Frau Bescheid, die zum Gartentor gekommen war. Hinter ihr schoss Elenas Hund in Richtung Gartenzaun und kläffte. Doch dann beruhigte sich das Tier und umtänzelte freudig Ludwig Jakubowski. Der Hundeliebhaber aus Krefeld und der Vierbeiner aus Taormina mochten einander auf Anhieb.

„Signora, sagen Sie uns bitte, wo ist Elena? Dove? Und wann ist sie wieder da? Quando ritorna?", setzte Adele fort. Carmela verstand sie auch so. Sie war als Gastarbeiterkind ein paar Jahre in Wuppertal zur Schule gegangen. Ihre Sprachkenntnisse waren zwar eingerostet, aber nicht völlig vergessen.

„Die Signora ist vorgestern zu ihrer Mutter nach Wien geflogen. Am Samstag will sie wieder zurück sein. Falls nichts dazwischenkommt."

„Wunderbar. Sie sprechen Deutsch!" Adele war einerseits erleichtert, andererseits besorgt. „Dann kann ich Ihnen auch erklären, dass wir Teilnehmer von Elenas letzter Reisegruppe waren. Wir sind aber noch geblieben, und Elena hat gemeint, wir könnten sie in diesen Tagen einmal treffen. Und jetzt ist sie bei ihrer Mutter? Das kam aber plötzlich! Es ist doch hoffentlich nichts passiert!"

„Nein, soweit ich weiß, ist alles in Ordnung. Ab und zu fährt sie nach Hause. Aber das sagt sie mir immer schon lang vorher. Diesmal war es anders. Am Montag hat sie mich angerufen, dass ich ab Dienstag auf Ercole aufpassen muss."

Nach den ersten noch etwas zögerlichen deutschen Sätzen setzte Carmela mit wiedergewonnener Sicherheit fort. „Signora Elena ist es lieber, wenn der Hund in seiner gewohnten Umgebung bleiben kann. Und mir ist es lieber, dass er mir nicht meine Wohnung auf den Kopf stellt. Ich bin immer hier, wenn die Signora unterwegs ist."

„Diese Wienreise war also ein plötzlicher Entschluss?", hakte Adele nach. „Seltsam. Da muss es einen Grund dafür geben. Wenn ihre Mutter wohlauf ist, warum fliegt sie dann aus heiterem Himmel nach Österreich?"

„Fragst du mich?", mischte sich Ludwig, der sich immer noch mit Ercole beschäftigte, nun wieder ins Gespräch. „Da kann es doch hundert Gründe geben. Wie ein Maturatreffen oder eine Geburtstagseinladung. Meinst du nicht?"

„Das kann sein", gab Adele widerstrebend zu. „Aber mein Instinkt sagt mir, dass etwas Unvorhergesehenes passiert ist."

„Nur weil wir deinen Kommissar nicht auf Anhieb erreichen konnten, brauchst du nicht nervös zu werden. Du kannst es ja morgen Früh noch einmal probieren."

„Wenn schon, dann ist er nicht mein Kommissar, sondern der von Elena. Wie sehr sie ihm gefällt, war nicht zu übersehen. Aber dass etwas Seltsames vor sich geht, das hast du oben im Theater doch auch gespürt. Spätestens, als wir die Reich in der Nähe dieses Hauses gesehen haben. Ich bin sicher, dass sie es war."

Gespannt verfolgte Carmela das Gespräch, mit dem sie allerdings herzlich wenig anfangen konnte. Sie verstand zwar die Worte, doch sie konnte sich keinen Reim darauf machen. Von welchem Commissario war da die Rede? Das wollte sie zu gerne wissen!

Bevor sie aber nachhaken konnte, begann Ercole heftig zu bellen.

„Los, zeig mir, was du entdeckt hast", forderte Ludwig den Vierbeiner auf, der sich das nicht zweimal sagen ließ. Wie eine Rakete schoss der Hund davon. Sekunden später war er im dichten Unterholz der umliegenden Macchia verschwunden. „Ich bin wirklich neugierig, wen er da aufstöbern wird! Irgendwer treibt sich da herum."

„Das sagt gar nichts", erklärte Carmela, die überlegte, ob sie die beiden zu einer Erfrischung auf die Terrasse bitten sollte. „Ercole jagt mit Leidenschaft. Vor allem Katzen, aber auch Kaninchen und sogar Geckos und Eidechsen."

„Und kommt er von seinen Ausflügen immer bald wieder zurück?", erkundigte sich Adele besorgt. „Hat Elena denn keine Angst, dass ihm etwas zustoßen könnte?"

„Sie ist natürlich froh, wenn er wieder da ist. Oft erst nach Stunden. Aber sie geht das Risiko bewusst ein. Lieber ein glücklicher Hund, der vielleicht kürzer lebt, als ein unglücklicher, der nie frei ist, sagt die Signora immer. Also darf sich Ercole austoben, sooft und solang er will."

„Eine vernünftige Einstellung", brummte Ludwig zustimmend. „Aber dafür braucht man gute Nerven."

„Die hat Elena wirklich. Sonst könnte sie diesen Job nicht machen. Erinnere dich, wie lästig der Eck war. Gott sei seiner Seele gnädig, aber er war ein richtiges Ekel."

„Lass doch die Toten ruhen, Adele. Ich will jetzt wirklich nicht an diese Tragödie denken. Auch wenn der Friedhof von Taormina in Sichtweite ist. Dort drüben, hinter der Mauer."

Interessiert blickte Adele in die angegebene Richtung. Plötzlich blitzte im Grün des Buschwerks ein roter Farbfleck auf, der rasch größer wurde und sich als wehendes Kleid entpuppte. Im selben Moment tauchte Ercole auf, der begeistert bellend eine vor ihm fliehende Frau umtänzelte.

„Dieser Hund! Er führt sich immer so auf, wenn sich jemand vor ihm fürchtet. Aber keine Angst, er beißt nicht“, beruhigte Carmela ihre besorgten Gäste. Mittlerweile hatte Ercole sein Opfer weiter vor sich hergetrieben.

„Das ist ja die Reich“, rief Adele aus. „Also haben wir sie doch noch gefunden.“

„Nicht wir, sondern der brave Wachhund!“ Schmunzelnd beobachtete Ludwig die Szene, die einer gewissen Komik nicht entbehrte. Verzweifelt um sich schlagend stolperte die Deutsche dem Haus entgegen. Immer wieder versuchte sie, ihre große Handtasche als Schutzschild gegen den nach wie vor kläffenden Vierbeiner einzusetzen. Vergebens, denn kaum hatte sie ihn abgewehrt, sprang er sie von der anderen Seite an.

„Er tut Ihnen nichts“, versuchte Adele die verängstigte Frau schon von weitem zu beruhigen. „Er gehört Elena und ist wirklich ganz harmlos.“

„Von wegen harmlos“, keuchte Martina Reich mit hochrotem Kopf, als sie endlich das Gartentor erreicht hatte. „Ich habe mich zu Tode erschreckt.“

„Vor so einem kleinen Hund?“ Amüsiert tätschelte Ludwig den Vierbeiner, der Lob heischend um seine Beine strich. Ercole sah drein, als könne er kein Wässerchen trüben.

„Am besten, Sie kommen mit mir auf die Terrasse“, mischte sich Carmela ein. Ins Haus würde sie in Elenas Abwesenheit niemanden lassen, aber wegschicken konnte sie die unverhofften Besucher auch nicht so ohne weiteres. „Sie sehen aus, als würden Sie dringend etwas zu trinken brauchen."

„Danke vielmals", antwortete Martina noch immer etwas kurzatmig. „Ein Schluck Wasser wäre jetzt himmlisch."

Wenige Minuten später hatten es sich die drei unter Elenas Pergola in den bequemen Korbstühlen gemütlich gemacht. In Windeseile war der Krug mit der kalten Limonade geleert. Carmela blieb gar nichts anderes übrig, als für Nachschub zu sorgen. Glücklicherweise gab es daran keinen Mangel, dafür sorgte der üppig tragende Zitronenbaum in dem kleinen Garten an der Rückseite des Hauses.

Während sie die Früchte auspresste, fragte sich Carmela, ob sie alles richtig gemacht hatte. Vielleicht war es Elena nicht recht, dass Leute aus ihrer Gruppe einfach so hereinplatzten. Auf der anderen Seite sahen die beiden Älteren nicht nur sympathisch, sondern auch seriös aus. Über die jüngere Frau konnte sie sich kein Urteil bilden, dafür war diese noch viel zu durcheinander. Egal, sobald der zweite Krug leer ist, werde ich sie höflich wieder hinauskomplimentieren, überlegte sie, bevor sie mit einem aufgesetzten Lächeln ins Freie trat.

Zwischen den Deutschen hatte sich inzwischen ein angeregtes Gespräch entwickelt, von dem Carmela allerdings nur Bruchstücke mitbekam. Offenbar war das Auftauchen dieser Martina für die beiden anderen eine ziemliche Überraschung.

„Sie haben sich also ganz plötzlich entschlossen, zurück nach Sizilien zu fliegen?" Forschend blickte die alte Dame ihr Gegenüber an. Doch bevor sie eine Antwort bekam, wandte sie sich an die aus der Küche kommende Carmela. „Danke schön. Das ist wirklich zu liebenswürdig.“ Und an die anderen gerichtet setzte sie fort: „Wir trinken das jetzt rasch aus und dann gehen wir. Unser Gespräch können wir später fortsetzen. Jetzt wollen wir nicht länger stören.“

Adele drängte zum Aufbruch, weil ihr Carmela mit der Situation überfordert erschien. Einerseits wollte die freundliche Sizilianerin südliche Gastfreundschaft üben, auf der anderen Seite war es nun einmal nicht ihr eigenes Haus. Wie gern sich die alte Lehrerin auch im Inneren umgesehen hätte, die arme Haushälterin musste allmählich von ihren Gästen erlöst werden. Vielleicht ergab es sich ein andermal. Wenn Elena wieder zurück war und sie ganz offiziell einlud. Dank ihrer geänderten Pläne blieben Ludwig und sie ja noch länger auf Sizilien.

Noch wusste Adele freilich nicht, was diese Martina wirklich vorhatte, aber das würde sie bald in Erfahrung bringen. So einfach wollte sie die geheimnisvolle Person, die wie aus dem Nichts aufgetaucht war, nämlich nicht davonkommen lassen. Adele war es gewohnt, ihre Gedanken zu verbergen, und so merkte ihr nicht einmal Ludwig an, welche Absichten sie mit dem Vorschlag, gemeinsam zu Abend zu essen, verfolgte.

„Meinen Sie, ich könnte noch kurz die Toilette benutzen?“ Offenbar hatte Martina die Frage eher rhetorisch gemeint, denn sie sprang bereits auf.

„Ich glaube nicht, dass das eine gute Idee ist! Signora Carmela wird Ihnen die Bitte zwar kaum abschlagen, doch recht ist ihr das sicher nicht. Fragen wir sie lieber, wo man in Taormina gut isst.“

„Ich müsste aber ganz dringend“, beharrte die Jüngere. „Sonst bleibt mir nichts anderes übrig, als mich hier irgendwo in die Büsche zu schlagen.“

Carmela hatte den Dialog aufmerksam verfolgt. „Kommen Sie, ich zeige Ihnen das Gästebad.“

Adele war die Situation mehr als peinlich. „Sie müssen entschuldigen, dass wir Ihnen nach unserem Überfall noch weitere Umstände machen."

„Kein Problem, das geht schon in Ordnung", gab Carmela höflich zurück. Doch statt zu Adele auf die Terrasse zu treten, blieb sie in der Haustüre stehen. „Besser, ich warte hier auf die Signora." Und mit einem Augenzwinkern fügte sie hinzu: „Damit sie sich nicht noch einmal verirrt."

Das war deutlich! Wie neugierig auch immer Martina sein mochte, sie würde keine Chance haben, sich unbemerkt in den Privaträumen umzusehen. Genauso wenig wie im großen Badezimmer, das mit seinen Medikamentenschränkchen, Cremes und Toilettenartikeln mehr über Elena verraten konnte, als dieser lieb war. Die Gästetoilette hingegen würde wohl kaum etwas von ihrer Intimsphäre preisgeben.

„Könnten Sie uns vielleicht eine Trattoria empfehlen?", erkundigte sich Ludwig, dem allmählich der Magen knurrte.

„Das ist in Taormina nicht so einfach", antwortete Carmela. „Die meisten Lokale sind einfach nur teuer. Touristisch eben."

„Und wo essen die Einheimischen?"

„Zu Hause", lachte Carmela. „Die Taorminesen können sich Taormina längst nicht mehr leisten! Aber im Ernst, mir fällt auf Anhieb nur die ‚Trattoria Nino' ein. Gegenüber der Seilbahnstation, keine zwanzig Minuten von hier. Dort ist Signora Elena Stammgast. Am besten, Sie berufen sich auf sie. Aber Sie müssen jetzt gleich hingehen, später haben Sie ohne Reservierung kaum eine Chance auf einen Tisch."

„Das hört sich gut an", antwortete Ludwig zufrieden. „Worauf warten wir noch?"

„Auf mich. Ich bin jetzt so weit", meldete sich Martina Reich zurück. „Gehen wir?"

Carmela schnappte Ercole am Halsband und hielt ihn fest, solange die drei noch in Sichtweite waren. Sollte sie Signora Elena anrufen und ihr von dem Besuch erzählen? Besser nicht! Nur um Bericht zu erstatten, war das Telefonieren mit dem Handy einfach zu teuer. Es war zwar nicht ihr Geld, doch Verschwendung ging der sparsamen Sizilianerin prinzipiell gegen den Strich. Sie hätte sich ihre Überlegungen sparen können, denn kaum hatte sie den Tisch abgeräumt und die Gläser in den Geschirrspüler gestellt, läutete das Telefon.

„Hallo, Carmela. Ist bei euch alles in Ordnung? Ist Ercole schon von seinem Abendspaziergang zurück?"

„Buona sera, Signora. Ercole liegt brav in seinem Korb und trauert seinem neuen Freund nach."

„Seinem neuen Freund? Wer ist das?"

„Ein Signore aus Ihrer letzten Gruppe."

„Wie heißt er? Ein jüngerer oder ein älterer Mann?"

„Ich habe mir nicht gemerkt, wie er heißt. Jung ist er nicht mehr, aber er sieht gut aus. So wie die Signora, die ihn begleitet hat."

„Eine elegante ältere Dame namens Adele?"

„Ja, so hat er sie genannt. Und gut gekleidet war sie auch. Sehr schick sogar. Sie meldet sich wieder, soll ich Ihnen ausrichten. Aber ich wollte deswegen nicht anrufen."

„Ist schon okay. Aber eigentlich verstehe ich das nicht. Wenn ich mich recht erinnere, fliegen die Signori, die ich meine, noch heute zurück nach Deutschland. Oder besser gesagt, sie müssten eigentlich schon abgeflogen sein."

„Davon haben sie nichts gesagt. Nur, dass sie gerne gut essen möchten. Ich habe sie zu Nino geschickt."

„Wenn es sich wirklich um Signora Bernhardt und Signor Jakubowski handelt, haben sie ihren Aufenthalt ein weiteres Mal verlängert. Offenbar wollen sie ihr junges Glück noch ein wenig genießen."

„Wie bitte? Junges Glück? Die beiden können doch kein Liebespaar sein! Dafür sind sie viel zu alt", protestierte Carmela.

„Meinst du? Wie jung muss man denn deiner Ansicht nach sein, damit man sich verlieben darf?" Elena amüsierte sich königlich. Dabei war es noch gar nicht so lange her, dass auch ihr alle Menschen über vierzig steinalt erschienen waren.

Genauso erging es Carmela, weshalb sie verlegen zu stottern begann. „Ich weiß nicht. Jünger eben. Jünger jedenfalls als diese weißhaarige Frau."

„Wenn du dich da nur nicht täuschst", lachte Elena. „Wahrscheinlich denkst du, dass auch ich bereits jenseits von Gut und Böse bin. Aber lass nur, ich will dich nicht in Verlegenheit bringen. Wenn es also weiter nichts gibt, dann mache ich jetzt Schluss. Ciao, Carmela. Bis übermorgen."

Carmela war nicht mehr dazu gekommen, von der Signora zu berichten, die Ercole aufgestöbert hatte. Aber das war eigentlich unwichtig, die hatte sich bloß oben beim Friedhof verlaufen. Dass die Frau schon eine Stunde zuvor ums Haus geschlichen war, konnte sie ja nicht wissen.

31. Kapitel

In der „Trattoria Nino“ ging es bereits hoch her. Kurz vor acht Uhr waren die meisten Tische mit Deutschen besetzt, die ihr Abendessen am liebsten so früh wie möglich einnahmen. Einheimische ließen sich um diese Zeit noch nicht blicken, dafür saßen eine Gruppe Amerikaner und ein Pärchen aus Frankreich auf den restlichen Plätzen.

„Für Freunde von Elena habe ich immer einen Tisch! Haben Sie bitte ein paar Minuten Geduld, die Herrschaften dort drüben haben schon die Rechnung verlangt“, beruhigte der Padrone die Neuankömmlinge, die sich ratlos in dem kleinen Lokal umsahen.

Nino wusste, wie man neue Gäste bei der Stange hielt. Bevor sie sich beratschlagen konnten, ob sie tatsächlich warten wollten, drückte ihnen der Wirt bereits ein Glas Wein in die Hand. „Genießen Sie inzwischen den Ausblick. Es wird nicht lang dauern.“

„Es gibt sicher hässlichere Orte für eine Wartezeit“, konstatierte Ludwig zufrieden, als er es sich auf der gegenüberliegenden Straßenseite auf einem niedrigen Mäuerchen bequem machte und die Möglichkeit, noch eine Zigarette zu rauchen, nutzte. „Seht nur, dort, wo die Lichter aufblitzen, endet Italien. Dort plumpst der Kontinent ins Meer.“

„Endet Italien? Wie meinen Sie das? Sizilien gehört doch auch dazu!“, widersprach Martina.

„Theoretisch ja. Aber wissen Sie, was mir einmal ein alter Sizilianer dazu gesagt hat? Meine Insel ist ein Teil Italiens, das ist schon richtig. Allerdings erst seit kaum 150 Jahren. Davor waren wir Sizilianer jeweils ein paar Jahrhunderte lang Griechen, Römer, Byzantiner, Spanier und was weiß ich noch alles. Jetzt sind wir eben für eine Weile Italiener, aber wer weiß ,wie lang. Warten wir es einfach ab."

Gerne erinnerte sich Ludwig an die Unterhaltung in der kleinen Pizzeria in Krefeld, die mit einer Flasche Averna auf dem Tisch begonnen hatte. Seit dem ersten Schluck liebte er den sizilianischen Kräuterlikör aus Caltanissetta mit dem unverwechselbaren bittersüßen Aroma.

Damals war auch sein Interesse an Sizilien und seiner Geschichte erwacht. Mit einem Mal wollte er mehr über die Insel und ihre Bewohner wissen. Deswegen hatte er kurz entschlossen diese Reise gebucht, deshalb saß er jetzt hier. Dem Averna verdanke ich es eigentlich, dass ich Adele kennen gelernt habe, dachte er.

„Du bist so schweigsam. Hat dir der Hunger die Rede verschlagen?", erkundigte sich Adele, bevor sie sich erneut Martina zuwandte. In Wahrheit wollte sie damit erreichen, dass Ludwig nicht überhörte, was ihre überraschend wiederaufgetauchte Reisegefährtin zu erzählen hatte.

„Nein, wie kommst du darauf? Ich glaube, es ist gleich so weit. Nino winkt uns zu, wir können Platz nehmen."

Tatsächlich wartete ein mit blütenweißem Leinen und hellblauen Stoffservietten gedeckter Tisch auf die drei. Der vierte Stuhl blieb leer, doch noch bevor die Damen ihre Handtaschen darauf deponieren konnten, sagte jemand: „Sie gestatten doch?" Es war Wilhelm Schwabl, der sich am Erstaunen seiner ehemaligen Mitreisenden weidete. „Oder störe ich?", erkundigte er sich höflich, bevor er sich auf dem freien Platz niederließ. „Einen schönen guten Abend, alle miteinander."

„Sie stören keineswegs, Herr Schwabl!", beeilte sich Adele zu versichern, der Martinas abweisender

Gesichtsausdruck nicht entgangen war. „Ludwig hat mir bereits erzählt, dass er Sie heute in Giardini getroffen hat. Aber was für ein Zufall, dass wir uns hier begegnen! In Taormina gibt es ein paar Dutzend Trattorien und Restaurants."

„Ja, aber kaum eines, das in meinem Reiseführer besser wegkommt." Bevor Adele Bernhardt nachfragen konnte, zückte der junge Mann seinen Führer. „Den habe ich immer dabei."

Da schaltete sich Ludwig Jakubowski ein. „Kennen Sie Slow Food? Nein? Das ist offenbar noch immer ein Geheimtipp. Warten Sie, ich zeig's Ihnen." Ein wenig umständlich kramte er in seiner Umhängetasche, aber schließlich hatte er gefunden, was er suchte. Doch statt eines weiteren Reiseführers drückte der pensionierte Buchhändler dem erstaunten Schwabl bloß ein paar fotokopierte Seiten in die Hand.

„Ich schleppe nicht immer die gesamte Italienausgabe mit mir herum, denn die ist ganz schön dick geworden. Sehen Sie hier meine Markierung mit dem Filzstift? Von ganz Taormina ist kein einziges Lokal dabei. Außer der ‚Trattoria Nino'."

„Davon hast du mir noch gar nichts erzählt! Was ist Slow Food eigentlich?", wollte Adele wissen.

„Ein Verein, gegründet von Leuten, die landestypische Küche suchen, in der man sich Zeit nimmt und auf Traditionen besinnt. Egal, ob in einem Nobelrestaurant oder einer einfachen Wirtschaft. In Florenz, wo an jeder Ecke an Straßenständen Kutteln verkauft werden wie bei uns heiße Würste, gibt es sogar Empfehlungen für die besten Buden. Für die Aufnahme in den Führer sind einzig und allein die Qualität und das Preis-Leistungs-Verhältnis ausschlaggebend. Das heißt, dass teuer nicht automatisch gut bedeutet."

„Und woher kommt der Name?“

„Slow Food war Italiens spontane Antwort auf die Fast-Food-Welle in den achtziger Jahren. Aus Angst, amerikanische Hamburger-Ketten könnten die europäischen Regionalküchen verdrängen. McDonald’s gibt es heute schließlich schon überall. Noch dazu an den schönsten Plätzen. In Rom, direkt neben der Spanischen Treppe. Oder am Domplatz von Mailand. Das konnten selbst die italienischen Gourmets nicht verhindern. Aber sie haben uns dafür etwas Neues beschert. Einen Gastronomie-Führer, wie es ihn vorher nicht gab. Inzwischen sind die Slow-Food-Tester nicht nur in Italien, sondern in halb Europa unterwegs.“

„Könnten wir vielleicht erst einmal bestellen, bevor wir uns weiter unterhalten?“, unterbrach die bisher schweigsame Martina Reich den Redefluss von Ludwig Jakubowski. „Der arme Kellner wagt sich gar nicht an uns heran.“

„Darf ich einen Vorschlag machen?“ Nino, der sich ebenfalls dezent im Hintergrund gehalten hatte, nutzte die kurze Gesprächspause. „Sie sagen mir, ob Sie ein Menü Fleisch oder Menü Fisch möchten. Den Rest überlassen Sie mir!“

„Perfekt. Genau das machen wir!“ Entschlossen übernahm Ludwig das Kommando. „Wenn jeder individuell bestellt, sitzen wir morgen noch hungrig da. Also was ist, wer will Fisch? Bitte aufzeigen! Alle vier! Keiner will Fleisch, Signor Nino! Jetzt bitte noch eine Karaffe von dem Hauswein, den wir bereits probiert haben. Dazu Wasser, eine Flasche mit Kohlensäure und eine ohne.“

Als Nino den Tisch verließ, breitete sich Schweigen aus. Adele war die Erste, die sich fasste. „So schnell habe ich noch nie bestellt! Jetzt bin ich gespannt, was uns erwartet.“

„Und was das alles kosten wird! Sicher nicht wenig", warf Martina Reich ein. „Ein Menü ist in der Speisenkarte gar nicht angegeben."

„Darüber lassen Sie sich keine grauen Haare wachsen. Ihr seid alle heute meine Gäste." Vergnügt erhob Ludwig sein Glas. „Keine Widerrede, auch von Ihnen nicht, Herr Schwabl. Mir macht es Spaß, mit euch hier zu sitzen und zu schlemmen. Also lasst mir die Freude."

Lügner, dachte Adele gerührt. Eine Martina Reich hätte er sich nicht unbedingt freiwillig als Tischgesellschaft ausgesucht, mürrisch, wie sie meistens dreinschaut. Den Schwabl schon, das ist ein interessanter junger Mann. Was er wohl beruflich macht? Bisher hat er sich jedenfalls darüber in Schweigen gehüllt. Seit Ludwigs Tirade gegen die Fast-Food-Unkultur scheint er überhaupt verstummt zu sein. Vielleicht liebt er amerikanische Hamburger und traut sich nicht mehr, das zuzugeben. Jetzt ist erst einmal die Reich an der Reihe, Farbe zu bekennen.

„Also, Martina", nahm Adele ihr Vorhaben ohne weitere Umschweife in Angriff. „Jetzt erzählen Sie uns, was Sie so rasch wieder nach Sizilien geführt hat."

„Das Wetter in Deutschland. Außerdem ist mir mein Reisebüro entgegengekommen. Ursprünglich hatte ich für die Rundreise eine Freundin eingeladen. Ohne Storno-Versicherung. Sie hat aber im letzten Moment abgesagt und das Geld ist verfallen. Weil ich aber Stammkundin bin, war man kulant und hat mir einen Teil gutgeschrieben. Für eine weitere Sizilienreise, allerdings mit Ablaufdatum bis zum Herbst. Wer weiß, was bis dahin geschieht. Also habe ich die Gelegenheit beim Schopf gepackt und bin gleich mit dem nächsten Charter geflogen. Das ist alles."

Eine plausible Geschichte, dachte Adele. Aber seltsamerweise befriedigt sie mich nicht. Zwar hatte sie keine Ahnung, was der Kommissar inzwischen über Martina Reich herausgefunden hatte, aber ihr Instinkt sagte ihr, dass da etwas ganz und gar nicht stimmte. Die Erklärung war Martina viel zu glatt über die Lippen gekommen. Ein untrügliches Zeichen, dass jemand log, das wusste die erfahrene Lehrerin nur allzu gut. Und hatte nicht auch Ludwig erzählt, dass alle Charterflüge ausgebucht waren?

„Seit wann sind Sie wieder da? Und wie lange bleiben Sie?“, setzte Adele ihr Verhör fort.

„Diesmal sind es vierzehn Tage. Noch einmal mache ich nicht den Fehler, Sizilien im Schnelldurchgang zu absolvieren.“

„Bleiben Sie die ganze Zeit über in Taormina oder machen Sie noch eine Rundreise?“, interessierte sich nun auch Ludwig für die Pläne seiner Tischnachbarin.

„Das weiß ich noch nicht. Vorerst einmal möchte ich nur faulenzen und sonst gar nichts. Vielleicht wird mir das ja in ein paar Tagen zu langweilig und ich nehme mir ein Leihauto. Irgendwann werde ich auch wieder zu malen beginnen, lohnende Motive gibt es hier schließlich überall.“

„Anfangen? Ich dachte, Sie hatten damit längst schon begonnen.“ Adeles Blick auf Martinas geräumige Handtasche sprach Bände.

„Nein, sogar dafür war ich bisher zu faul.“

„Wirklich? Dabei haben wir gedacht, Sie waren gerade dabei, Elenas Anwesen zu skizzieren, als Ercole Sie gestört hat“, nahm nun Ludwig den Gesprächsfaden auf.

„Warum sollte ich? Ich wusste nicht einmal, dass sie dort wohnt.“

Nicht gewusst? Das ist eine glatte Lüge, konstatierte Adele hochbefriedigt, dass sie mit ihrem Verdacht Recht behielt. Wir haben sie doch ums Haus schleichen gesehen, und dort ist deutlich ein Namensschild angebracht. Aber die Gute kann ja nicht wissen, dass wir sie vom Theater aus beobachtet haben. Jetzt habe ich sie endlich erwischt!

„Das wundert mich, denn Elena hat wiederholt davon gesprochen, dass sie ganz in der Nähe des Friedhofs wohnt. In einem rosafarbenen Haus mit dunkelgrünen Fensterläden, ganz im traditionellen sizilianischen Stil." Mit zuckersüßer Miene ließ Adele ihrem Opfer keine Chance, das Thema zu wechseln.

„Tatsächlich? Mir ist das neu", antwortete Martina, die von dieser Konversation allmählich genug hatte. „Wenn Sie es wirklich genau wissen wollen, ich habe mir den Friedhof angesehen und mich dann aus dem dringendsten aller Gründe in die Büsche geschlagen. Daraus ist leider nichts geworden. Der Hund hat mir keine Chance gelassen. Aber könnten wir vielleicht jetzt von etwas anderem sprechen?"

Wilhelm Schwabl war der spitze Tonfall nicht entgangen. Insgeheim musste er Martina Recht geben. Es ging niemanden etwas an, womit sie sich in ihrem Urlaub die Zeit vertrieb. Auch Adele und Ludwig nicht. Ihn überraschte die unverhohlene Neugier, die so gar nicht zu den beiden passte. Doch bevor er sich einmischen konnte, wurden die Antipasti serviert.

„Buon appetito", lächelte Nino, als sich seine Gäste über die appetitlich angerichteten Köstlichkeiten beugten. „Aber Vorsicht, essen Sie nicht zu viel Brot dazu, damit noch genügend Platz im Magen bleibt. Das ist nämlich erst der Anfang."

„Genauso habe ich mir das vorgestellt“, sagte Ludwig zufrieden, als er die Auswahl der verführerisch duftenden Vorspeisen genauer inspizierte. „Zum Glück gibt es nichts, was ich nicht mag, und so werde ich von allem kosten. Ihr könnt das halten, wie ihr wollt. Aber es ist sicher für jeden etwas dabei.“

Andächtiges Schweigen breitete sich aus, während sich die vier über das gegrillte Gemüse und die marinierten Meeresfrüchte hermachten. Bald türmten sich die schwarzen Schalen der Miesmuscheln auf den leergeputzten Keramiktellern, auf denen noch kurz zuvor der mit Muskat und Knoblauch gewürzte Blattspinat mit dem helleren Grün zarter Artischocken und den schlanken Stangenbohnen gewetteifert hatte.

„Da kommt nichts aus der Dose, das schmeckt man und das sieht man“, seufzte Ludwig zufrieden, bevor er sich über die letzten Reste hermachte. „Habt ihr jemals zuvor Glasaale gegessen? Die stecken statt Hackfleisch in diesen frittierten Bällchen. Oder eine Caponata? Das ist dieses herrliche Auberginengemüse mit Tomaten und Stangensellerie. Nicht zu verwechseln mit der Parmigiana, die besteht ebenfalls in erster Linie aus Melanzane, aber da werden sie anders geschnitten und außerdem kommt noch Käse drauf.“

„Du wirst gleich platzen“, lästerte Adele. „Aber wieso bist du plötzlich ein Experte der sizilianischen Küche?“

„Ganz einfach. Einmal Buchhändler, immer Büchernarr. Das habe ich heute gekauft und auch schon zum Großteil durchgeschmökert.“ Ludwig zog ein Exemplar des Kochbuchs hervor, das an fast jedem Zeitungskiosk angeboten wurde. „Ein echter Bestseller, diese ‚Cucina Siciliana‘, egal in welcher Sprache.“ Der ehemalige Buchhändler war in seinem Element. Als wenig später gleich drei verschiedene Nudelgerichte serviert wurden, schlug er sofort die entsprechenden Seiten auf. „Wollt ihr wissen, wie man eine Pasta Norma zubereitet? Da sind auch wieder Melanzane drin. Oder die Pasta con le sarde? Die haben wir schon in Palermo gegessen, aber hier schmeckt sie noch besser!“

„Lass es gut sein“, bremste Adele. „Wenn du jetzt alle Rezepte vorliest, wird das Essen kalt und das wäre zu schade.“ Widerwillig steckte Ludwig das Buch ein und holte es auch nicht wieder hervor, als Nino gefüllte Schwertfischröllchen als Hauptgericht und zu guter Letzt ein Potpourri an süßen Sünden auftischte.

„Wie wäre es jetzt mit einem Averna?“ Nino wartete die Antwort erst gar nicht ab. Nachdem er zufrieden die bis zum letzten Bissen leergeputzten Teller betrachtet hatte, ließ er den berühmten Kräuterbitter servieren. „Für die Verdauung“, meinte er noch, bevor er wieder in der Küche verschwand.

„Das war ein Anschlag auf Leib und Leben!“ Während die anderen erst nach ihren Gläsern griffen, hatte Wilhelm Schwabl seinen Digestif bereits hinuntergekippt und gleich nach einem zweiten verlangt. „Entschuldigen Sie, aber ich habe mich eindeutig überfressen“, sagte er, als der Nachschub vor ihm stand. „Mir war schon fast schlecht!“

„Averna hilft in so einem Fall immer. Diese Erfahrung habe ich auch schon gemacht“, nickte Ludwig dem jungen Mann aufmunternd zu. „Aber Vorsicht, das Zeug ist gefährlich, denn man schmeckt den hohen Alkoholgehalt nicht. Sie werden doch heute nicht mehr mit dem Auto fahren?“

„Sicher nicht. Der Leihwagen steht in der Hotelgarage und dort ist er auch gut aufgehoben.“

„Bleibt es dabei, dass Sie morgen hier Ihre Zelte abbrechen?“

„Ja, das habe ich vor. Vielleicht komme ich nur bis Agrigent, vielleicht auch bis Selinunte, man wird sehen. Aber apropos Mietauto. Sie haben heute Vormittag von einem Alterslimit gesprochen. Ich habe mich erkundigt. Das gibt es längst nicht mehr, jedenfalls nicht in Italien. Wenn Sie Ihren Führerschein mithaben, können Sie jederzeit einen Wagen mieten."

„Was meinst du? Wollen wir die Umgebung mit einem Leihauto erkunden?", wandte sich Ludwig an Adele.

„Du weißt, dass mich prinzipiell alles interessiert, und das Hinterland scheint vielversprechend zu sein. Aber willst du dir das wirklich zumuten?"

„Ich bin früher oft und gerne in Italien herumkutschiert, sogar bis Neapel. Verrückter können sie hier auch nicht fahren."

„Also gut, dann müssen wir nur noch überlegen, wann und für wie lang wir ein Auto mieten wollen. Denn in Giardini Naxos oder Taormina brauchen wir keines."

„Am besten gleich morgen. Weil wir derzeit ein Prachtwetter haben und nicht wissen, wie lange es anhält."

„Aber wir sind doch im sonnigen Süden?"

„Der auch im Mai manchmal ziemlich verregnet sein kann. Oder zumindest trüb. Nein, Adele, wenn wir etwas unternehmen, dann am besten sofort."

„Da muss ich Herrn Jakubowski völlig Recht geben", mischte sich Wilhelm Schwabl ein. „Freunde von mir waren voriges Jahr zur gleichen Zeit hier, und in zwei Wochen hatten sie gerade einmal drei Sonnentage. Außerdem gibt es hier wirklich einiges anzuschauen. Wenn Sie die versteckt liegende Normannenkirche ganz in der Nähe besichtigen wollen, brauchen Sie unbedingt ein Fahrzeug. Und eine Wegbeschreibung. Hier, nehmen Sie meinen Führer." Spontan drückte der junge Mann das etwas abgegriffene Exemplar seinem Gegenüber in die Hand. „So kann ich mich wenigstens für Ihre Einladung revanchieren."

„Damit machen Sie mir eine große Freude. Danke vielmals. Aber brauchen Sie das Buch nicht selbst für Ihre Fahrt?"

„Da genügt mir eine gute Straßenkarte. Abgesehen davon habe ich den Führer bereits durchgeackert, als wir mit Elena unterwegs waren."

„Warum fahren Sie überhaupt noch einmal dorthin?", fragte Martina mit hochgezogenen Augenbrauen.

„Weil ich die Tempel noch einmal und ohne Leiche genießen möchte", antwortete der Passauer kurz angebunden.

Sigismund Ecks negative Ausstrahlung funktionierte selbst noch posthum. Auch wenn keiner der Anwesenden dem Verstorbenen eine Träne nachweinte, war es mit der guten Stimmung seltsamerweise schlagartig vorbei. Niemand protestierte, als Ludwig wenig später die Rechnung verlangte und dem jungen Mann alles Gute für seine Reise wünschte.

Mit dem Versprechen, sich bald zu melden, verabschiedete sich das ältere Paar von Martina, die zufällig im selben Hotel wie Wilhelm Schwabl wohnte.

„Ob die zwei wohl noch auf einen Absacker gehen?", überlegte Ludwig während der Taxifahrt hinunter nach Giardini Naxos.

„Weißt du, wie egal mir das ist! Jetzt interessieren mich keine Reich und keine Leich. Hoppla, das reimt sich sogar", kicherte Adele, die mit einiger Zeitverzögerung die Wirkung von mehreren Gläsern Wein und einem doppelten Averna spürte. Jedenfalls konnte sie ihren Schwips nicht länger verleugnen. „Die Reich und die Leich. Wenn das nichts zu bedeuten hat. Hast du das verstanden, Ludwig? Das ist ein Omen!"

Ludwig hatte nur allzu gut verstanden, weshalb er auf die krausen Gedankengänge weder einging noch widersprach. Hauptsache, seine Adele kam gut nach Hause.

„Reich und Leich, Leich und Reich, reiche Leich", kicherte Adele noch vor sich hin, als sie längst im Bett lag und sich wieder einigermaßen gefangen hatte. „Macht die Leich eine Reich reich? Reicht der Reich eine Leich? Reicher Reich mit der Leich ist es gleich!"

Sie wollte den Gedankenfaden unbedingt weiterspinnen. Doch bevor sie zu irgendwelchen tiefschürfenden Erkenntnissen gelangte, übermannte sie der Schlaf.

Es war noch nicht einmal neun Uhr früh, als Elena und Amalia am Stephansplatz aus dem Citybus stiegen. Einladend duftete es aus den Kaffeehäusern und Konditoreien, und die ersten Fiaker warteten bereits auf zahlungskräftige Touristen.

„Danke nein“, wehrte Elena zuerst höflich und schließlich ziemlich energisch einen aufdringlichen Kutscher ab. Der wollte jedoch nicht akzeptieren, dass die beiden jungen Frauen absolut kein Interesse an einer Fahrt mit seiner Pferdedroschke hatten. „Verzupf di, mit uns machst kan Riss.“ Erst als Elena ihr breitestes Wienerisch hervorgekramt hatte, ließ der Mann, etwas ziemlich Unfreundliches vor sich hin murmelnd, von seinen Opfern ab.

Das Intermezzo hatte Elenas ohnedies gute Laune noch gehoben. „Mit einer Urwienerin, die ihre eigene Stadt besichtigt, hat der nicht gerechnet“, lachte sie, während sie dem romanischen Eingangsportal des Doms zustrebte. „Sehen wir uns doch rasch um, bevor die Fremdenführer mit ihren Gruppen eintreffen. Die ersten Japaner sind bereits da, und die anderen werden bald kommen.“

Beeindruckt betrachtete Amalia das steinerne Filigranwerk der überwiegend gotischen Kathedrale, die von den Wienern wie kein anderes Wahrzeichen ihrer Stadt geliebt wird. Das hatte ihr zumindest Elenas Mutter heute beim Frühstück erzählt und gleich auch noch ein paar weitere Erklärungen hinzugefügt.

„Ich werde dir jetzt keinen Vortrag halten, keine Angst. Was immer du wissen willst, kannst du selbst nachlesen. Nur etwas will ich dir zeigen, was so gut wie alle Kunstführer schamhaft unterschlagen.“ Elena deutete auf die Fassade. „Siehst du den steinernen Penis und sein weibliches Gegenstück?“

Wie den meisten Touristen waren auch Amalia die Fruchtbarkeitssymbole nur wenige Meter oberhalb des Riesentors nicht aufgefallen. Fragend blickte sie ihre Freundin an.

„Glaub mir, auch die meisten Wiener kennen dieses pikante Detail nicht. Ich wollte Norbert schon immer einmal fragen, was das an der Fassade einer christlichen Kirche zu suchen hat. Das können wir morgen nachholen, bitte erinnere mich daran. Und jetzt lasse ich dich allein. Meine Lieblingsbuchhandlung sperrt in ein paar Minuten auf. Genügt dir eine Stunde für die Besichtigung? Gut! Wir sehen uns dann in der ‚Aida‘. Das ist diese rosa Konditorei dort drüben am Eck.“

Als Elena mit zwei Tragetaschen voller Bücher eintraf, vertilgte Amalia gerade den letzten Bissen einer Cremeschnitte. „Da hast du das Richtige gewählt, denn die sind hier besonders gut“, nickte sie beifällig, während sie ihre Einkäufe auf einem freien Stuhl abstellte und sich auf einem anderen niederließ. „Für mich bitte das Gleiche“, rief sie der Kellnerin zu, bevor sie sich ihrem Gast zuwandte.

„Du warst wirklich ganz oben? Das habe ich seit meiner Schulzeit nicht mehr geschafft“, meinte Elena erstaunt, als sie von Amalias erfolgreicher Klettertour auf den Südturm erfuhr.

„Wie ich sehe, war auch dein Ausflug erfolgreich“, lächelte Amalia. „Zeig mir, was du gekauft hast.“

„Zu Hause. Jetzt mag ich nicht alles auspacken. Aber das hier musst du dir ansehen.“ Elena hielt ihrer Freundin ein Faltblatt unter die Nase, in dem für eine Taschenbuch-Edition geworben wurde. „Siehst du, das

Werk von Giorgio Vasari wird gerade in einer kompletten Überarbeitung und auch in einer neuen Übersetzung herausgebracht."

„Vasari? Meinst du den Renaissancekünstler, der in Florenz die Uffizien gebaut hat?"

„Genau den. Damit ist er berühmt geworden. Aber auch als Schriftsteller."

„Stimmt, jetzt erinnere ich mich wieder. Er hat doch Biografien der bedeutendsten Künstler seiner Zeit verfasst. Was er über Raffael und Leonardo da Vinci geschrieben hat, mussten wir in der Schule lesen. Zumindest auszugsweise", erinnerte sich Amalia mit Schaudern an die Texte in antiquiertem Italienisch, mit denen sie als junges Mädchen gequält worden war.

„Heute würdest du es wahrscheinlich genießen. Leider vergällt einem die Schule oft die besten Dinge, weil man einfach noch nicht reif dafür ist."

„Hast du dir etwa diese Vasari-Edition gekauft?"

„Nein, jedenfalls vorerst noch nicht. Erstens kommt das ganz schön teuer, und zweitens sind schon Dutzende Bände erschienen, die ich nach Sizilien schleppen müsste. Das überlege ich mir noch, ich habe auch kaum noch Platz in den Regalen. Aber etwas anderes ist mir eingefallen. Norbert hat gemeint, dass sich oft Hinweise auf einen nicht identifizierten Maler in der zeitgenössischen Literatur finden lassen. Und wer, wenn nicht Vasari, ist eine Fundgrube für die Renaissance?"

„Was hast du vor? Du kannst doch nicht in der Buchhandlung den ganzen Vasari lesen. Die werfen dich doch raus!"

„Das zwar nicht, aber es wäre denkbar unbequem. Doch ich habe eine andere Idee. Mein Italienisch ist gut genug, dass ich das Original lesen kann."

„Den Text aus dem 16. Jahrhundert? Eine mühselige Lektüre, glaube mir. Außerdem wird es einige Zeit dauern, bis du den aufgetrieben hast."

„Maximal zwei Stunden", antwortete Elena, die in Gedanken bereits einen neuen Tagesplan entwarf. „Im elektronischen Katalog der Nationalbibliothek finden wir den Vasari auf Knopfdruck. Und spätestens zu Mittag haben wir ihn in der Hand. Los, worauf warten wir noch?" Bevor Amalia protestieren konnte, war ihre Freundin bereits ins Innere des Lokals geeilt, um die Rechnung zu begleichen.

„Entschuldige, aber ich möchte nicht in die Bibliothek!"

Elena hob erstaunt die Augenbrauen.

Mit trotziger Miene setzte Amalia fort: „Auch wenn du böse auf mich bist, gehe ich nicht mit. Ich bin viel zu kurz in Wien, um in einem Lesesaal zu versauern. Ich glaube auch nicht, dass du im Vasari etwas entdecken wirst. Und selbst wenn, dann hat das Norbert ohnedies längst herausgefunden."

Elena, die mit Widerspruch nicht gerechnet hatte, reagierte pikiert. Schließlich ging es doch nicht um ihr Bild, sondern das der Villadicanis. Dann aber begriff sie, dass sie nicht über den Kopf ihrer Freundin hinweg bestimmen konnte.

„Verzeih, Amalia. Natürlich sollst du deine Wienreise genießen. Du weißt doch, wie gedankenlos ich manchmal sein kann. Mich verdirbt mein Beruf. Weil man als Reiseleiter immer das Kommando hat, benimmt man sich auch im Privatleben oft herrisch. Was möchtest du also unternehmen, cara?"

„Mach dir um mich keine Sorgen. Gestern war ich mit deiner Mutter unterwegs, heute bin ich mit Monika Cordes verabredet. Sie rechnet zwar auch mit dir, aber vielleicht versteht sie, weshalb du an einem prachtvollen Maitag lieber in einer muffigen Bibliothek als im Grünen sitzt!"

„Gar nichts wirst du ausplaudern! Falls ich etwas finde, soll das eine Überraschung sein."

„Keine Angst, ich verrate nichts. Dann sehen wir uns heute Abend bei deiner Mutter. Vergiss nicht, du hast es ihr versprochen! Jetzt sag mir bitte noch, wie ich am besten zum Volksgarten komme."

„Triffst du Monika dort in der Meierei? Weißt du was? Wir haben fast denselben Weg und Zeit genug ist auch noch. Erst gehen wir gemeinsam zur Nationalbibliothek."

„Zeigst du mir den berühmten Prunksaal? Den möchte ich schon sehen", änderte Amalia ihre Meinung. „In meinem Reiseführer ist er abgebildet. Siehst du, hier."

„Den musst du dir allein ansehen. Der Eingang liegt am Josefsplatz. Die Lesesäle aber befinden sich in der Neuen Burg am Heldenplatz. Den musst du dann bloß überqueren, denn gleich dahinter liegt der Volksgarten."

„Das werde ich dann leider nicht alles schaffen. Monika möchte mir die Schatzkammer zeigen."

„Eine gute Idee. Vor allem für eine Sizilianerin. Wusstest du, dass dort der Krönungsmantel von eurem König Roger II. gezeigt wird? Das ist eines der Glanzstücke."

„Ich hatte keine Ahnung, dass er überhaupt noch existiert. Wie um alles in der Welt ist er denn nach Wien gelangt?"

„Ganz einfach. Rogers Enkel Friedrich II. hat ihn bei seiner Kaiserkrönung getragen. Bald darauf aber kamen die Habsburger für viele Jahrhunderte auf den Thron. Der Mantel war ihnen, wie sie meinten, also rechtmäßig zugefallen. Darüber ließe sich natürlich streiten, meiner Meinung nach gehört er nach Palermo und sonst nirgendwohin. Aber mit dieser Ansicht stehe ich in Wien sicher ziemlich allein da."

Immer wieder waren Elena und Norbert bei dem heißen Thema der Rückerstattung alter Kulturgüter aneinandergeraten. Zuletzt im vergangenen Herbst, als Mexikos Indianer bei ihrer alljährlich in Wien stattfindenden Demonstration die Herausgabe der im Völkerkundemuseum ausgestellten Federkrone des Montezuma nachdrücklicher denn je gefordert hatten.

„Kommt gar nicht in Frage", hatte Norbert kompromisslos erklärt. „Was glaubst du, welche Lawine weltweit losgetreten wird, wenn erst einmal ein Land damit anfängt. Das wäre ein Dammbruch von unvorstellbaren Ausmaßen."

Amalia saß längst im Volksgarten, als Elena immer noch auf Giorgio Vasaris Gesamtausgabe von 1568 wartete. Am liebsten hätte sie in der Zwischenzeit ihren Freundinnen Gesellschaft geleistet. Aber wie sie nur allzu gut wusste, war die Meierei in der gepflegten Parkanlage bei schönem Wetter nicht nur ein beliebter Treffpunkt der Wiener, sondern auch der von ihr verabscheuten Tauben. Deshalb hatte sie das gemütliche Lokal mit dem altmodischen Flair bereits als Studentin nur selten aufgesucht.

Stattdessen war sie in der hässlichen Cafeteria der Bibliothek gelandet. Alles ist hier, wie es immer schon war, dachte sie, als sie an einem der wackeligen Resopaltische ein Paar Würstel verzehrte. Trotzdem sind wir damals lieber stundenlang hier gesessen als im Lesesaal, erinnerte sie sich wehmütig. Wenn man eine Ausrede zum Schwänzen suchte, musste man nur zur

Büffet-Tür hineinschauen. Irgendeinen Kollegen hatte man immer finden können, der nur allzu gern bereit war, seine Zigarettenpause auszudehnen.

Jeder Quadratmeter hier ist für mich Nostalgie pur, dachte sie, als sie ihre Bestellung exakt zwei Stunden später an der Bücherausgabe abholte und den gegenüberliegenden Lesesaal betrat. Schlagartig versetzte sie allein schon der vertraute Geruch nach Staub, altem Papier und einem ganz bestimmten Putzmittel, dessen Namen sie nie herausgefunden hatte, in ihre Studententage zurück. In den meterhohen Bücherwänden, die mit ihren Galerien bis zur Decke reichten und als Handbibliothek dienten, wurde nicht nur das Wissen, sondern sogar die Zeit selbst konserviert.

Dezent raschelte das mürb gewordene Papier alter Folianten, irgendwo hüstelte jemand, und wenn man selbst einmal niesen musste und schuldbewusst aufblickte, begegnete man garantiert dem vorwurfsvollen Blick des Saalaufsehers, der wie eine weise alte Eule auf seinem erhöhten Sitz thronte. Nichts, aber auch schon gar nichts hatte sich verändert. Nur ich selbst bin eine andere geworden, seufzte Elena unhörbar, während sie unkonzentriert die vergilbten Seiten umblätterte. Ihre Aufmerksamkeit wurde erst gefesselt, als sie las, was Vasari über Raffael geschrieben hatte.

Demnach musste einer der genialsten Maler aller Zeiten ein ordentlicher Weiberheld gewesen sein. Auch wenn es sein Biograf in nettere Worte kleidete, so hatten wohl die unzähligen Liebschaften, gepaart mit maßloser Vergnügungssucht, ihn allzu früh unter die Erde gebracht. Mit kaum 37 Jahren war der Mann, der an einem Karfreitag geboren worden war, auch an einem Karfreitag gestorben. An seinen Ausschweifungen, wie Vasari nicht müde wurde zu betonen, und während eines Erdbebens, das sämtliche Gebäude des Vatikans bis in ihre Grundfesten erschüttert hatte.

Das ist im Grunde Rufmord, überlegte Elena. Giorgio Vasari hatte Raffaele Sanzio für alle Zeiten einen Stempel aufgedrückt, egal, ob dieser nun tatsächlich hinter jedem Kittel her gewesen war oder nicht. Eigentlich schlimm, denn seither haben alle namhaften Kunsthistoriker von diesem Standardwerk abgeschrieben. Nein, als Hurenbock wollte sie sich den Schöpfer der lieblichsten Madonnengesichter nicht vorstellen.

Enttäuscht klappte Elena den ersten Band zu. Amalia hatte Recht gehabt. Was sie betrieb, war reine Zeitvergeudung. Nichts wie weg und hinaus an die frische Luft! Sie hatte sich schon halb erhoben, als ihr Blick zufällig auf das Verzeichnis am Ende des dritten Bandes fiel. Den Index sollte man zuerst lesen. So hatte das Credo ihres Kunstgeschichtsprofessors gelautet, an das sie natürlich längst nicht mehr gedacht hatte.

Besser spät als nie, sagte sich Elena, die pflichtschuldig noch einmal Platz nahm. Automatisch fuhr sie mit dem Zeigefinger die Zeilen der alphabetischen Auflistung entlang, wobei sie wie stets von hinten begann. „Das gibt es doch nicht!" Irritiert blickten ihre Sitznachbarn auf, als Elena mit einem erstaunten Ausruf die Stille des Lesesaals störte.

Aufgeregt schlug sie die Seitenangabe nach, die sie unter dem Stichwort Villadicani entdeckt hatte. „Am Familiensitz der Grafen Villadicani in Syrakus war er ebenso gern gesehen wie im Palazzo des Aristokraten Giovanni Mirula in seiner Heimatstadt Messina", hatte Vasari festgehalten. Da sie mitten in einem Kapitel gelandet war, konnte Elena nicht auf Anhieb erkennen, um wen es sich handelte. Aber mit „Heimatstadt

Messina" konnte wohl nur einer gemeint sein: Antonello da Messina!

Tatsächlich, hier stand es, dass von niemand anderem als von Siziliens größtem Maler die Rede war. Aufmerksam las Elena Zeile für Zeile des letzten Absatzes auf der vorhergehenden Seite: „Zwischen 1460 und 1465 war Antonello nachweislich die meiste Zeit über in Messina. Wo er danach weilte, ist unbekannt, er tauchte erst 1475 in Venedig wieder auf, wo er sich mit Unterbrechungen bis kurz vor seinem Tod im Februar 1479 aufhielt. Antonello starb in Messina, betrauert von seiner Familie und zahlreichen Freunden."

Nicht einmal fünfzig Jahre ist er alt geworden, rechnete Elena rasch nach. Aber immerhin, er durfte um einiges länger leben als der ein halbes Jahrhundert nach ihm geborene Raffael. Aber der war laut Vasari selbst schuld an seinem Schicksal. Mal sehen, ob er auch etwas über Antonellos Liebesleben zu sagen hatte.

Erneut beugte sich Elena über den Text, der sich allerdings nur am Rande mit dem Privatleben des Sizilianers befasste. Nur dass der junge Mann, der ein Ausbund an Liebenswürdigkeit gewesen sein musste, sehr beliebt war, hatte Vasari mehrmals betont.

Dann aber hatte sich der Autor über Antonellos Verdienste um die Kunst ausgelassen. Der große flämische Künstler Jan van Eyck hatte ihn höchstpersönlich mit der von ihm entwickelten Ölmalerei vertraut gemacht. Einer neuen Technik, die sich dank Antonello rasch in ganz Italien verbreiten sollte.

Elena beschloss, sich jetzt nicht in Details zu verlieren. Viel spannender wäre ein weiterer Hinweis auf Antonellos Beziehungen zu den Villadicanis. Danach aber suchte sie vergebens. Viel steckte da auch nicht dahinter, war sie sich sicher. Die Grafenfamilie hatte den jungen Mann aus Messina lediglich gefördert, und mehr als eine kurze Erwähnung war das nicht wert. Das hatten schließlich auch andere Adelige getan, vor allem jene in Venedig. Dort musste sich die Aristokratie um ihn geradezu gerissen haben. Wahrlich eine schöne Karriere für den Sohn eines einfachen Steinmetzen aus Messina!

Wie auch immer, sie musste ihre Recherchen beenden. Sie hatte leichte Kopfschmerzen bekommen und wollte nun nichts sehnlicher als an die frische Luft. Hinaus in die Sonne und fort von Kunstlicht und Klimaanlage. Von ihren verklärten Erinnerungen an die goldene Jugendzeit fühlte sie sich jedenfalls geheilt, als sie die breite Freitreppe zum Heldenplatz hinunterstieg. In vollen Zügen atmete sie die nach Flieder duftende Luft ein, die vom nahen Volksgarten herüberwehte. Ein paar Abgase und eine Brise Pferdeäpfelgeruch sind auch dabei, stellte sie amüsiert fest, als sie die dicht hintereinander aufgereihten Fiaker auf der anderen Straßenseite erblickte. Eine Wiener Geruchsmischung, nach der sie bisweilen uneingestandenes Heimweh empfand. Im Schatten des Prinz-Eugen-Denkmals holte sie ihr Handy hervor. Wie erwartet hatte Giorgio bereits mehrmals versucht, sie zu erreichen. Lächelnd drückte sie auf die Wahltaste mit seiner Nummer.

„Elena! Endlich. Was ist los? Wo hast du die ganze Zeit gesteckt? Ich habe mir Sorgen gemacht."

„Fällst du immer ohne Begrüßung gleich mit der Tür ins Haus? Nichts ist los. Ich war bis vor fünf Minuten in der Nationalbibliothek, da muss man sein Telefon natürlich ausschalten."

„Entschuldige. Aber mich hat heute dein Conte Villadicani schon mindestens fünfmal angerufen, weil er seine Frau nicht erreicht. Offenbar hat er mich mit seiner Nervosität angesteckt."

„Erstens ist das nicht mein Conte, und zweitens führt sich Gabriele immer so auf, wenn ihm Amalia auch nur für ein paar Minuten den Rücken zeigt. Das darfst du nicht ernst nehmen."

„Tue ich auch nicht. Aber ich fahre trotzdem morgen zu ihm."

„Zu Gabriele? Nach Syrakus? Wieso das?"

„Weil es von dort nicht weit nach Catania ist. Dort landest du übermorgen, schon vergessen? Wir wollen euch natürlich abholen."

„Und davor einen Herrenabend im Palazzo verbringen. Mit einer Verkostung der Schätze aus Gabrieles Weinkeller, wie ich mir vorstellen kann."

„Das auch. Und wir wollen gemeinsam ein wenig in den Familienchroniken herumstöbern. Der Conte hat mich gebeten, ihm dabei zu helfen. Seit er von Amalia erfahren hat, dass es sich bei dem Familienporträt höchstwahrscheinlich um ein Renaissancewerk handelt, ist er völlig aus dem Häuschen. Jetzt möchte er natürlich wissen, wer da abgebildet ist."

„Aber es muss sich doch keineswegs um ein Familienmitglied handeln. Irgendeinem Villadicani kann die schöne Unbekannte so gut gefallen haben, dass er das Gemälde irgendwann irgendwo gekauft hat."

„Nein, so kann das nicht gewesen sein, denn der Conte ist sich absolut sicher, dass die Frau auf dem Bild ein Collier trägt, das sich nach wie vor im Besitz der Villadicanis befindet. Allerdings im Banktresor, denn um die Juwelen zu Hause aufzubewahren, sind sie zu kostbar. Das Halsband und der dazugehörige Armreif wurden im 15. Jahrhundert in Venedig gefertigt."

„Der Schmuck stammt ebenfalls aus der Renaissance? Dann ist es allerdings naheliegend, dass es sich bei dem Bild um ein Familienporträt handelt."

„Davon ist der Conte felsenfest überzeugt. Aber er hat keine Ahnung, wen es zeigt. Da euer Kunstexperte das Bild bald ziemlich genau datieren wird, kann Conte Gabriele wahrscheinlich herausfinden, wer als Modell in Frage kommt. Aber dafür muss er erst einmal die alten Familiendokumente durchsehen, die am Dachboden vor sich hin stauben. Bisher hat sich nämlich keiner die Mühe gemacht, die Chroniken zu sichten."

„Wozu auch? Die Villadicanis wissen auch ohne Belege, was und wer sie sind", lästerte Elena, die bemerkte, dass der Akku ihres Handys fast leer war. „Giorgio, ich muss Schluss machen, mein Telefon streikt demnächst", rief sie noch, bevor die Verbindung endgültig abbrach.

Macht auch nichts, dachte sie, als sie die wenigen Schritte bis zur Ringstraße ging. Während sie auf die Straßenbahn wartete, beschloss sie, Amalia vorerst einmal gar nichts zu erzählen. Nichts vom geplanten Herrenabend im Palazzo, denn das war Gabrieles Sache. Und schon gar nichts von der kurzen Erwähnung der Villadicanis in Vasaris Antonello-Kapitel. Das konnte Amalia allzu leicht auf die verrückte Idee bringen, dass ihr rätselhaftes Bild vielleicht gar ein Werk des genialen Sizilianers sein könnte.

Für einen winzigen, irrwitzigen Augenblick hatte sie es selbst für möglich gehalten, dass sie mit einem echten Antonello da Messina in der Handtasche nach Wien geflogen war.

„Eine Stecknadel im Heuhaufen ist gar nichts dagegen. Hören wir auf, ich habe genug!“ Frustriert betrachtete Gabriele Villadicani seine schmutzigen Hände. Stundenlang hatte er gemeinsam mit Giorgio Valentino in seinem Palazzo das Unterste zuoberst gekehrt. Doch außer einem Sammelsurium der skurrilsten Dinge war bei ihrer Suche nach Dokumenten mit einem Hinweis auf die Herkunft der Maddalena nichts herausgekommen.

„Sie haben doch nicht erwartet, dass wir auf Anhieb etwas finden. Machen wir eine Pause, und dann sehen wir weiter.“ Zwar gab sich der Gast aus Trapani zuversichtlicher, als er war, doch noch wollte er nicht aufgeben. „Bisher haben wir nicht einmal die Hälfte durchwühlt.“

„Einverstanden. Wir essen eine Kleinigkeit, dann nehmen wir uns die Bibliothek vor.“ Auch wenn der Conte es nicht zugeben wollte, insgeheim war er mit der bisherigen Ausbeute nicht unzufrieden. Die in den entlegensten Winkeln des riesigen Dachbodens gestapelten Kisten und Truhen hatten großteils Unbrauchbares enthalten, doch zwischen brüchig gewordenen Vorhängen und Schabracken, die ebenso wie die abgelegten Roben und Spitzenschals beim bloßen Berühren fast zerfielen, war auch so manche Antiquität aufgetaucht.

Allein schon für die kunstvoll bemalten Fächer mit anmutigem Jugendstildekor, die irgendwer irgendwann einmal sorgsam in Seidenpapier eingeschlagen hatte, würde er bei seinem Händler garantiert ein schönes Sümmchen erzielen können. Den größten Gewinn aber versprach er sich vom Verkauf der zierlichen Damenpistole, die in einer mit Pailletten bestickten Abendtasche vergessen worden war.

„Auf Fabrizio und Luisa brauchen wir nicht warten. Seit Amalias Abreise wohnen sie bei meiner Schwester, die einen Sohn und eine Tochter im gleichen Alter hat“, erklärte Conte Gabriele die Abwesenheit seiner Kinder. „Deshalb habe ich auch dem Au-pair-Mädchen frei gegeben. Also werde ich uns etwas Einfaches zubereiten. Was halten Sie von Pasta aglio, olio e peperoncino und danach vielleicht ein bisschen Käse?“ Wie beinahe alle sizilianischen Männer kochte auch der Conte leidenschaftlich gern.

„Bestens. Ich liebe Knoblauch, und ich liebe Käse“, antwortete Valentino, der seinem Gastgeber in die kleine Privatküche mit einer gemütlichen Essecke gefolgt war.

„Dieser Winkel gehört der Familie. Hier halten wir uns auf, wenn wir allein sind. Die Großküche kommt nur bei Abendeinladungen und Empfängen zum Einsatz. Da engagieren wir dann auch Profiköche und Kellner.“

„Wäre auch ganz schön aufwändig, täglich im Salon zu tafeln.“

„Mein Vater hat es noch so gehalten. Aber damals konnte man sich auch das entsprechende Hauspersonal leisten“, seufzte der Conte, während er Knoblauchzehen schälte und in feine Scheiben schnitt.

„Kann ich Ihnen helfen oder stehe ich nur im Weg herum?“, erkundigte sich Giorgio höflich. Er selbst kochte lieber allein und mochte es ganz und gar nicht, wenn ihm jemand am Herd zur Hand gehen wollte.

„Bleiben Sie bitte sitzen. Für uns beide ist es hier zu eng. Aber Sie können inzwischen den Wein öffnen.“ Gabriele wies auf eine Schublade, in der sich der Korkenzieher befand. „Im Kühlschrank gibt es eine Auswahl an Weißweinen. Suchen Sie einen aus."

„Am liebsten würde ich den einfachen Landwein probieren. Da ist doch einer in der Karaffe", meinte Giorgio, nachdem er den Inhalt des Kühlschranks inspiziert hatte. „Der passt am besten zu einer rustikalen Pasta!"

„Da haben Sie Recht. Er stammt übrigens aus der Gegend von Ragusa und ist ziemlich herb."

Während Giorgio den honiggelben, naturbelassenen Wein einschenkte, durchzogen bereits intensive Knoblauchdüfte den Raum.

„Küssen wollen wir beide heute wohl niemanden mehr", lächelte Conte Gabriele, als er wenige Minuten später eine dampfende Schüssel auf den Tisch stellte. „Und durch das Telefon kann man uns zum Glück nicht riechen!"

„Wann wird die Contessa denn anrufen? Ich habe mit Elena nichts Bestimmtes vereinbart."

„Amalia meldet sich, sobald sie etwas Näheres weiß. Die beiden sind heute wieder bei dem Kunstexperten. Jetzt ist es kurz vor acht. Da müssten sie eigentlich schon dort sein."

„Es wäre schön, wenn wir mit einer Überraschung aufwarten könnten. In der Bibliothek müsste sich doch etwas finden lassen."

„Vor oder nach dem Käse?", fragte der Conte hoffnungsvoll. „Ich meine, machen wir sofort weiter, oder bleiben wir noch ein wenig sitzen? Es erwartet uns mit Sicherheit eine Staubwolke. Vermutlich wurde in den oberen Regalen schon seit Jahren nicht mehr geputzt."

„Auf jeden Fall vor dem Käse. Am besten sofort, sonst können wir uns überhaupt nicht mehr aufraffen."

Der Schmutz auf den ledergebundenen Folianten, die sich im hintersten, obersten Winkel der mit meterhohen Bücherwänden bestückten Bibliothek befanden, hielt sich überraschenderweise in Grenzen. Allerdings hatte sich die Mühe nicht gelohnt, es sei denn, man interessierte sich für medizinische Fachliteratur des 19. Jahrhunderts.

„Diese Wälzer kauft mir heutzutage leider keiner mehr ab“, murmelte der Conte enttäuscht. „Machen wir Schluss, wir finden ja doch nichts.“

„Lassen Sie mich einen letzten Versuch machen. Wo bewahren Sie philosophische Schriften auf? Oder auch religiöse Traktate?“

„Wenn Sie Altgriechisch beherrschen, können Sie Thukydides im Original lesen. Lateinkenntnisse würden ebenfalls nicht schaden, auch da gibt es einiges. Einfacher haben Sie es mit der Familienbibel hier. Die stammt zwar aus dem 17. Jahrhundert, aber sie ist wenigstens schon ins Italienische übersetzt.“

„Familienbibel? Zeigen Sie her!“ Aufgeregt griff Giorgio Valentino nach dem in helles Kalbsleder gebundenen Band mit den abgestoßenen Ecken, die von häufigem Gebrauch zeugten.

„Die hatte ich zuletzt nach Luisas Taufe in der Hand“, erklärte Conte Gabriele beiläufig. Doch plötzlich erstarrte er wie vom Donner gerührt. „Daran hätte ich eher denken können.“ Mit einer ungeduldigen Bewegung riss er das Buch wieder an sich. „Wenn es schon früher eine Contessa Maddalena gegeben hat, dann muss sie hier verzeichnet sein. Wir tragen alle Eheschließungen und alle Geburts- und Sterbefälle ein. Das ist Familientradition. Bis heute. Sehen Sie, Luisa steht hier an letzter Stelle und Fabrizio an vorletzter.“

Dann aber blätterte er hektisch zurück, bis er die Anfänge seines Stammbaums fand. „Unser Geschlecht lässt sich bis zum 12. Jahrhundert zurückverfolgen. Als diese Bibel in die Familie gekommen ist, hat man die Daten übertragen. So hat es mir mein Vater erzählt, der es wiederum von seinem Vater wusste."

„Das heißt, die Angaben sind authentisch, auch wenn die betreffenden Personen lange davor gelebt haben", fasste der Commissario zusammen. „Aber bei dieser Beleuchtung werden wir kaum etwas entdecken. Am besten, wir gehen in Ihr Arbeitszimmer."

Im hellen Licht einer Halogenlampe fanden sie schließlich schwarz auf weiß, wonach sie so lange gesucht hatten. Oder besser gesagt in Sepia auf Beige, denn die Tintenschrift am oberen Ende des Stammbaums war verblasst und das Papier zu einem sanften Braunton vergilbt.

Gabriele entzifferte die Eintragung, die kaum noch zu lesen war: Maddalena Giulia Anna Maria, einzige Tochter von Raimondo und Francesca, geboren 1440, gestorben 1472. Unverheiratet und kinderlos, im Gegensatz zu ihrem Bruder Carlo Ludovico, der gleich mit sechs Nachkommen für die Erhaltung des Geschlechts sorgte.

Schweigend blickten die Männer einander an. Trotz ihrer intensiven Suche hatten weder Gabriele noch Giorgio ernsthaft an einen Erfolg geglaubt. Dabei wäre es so einfach gewesen! Die schwarzen Fingernägel hätten sie sich ersparen können. Aus seiner kriminalistischen Erfahrung wusste der Commissario, dass das Naheliegende oft in weiteste Ferne rückte.

„Maddalena wurde nur 32 Jahre alt", sagte der Conte leise. „Woran sie wohl gestorben sein mag? Und warum hat sie nie geheiratet? Wir werden es vermutlich nie erfahren."

„Nein. Ihr Schicksal wird wahrscheinlich für immer ein Geheimnis bleiben. Aber wir wissen, wie sie ausgesehen hat. Und das ist doch schon sehr viel."

„Glauben Sie wirklich, dass es sich bei dem Bild um ein Porträt meiner Ururgroßtante handelt? Ich weiß gar nicht, wie viele Ur- ich aufzählen müsste, um in der Renaissance zu landen."

„Ich bin mir völlig sicher, alles andere würde keinen Sinn ergeben. Aufklärungsbedürftig wäre allerdings, wann und weshalb sich ihre Spur verloren hat. Kannten Sie das Bild bereits in Ihrer Kindheit, oder ist es erst später aufgetaucht? Bitte versuchen Sie, sich zu erinnern."

„Da muss ich nicht erst lange nachdenken. Ich habe das Porträt zum ersten Mal gesehen, als mein Vater es wie die anderen Bilder von dem Deutschen begutachten ließ. Sie wissen doch, er hatte diesen Martin Wegand engagiert, weil er seine Kunstsammlung verkaufen musste. Das ist aber mittlerweile auch schon gut und gern zwanzig Jahre her."

„Woher hatte Ihr Vater das Bild? Wenn es nicht an der Wand hing, muss es ja irgendwo aufbewahrt worden sein."

„Keine Ahnung, wo er es hergezaubert hat. Ich erinnere mich nur, dass Signor Wegand seine Expertisen eigentlich schon beendet hatte, als mein Vater ihm zum Schluss das Porträt vorlegte. Für die Beurteilung hat der dann weniger als eine halbe Stunde gebraucht. Hübsch, aber nichts Besonderes. Gutes Handwerk aus dem 19. Jahrhundert, hat es geheißen. Ausgeführt im Stil der Renaissance, denn das war damals gefragt. Der Wegand wollte es sogar für sich selbst haben, dafür aber maximal eine Million Lire bezahlen. Inklusive Rahmen."

„Warum hat Ihr Vater das Bild nicht verkauft? Eine Million wäre doch besser als gar nichts gewesen?“

„Weil das kaum mehr als einen Tropfen auf dem heißen Stein bedeutet hätte. Er hatte enorme Spielschulden. Ihn hätte nur ein Millionengeschäft in Dollar gerettet. Nicht in Lire. Für ein Trinkgeld kommt eine Contessa Villadicani nicht unter den Hammer, hat er erklärt. Und wie zum Trotz das Bild sofort aufgehängt. Der Wegand hat dann sein Angebot sogar noch erhöht, aber da blieb mein Vater stur.“

„Zum Glück! Stellen Sie sich vor, er hätte ein Renaissancegemälde um 500 Euro verschleudert. Der Sachverständige hat natürlich auf den ersten Blick gesehen, dass das Bild ein Vielfaches wert war. Aber was wusste er noch? Konnte er durch bloßen Augenschein den Künstler identifizieren? Unwahrscheinlich, aber möglich. Gelegenheiten, das Werk heimlich und in allen Details zu fotografieren, hatte er nach Ihrer Aussage jedenfalls.“

„Signor Wegand ist nicht sofort abgereist, daran erinnere ich mich genau. Er war von Syrakus so begeistert, dass er noch ein paar Tage geblieben ist. Das neue Archäologische Museum ist damals gerade eröffnet worden. Dort hat er die meiste Zeit verbracht.“

„Er muss geahnt haben, wer der Maler gewesen sein könnte. Sonst hätte er doch keine Kopie angefertigt!“ Wie ein Spürhund hatte der Commissario Witterung aufgenommen. „Es passt alles zusammen. Ihr Vater zaubert ein kostbares Renaissancewerk wie ein Kaninchen aus dem Hut. Und er hat keine Ahnung, welchen Schatz er in Händen hält. Bietet der gewiefte Wegand zu viel, könnte der Conte misstrauisch werden und eine weitere Expertise in Auftrag geben. Den wahren Wert aber konnte und wollte der Deutsche nicht bezahlen. Ergo erklärt er das Bild für ziemlich wertlos, was er durch ein halbherziges Kaufangebot auch weiter unterstreicht."

„Und wie erwartet geht mein Vater darauf nicht ein", nahm Gabriele den Faden auf. „Stattdessen weist er der vermeintlichen Urgroßtante aus dem 19. Jahrhundert, die in irgendeine Kiste verbannt worden war, den ihr zustehenden Platz im Salon zu."

„Entschuldigen Sie, dass ich Sie unterbreche, Conte. Aber Sie haben etwas ganz Wichtiges gesagt."

„Sie meinen die Kiste? Aber wir haben heute doch alle Truhen durchgesehen. Schon möglich, dass mein Vater das Porträt auf dem Dachboden gefunden hat. Aber dort ist nichts mehr. Kein weiteres Bild, und es gibt auch keinerlei Aufzeichnungen. Davon haben Sie sich doch selbst überzeugen können."

„Stimmt. Aber das meine ich nicht, sondern den Ausdruck ‚verbannt'. Wieso sprechen Sie von Verbannung?"

„Das ist doch nur eine Phrase, da steckt nichts dahinter."

„Oder vielleicht doch. Ist es nicht denkbar, dass die Contessa aus irgendeinem Grund in Ungnade gefallen ist? Gab es in ferner Vergangenheit einmal einen Familienskandal, den man unter den Teppich gekehrt hat? Denken Sie nach, denn das könnte uns auf die Spur des Künstlers bringen."

„Nicht dass ich wüsste. Aber es ist tatsächlich seltsam, dass das Maddalena-Porträt nicht von Anbeginn in unsere Ahnengalerie aufgenommen wurde. Dort hängen weiß Gott schlechtere Werke. Was schlagen Sie also vor, Commissario?"

„Dass wir weitersuchen. Vielleicht gibt es Briefe, die Bezug auf ein Geheimnis nehmen. Vielleicht finden wir sogar alte Rechnungen. Ich könnte mir vorstellen, dass sich noch so manches interessante Schriftstück in der Bibliothek befindet."

„Einverstanden. Aber nur unter drei Bedingungen. Erstens essen wir jetzt den Käse. Zweitens machen wir dazu nun doch eine Flasche Wein auf, die wir in aller Ruhe leeren werden. Und drittens ist um Mitternacht endgültig Schluss. Bis dahin werden wir sicherlich auch das Neueste aus Wien gehört haben." Vorsorglich schob Gabriele die leer gegessenen Pastateller zur Seite, um Platz für Brot und Oliven zu schaffen.

„Keine Einwände", lachte Giorgio und schob genussvoll ein Stück Pecorino in den Mund, den sein Gastgeber auf den Küchentisch gestellt hatte. „Solange genügend flüssiger Nachschub vorhanden ist, denn vielleicht haben wir heute noch etwas zu feiern."

„Keine Sorge, meinen Keller können Sie selbst in einem Jahr nicht leer trinken", wies der Conte seinen Gast in Schranken. Im Haushalt eines Commissario mochte vielleicht der Wein ausgehen, sicherlich aber nicht in einem Palazzo. Der gute Mann wird sich noch wundern, dachte Gabriele voll Stolz an die gut gefüllten Regale. Erst in der vergangenen Woche hatte er wieder einmal zwei seiner bevorzugten Weingüter in den Provinzen Palermo und Agrigent aufgesucht, die von befreundeten Familien höchst erfolgreich bewirtschaftet wurden.

Auch wenn von den einstigen Latifundien nicht mehr viel übrig geblieben war, Land besaß Siziliens Adel noch immer. Den Villadicanis war allerdings nur ein bescheidener Weingarten geblieben, auf dem auch keine Spitzensorten gediehen. Doch für den Alltag genügte dem Conte durchaus, was seine Pächter kelterten. Einen edleren Tropfen gönnte er sich nur zu besonderen Anlässen. Wie an diesem Abend.

„Bleiben wir beim Weißen, oder soll es zum Käse lieber ein Roter sein? Was halten Sie von einem Nero d'Avola? Oder ist Ihnen ein Cabernet Sauvignon lieber? Beide stammen von Planeta."

Offenbar zögerte Giorgio zu lange mit der Antwort, denn bevor er sich zu einer Entscheidung aufraffen konnte, hatte sein Gastgeber bereits seine Wahl getroffen.

„Wir beginnen mit einem Donnafugata aus dem Belice-Tal. Anschließend könnten wir einen Regaleali probieren und unsere Verkostung schließlich mit einem Planeta krönen."

Der Conte hatte absolut keine Lust mehr, sich an diesem Abend nochmals die Hände schmutzig zu machen. Und auch Valentino gestand sich ein, dass sein Jagdfieber allmählich nachließ. Nach der ersten Flasche Wein wäre es ohnedies nicht besonders klug gewesen, auf hohen Bibliotheksleitern herumzuklettern. Stillschweigend akzeptierte der Commissario, dass sie die Suche heute doch nicht mehr fortsetzen würden.

„Für heute reicht es", sprach Conte Gabriele laut aus, was sein Gegenüber eben gedacht hatte. „Warten wir ab, was wir aus Wien erfahren. Dann können wir morgen Vormittag immer noch weitermachen."

„Richtig, denn planmäßig landen die beiden Damen um 16.25 Uhr in Catania. Das gibt uns genügend Spielraum", stimmte Giorgio zu. „Außerdem bringt eine Suche nur etwas, wenn man ausgeruht ist."

„Sind Sie etwa müde? Nein? Dann schlage ich vor, dass wir in den kleinen Salon übersiedeln. Dort steht der Fernseher, und ich würde gern die Nachrichten sehen. Außerdem sitzt man dort bequemer." Ohne eine Antwort abzuwarten, griff Gabriele nach der noch nicht entkorkten Flasche und dem Brotkorb. „Nehmen Sie bitte die Käseplatte. Rotweingläser finden wir in der Vitrine, die benutzten lassen Sie einfach stehen."

Giorgio widerstrebte es zutiefst, ein Chaos zu hinterlassen. Wenn niemand die Teller und Töpfe in den Geschirrspüler stellte, würde es in der Küche noch morgen nach Knoblauch riechen. Doch es blieb ihm nichts anderes übrig, als seinem Gastgeber zu folgen. Grafen räumen nicht auf, man räumt hinter ihnen her. Das war die erste Lektion, die er zu lernen hatte.

Auch wenn er es nicht einmal sich selbst gegenüber zugab, Giorgio fühlte sich zutiefst verunsichert. Seine wenigen Erfahrungen mit den Nobili der Insel waren beruflicher Natur gewesen. Adelskreise waren definitiv nicht seine Welt. Auf der anderen Seite imponierte es ihm gewaltig, dass er, der kleine Polizist aus Trapani, nun schon die zweite Nacht auf einem der elegantesten Adelssitze Siziliens verbringen würde. Als Gast eines Grafen, dessen Stammbaum bis in die Tage der Normannenherrschaft zurückreichte. Plötzlich erschien ihm seine Ordnungsliebe zutiefst spießig und kleinkariert.

Gabriele bekam von Giorgios innerem Aufruhr nicht das Geringste mit. Ihm gefiel der stets ruhig und gelassen wirkende Commissario besser als die meisten Männer, mit denen er es in jüngster Zeit zu tun gehabt hatte. Und was andere dachten oder fühlten, hatte ihn nie wirklich interessiert. Eine Eigenschaft, die Amalia mehr als alles andere an ihrem Mann störte.

„Möchten Sie noch etwas sehen, oder kann ich ausschalten?", erkundigte sich der Graf höflich, bevor er die Fernbedienung in die Hand nahm.

„Danke nein. Mir haben die Nachrichten vollauf gereicht. Wieder mindestens 70 Tote bei einem Selbstmordanschlag in Bagdad! Tagtäglich gibt es diese Horrormeldung, nur die Zahlen variieren ein wenig. Wir alle hören schon gar nicht mehr hin und nehmen das Grauen nicht mehr wahr!"

„Stimmt. Wenn Amalia mich fragt, was es Neues gibt, erwähne ich die Anschläge im Irak nicht einmal mehr. Eigentlich schrecklich." Erstaunt registrierte Gabriele, dass er zum ersten Mal seit langem über das Schicksal anderer nachdachte. „Ihre Gesellschaft tut mir gut", sagte er unvermittelt. „Ich freue mich sehr, dass Sie hier sind."

Giorgio wusste nicht, was er darauf antworten sollte. Verlegen drehte er am Stiel des geschliffenen Glases, in dem dunkelrot der Wein funkelte. Seine Männerfreundschaften erschöpften sich sonst in oberflächlichen Beziehungen. Sizilianer haben keine Freunde, pflegte sein Vater zu sagen. Wir vertrauen niemandem. Außer der Familie, denn sie ist das Einzige, das zählt.

„Erzählen Sie mir doch ein wenig von sich", brach Gabriele das ungemütliche Schweigen, das sich breitzumachen drohte.

„Was möchten Sie denn wissen? Mein Leben verläuft auf programmierten Bahnen. Ohne Überraschungen, weder positive noch negative", antwortete Giorgio mit leiser Stimme. „Ich erwarte nur sehr wenig und kann deswegen auch nicht wirklich enttäuscht werden."

„Eine Schutzhaltung, die ich nur allzu gut kenne. Aber wenn man nicht aufpasst, versäumt man auf diese Weise die wichtigsten Dinge."

„Sie meinen, weil man Angst hat zu leben, ist man schon tot, bevor man stirbt?"

„Ich hätte es nicht besser ausdrücken können. Genau das wollte ich damit sagen." Geistesabwesend schenkte

Gabriele nach. „Leben und Tod, darum dreht sich auf Sizilien doch alles, nicht wahr?“

„Es fehlt nur die Liebe. Die gehört auch dazu. Oder sogar mehr als das. Ohne Liebe gibt es kein gelebtes Leben“, hörte sich Giorgio zu seinem eigenen Erstaunen sagen.

„Meinen Sie wirklich? In letzter Konsequenz sind wir doch alle allein. Einsam und allein. Davor rettet uns nichts und niemand. Auch nicht die von Ihnen beschworene Liebe. Die mag vielleicht zum Leben taugen, nicht aber im Tod“, stieß Gabriele heftig hervor. „Wissen Sie was? Wir probieren jetzt einen trockenen Marsala. Ich habe einen ganz besonderen in meinem Arbeitszimmer.“

Als der Conte mit dem edlen Dessertwein in den Salon zurückkehrte, war die Melancholie, die sie erfasst hatte, verflogen. In stillschweigendem Übereinkommen rührten sie nicht mehr an das Thema, auch wenn es beide gleichermaßen beschäftigte. Seltsamerweise waren die Männer, die einander kaum kannten, in Tiefen und Abgründe ihrer Seelen vorgedrungen, vor denen sie selbst erschraken. Gabriele vor seiner endlich eingestandenen Einsamkeit. Und Giorgio vor seiner Illusion, dass Liebe nichts anderes war als Aspirin für die Seele. Ein Allheilmittel gegen Schmerzen aller Art.

„Was sagen Sie zu diesem Tropfen, Giorgio? Er stammt noch aus den Beständen meines Vaters. Achten Sie auf die Farbe. Das dunkle Rotgold ist einzigartig“, meinte Gabriele, während er die Gläser füllte. Selbst auf die Gefahr hin, banal zu wirken, war er offenbar fest entschlossen, dem Gespräch eine heitere Wendung zu geben.

Sein Gegenüber verstand den Wink. „Mein Kompliment. Das ist der beste Marsala, den ich je gekostet habe.“ Wenn auch nicht so routiniert wie der Conte, so beherrschte auch Giorgio die Kunst der oberflächlichen Konversation.

„Stoßen wir doch auf unseren Erfolg an“, setzte Gabriele erwartungsgemäß fort. Als sie einander zuprosteten, läutete das Telefon.

„Kommen Sie mit. Der Apparat steht im Arbeitszimmer“, rief der Hausherr seinem Gast zu, ehe er aus dem Salon stürzte. „Das ist sicher Amalia, die uns das Neuste aus Wien berichten will. Ferngespräche sind über das Festnetz billiger, deshalb ruft sie nicht am ‚cellulare‘ an.“

Der Commissario erhob sich langsam. Die Stunde der Wahrheit war gekommen. In wenigen Augenblicken würde der Conte erfahren, ob das Familienporträt auch nur annähernd so viel wert war, wie er sich erhoffte. Besser, ich lasse ihn erst einmal allein, dachte Giorgio.

Als er kurz darauf das Arbeitszimmer betrat, fand er einen totenblassen Mann vor. Gabriele bekam vor Aufregung kaum Luft. „Sie werden nicht glauben, wer der Künstler war“, japste er.

Giorgio Valentino glaubte es tatsächlich nicht. Gabriele, dem mittlerweile die Tränen in Strömen herunterflossen, musste etwas gründlich missverstanden haben. Je länger er in diesem Irrtum befangen war, umso schlimmer würde später die Enttäuschung sein.

Kurz entschlossen wählte er Elenas Nummer.

Triumphierend lächelte Ilse Hubinek ihr Spiegelbild an, während sie ein letztes Mal über ihr ohnedies perfekt sitzendes Haar strich. Eitel, wie sie noch immer war, hatte sie den ganzen Nachmittag beim Friseur verbracht. Einem sündteuren, der jedes Mal ein tiefes Loch in ihr Budget riss. Doch nur dort verstand man sich ihrer Meinung nach darauf, der Natur nachzuhelfen, ohne dass es auffiel. Statt in fadem Grau schimmerten ihre weich in die Stirn fallenden Wellen in einem dezenten Blond, das sie um Jahre jünger machte.

Sie wollte gut aussehen, denn auch sie war an diesem Abend bei den Cordes eingeladen, wie ihr Helene beim Mittagessen beiläufig mitgeteilt hatte. Typisch ihre Tochter! Natürlich hätte sie ihr das auch schon früher sagen können, aber nein. Erst im letzten Moment war sie damit herausgerückt.

Des lieben Friedens willen hatte Ilse auf jeden Kommentar verzichtet. Hauptsache, sie war dabei, wenn Norbert Cordes das Geheimnis um das Bild aus Sizilien lüftete. Das Vertrauen, das sie in Helenes einstigen Studienkollegen setzte, war grenzenlos. Keine Sekunde zweifelte sie daran, dass er herausgefunden hatte, welchem Künstler das Werk zuzuschreiben war.

Ob er eine bloße Vermutung allerdings auch aussprechen würde, hielt sie für mehr als fraglich. Cordes musste schon zu hundert Prozent sicher sein, bevor er sich festlegte. Diese Erfahrung hatte sie vor Jahren selbst gemacht, als sie den Kunsthistoriker, der in seiner Studentenzeit in ihrem Haus aus- und eingegangen war, beim Verkauf einer Biedermeiervitrine um Rat gefragt hatte.

„Das wird nicht viel einbringen", mehr als dieser dürre Satz war ihm nicht zu entlocken gewesen. Wie richtig der junge Mann damit lag, hatte sich bald herausgestellt. Die vermeintliche Antiquität entpuppte sich als Falsifikat, das kaum die Kosten für den Abtransport einbrachte.

Eigentlich hat er sein ganzes weiteres Leben lang mit Wahrheit und Fälschung zu tun gehabt, dachte Ilse. Wie geht man wohl um mit dem schönen Schein, der dem Echten kaum nachsteht? Und wie viele Illusionen bleiben, sobald man realisiert, dass die Museen dieser Welt voll von Kopien sind? Steht man dann immer noch staunend vor einem Leonardo oder einem Botticelli? Ist der Zauber gebrochen, sobald das Misstrauen überhandnimmt? Darauf würde sie nun wohl keine Antwort erhalten. Aber irgendwann wollte sie Norbert Cordes danach fragen.

„Bist du endlich so weit?", unterbrach Elena abrupt die Gedanken, die Ilse gern noch weitergesponnen hätte. Lässig an die Badezimmertüre gelehnt, musterte sie das neue Kostüm ihrer Mutter. „Wieso putzt du dich so heraus? Wir gehen doch nicht zu einem Staatsempfang!"

„Das nicht, aber ich gefalle mir besser, wenn ich gut gekleidet bin", konterte Ilse mit einem scheelen Seitenblick auf die Jeans der Tochter. „Ich rede dir ja auch nichts drein."

„Schick sehen Sie aus, Signora", mischte sich Amalia ein, die von den beiden unbemerkt in den Flur getreten war. „Außerdem bin ich froh, dass nicht nur ich mich fein gemacht habe." Kritisch musterte sie sich in dem großen Spiegel.

„Das Seidenkleid ist bezaubernd", beruhigte Ilse die Sizilianerin. „Dieses Rot passt Ihnen ganz besonders gut."

„Seid ihr jetzt endlich fertig mit euren gegenseitigen Komplimenten?“, spottete Elena. „Dann könnten wir allmählich aufbrechen.“

„Wir haben noch Zeit“, antwortete Ilse nach einem Blick auf die Uhr. „Du weißt, ich bin überpünktlich. Aber es ist nicht einmal sieben, und vor acht werden wir nicht erwartet. Genau gesagt rechnet man mit uns fünfzehn Minuten nach acht. Weißt du nicht mehr, was bei uns üblich ist? In Wien hält man sich noch immer an das akademische Viertel. Außerdem muss ich noch unser Gastgeschenk einpacken.“

„Ich komme diesmal mit leeren Händen“, bedauerte Amalia. „Elena hat gemeint, das macht nichts, weil wir beim letzten Mal so viel mitgebracht haben.“

„Machen Sie sich keine Gedanken. Ich habe als Mitbringsel von uns dreien eine Schokoladentorte gebacken.“

„Eine Sachertorte? Die wollte ich ohnedies unbedingt probieren!“

„Nein, keine Sachertorte, denn die wird, unter uns gesagt, maßlos überschätzt. Ich halte sie für eine ziemlich trockene Angelegenheit. Im Gegensatz zu meiner. Die schmeckt jedem!“

„An mangelndem Selbstbewusstsein leidest du ja nicht“, stellte Elena fest, die sich in Windeseile umgezogen hatte und nun ein cremefarbenes Leinenensemble und dazu eine smaragdgrüne Bluse trug. „Aber das ist gut so. Ich kann falsche Bescheidenheit absolut nicht leiden. Außerdem ist dein Schokotraum wirklich unübertroffen.“

Amüsiert registrierte Ilse, dass ihre Tochter, die sie sonst nur in flachen Ballerinas sah, Schuhe mit ziemlich hohen Absätzen trug. Aber bevor sie ein Wort über die wundersame Verwandlung vom Jeanslook zur eleganten Dame verlor, würde sie sich lieber die Zunge abbeißen. Nachgeben war nämlich eine Sache, es aber auch einzugestehen, eine andere. Auch wenn sie sich nun Elena nennt und die Frau von Welt spielt, sie ist und bleibt meine trotzige, sture kleine Helene! Gleich wird sie mir einen Kuss auf die Wange drücken. Das heißt dann in unserem Code, dass ich wieder einmal recht hatte und dass ihr der ruppige Auftritt leidtut.

Ich habe es doch gewusst, dachte Ilse, als sie zwanzig Minuten später die Wohnungstür etwas umständlich abschloss. Wenn sie ekelhaft zu mir war, ist sie danach umso liebevoller. Die beiden jungen Frauen waren mit dem Tortenpaket und einer gekühlten, sorgsam verpackten Flasche Veuve Cliquot bereits vorausgegangen. „Für alle Fälle", hatte Ilse gemeint. „Denn vielleicht haben wir heute etwas zu feiern, wofür der beste Champagner gerade gut genug ist."

Als die drei exakt zwölf Minuten nach acht bei ihren Gastgebern eintrafen, erwartete sie der Hausherr auch diesmal wieder schmunzelnd an der Wohnungstür. „Helene keucht wie immer, Amalia kaum merkbar, und Ihnen, meine Liebe, merkt man an, dass Sie im vierten Stock ohne Lift wohnen. Mit Ihrer Kondition schlagen Sie Ihre Tochter allemal. Bitte, kommen Sie doch herein."

Inzwischen war auch Monika Cordes zur Begrüßung herbeigeeilt. Während die anderen noch immer Höflichkeiten austauschten, hielt sich Elena im Hintergrund. In Wahrheit wäre sie am liebsten sofort in Norberts Arbeitszimmer gegangen, doch diese Freiheit nahm nicht einmal sie sich heraus. Schließlich aber konnte sie ihre Ungeduld nicht länger zügeln. „Wollt ihr nicht endlich weiterkommen? Wir sind heute nicht nur zum Vergnügen hier. Ich nehme an, Norbert hat uns einiges zu sagen.“ Elena konnte nicht fassen, dass offenbar nur ihre Nerven zum Zerreißen gespannt waren. Wie sehr Amalia sich beherrschen musste, um nicht aus der Rolle zu fallen, bemerkte sie nicht.

Nur Monika registrierte die zitternden Hände ihrer neuen Freundin, in deren Leben in wenigen Minuten eine entscheidende Wendung eintreten sollte. Weil wahrscheinlich keiner den rechten Appetit für ein langwieriges Abendessen zeigen würde, hatte die routinierte Gastgeberin statt der üblichen drei Gänge einfach ein kaltes Büffet vorbereitet. Aber wie vorhergesehen gingen alle achtlos an den liebevoll arrangierten Schüsseln und Platten vorbei.

„Am besten wird es sein, wir gehen in mein Arbeitszimmer. Das wird zwar ein wenig eng, aber wir haben dort das beste Licht“, erklärte Norbert. Wie schon drei Tage zuvor ging er voraus, doch dieses Mal war er auf Besuch in seinem Allerheiligsten vorbereitet. Wie bei einer Testamentseröffnung standen vier Stühle im Halbkreis vor dem Schreibtisch, hinter dem der Hausherr nun mit der ernsten Miene eines amtierenden Notars Platz nahm.

Elena biss sich auf die Lippen. Norbert war für ihr Empfinden immer schon enervierend langsam und umständlich gewesen. Jetzt aber schien er die Situation dermaßen auszukosten, dass er sich noch mehr Zeit ließ als sonst. Ihn zur Eile anzutreiben aber war sinnlos, das wusste sie aus Erfahrung. Wer ihn drängte, machte ihn kopfscheu, was die Prozedur nur weiter verzögern würde.

Besorgt blickte Elena auf Amalia, die auf dem Stuhl neben ihr nervös hin- und herrutschte. Allein schon die angespannte Körperhaltung verriet, was in ihr vorgehen mochte. Noch aufschlussreicher war die Blässe, die sich über die zarten Gesichtszüge der Contessa gelegt hatte. Gleich kippt sie mir um, dachte Elena. Norbert führt sich wirklich wie ein Zeremonienmeister auf. Wann legt dieser Sadist endlich los! Uns noch länger hinzuhalten, ist Menschenquälerei!

In Wahrheit aber war seit ihrer Ankunft kaum eine Viertelstunde vergangen, als Norbert mit seinen Ausführungen begann. „Wie Sie alle wissen, habe ich das fragliche Objekt von Anfang an der Renaissance zugeordnet. Diese Annahme hat sich als richtig erwiesen." Elena übersetzte für Amalia, die schlagartig wieder etwas Farbe in die Wangen bekam.

Aufgeregt ließ sie sich nochmals bestätigen, dass ihr Bild in jedem Fall einen beträchtlichen Wert darstellte. Was auch immer sie nun zu hören bekommen würde, es konnte nur noch Gutes sein. Glückstrahlend blickte Amalia auf, doch erschrocken senkte sie sofort wieder den Kopf. Denn Norbert, der sich nun schon zum wiederholten Male verlegen räusperte, hatte eine todernste Miene aufgesetzt.

Hoffentlich redet er nicht weiter so geschraubt, dachte Elena. Das ist ja nicht zum Aushalten. Geschweige denn zum Übersetzen! „Bitte sag uns doch endlich, was du Neues herausgefunden hast", platzte sie heraus. „Und spann uns nicht weiter auf die Folter. Wer hat die Maddalena gemalt? Weißt du es?"

„Ja!"

„Wie bitte? Du weißt es wirklich? Also sag schon!"

„Das werde ich auch, wenn du mich nicht dauernd unterbrichst, Helene. Aber alles schön der Reihe nach." Wie erwartet ließ sich Norbert nicht aus der Ruhe bringen. „Erst werde ich euch erklären, wie ich auf die richtige Spur gekommen bin."

„Das wirst du nicht“, mischte sich unvermutet Monika ein, die von ihrem Mann wenige Stunden zuvor eingeweiht worden war. „Wenn du jetzt nicht sofort mit dem Namen herausrückst, verrate ich es ihnen.“

„Also gut. Diese Magdalena, oder Maddalena, wie ihr in Italien sagt, hat kein Geringerer geschaffen als einer der Größten seiner Zeit.“ Noch einmal holte Norbert tief Atem, bevor er leise verkündete: „Antonello da Messina.“

Lediglich eine Straßenbahn, die sich leise quietschend in der Döblinger Hauptstraße einbremste, störte die Stille in dem kleinen Raum. Die sprichwörtliche Stecknadel, man hätte sie fallen hören können.

Später sollte sich Norbert an diese Szene immer nur in Momentaufnahmen erinnern. Amalia, die einen spitzen Schrei ausstieß, bevor sie stumm in sich zusammensank. Daneben Elenas fassungsloses Gesicht, auf dem sich allmählich ein glückliches Strahlen ausbreitete. Nur mit Ilse Hubineks Temperamentsausbruch hatte er nicht rechnen können. Nach einer kurzen Schrecksekunde war sie aufgesprungen und wie eine Verrückte im Zimmer herumgetanzt.

Elenas Mutter war auch die Erste, die das Wort ergriff. „Wie sind Sie nur darauf gekommen?“, fragte sie noch ein wenig atemlos. Norbert rechnete es ihr hoch an, dass sie offenbar keine Sekunde an seinem Urteil zweifelte.

„Sie wollen gar nicht wissen, ob ich auch wirklich sicher bin?“, antwortete er lächelnd.

„Nein. Ich kenne Sie besser, als Sie glauben. Wäre es bloß ein Verdacht, hätten Sie geschwiegen.“

„Wie ein Grab. Ich meine, er hätte geschwiegen wie ein Grab“, stammelte die sonst so wortgewaltige Elena. „Aber jetzt sag schon, was du weißt!“

„Wollte ich ja, aber ihr habt mich nicht gelassen. Jetzt müsst ihr euch gedulden, bis sich die Contessa erholt hat."

Als ihr Name fiel, blickte Amalia, die stumm dagesessen war, endlich auf. „Das ist alles ein bisschen viel für mich. Könnte ich vielleicht ein Glas Wasser haben?"

Schuldbewusst, dass sie nicht selbst daran gedacht hatte, eilte die Hausfrau aus dem Zimmer und kehrte wenig später mit einem Tablett voller Gläser zurück. „Etwas zu trinken kann uns jetzt allen nicht schaden. Wie wäre es mit einem Schluck Wein?"

„Champagner! Das Einzige, was jetzt passt, ist Champagner!" Zielstrebig ging Ilse in die Küche, wo sie den Veuve Cliquot deponiert hatte. „Ich habe eine Flasche mitgebracht."

„Da sage ich nicht Nein", freute sich Norbert. „Erst stoßen wir an, und dann lasst mich endlich zu Wort kommen! Oder wollt ihr gar nicht wissen, was es mit eurer Maddalena auf sich hat?" Es dauerte eine Weile, bis die selten benutzten Sektgläser, die rasch noch gespült werden mussten, gefüllt waren. Endlich scharten sich alle wieder um Norberts Schreibtisch.

„Wie ihr wisst, haben alle Analysen bestätigt, dass dieses Bild im 15. Jahrhundert entstanden ist. Nun galt es, die angewandte Technik der damals noch nicht allzu verbreiteten Ölmalerei zu untersuchen. Wer auch immer der Künstler sein mochte, er verstand sich bereits meisterhaft darauf, was den Kreis der in Frage kommenden Personen ziemlich einschränkte."

„Antonello hat die Ölmalerei höchstpersönlich von Jan van Eyck gelernt", warf Elena ein und blickte stolz um sich. Wie gut, dass sie in der Bibliothek geschmökert hatte. Jetzt konnte sie mit ihrem Wissen prahlen.

„Das ist leider völliger Unsinn“, wurde sie von Norbert, der sich nur ungern unterbrechen ließ, sofort korrigiert. „Als van Eyck starb, war Antonello elf Jahre alt. Das hat Vasari übersehen, als er dieses Gerücht in die Welt gesetzt hat. Allerdings war Antonello tatsächlich einer der ersten italienischen Künstler, die sich für Ölfarben begeistert haben. Also Vorsicht, Vasari darf man nur bedingt Glauben schenken. Ich nehme doch an, dass du deine Weisheit von ihm beziehst, oder irre ich mich?“

„Nein, du irrst dich nicht“, antwortete Elena kleinlaut, um gleich darauf aufzutrumpfen: „Aber dass Antonello in Syrakus auch bei den Villadicanis aus- und eingegangen ist, weißt du wahrscheinlich nicht.“

„Doch, denn als ich erst einmal einen konkreten Verdacht hatte, habe ich natürlich auch bei Vasari nachgeschlagen, was er über Antonello zu berichten wusste. Und da bin ich auf die Villadicanis gestoßen. Aber wann hast du das entdeckt?“

„Gestern. In der Nationalbibliothek. Du hast wahrscheinlich eine deutschsprachige Ausgabe im Amt. Ich habe mich durch das alte Italienisch quälen müssen.“

„Das kommt davon, wenn das Ei klüger sein will als das Huhn. Wolltest du wirklich auf eigene Faust das Geheimnis lüften? Ach, Helene! Die Tatsache allein, dass Antonello bei der Grafenfamilie zu Gast war, beweist leider noch gar nichts. Aber das hier sehr wohl!“

Schwungvoll zog Norbert einen Kunstband unter dem Stapel auf seinem Schreibtisch hervor. Als er eine markierte Seite aufschlug, stockte den gespannt lauschenden Frauen zum zweiten Mal an diesem Abend der Atem.

Was ihnen entgegenblickte, war unverkennbar das Antlitz der sizilianischen Maddalena. Im Halbprofil und nicht en face, doch es war eindeutig dieselbe Person. Trotz der niedergeschlagenen Augen und dem streng frisierten Haar gab es keinen Zweifel. Für diese Madonna und für die stolze Maddalena mit ihrem herausfordernden Blick und der ungebändigten Lockenpracht war ein und dieselbe Frau Modell gestanden.

„Auch das ist ein Antonello, allerdings einer, der erst 1904 aufgetaucht ist. Ein gewisser George Salting, ein unermesslich reicher Kunstsammler aus Australien, hat ihn entdeckt und 1910 der National Gallery in London vermacht. Damals ließ man gleich eine ganze Reihe Gutachter aufmarschieren. Im Prinzip waren sich alle einig, dass das Bild, das übrigens auch nur 43 mal 34 Zentimeter misst, Antonello zuzuordnen ist. Erst später kamen erneut Zweifel auf, aber das gehört zum Spiel. Wie sollten denn internationale Experten sonst auf ihre Rechnung kommen? Fest steht jedenfalls, wie sich auch bei den jüngsten Gutachten von 1977 herausgestellt hat, dass die sogenannte Salting-Madonna nicht etwa von einem Schüler stammen konnte, sondern mit Sicherheit von Antonello selbst. Nur er hat die Ölmalerei in solcher Meisterschaft beherrscht."

„Ich wüsste gern mehr über diese Salting-Madonna", bat Amalia, die ihren Blick nicht von dem fast exotisch wirkenden Frauenantlitz lösen konnte. „Wo ist das Bild damals auf einmal aufgetaucht? Ein Abbild von Gabrieles Urgroßtante, das jetzt also in London ist? Sie ist es eindeutig. Ich erkenne nicht nur das Gesicht, sondern auch den Familienschmuck. Er ist sehr alt und stammt angeblich aus Venedig. Seht doch, die Muttergottes trägt dieselbe Halskette wie unsere Maddalena. Ein einziges Mal habe auch ich diese Kette angelegt, aber dann war mir das zu riskant. Die Juwelen sind unsere einzige finanzielle Reserve. Das heißt, wenn sich Gabriele jemals entschließen würde, sie zu verkaufen. Ich hätte nichts dagegen, denn nun liegen sie schon seit Jahren in einem Banksafe und niemand hat etwas davon."

„Das Rätsel um die Londoner Madonna werden wir heute nicht mehr lösen. Aus der Herkunft hat Mister Salting ein großes Geheimnis gemacht. So wie Axel Munthe um seine Sphinx. Da durfte auch niemand erfahren, über welche dunklen Kanäle sie in seine Villa auf Capri gelangt ist. Aber das nur nebenbei. Viel interessanter erscheint mir, was ich in diesem Zusammenhang entdeckt habe. Wer, glaubt ihr, war einer der letzten Gutachter der Salting-Madonna? Ich sage es euch. Ein gewisser Martin Wegand!"

Elena begriff schnell. „Jetzt verstehe ich, wieso er den Wert der Villadicani-Maddalena auf Anhieb erkannt hat. Natürlich. Die Ähnlichkeit der beiden Frauengesichter muss ihn geradezu umgeworfen haben."

„Sicherlich. Deswegen war ihm auch sofort klar, dass es sich eindeutig um einen echten Antonello handelt. Und deshalb hat er auch, um später einen Austausch vorzunehmen, eine perfekte Kopie angefertigt. Nach Fotos, die er vermutlich in aller Ruhe aufnehmen konnte, als er im Palazzo gewohnt hat. Nur etwas konnte der gute Mann nicht wissen. Auch ihr seht es nicht mit freiem Auge."

Wieder kramte Norbert in seinen Unterlagen, bis er schließlich eine Röntgenaufnahme hervorzog. „Das hier, neben Maddalenas rechter Hand, ist eindeutig eine Salbenbüchse, die unter einer dunklen Farbschicht verborgen wurde. Und zwar in der Entstehungszeit des Porträts, nicht später. Das beweisen die Analysen. Nur Übermalungen neueren Datums lassen sich unter UV-Licht erkennen, alte nicht. Aber man sieht das, was versteckt wurde, im Röntgen haarscharf. Dafür sorgen die bleiweißhaltigen Farben, die man damals verwendet hat."

Norbert, der sich kaum Zeit zum Luftholen nahm, war bei einem seiner Lieblingsthemen angelangt. Zufrieden stellte er fest, dass selbst seine Frau, die sich bei seinen langatmigen Ausführungen oft unübersehbar langweilte, gespannt an seinen Lippen hing.

„Möglicherweise hat sogar Antonello selbst die Übermalung vorgenommen", setzte er fort. „Aus welchem Grund auch immer, da können wir nur raten. Allen Heiligen hat man bekanntlich gewisse Attribute zugeordnet, damit die Gläubigen sie auf den ersten Blick erkennen konnten. Katharina das Rad, Lucia die Lichterkrone, Magdalena die langen roten Haare, einen Totenkopf oder eben ein Salbgefäß. Ohne Beigaben wird aus einer Heiligen schlicht und einfach das Porträt einer edlen Dame."

„Hast du eine Erklärung dafür?"

„Nur eine äußerst vage Vermutung. Und wie du weißt, habe ich für Spekulationen wenig übrig, daher will ich dazu nichts sagen. Aber ich bin noch nicht fertig. Die unsichtbar gemachte Salbenbüchse fehlt natürlich auf der Kopie, denn ein Röntgen- oder Infrarotgerät hat der Wegand wohl nicht zur Verfügung gehabt. Dein Commissario hätte sich seine barbarische Markierung mit dem Taschenmesser also ruhig sparen können. Original und Fälschung lassen sich spielend auseinanderhalten."

„Mit freiem Auge nicht", schnappte Elena zurück. „Und das Ritzzeichen ist für unsere Heimreise recht praktisch."

„Du willst doch nicht allen Ernstes mit einem echten Antonello im Handgepäck zurückfliegen?", entsetzte sich Ilse, die für ihre Verhältnisse bereits viel zu lange geschwiegen hatte.

„Was schlägst du vor, Mutter? Panzerwagen und Leibwächter? Damit die offiziellen Stellen ganz bestimmt erfahren, dass wir unerlaubterweise ein Kunstwerk ausgeführt haben? Dann wird das Bild beschlagnahmt und die Villadicanis bekommen es am Sanktnimmerleinstag zurück. Abgesehen von der Strafe, die auch nicht eben gering ausfallen wird."

„So gesehen hast du wahrscheinlich recht", gab Ilse kleinlaut zu. „Was meinen Sie, Norbert?"

„Mir widerstrebt der Gedanke zwar, aber vermutlich ist es wirklich klüger, gar kein Aufheben zu machen. Ich würde die Bilder in hübsches Geschenkpapier wickeln. Da beide absolut identisch aussehen, wird man sie bei einer Kontrolle für ein Massenprodukt der Souvenirindustrie halten."

„Damit wäre das auch geklärt. Jetzt komme ich aber um vor Hunger!" Elena steuerte das Büffet im Wohnzimmer an. „Was ist, wollt ihr nichts essen?", rief sie über die Schulter den anderen zu, die sich offenbar noch immer nicht gefangen hatten. „Der Schweinsbraten sieht köstlich aus! Und erst der Erdäpfelsalat! Wunderbar, so etwas bekomme ich auf Sizilien nicht."

Zögernd folgte Ilse ihrer Tochter. Nur Amalia, die hektisch in ihrer Handtasche kramte, blieb im Arbeitszimmer zurück. „Es tut mir leid, aber ich bringe jetzt keinen Bissen hinunter", wandte sie sich entschuldigend an ihre Gastgeberin. „Außerdem muss ich sofort meinen Mann anrufen. Auch wenn ich nicht weiß, wie ich ihm das schonend beibringen soll."

„Er wird schon nicht in Ohnmacht fallen", meinte Elena wenig feinfühlig, bevor sie sich ein weiteres Stück Braten auf den Teller häufte. „Gabriele ist robuster, als du denkst. Auch Giorgio wird schon ungeduldig auf einen Anruf warten. Doch ein paar Minuten auf oder ab machen keinen Unterschied mehr."

Amalia aber ließ sich nicht abhalten. Von ihrem Vorsatz, Gabriele die sensationelle Nachricht schonend beizubringen, blieb allerdings nicht viel übrig. Kaum hatte er den Hörer abgenommen, platzte sie auch schon damit heraus. Wie vorhergesehen schlug die Neuigkeit im Palazzo ein wie eine Bombe. Welch ein Glück, dass sich Giorgio um ihn kümmern kann, dachte Amalia besorgt. Das alles ist zu viel für ihn, ich habe es ja gewusst.

Während Gabriele noch immer Unverständliches stammelte, läutete Elenas Handy. Giorgio war ihr zuvorgekommen. „Da staunst du, was?", überfiel sie ihn kauend, bevor er überhaupt einen Ton sagen konnte. Mit Begrüßungsfloskeln wollte sie sich nicht erst lange aufhalten.

„Der Conte hat sich also nicht verhört. Es ist wirklich wahr? Er ist wirklich der Besitzer eines echten Antonello da Messina? Seid ihr hundertprozentig sicher?" Auch Giorgio verzichtete auf die üblichen Höflichkeiten und kam direkt zur Sache.

„Tausendprozentig! Du kennst Norbert nicht. Wenn er sich einmal festlegt, dann gibt es keine Zweifel. Aber sag schon, wie nimmt es Gabriele auf? Musst du ihm Riechsalz unter die Nase halten?"

„Noch nicht", lachte Giorgio. „Aber er ist nahe daran, vom Stuhl zu kippen. Das muss Amalia allerdings nicht wissen. Ich kümmere mich schon um ihn, keine Sorge."

„Machen wir es kurz. Ihr holt uns morgen Nachmittag in Catania ab?"

„Unter Garantie. Denn wie ich dich kenne, kann dich nichts und niemand davon abhalten, das Bild genau so zurückzubringen, wie du es ausgeführt hast. Da ist es besser, wir nehmen euch und eure wertvolle Fracht höchstpersönlich in Empfang."

„Stimmt, aber das erwähnst du besser nicht vor Gabriele. Vielleicht vergisst er in all der Aufregung, danach zu fragen. Lass ihn nur glauben, dass sein Antonello in Wien bleibt und er ihn sich nach weiteren Untersuchungen höchstpersönlich abholen kann."

„Hast du das mit Amalia abgesprochen?"

„Nein, aber das hole ich sofort nach. Wie ich sehe, telefoniert sie nicht mehr. Gibt es sonst noch etwas Neues?"

„War dir der heutige Abend noch immer nicht aufregend genug?", spöttelte Giorgio. „Aber es gibt wirklich etwas, was du wissen solltest. Signora Bernhardt hat mich heute Vormittag angerufen. Was glaubst du, wen sie am Donnerstag um dein Haus schleichen gesehen hat: Martina Reich! Ercole hat sie im Gebüsch aufgestöbert."

„Martina Reich ist in Taormina? Davon hat mir Carmela gar nichts erzählt. Nur, dass zwei ältere Herrschaften nach mir gefragt hätten."

„Ja, Signora Bernhardt und Ludwig Jakubowski. Sie waren mit der Reich sogar auf deiner Terrasse. Carmela ist nichts anderes übrig geblieben, als ihnen etwas zu trinken anzubieten. Der Schwabl war übrigens auch da. In Taormina meine ich, nicht in deinem Haus. Der ist heute allerdings wieder abgereist. Aber gestern Abend haben alle vier gemeinsam bei Nino gegessen."

„Wann fliegt die Reich zurück?"

„Weiß ich nicht, aber das wird sich unschwer feststellen lassen. Die beiden anderen bleiben jedenfalls noch eine ganze Weile. Du wirst sie also sicher sehen können."

Geistesabwesend beendete Elena das Gespräch mit den üblichen Floskeln. Es war wirklich ein bisschen viel, was heute alles auf sie eingestürmt war. Jetzt wollte sie nichts anderes als in aller Ruhe nachdenken. Etwas Gutes konnte das plötzliche Auftauchen von Martina Reich sicher nicht bedeuten. Zu Ilses Enttäuschung drängte Elena überraschend früh zum Aufbruch. Leider konnte sie dagegen nichts einwenden, weil Amalia, die sich in den äußersten Winkel der Sitzecke zurückgezogen hatte, völlig erschöpft aussah.

„Ihr nehmt besser ein Taxi", meinte Monika nach einem Blick auf die blasse Contessa. „Es wäre doch zu dumm, wenn euch ein Handtaschendieb den Antonello entreißen würde."

„Damit macht man keine Scherze", brummte Norbert, der in dieser Hinsicht nicht den geringsten Spaß verstand. „Soll ich euch nicht besser doch begleiten?"

Mit einem Taxi war Elena einverstanden, Norberts Angebot aber lehnte sie entschieden ab. Wenn sie mit einem Millionenwert im Handgepäck nach Sizilien fliegen konnte, würde sie auch ohne Leibgarde vom neunzehnten in den neunten Bezirk gelangen.

Norbert war froh, dass er nicht mehr aus dem Haus musste. Während Monika das Geschirr und die Überreste des Büffets in die Küche trug, begab er sich zurück in sein Arbeitszimmer. Auf die Idee, seiner Frau wie gewohnt zu helfen, kam er an diesem Abend nicht, denn noch immer beherrschte die sensationelle Entdeckung all seine Gedanken.

Eigentlich verdanke ich Helene den Höhepunkt meiner Karriere, gestand er sich ehrlich ein. Nicht nur in Fachkreisen wird mein Gutachten Aufmerksamkeit erregen. Ein bisher unbekanntes Gemälde von Antonello da Messina, das wie aus dem Nichts aufgetaucht ist, sorgt garantiert für internationale Schlagzeilen. Wie seinerzeit die Salting-Madonna. Für immer wird der

Name Norbert Cordes untrennbar mit der Villadicani-Maddalena verbunden sein, und meine Expertise wird in die Annalen der Kunsthistorie eingehen.

Monika schlief längst tief und fest, als sich ihr Mann endlich von dem geheimnisvoll lächelnden Frauengesicht losriss. Das Original und natürlich auch die Kopie hatte er zurückgegeben, nicht aber die gestochen scharfen Fotografien, die er für sein Gutachten benötigen würde.

„Wer dich gemalt hat, Maddalena, weiß ich nun. Aber das genügt mir nicht. Warum durftest du keine Heilige bleiben? Wer hat das Salbentöpfchen, mit dem du, Maria aus Magdala, als Erste zu Christi Grab geeilt bist, so sorgsam verborgen? Und warum?", fragte sich Norbert, bevor er die Schreibtischlampe löschte.

Als er ins Halbdunkel des Raumes starrte, schwebte das edle Antlitz noch eine ganze Weile schemenhaft vor seinen Augen.

35. Kapitel

Heftige Sturmböen peitschten über das Rollfeld, als die beiden Frauen mit hochgezogenen Schultern die Flugzeugtreppe hinaufeilten. In kaum zwei Stunden würden sie in Catania landen. Bei strahlend blauem Himmel und 25 Grad Wärme, wie der Pilot kurz nach dem Start den Fluggästen mitteilte.

Die Sonne sahen sie bereits wenige Minuten später. Als die Maschine die Wolkendecke durchstieß, dachte Elena an ihre Mutter im verregneten Wien. Sie hat sicher darauf gewartet, dass ich sie endlich wieder einmal nach Sizilien einlade. Zuletzt war sie Weihnachten vor einem Jahr bei mir, ihr nächster Besuch ist wirklich längst überfällig. Gefragt hat sie nicht, dafür ist sie zu stolz.

„Habe ich dir eigentlich schon gesagt, dass ich deine Mutter eingeladen habe? Einen konkreten Termin haben wir noch nicht ausgemacht, denn ich möchte erst einmal abwarten, bis sich die Situation bei mir zu Hause wieder beruhigt hat", platzte Amalia in Elenas Gedanken.

„Hast du nicht! Darüber hat sie sich sicher sehr gefreut. Wenn schon die eigene Tochter nicht daran denkt, dann wenigstens ihre Freundin."

„War das etwa falsch von mir?", erkundigte sich Amalia erschrocken. „Ich wollte mich natürlich für ihre Gastfreundschaft revanchieren. Außerdem mag ich sie sehr."

„Sie ist auch ein Schatz. Vor allem, wenn man nicht ihre Tochter ist", antwortete Elena. „Aber diesmal hat es wirklich kaum Probleme gegeben, alles war erstaunlich harmonisch. Das war leider nicht immer so, aber damit möchte ich dich nicht belasten."

„Konflikte in der Familie kenne ich zur Genüge. Sei froh, dass du dich nicht wie ich gleich mit einem ganzen Clan herumschlagen musst."

„Mutter ist eigentlich alles, was mir an Familie geblieben ist", stellte Elena betroffen fest. „So habe ich das noch nie gesehen."

Tatsächlich war die Verbindung zu ihrer angeheirateten Verwandtschaft in Südtirol nach Pauls Tod nahezu eingeschlafen. Ihr Kontakt mit den Martells beschränkte sich auf den Austausch von Geburtstagswünschen und Weihnachtskarten. Und andere Angehörige, außer einem Cousin zweiten Grades, der in Deutschland lebte, hatte sie nicht.

Elena beschloss im Stillen, ihre Mutter bald mit einem Flugticket nach Sizilien zu überraschen. Aber wie Amalia sagte, erst einmal musste sich die Aufregung um den Antonello legen. Automatisch warf Elena einen Kontrollblick auf das Gepäckfach über ihrem Sitz. Auch Amalia sah immer wieder ängstlich auf, sobald jemand an ihnen vorbeiging. „Keine Sorge, niemand will dir etwas wegnehmen. Aber dich bedrückt doch etwas. Was ist los?"

„Ich muss ständig an die Zukunft denken."

„Wieso? Es steht euch zwar ein bürokratischer Hürdenlauf bevor, aber zum Lohn seid ihr Millionäre, wenn der Antonello versteigert wird."

„Das ist eben die Frage. Ich bin mir nämlich ganz und gar nicht sicher, ob sich Gabriele von dem Bild überhaupt trennen will."

„Wie kommst du darauf? Ihr braucht doch das Geld. Wenn ihr nicht bald etwas unternehmt, fällt euch noch das Dach auf den Kopf. Im wahrsten Sinn des Wortes."

„Das ist nur die dringendste Sanierung, die ansteht. Wir haben zwar schon vor Jahren beim Denkmalamt um eine Subvention angesucht, aber du weißt ja, wie lang so etwas dauert. Dennoch wäre all das kein Grund für Gabriele, den Antonello zu verkaufen."

„Das verstehe ich nicht. Was hat er von einem Gemälde, das er in einem Banktresor aufbewahren muss, weil es so wertvoll ist? Daheim werdet ihr es wohl kaum wieder aufhängen."

„Dein Paul war ein Künstler, aber kein Sammler. Gabriele ist ein Sammler. Und die ticken nun einmal anders, glaub mir. Weil für sie allein der Besitz von etwas Seltenem, Kostbarem zählt. Auch wenn man damit absolut nichts anfangen kann. Dazu kommt, dass sich Gabriele in seiner neuen Rolle gut gefallen wird."

„In welcher neuen Rolle?"

„Wie ich ihn kenne, malt er sich jetzt schon aus, welche Schlagzeilen er mit seiner Maddalena machen wird."

„Sensationsfund in sizilianischem Adelshaus! Antonello da Messina malte Ahnherrin des Conte Gabriele Villadicani! Meinst du, er träumt davon, auf diese Weise berühmt zu werden?"

„Berühmt und vor allen Dingen beneidet. Er wäre der Einzige in seinen Kreisen, der ein sizilianisches Nationalheiligtum besitzt. Denn als solche sieht man die Werke des Antonello an."

„Aber dir gehört das Bild doch genauso."

„Du weißt, mir bedeutet Besitz herzlich wenig. Mir wäre es viel wichtiger, unseren Kindern eine optimale Ausbildung finanzieren zu können. Mit dem Geld könnten wir aber auch ganz andere Dinge unternehmen. Reisen zum Beispiel. Rund um die Welt, ohne zu fragen, was es kostet."

„Was es kostet! Du sagst es! Damit kriegst du Gabriele herum! Falls er wirklich mit dem Gedanken spielt, den Antonello zu behalten, brauchst du ihm nur vorzurechnen, was er alljährlich allein für die Versicherung des Gemäldes ausgeben müsste."

„Wenn er das Bild für Sonderausstellungen zur Verfügung stellt, zahlt doch das jeweilige Museum alle Spesen?"

„Du meinst, wenn Gabriele mit seiner Tante quasi auf Tournee geht? Sicher. Aber vergiss nicht, bei allem Respekt vor Antonello da Messina, er ist nicht Leonardo da Vinci. Und eure Maddalena ist nicht die Mona Lisa. Ich glaube kaum, dass das Publikum in London oder New York Schlange stehen wird, um sie zu sehen. Nach der ersten Aufregung wird sich hauptsächlich die Fachwelt dafür interessieren."

„Klingt beruhigend. Außerdem hat Gabriele noch nichts Konkretes dazu gesagt. Vielleicht unterstelle ich ihm das alles nur, und er möchte das Bild lieber heute als morgen verkaufen."

„Du wirst sehen, auch die Rolle als Millionär wird ihm zusagen. Du musst sie ihm nur entsprechend schmackhaft machen. Sei diplomatisch und sprich nicht von den Ausbildungskosten für die Kinder. Das ergibt sich von selbst. Lass dafür lieber ein paar Autozeitschriften herumliegen. Es würde mich sehr wundern, wenn Gabriele beim Gedanken an einen Maserati nicht schwach wird."

Amalia lachte auf. Doch dann wurde sie mit einem Schlag wieder ernst. „Da gibt es noch etwas. Was ist mit dir? Noch ist keineswegs geklärt, wem das Original wirklich gehört. Fest steht, dass wir zumindest zuletzt nur eine Kopie besessen haben. Den echten Antonello hast doch du aus Selinunte mitgebracht."

„Jetzt hör mir bitte ganz genau zu", antwortete Elena mit belegter Stimme. „Glaub mir, ich bin keine Heilige. Natürlich gefällt mir die Vorstellung, unglaublich reich zu sein. Aber wir wissen alle, wie ich zu eurem Bild gekommen bin. Nimmst du ernsthaft an, ich würde euch euer Eigentum streitig machen? Dieses Geld würde mir kein Glück bringen!" Bevor Amalia antworten konnte, fuhr Elena fort. „Was ihr damit macht, ist eure Entscheidung. Wandert das Gemälde in den Tresor, dann ist die Sache für mich erledigt. Solltet ihr den Antonello aber verkaufen, würde ich einen Finderlohn nicht ablehnen. Das wäre eine ganz hübsche Summe. Jedenfalls mehr, als ich als Reiseleiterin jemals verdienen kann. Geld macht schon glücklich, wer etwas anderes behauptet, lügt!"

„Was soll ich dazu sagen? Ich bin von deiner Fairness überwältigt, das kannst du mir glauben", antwortete Amalia.

„Am besten gar nichts. Über Selbstverständlichkeiten spricht man unter Freunden nicht! Deshalb brauchen wir auch erst gar nicht lange darüber reden, wie ihr euch bei Norbert Cordes revanchieren könnt. Eine Expertise werdet ihr in jedem Fall brauchen. Also engagiert ihr ihn ganz offiziell als Gutachter, dem ihr das übliche Honorar bezahlt. Und solltet ihr das Bild Sotheby's oder einem anderen Auktionshaus anbieten, dann habt ihr gleich einen Berater zur Hand, wie ihr keinen besseren finden könntet. Und jetzt schau lieber zum Fenster hinaus. Wir sind bereits über Sizilien und werden bald landen."

Amalia war froh, dass Elena das heikle Thema nicht weiter diskutieren wollte. Für sie war das letzte Wort zwar noch lange nicht gesprochen, doch jetzt wollte sie nicht weiter darüber nachdenken. Sie ließ lieber die aufregenden Tage in Wien noch einmal Revue passieren.

„Wir haben Norbert gar nicht nach dem Penis gefragt“, platzte sie plötzlich heraus.

Elena konnte ein Kichern kaum unterdrücken. Im Gegensatz zu ihrer Freundin, die in einem Wien-Führer blätterte, bemerkte sie das verblüffte Gesicht des Stewards, der ausgerechnet in diesem Moment vorbeiging. „Was ist schon ein Penis? Gestern gab es Interessanteres zu sehen, meinst du nicht?“, antwortete Elena kryptisch, um den jungen Mann, der noch immer in Hörweite war, weiter zu verwirren.

Erst jetzt erfasste Amalia die Komik der Situation, weshalb sie vergnügt fortfuhr: „Schon. Aber dieses Exemplar ist beachtlich!“

„Selbst als Fassadenschmuck am Stephansdom“, fügte Elena leise hinzu.

Noch immer kichernd folgten die beiden Frauen der Lautsprecheranweisung, die Gurte wieder anzulegen und die Sitzlehnen in aufrechte Position zu bringen. In wenigen Minuten würde die Maschine zum Landeanflug ansetzen. Zuvor aber flog sie noch eine Schleife über den tiefblauen Golf von Catania. In sattem Grün leuchteten die Zitrusplantagen zu Füßen des Ätna, der seine Schneehaube noch immer nicht zur Gänze abgelegt hatte.

„Wie schön ist doch Sizilien“, seufzte Elena. „In Wien bin ich gern zu Besuch. Aber leben möchte ich nur noch hier.“

Kaum war das Zeichen „Fasten Seat Belts“ erloschen, sprang Amalia auf, um ihr Handgepäck aus dem Fach zu zerren.

Elena hingegen blieb in aller Ruhe sitzen. „Lass dir doch Zeit, es dauert noch eine Weile, bis die Tür aufgeht“, forderte sie Amalia auf, nochmals Platz zu nehmen. Vergebens. Die Freundin hielt den Griff ihres Trolleys fest umklammert.

„Wenn du möchtest, kümmere ich mich um unsere Koffer. Dann kannst du Gabriele sofort dein Handgepäck und damit die Verantwortung in die Hand drücken“, schlug Elena vor. „Es dauert meistens ziemlich lange, bis sich in Catania das Laufband in Bewegung setzt.“

Dankbar nahm Amalia das Angebot an. Sie konnte es kaum erwarten, den Antonello loszuwerden. Tatsächlich wäre es ihr am liebsten gewesen, Gabriele nach Wien zu bitten, um sie und das Bild abzuholen. Aber das hätte sie niemals zugegeben. Nachträglich erschien es ihr geradezu verrückt, wie sorglos sie mit dem Wertvollsten, das sie je besitzen würde, umgegangen war. Von der Straßenbahnfahrt zu den Cordes würde sie Gabriele besser nicht erzählen.

„Buona sera, Commissario. Elena wird gleich da sein.“ Nachdem sie ihrem Mann um den Hals gefallen war, drückte Amalia vor Erleichterung, dass alles gut gegangen war, auch Giorgio einen Kuss auf die Wange. „Seien Sie mir nicht böse, dass ich mich sofort wieder verabschiede. Sobald Elena mit meinem Koffer kommt, möchte ich so schnell wie möglich nach Hause.“

„Sie werden aber vorher noch einen Umweg über Ihre Bank machen müssen. Auch wenn die jetzt geschlossen ist. Aber nach Ihrem Anruf, dass Sie das Bild mitbringen, haben wir mit dem Direktor vereinbart, dass er auf Sie warten wird“, antwortete der Commissario. „Erst wenn der Antonello sicher im Tresor verwahrt ist, werden wir alle ruhig schlafen können.“

In diesem Moment erschien Elena mit einem Handwagen, auf dem sich das restliche Gepäck türmte.

„Wir telefonieren morgen, okay?“, rief sie den Villadicanis zu.

„Vielen Dank für alles, Elena“, antwortete Gabriele förmlich. „Wenn es dir passt, kommen wir morgen oder spätestens übermorgen nach Taormina. Ich glaube, wir haben einiges zu besprechen.“

„Das hat Zeit“, gab Elena unbekümmert zurück. „Eure Maddalena hat ihr Geheimnis so lange bewahrt. Da kommt es auf ein paar Tage auf oder ab auch nicht mehr an. Jetzt sollten wir erst einmal das Wochenende genießen. Vor allem unser Commissario, der am Montag wieder arbeiten muss.“

„Muss ich nicht“, warf Giorgio ein, der sich bisher dezent im Hintergrund gehalten hatte. „Der Commissario hat nicht nur einen Namen, er hat sich auch Urlaub genommen, was du offenbar schon wieder vergessen hast.“

„Tut mir leid, Giorgio, ich habe wirklich nicht mehr daran gedacht, dass du kommende Woche frei hast. Verzeih, auch ich bin nach all der Aufregung ein bisschen durcheinander“, entschuldigte sich Elena.

„Hoffentlich nicht so durcheinander, dass du vielleicht gar die Bilder verwechselt hast?“, erkundigte sich Gabriele scherzhaft.

„Du willst mir doch nicht unterstellen, dass ich mir das Original unter den Nagel gerissen habe“, fauchte Elena den Conte unerwartet heftig an.

„Um Himmels willen, natürlich nicht“, stammelte Gabriele. „Das sollte ein Witz sein.“

„Leider ein schlechter, aber lassen wir das. Offenbar liegen sogar meine Nerven blank, wie könnte ich dann dir einen Vorwurf machen. Du erkennst das Original an dem kleinen roten Aufkleber an der Rückseite, den Norbert Cordes angebracht hat. Die Kopie, die ich bei mir habe, hat er mit einem schwarzen Punkt gekennzeichnet. Von der Markierung mit dem Taschenmesser ist nichts mehr zu sehen. Die fand er so barbarisch, dass er die Stelle professionell wieder geglättet hat." Und damit schob sie dem Conte den Wagen mit dem Gepäck seiner Frau zu.

„Aber ich habe doch nur die Kopie beschädigt. Wenn man in dem Fall überhaupt von einer Beschädigung sprechen kann", wehrte sich Giorgio gegen den Vorwurf der Barbarei.

„Für Norbert macht das keinen Unterschied. Seiner Meinung nach darf man mit einem Messer nicht an einer Bildtafel herumschnitzen. Auch nicht an einer Fälschung", verteidigte Elena ihren Jugendfreund. „Er mag da etwas eigen sein, aber auch eine gute Kopie ist für ihn ein ernst zu nehmendes Werk, das man nicht verletzen darf. Nicht einmal an der Rückseite."

„Wenn wir noch lang hier herumstehen, fange ich an zu schreien", meldete sich Amalia zu Wort. „Ich bin todmüde, weil ich kaum geschlafen habe. Bitte entschuldigt mich, aber ich kann nicht mehr." Ohne sich noch einmal umzublicken, ob Gabriele ihr auch tatsächlich folgte, steuerte sie das Parkhaus an.

„Das war jetzt ein ziemlich abrupter Abschied", meinte Giorgio. „Mein Auto steht gleich dort drüben. Hinter dem Polizeifahrzeug."

„Im Halteverbot?", wunderte sich Elena, bevor sie begriff. „Ach, ich verstehe. Auch im Urlaub bist du im Dienst. Du hast den Kollegen deinen Sheriffstern gezeigt und darfst deswegen dort parken, wo jeder andere abgeschleppt wird!"

„Einmal Polizist, immer Polizist. Das wirst du schon noch merken."

Hoffentlich nicht, dachte Elena. Alles muss auch ein Commissario nicht wissen. Schon gar nicht, wie sehr ich mich auf die kommenden Tage freue.

„Erst fahren wir zu dir nach Hause und laden dein Gepäck ab. Dann suchen wir für mich ein Hotelzimmer. Oder machen wir es umgekehrt?", erkundigte sich Giorgio, als sie die Autobahn Richtung Messina erreicht hatten. „Ich könnte mich auch in Giardini Naxos um ein Quartier umschauen. Vielleicht ist dort, wo die Signora Bernhardt abgestiegen ist, noch ein Apartment frei."

„Du kannst mein Gästezimmer haben."

„Und was werden die Nachbarn sagen? Bist du nicht besorgt um deinen guten Ruf?"

„Jetzt fang nicht du auch noch mit schlechten Scherzen an. Erstens habe ich keine Nachbarn, und zweitens sind wir wirklich alt genug, dass uns das egal sein kann. Mein Ruf geht nur mich etwas an, und ich habe kein Problem damit."

„Hoffentlich denkt Ercole genauso!" Der Hund hatte Giorgio zwar in Syrakus anstandslos akzeptiert, doch ob er sich auf seinem eigenen Territorium genauso friedlich verhalten würde, war fraglich. Er sprach es nicht aus, aber der Commissario glaubte nicht daran, dass er die kommende Nacht im Gästezimmer verbringen würde. In Elenas Schlafzimmer aber war Ercole der Chef. Auch wenn er nicht im Bett schlafen durfte, wie Elena mehrmals betont hatte. Wenn er ins Bett will, schmeiße ich ihn einfach hinaus, beschloss Giorgio. Aber jetzt muss ich erst einmal abwarten, ob sie nicht vorher mich hinauswirft.

Als die unverwechselbare Silhouette von Taormina in Sicht kam, war er sich seiner Sache auf einmal nicht mehr so sicher. Vielleicht war es doch besser, er nahm sich ein Hotelzimmer? Damit würde er alle Komplikationen oder gar Peinlichkeiten vermeiden.

Feigling, beschimpfte er sich im selben Atemzug. Giorgio machte sich keine Illusionen über seinen wohl größten Fehler. Dass er Problemen am liebsten weiträumig aus dem Weg ging, war einer der Hauptgründe für seine gescheiterte Ehe. Hätte er manches rechtzeitig mit Angelica ausdiskutiert, wäre er vielleicht noch heute verheiratet. Und das sogar glücklich.

„Alle Frauen sind falsch, und alle Männer sind feig!" Diesen Spruch hatte ihm sein Vater mit auf den Lebensweg gegeben. Ein Klischee, das nicht von ungefähr kam. Nur allzu gut erinnerte sich Giorgio, mit welcher Raffinesse ihn alle Frauen in seinem Leben irgendwann einmal belogen hatten. Manchmal war es nur um Kleinigkeiten gegangen, häufiger aber um wesentliche Dinge.

Wie oft hatte er den Kopf in den Sand gesteckt und so getan, als würde er nichts bemerken. Feige wegzuschauen war einfacher, als sich einer Verantwortung zu stellen. Dieses Motto zog sich wie ein roter Faden durch sein Leben. Damit musste ein für alle Mal Schluss sein!

Für eine Umkehr ist es ohnedies bereits zu spät, sagte er sich, als er sein Auto vor Elenas Haus ausrollen ließ. Sie hat mich eingeladen, ich habe angenommen, also kann ich keinen Rückzieher mehr machen. Dieser Meinung war offenbar auch Ercole, der freudig bellend auf Elena zugestürzt war. Als er Giorgio erblickte, kannte seine Begeisterung keine Grenzen.

„Ich helfe Ihnen, Signore!“ Hilfsbereit war Carmela herbeigeeilt, um beim Ausladen zu helfen. „Diesen auch?“, fragte sie scheinheilig und deutete auf Giorgios Koffer.

„Ja, diesen auch, Carmela. Ich habe den Commissario eingeladen. Er wird in den nächsten Tagen hier wohnen“, klärte Elena ihre Haushälterin auf. „Deswegen richte bitte das Gästezimmer her, bevor du gehst, und leg bitte auch frische Handtücher zurecht.“

Also doch! Signora Elena war verliebt, da gab es keinen Zweifel! Carmela erinnerte sich nur allzu gut an das Telefongespräch vor zwei Tagen. Seither hatte sie immer wieder an die alte Dame und ihren gut aussehenden Verehrer denken müssen. Gut sah auch dieser Signore aus. Sehr gut sogar, wie Carmela nach einem zweiten prüfenden Blick zufrieden feststellte.

Während Giorgio und Carmela noch mit dem Gepäck beschäftigt waren, hatte Elena bereits den Inhalt des Kühlschranks inspiziert. Wie erwartet fand sie ihn wohl gefüllt. Die gute Carmela, sogar eine Caponata hat sie für mich gemacht, dachte sie gerührt, als sie die Schüssel mit dem Auberginengericht entdeckte. Und wie immer viel zu viel. Das reicht als Antipasto locker für zwei. Danach gibt es Spaghetti carbonara, das geht am schnellsten. Wenn er dann noch hungrig ist, hat er Pech gehabt. Es ist weder Fleisch noch Fisch im Haus, dafür hat Carmela Erdbeeren eingekauft. Und einen passenden Wein hat sie auch eingekühlt.

Was immer sie benötigten, würden sie morgen besorgen. Auch an einem Sonntag war das in Italien kein Problem. Jedenfalls konnten sie heute bald essen und anschließend, wenn sie nicht zu müde waren, einen Bummel über den Corso von Taormina unternehmen. Oder doch früh zu Bett gehen, aber darüber wollte sie vorerst nicht nachdenken.

Im Grunde ihres Herzens war Elena klar, dass sie nur deshalb länger als nötig in der Küche herumfuhrwerkte, um sich nicht mit dem unausweichlichen Ausgang des Abends auseinanderzusetzen. Sie wusste, dass die Entscheidung gefallen war, als sie Giorgio zu sich nach Hause eingeladen hatte. Alles andere war bloß ein Ablenkungsmanöver. Aus Angst vor der eigenen Courage.

Als das Essen wenig später auf dem Tisch stand, brachte nicht nur Elena vor Nervosität kaum einen Bissen hinunter. Mit gesenkten Augen stocherte Giorgio in seiner Pasta herum, bevor er sich einen Ruck gab und sie offen anblickte. „Es ist wohl besser, ich gehe jetzt."

„Meinst du, das ändert etwas?"

„Ja, denn noch ist nichts passiert, was du bereuen könntest."

„Aber Dinge passieren doch genau so, wie sie sollen. An diese Philosophie habe ich immer geglaubt."

„Das kann nicht stimmen. Sonst würden wir immer alles richtig machen. Wenn das nur so einfach wäre! Ich habe schon zu viele Fehler in meinem Leben begangen."

Elena legte ihre Hand auf Giorgios Unterarm. „Ich möchte, dass du bleibst", flüsterte sie fast unhörbar. „Bis vor wenigen Augenblicken war ich mir noch nicht sicher. Aber jetzt bin ich es. Sag bitte nichts. Komm einfach."

Nach all den einsamen Jahren hatte Paul sich in diesem Moment für immer von ihr verabschiedet, das war ihr schlagartig klar geworden. Behutsam nahm sie Giorgios Hand. „Er ist gegangen. Endgültig gegangen, glaub mir. Ganz leise hat er die Tapetentür, durch die er aus meinem Leben verschwunden ist, endgültig zugemacht. Er wird nicht wiederkommen. Und es ist gut so."

Auch wenn Pauls Name zwischen ihnen nie gefallen war, er musste nicht fragen, von wem Elena sprach. Der Gedanke, gegen einen Toten antreten zu müssen, hatte Giorgio mehr beschäftigt, als ihm lieb war. Wortlos nahm er die Frau, die ihn zärtlich ansah, in die Arme. Ich hätte es eigentlich wissen müssen, dachte er überglücklich. Würde sie noch um Paul trauern, wäre ich chancenlos geblieben. In Elenas Bett ist nun einmal nur Platz für zwei.

Dass es sich Ercole längst im Schlafzimmer bequem gemacht hatte, wusste Giorgio allerdings nicht. Aber das würde er schon noch früh genug merken.

37. Kapitel

Das darf doch nicht wahr sein! Was hat dieser Polizist in Taormina zu suchen?

Gerade noch rechtzeitig konnte sich Martina Reich hinter einem Straßenständer mit bunten Tüchern und Sonnenhüten, wie sie alle paar Meter auf dem Corso feilgeboten wurden, verbergen. Mit zusammengekniffenen Augen spähte sie zwischen den im Wind wehenden Stoffbahnen hervor. Sie hatte sich nicht getäuscht, es war tatsächlich der Commissario aus Trapani, der es sich in diesem Moment an einem schattigen Tisch der kleinen Bar „Duomo" bequem machte.

Nichts wie weg von hier, dachte sie. Doch als sie ihr dürftiges Versteck aufgeben wollte, sah sie Elena, die ebenfalls das Lokal hinter dem anmutigen Barockbrunnen ansteuerte. Die beiden waren verabredet, da gab es keinen Zweifel.

Aber was bedeutet das für meine Pläne?, überlegte Martina, die ihren Beobachtungsposten nun doch nicht verlassen wollte. Was haben die zwei zu besprechen?

Sie machte sich keine Illusionen. Der Commissario hatte sie in Verdacht, irgendetwas mit dem Tod von Sigismund Eck zu tun zu haben. Und auch Elena wäre ihr fast auf die Schliche gekommen, nachdem sie in Selinunte ihre Beute aus Angst vor einer Durchsuchung im Hotelflur an die Wand gehängt hatte.

Ein großer Fehler, wie sich bald herausstellte. Denn als sie das Porträt zurückholen wollte, war es verschwunden. Irgendwer hatte ihre kostbare Maddalena gegen eine ihr unbekannte Heilige ausgetauscht. Und diese Person konnte eigentlich nur Elena gewesen sein.

Vermutlich hatte die Reiseleiterin das Bild nur deshalb mitgenommen, weil es ihr vage bekannt vorgekommen war. Vielleicht hatte sie dabei gar nicht an die Villadicanis gedacht. Im Palazzo hingen viele Gemälde und sie konnte unmöglich alle genau kennen. Auf die Idee, dass die beiden Exemplare identisch sein könnten, war sie sicher noch nicht gekommen, denn dazu musste man das Original und die täuschend echte Kopie nebeneinanderhalten.

Genau das aber wollte sie um jeden Preis verhindern. Solange es auf Sizilien nur ein einziges Exemplar gab, konnte niemand die Spur zu ihr zurückverfolgen. Sollten aber beide Bilder in sachverständige Hände geraten, war es nur eine Frage der Zeit, bis sich herausstellte, wer die meisterhafte Kopie angefertigt hatte. Und auch das Warum würde nicht mehr lange ein Geheimnis bleiben.

Damit aber waren alle ihre Träume von einem sorglosen Leben geplatzt. Martina musste rasch und doch überlegt handeln. Einen weiteren Fehler konnte sie sich nicht leisten, das war ihr klar. Andererseits hatte es keinen Sinn, einer Begegnung mit Elena und dem Commissario aus dem Weg zu gehen. Im Gegenteil, nur wenn sie sich völlig arglos gab, konnte sie herausfinden, was die beiden vorhatten. Alles Weitere würde sie dann spontan entscheiden müssen.

Unbewusst straffte sie die Schultern, bevor sie das kleine Café an der Piazza Duomo betrat. Zu ihrer Enttäuschung blickten weder Elena noch der Commissario auf, als sie am Nachbartisch Platz nahm. Die beiden hatten offensichtlich nur Augen füreinander.

Waren sie vielleicht gar ein Liebespaar? Etwas Besseres konnte ihr nicht passieren. Das würde nicht nur die Anwesenheit des Polizisten in Taormina erklären, die beiden hatten dann wohl auch anderes zu tun, als einem nebulösen Verdacht nachzujagen. Viel Zeit blieb ihr nicht, darüber nachzudenken. Sie musste rasch reagieren, denn am Nebentisch machte man sich offensichtlich zum Aufbruch bereit.

„Elena! Wie schön, dass ich Sie endlich treffe. Ich habe schon nach Ihnen Ausschau gehalten. Und das ist doch der nette Commissario aus Trapani, wenn ich nicht irre?"

„Sie irren sich nicht. Auch ich erinnere mich gut an Sie, Signora Reich", antwortete Giorgio kühl. „Leider müssen wir jetzt gehen", setzte er mit einem Blick auf seine Armbanduhr fort. „Wir sind ohnedies schon spät dran!"

„Aber nicht doch, auf ein paar Minuten kommt es wirklich nicht an", widersprach Elena und sah Giorgio dabei durchdringend in die Augen. „Ich möchte gern noch ein wenig mit Frau Reich plaudern."

Was war bloß in sie gefahren? Giorgio verstand die Welt nicht mehr. Elena war doch ebenso wie er davon überzeugt, dass diese Person eine Kriminelle war. Auf jeden Fall eine Diebin, die einen Millionenschatz stehlen wollte. Und wahrscheinlich sogar eine Mörderin, der man nur nichts nachweisen konnte. Nicht jetzt und auch in Zukunft nicht. Wozu also sollte er seine Zeit mit freundlichem Small Talk vergeuden?

„Wie du meinst! Dann setzen wir uns eben wieder nieder." Mit steinerner Miene schnippte der Commissario mit den Fingern, um den gelangweilt am Tresen lehnenden Kellner auf sich aufmerksam zu machen. „Noch einmal das Gleiche", orderte er, bevor er sich den beiden Frauen zuwandte.

Interessiert beobachtete er, wie sich plötzlich ein Strom gelbbehüteter Touristen über den Domplatz ergoss. Offenbar die Teilnehmer einer Kreuzfahrt auf Landausflug, stellte er fest, während er dem Austausch von Höflichkeiten und Banalitäten mit halbem Ohr zuhörte. Erst als er mitbekam, dass die zwei konkrete Pläne für den nächsten Tag schmiedeten, verfolgte er das Gespräch mit neu erwachter Aufmerksamkeit.

„Ich möchte Frau Reich zeigen, wo man einige Szenen des Paten gedreht hat. Das interessiert dich doch auch, Giorgio", wandte sich Elena ihm zu, während sie ihn unter dem Tisch anstieß. Das heißt, ich darf einfach nur ja sagen und eine Erklärung gibt es später, dachte Giorgio, der sich an die Statistenrolle erst gewöhnen musste.

Regie führte jedenfalls eindeutig Elena, die nun auch noch mit Signora Bernhardt telefonierte.

„Sie und Herr Jakubowski kommen also morgen auch mit nach Savoca und Forza d'Agrò? Nein, es ist wirklich nicht weit. Treffpunkt zehn Uhr, vor meinem Haus, einverstanden? Ja, Frau Reich kommt auch mit. Sie lässt grüßen. Ciao, a domani!"

Zufrieden lächelnd schob Elena ihren Stuhl zurück und stand auf. „Wir müssen Sie jetzt verlassen. Bis morgen!"

„Aber wir müssen doch noch die Details besprechen", protestierte Martina, die sich überrumpelt fühlte. „Fahren wir mit einem oder zwei Autos? Wie lang sind wir unterwegs?"

„Das wird sich ergeben. Vielleicht ist das Leihauto der beiden groß genug für uns alle. Wenn nicht, dann teilen wir uns eben auf. Wir sind fünf, plus Ercole. Meine Haushälterin hat sich nämlich morgen freigenommen, weil sie zum Zahnarzt muss. Also kommt der Hund mit, sonst wäre er ganz allein."

Martina Reich fragte nicht weiter nach, sondern verabschiedete sich nun ebenfalls rasch von den beiden, die eilig davonstrebten. Sie hatte erfahren, was sie wissen wollte. Kein kläffender Köter würde morgen Elenas Haus bewachen. Kurz vor zehn würde sie anrufen und sagen, dass sie leider nicht mitkommen könne. Weil ihr schlecht war. Oder weil ihre Schwester einen schweren Unfall hatte und sie sofort zurückfliegen müsse. Irgendetwas Plausibles würde ihr schon einfallen.

Sobald die vier samt Hund weg waren, würde sie ungestört ins Haus einsteigen, das Bild schnappen und anschließend sofort zum Flughafen fahren. Einfacher ging es wohl nicht! Oder war es vielleicht gar zu einfach? Diesmal würde sie sich jedenfalls nicht so leicht ins Bockshorn jagen lassen. Es genügte, dass sie sich diese Suppe aus purer Überängstlichkeit selbst eingebrockt hatte. In Selinunte hatte sie aus Furcht vor einer Zimmerdurchsuchung eindeutig überreagiert. Hätte sie sich bloß nicht von dem Bild getrennt!

Über verschüttete Milch soll man nicht weinen! Während sie sich einen Weg durch die von Sonntagsausflüglern, Kreuzfahrern und anderen Touristen verstopfte Flaniermeile von Taormina bahnte, meinte Martina, die Stimme ihres Vaters zu hören. Mit diesem Spruch hatte er sie immer getröstet, wenn wieder einmal etwas schiefgegangen war. Also dachte sie auch besser nicht mehr an den toten Oberstudienrat.

Ob sie wollte oder nicht, immer wieder verfolgte sie das blutige Ende des Lehrers. Der entsetzte Blick im letzten Sekundenbruchteil seines Lebens, als er den Gesteinsbrocken auf seinen Kopf herabstürzen sah. Am schlimmsten aber war die Erinnerung an das grässliche Geräusch, als das Geschoss auf dem kahlen Schädel aufschlug.

Dieser dumme Mensch könnte noch leben, wenn er sich ihr nicht in den Weg gestellt und ihr gedroht hätte. „Ich habe Sie im Palazzo Villadicani beim Stehlen beobachtet“, hatte er ihr auf den Kopf zugesagt. „Sie haben ein Bild mitgehen lassen!“ Das abzustreiten wäre sinnlos gewesen, dachte Martina an das verhängnisvolle Gespräch am Strand von Agrigent.

„Was haben Sie vor, Herr Professor?“, hatte sie stattdessen demütig gefragt. Sich kleingemacht vor einem, der nicht ihr – und schon gar nicht einem Martin Wegand – das Wasser reichen konnte. Herr Professor! Von wegen! Von einer Professur konnte bei Sigismund Eck keine Rede sein. Er war doch nichts anderes als ein mittelmäßig begabter Zeichenlehrer. Ein Möchtegern-Künstler, der nie verwunden hatte, dass ihr Vater, den er aus Studientagen kannte, mehr Talent im kleinen Finger besessen hatte als er in beiden Händen.

„Sie anzeigen! Zuerst wollte ich das sofort tun. Aber dann hätten Sie sich vielleicht herausreden können. Damit, dass Sie das Bild nur skizzieren und gleich wieder zurückgeben wollten. Von der Reiseleiterin und auch von den Villadicanis wäre die Sache dann sicher diskret abgewickelt worden. Aber jetzt ist es dafür zu spät. Sobald wir in Palermo sind, wird sich die Polizei um Sie kümmern. Auf schweren Diebstahl steht Gefängnis. Wie der Vater, so die Tochter, das musste ja so kommen. Auch ein fauler Apfel fällt nicht weit vom Stamm!“

Hatte sie schon in diesem Moment beschlossen, ihn umzubringen? Oder war es doch eine spontane Entscheidung gewesen, als sie den verhassten Mann zwischen den Ruinen wie auf einem Präsentierteller vor sich gesehen hatte? Wusste sie das wirklich nicht mehr?

An die letzten Minuten vor dem Tod ihres ehemaligen Lehrers erinnerte sie sich nur noch dunkel. Hatte sie den Gesteinsbrocken tatsächlich aus dem Boden gelöst? Die Vorstellung, dass sie durch Zufall an einen umherliegenden Stein gestoßen war, gefiel ihr weit besser.

Aber eigentlich war es egal, ob sie das verhängnisvolle Geschoss versehentlich losgetreten oder Sigismund Eck kaltblütig ermordet hatte. Tot war tot. Ohne noch weiter darüber nachzugrübeln, betrat Martina das erstbeste Reisebüro am Corso, um sich nach den Flugverbindungen nach Deutschland für den nächsten Tag zu erkundigen.

38. Kapitel

„Meinst du, sie hat angebissen?“, wollte Elena von Giorgio wissen.

„Kommt darauf an, was du vorhast. Bisher hast du mich ja nicht in deine Pläne eingeweiht.“

„Das kannst du dir doch denken. Ich möchte der Reich die Möglichkeit geben, sich ihr Bild zurückzuholen. Sobald sie in mein Haus einbricht, werden wir sie auf frischer Tat ertappen.“

„Könnte es sein, dass du dir das ein bisschen zu leicht vorstellst? Wer soll sie festnehmen? Ich mit Sicherheit nicht, denn ich habe hier keinerlei Kompetenzen.“

„Dann eben einer deiner Kollegen. Das kann doch kein Problem sein!“

„Allerdings. Denn wofür soll ich um Amtshilfe bitten? Für die Aufklärung eines Einbruchs, der noch nicht einmal stattgefunden hat?“

„Du willst mir also nicht helfen“, schmollte Elena, während sie ungeduldig in ihrer Handtasche nach den Hausschlüsseln kramte.

„Davon kann keine Rede sein. Aber es gefällt mir nicht, wenn Laien Detektiv spielen. Die Reich ist gefährlich. Brandgefährlich sogar. Und sie glaubt sich ihrem Ziel ganz nahe.“ Nachdem er die zwei Plastiktüten mit ihrem Einkauf in der Küche abgestellt hatte, nahm Giorgio Elena zärtlich in die Arme. „Sie kann nicht wissen, dass es hier nur ihre eigene Kopie zu stehlen gibt.“

„Eigene Kopie oder nicht, wenn sie bei mir einsteigt, ist sie fällig“, beharrte Elena auf ihrem Plan. Giorgio seufzte und unternahm einen letzten Versuch, Elena von ihrem Vorhaben abzubringen. „Zugegeben, sie macht sich strafbar. Aber nur des Hausfriedensbruchs, wenn sie einen milden Richter findet. Sofern es überhaupt für einen Prozess reicht. Denn bei Delikten dieser Art kommt man nicht einmal in Untersuchungshaft. Man wird nur auf freiem Fuß angezeigt. Das heißt, sie kann ungehindert nach Deutschland fliegen und sogar darauf hoffen, dass die Angelegenheit wegen Geringfügigkeit eingestellt wird."

„So einfach ist es also, jemand umzubringen und ungeschoren davonzukommen", antwortete Elena bedrückt. „Eigentlich sollte ich wütend sein, aber ich bin nur entsetzlich traurig. Der Eck war ein Ekel, ja. Aber ein solches Ende hat er nicht verdient. Ich will ihr an den Kragen! Oder zumindest einen gehörigen Schrecken einjagen." Elena begann, die Lebensmittel zu verstauen, bevor sie nachdenklich fortfuhr. „Aber am Flughafen kannst du sie doch verhaften, oder?"

„Einfach festnehmen darf ich sie nicht. Auch der Airport Catania gehört nicht zu meinem Revier. Aktiv darf ich dort nur werden, wenn ich einen Haftbefehl vorweisen kann. Oder wenn Gefahr in Verzug ist. Die ist durchaus gegeben, wenn sie Diebesgut außer Landes bringen will."

„Das heißt, ich muss aussagen, dass sie mir ein wertvolles Bild gestohlen hat. Beispielsweise ein Renaissancegemälde von einem unbekannten Meister." Elena lachte boshaft auf, bevor sie fortfuhr: „Dass es sich um eine Kopie handelt, die ihr Vater angefertigt hat, muss sie erst einmal beweisen. Und selbst wenn ihr das gelingt, wird sie ganz schön ins Schwitzen geraten. Denn wie will sie erklären, weshalb sie das gute Stück mit auf die Reise genommen hat?"

„Im Gegenzug könnte sie aber dann dich des Diebstahls bezichtigen."

„Nur wenn sie konkrete Angaben machen kann, wo und wie sich das ereignet haben soll. Ich behaupte, ich hätte das Bild aus Wien mitgebracht. Das wäre nicht einmal eine Lüge."

Giorgio blickte sie bewundernd an. „Natürlich, das ist es! Diesen Aspekt habe ich noch gar nicht bedacht. Wir werden sie zwar nicht für lange Zeit hinter Gitter bringen können, aber einfach laufen lassen kann sie der Untersuchungsrichter in solch einem Fall auch nicht."

Freudestrahlend fiel ihm Elena um den Hals. „Jetzt müssen wir nur noch alles ganz genau planen. Was sagen wir Adele und Ludwig? Für lange Erklärungen, warum wir sie allein auf den Ausflug schicken, ist morgen früh keine Zeit. Ich wette mit dir, Martina wird da nämlich schon in der Nähe sein und uns ganz genau beobachten."

„Am besten die Wahrheit! Signora Bernhardt ahnt ohnedies etwas, sonst hätte sie mich nicht angerufen, um mir vom überraschenden Auftauchen der Reich zu erzählen. Dass sich auch Signor Schwabl seltsamerweise nach wie vor auf Sizilien herumtreibt, hat sie hingegen gar nicht irritiert."

„Mich dafür umso mehr. Ist er vielleicht ein Komplize der Reich? Während der Reise hat er sich auch schon recht seltsam benommen. Und dass er seinen Aufenthalt plötzlich verlängert hat, kommt mir ebenso merkwürdig vor."

„Ein Komplize? Nein. Gegen ihn liegt nichts vor, das haben die deutschen Behörden bestätigt. Natürlich habe ich auch über ihn Erkundigungen eingezogen. Deswegen weiß ich, was er beruflich macht." Giorgio grinste über das ganze Gesicht. „Nur wollte er das verbergen."

„Nun sag schon. Spann mich nicht auf die Folter!"

„Er arbeitet für eine internationale Fastfood-Kette als Standortberater. Wie du vielleicht gelesen hast, versuchen die schon lang, auf dem Ausgrabungsgelände von Pompeji Fuß zu fassen. Ein Riesengeschäft! Zum Glück sind bisher alle Anträge negativ beschieden worden. Deshalb sieht sich der Konzern nach anderen lohnenden Zielen um. Und auf Sizilien gibt es gleich eine ganze Reihe davon!"

„Du meinst, Hamburger und Fried Chicken vor dem antiken Theater in Syrakus oder den Tempeln von Agrigent? Eine entsetzliche Vorstellung!"

„Jetzt verstehst du, warum Wilhelm Schwabl partout nicht will, dass irgendwer von diesen Plänen Wind bekommt. Unter der Decke könnte so etwas ausgehandelt werden, nicht aber, wenn die Medien vorzeitig davon erfahren. Aber erst einmal geht es um die gewinnträchtigsten Plätze. Und genau die kundschaftet er aus."

„Dass er sich nicht geniert! Das muss verhindert werden! Ich kenne einen Journalisten von der ‚Sicilia', dem werde ich das stecken, sobald die Sache mit der Reich erledigt ist."

„Ach Elena! Gibst du eigentlich nie Ruhe? Du kannst dich doch nicht um alles kümmern! Wir sind auch noch da, Ercole und ich." Schwanzwedelnd erschien wie auf Stichwort der Hund in der Küche, um sein Futter einzufordern.

„Ihr kommt schon nicht zu kurz. Aber lenk jetzt nicht ab. Wo waren wir stehengeblieben? Dass wir mit Adele und Ludwig noch heute sprechen müssen, glaube ich." Sorgfältig kratzte Elena die letzten Fleischreste aus einer Dose, bevor sie die Hundeschüssel auf den Boden stellte. „Wir verraten ihnen aber vorerst keine Details und sagen nur, dass wir eine Falle stellen wollen. Und dass sie deswegen Ercole mitnehmen müssen."

Giorgio, der, ohne lang zu fragen, mit dem Zwiebelschälen begonnen hatte, ließ sich mit der Antwort Zeit, weshalb Elena eifrig fortfuhr: „Das heißt, wir fahren samt Hund gemeinsam mit den beiden wie ausgemacht um zehn Uhr ab. Mit einem Auto natürlich. Gleich hinter dem Friedhof steigen wir dann wieder aus und schleichen zurück."

Erst als er auch Olivenöl und Salz gefunden hatte, wandte sich Giorgio um. „Zu gefährlich, denn genau dort könnte sich die Reich bereits versteckt haben. Besser, wir nehmen ein Fernglas mit und setzen uns ins Teatro Greco. Von dort aus sehen wir jeden, der sich deinem Haus nähert. Egal von welcher Seite."

„Bestens, von dort oben lässt sich in sicherer Distanz alles genau beobachten. Aber verfolgen können wir niemanden. Bis wir wieder unten sind, ist die Frau längst über alle Berge."

„Wo soll sie schon hin? Entweder kehrt sie zurück ins Hotel, um in aller Ruhe unsere Rückkehr abzuwarten. Oder aber sie fährt direkt zum Flughafen, was ich eher annehme", gab Giorgio zu bedenken. „Sobald wir gegessen haben, werde ich ein paar Anrufe machen. Vielleicht hat die Reich ihren Rückflug bereits gebucht. Und Datenschutz hin oder her, an die Passagierlisten komme ich. Inoffiziell. Ich kenne da nämlich jemanden."

Gemeinsam mit Ercole, der sich zufrieden das Maul leckte, verließ Elena die Küche. Um nur ja nicht zickig zu wirken, ließ sie es widerspruchslos zu, dass Giorgio schaltete und waltete, als wäre er daheim. Daran würde sie sich allerdings erst wieder gewöhnen müssen. An volle Aschenbecher, die überall herumstanden, an nasse Handtücher im Bad und auch an die im Wohnzimmer verstreuten Kleidungsstücke und Schuhe.

„Adele und Ludwig werden morgen pünktlich da sein“, rief Elena dem noch immer in der Küche hantierenden Giorgio zu. „Ich habe gerade mit ihnen telefoniert. Und ich musste erst gar nicht ins Detail gehen, sie haben sofort begriffen, worum es geht.“

„Wir können in zwei Minuten essen“, erhielt sie zur Antwort. „Und ich möchte jetzt nichts anderes hören als ‚köstlich‘ oder ‚wunderbar‘. Oder, dass ich der Größte bin. Als Koch natürlich.“

„Du bist der Größte. Nicht nur als Koch“, lachte Elena wenig später. Mit Genuss hatte sie sich das auf den Punkt gegarte Meeresfrüchte-Risotto auf der Zunge zergehen lassen. Eine Spezialität Giorgios, der sich ebenfalls satt und zufrieden zurücklehnte.

Das Durcheinander in ihrer Küche war ihr in diesem Augenblick völlig egal. Zärtlich griff der Mann, der so unvermutet in ihr Leben geplatzt war, nach ihrer Hand, während es sich Ercole zu ihren Füßen bequem machte.

Ein leiser Wind trug den Duft von wildem Jasmin von der Terrassenbrüstung zu ihnen herüber. Immer wieder blitzte weit draußen auf dem Meer der Scheinwerfer eines Fischerbootes auf, während ein einsamer Falter im Kerzenlicht taumelte. Die Zikaden hatten ihr Abendlied angestimmt, und über ihnen wölbte sich funkelnd der samtschwarze Sternenhimmel.

Zum ersten Mal seit langer, langer Zeit war Elena einfach nur glücklich.

Nervös blickte Martina Reich um sich. Es war zum Aus-der-Haut-Fahren. Seit Minuten hatte sich die Schlange vor der Sicherheitskontrolle nicht bewegt. Da hatte Catania endlich einen neuen Flughafen, aber was nützte das, wenn nach wie vor am Personal gespart wurde und nur zwei Durchleuchtungsgeräte besetzt waren. Aber im Prinzip war das gleichgültig, ihr Flug nach Rom wurde ohnedies erst in etwa einer halben Stunde aufgerufen. Ob sie nun hier draußen stand oder vor dem Abfertigungsschalter wartete, machte eigentlich keinen Unterschied.

Alles war bisher nach Plan verlaufen, beruhigte sie sich selbst. Das Telefonat mit Elena an diesem Morgen hatte sie bravourös gemeistert. Sie könne leider der Einladung zum gemeinsamen Ausflug nicht folgen. Ihre arme Schwester würde nach einem Herzinfarkt in Hamburg auf der Intensivstation liegen, hatte sie mit tränenerstickter Stimme erklärt. Und dass sie sofort zu ihr fliegen müsse. Dass sie ein Einzelkind war, konnte hier ja keiner wissen.

Erwartungsgemäß waren die vier samt Hund kurz nach zehn Uhr abgefahren. Geduldig hatte sie noch eine Viertelstunde zugegeben, denn es hätte auch jemand etwas vergessen haben können. Danach war alles ein Kinderspiel gewesen. Um in Elenas Haus zu gelangen, hatte sie lediglich das Badezimmerfenster einschlagen müssen. Ein kurzer Griff nach dem Riegel, und schon war sie drin.

Wenige Augenblicke später hatte sie das Bild in der Nische über dem Schreibtisch entdeckt. Bis zuletzt war sie nicht völlig sicher gewesen, ob sie es tatsächlich hier vorfinden würde. Es einzustecken und über die

Terrasse zu verschwinden, war nur noch eine Angelegenheit von kaum einer Minute. Nach irgendwelchen Spuren würde der Commissario jedenfalls vergeblich suchen. Jedes Kind wusste, dass man bei einem Einbruch Handschuhe trug.

Vorsorglich hatte sie bereits tags zuvor das Flugticket gekauft und aus dem Hotel ausgecheckt. Damit sie nun nur noch ihren Koffer holen und mit dem Taxi nach Catania fahren musste.

Das Gepäck für den Romflug, der bald starten sollte, befand sich vermutlich bereits auf dem Rollfeld. Endlich war es so weit. Behutsam legte sie ihre Umhängetasche auf das Laufband vor dem Durchleuchtungsgerät, bevor sie selbst durch die Kontrollschranke ging. Kein Pieps. Dafür schrillte der Alarm bei dem ihr Nachfolgenden umso lauter, der nun mit hochrotem Kopf eine Handvoll Münzen aus seiner Hosentasche fingerte.

Lächelnd nahm sie ihre Tasche vom Band. Geschafft! Niemand hatte das in Geschenkpapier aus einer Boutique in Taormina gewickelte Bild inspizieren wollen. Doch im nächsten Moment entdeckte sie ein wohlbekanntes Gesicht, und sie wusste, dass etwas grässlich schiefgelaufen war. Flankiert von zwei uniformierten Polizisten stand Commissario Giorgio Valentino in der Abflughalle, um Martina Reich in Empfang zu nehmen.

Alles Weitere erlebte Martina wie in einem bösen Traum. Ihre Festnahme, die anschließende Fahrt ins Polizeipräsidium von Catania und die erste Einvernahme durch einen Kriminalbeamten. Erst als sich die Zellentür leise quietschend hinter ihr schloss, erwachten ihre Lebensgeister. Noch ist das Spiel nicht aus, sagte sie sich. Als Erstes musste ihr das deutsche Konsulat einen Anwalt besorgen. Bis dahin würde sie jede

Aussage verweigern und dadurch Zeit gewinnen, sich eine Verteidigungsstrategie zurechtzulegen.

Vielleicht sollte ich den Spieß einfach umdrehen! Nicht ich bin eine Diebin, sondern Elena Martell, werde ich sagen. Sie hat mir das Bildnis der heiligen Magdalena, meiner Schutzpatronin, das Vater eigens für mich gemalt hat, während der Rundreise gestohlen. Offenbar, weil sie geglaubt hat, dass es sich um ein altes Kunstwerk handelt. Sie war einmal bei mir im Zimmer, da muss sie es gesehen haben.

Dass es aus meinem Koffer verschwunden ist, habe ich aber leider erst beim Auspacken zu Hause entdeckt. Ich habe sofort gedacht, dass die Reiseleiterin etwas damit zu tun hat. Aber was hätte ich von Deutschland aus unternehmen sollen? Deshalb bin ich mit dem nächsten Charter nach Catania geflogen, um mich höchstpersönlich umzuschauen! Ich habe sogar Zeugen dafür, dass ich nach meinem Eigentum gesucht habe. Adele Bernhardt und Ludwig Jakubowski, denen ich erst wenige Tage zuvor beim Haus von Elena Martell begegnet bin, können das bestätigen.

Das klingt doch ziemlich glaubwürdig. Martina lachte höhnisch auf. Nicht ich bin die Böse, sondern jene Frau, die sich offenbar aus gutem Grund einem Polizeioffizier an den Hals geschmissen hat. Wie nützlich ein Kommissar im Hause sein kann, hat sich schließlich heute gezeigt. Mir will sie einen Strick drehen, dabei habe ich mir nur mein Eigentum zurückgeholt.

Heikel für mich wird es erst, wenn jemand auf die Idee kommt, das Bild könnte tatsächlich aus der Renaissance stammen. Aber selbst das wäre nicht das Schlimmste. Wer wüsste besser als ich, wie lang es dauern kann, bis sich Fachleute über das Alter eines Gemäldes einig sind? Und erst recht über den Künstler.

Für mich ist jetzt entscheidend, dass niemand die Villadicanis ins Spiel bringt. Doch selbst wenn, steht noch lange nicht fest, wer nun das Original besitzt.

Eine Kopie anzufertigen, ist nicht strafbar. Außerdem ist mein Vater schon lange tot, ihn kann keiner mehr einsperren. Und mich kann man dafür nicht belangen. Ins Gefängnis kann man mich eigentlich nur stecken, wenn man mir Kunstschmuggel vorwerfen kann. Dass ich beabsichtigt hätte, ein Werk im Wert von mehreren Millionen Euro ohne Wissen und Einverständnis des italienischen Staates außer Landes zu bringen. Aber das sollen die mir erst einmal beweisen.

Mit dem Ergebnis ihrer Überlegungen hochzufrieden, streckte sich Martina auf der schmalen Pritsche in ihrer Einzelzelle aus. Ein guter Anwalt würde sie hier ziemlich rasch herausholen! Aber vielleicht sollte sie nicht erst darauf warten, spann sie den Gedanken weiter. Die Zeit konnte eigentlich nur gegen sie arbeiten, denn früher oder später würden die Villadicanis auf den Plan treten. Besser, sie packte den Stier bei den Hörnern und bestand sofort auf einer Einvernahme.

Giorgio und Elena, die ihre Aussagen gemacht hatten, wollten gerade das Polizeipräsidium verlassen, als ein Beamter sie beim Ausgang zurückholte. „Der Staatsanwalt ist eben eingetroffen und will mit der Signora sprechen", erklärte der Uniformierte, der sie in den zweiten Stock des kafkaesk anmutenden Gebäudes begleitete. Je tiefer sie in den Maulwurfsbau mit den endlos scheinenden Gängen eintauchten, desto intensiver roch die abgestandene Luft nach Schimmel, Desinfektionsmitteln, Schweiß – und Angst.

„Was soll das bedeuten?" Besorgt wandte sich Elena an Giorgio. „Was will der Staatsanwalt von mir? Was ist so dringend, dass es nicht warten kann?"

„Ich habe keine Ahnung. Aber mir gefällt die Sache ganz und gar nicht. Bald werden wir mehr wissen!" Die Antwort war alles andere als dazu angetan, Elena zu beruhigen. Sie musste sich mit Giorgio besprechen. Dringend. Und allein. Dafür aber war es jetzt zu spät, denn sie waren bereits vor dem Büro der Staatsanwaltschaft angelangt.

„Dottor Trecastagni lässt bitten", forderte eine Sekretärin Elena zum Eintreten auf.

Hilfesuchend blickte sie sich um, doch Giorgio zuckte nur ratlos mit den Schultern.

„Mach dir keine Sorgen, es kann sich nur um eine Formalität handeln. Das ist in ein paar Minuten erledigt!"

Ein Irrtum, wie sich herausstellte. Es verging mehr als eine Stunde, bis Elena aus dem Zimmer des Staatsanwalts trat. „Diese Reich ist unglaublich", stieß sie hervor. „Was glaubst du, was der eingefallen ist? Die hat mich des Diebstahls beschuldigt! Mich! Ich soll ihr während der Rundreise ein von ihrem Vater gemaltes Bild gestohlen haben!"

Giorgio schluckte, bevor er tröstend die Hand auf ihren Arm legte. „Erinnerst du dich? Genau davor habe ich dich gewarnt. Ich hätte nicht zulassen dürfen, dass du dich einmischst. Was hast du ausgesagt?"

„Gehen wir, bitte. Ich muss hinaus in die Sonne. Dann erzähle ich dir alles. Wirklich alles!"

Misstrauisch blickte Giorgio die Frau, die er liebte, von der Seite an. Was hatte sie mit ihrer letzten Bemerkung gemeint? Was verschwieg sie ihm?

Die Vorstellung, dass Elena eine Diebin sein könnte, war absurd. Aber irgendetwas hatte sie angestellt, da gab es keinen Zweifel.

Schweigend ging Giorgio neben Elena her, die das nächstbeste Café ansteuerte, und ebenso wortlos wartete er ab, bis der Kellner das Bestellte serviert hatte. „Trink erst einmal einen Schluck. Aber dann möchte ich endlich wissen, was los ist!" Ohne es selbst zu merken, hatte der Commissario plötzlich einen Ton angeschlagen, wie er sonst nur bei Verhören üblich war.

Gierig stürzte Elena ein großes Glas Wasser in einem Zug hinunter. „Danke. Jetzt ist meine Schonzeit abgelaufen, nehme ich an", meinte sie mit einem schiefen Lächeln, das ihre Verlegenheit überspielen sollte. „Was möchtest du hören? Die gute Nachricht zuerst oder die schlechte?"

„Die gute."

„Unsere Freundin Reich wird sitzen. Nicht nur für kurze Zeit, sondern für ein paar Jahre!"

Entgeistert starrte Giorgio Elena an. „Was soll das? Wir wissen doch beide, dass ich ihr den Mord nicht nachweisen kann. Sie ist lediglich in dein Haus eingedrungen, um sich ihr Eigentum zurückzuholen, das du ihr gestohlen haben sollst. Konntest du wenigstens das beim Staatsanwalt richtigstellen?"

„Nein!"

„Um Himmels willen, was heißt nein?"

„Nein heißt, dass wir dazu erst gar nicht gekommen sind. Weil ich ihm vorher klargemacht habe, dass es sich bei dem Bild, das Martina Reich aus meinem Haus geholt hat, nicht um ihr Eigentum handeln kann. Weil das Bild nicht ihr Vater, sondern ein gewisser Antonello da Messina gemalt hat."

„Was sagst du da?", fragte Giorgio enttäuscht. „Dieses Argument wird dir nichts nützen. Wie wir beide wissen, liegt das Original sicher verwahrt in einem Bank safe in Syrakus. Du hast dir lediglich einen Aufschub herausgeschunden. Den Diebstahlsverdacht bist du damit noch lange nicht los."

„Du lässt mich nicht ausreden", antwortete Elena vorwurfsvoll, bevor sie tief Luft holte und herausplatzte: „Im Safe liegt nur die Kopie. Das Original habe ich zurückbehalten. Damit die Reich es stehlen kann und dafür hinter Gitter kommt."

Erst nach einer Schrecksekunde begriff Giorgio, was Elena ihm eröffnet hatte.

„Sag, dass das nicht wahr ist!"

„Doch. Ich habe den Villadicanis nur die Kopie ausgehändigt." Erst jetzt wagte sie es, Giorgio in die Augen zu schauen. Der aber funkelte sie zornig an. Schlagartig war der Mann, der sie nur wenige Stunden zuvor zärtlich im Arm gehalten hatte, wie verwandelt.

„Du musst verrückt sein. Komplett verrückt. Ist dir eigentlich klar, was du getan hast? Den armen Gabriele wird der Schlag treffen, wenn er das erfährt. Das meine ich durchaus wörtlich. Er hat mir erzählt, dass er vor zwei Jahren nur knapp an einem Herzinfarkt vorbeigeschrammt ist. Er ist alles andere als gesund. Wenn er tot umfällt, bist du schuld!"

„Jetzt reicht es, Giorgio", fuhr ihn Elena wütend an. „Ich gebe zu, dass ich eigenmächtig gehandelt habe. Aber das gibt dir noch lange kein Recht, so mit mir zu reden. Denn ob es dir passt oder nicht, ich habe im strafrechtlichen Sinn nichts Gravierendes getan. Das sieht sogar der Staatsanwalt nicht anders."

Giorgio schwieg. Wenn er es sich nicht für immer mit Elena verderben wollte, musste er sich seine Antwort genau überlegen. Wütend, wie er war, hielt er am besten vorerst einmal den Mund und hörte sich an, was sie noch zu sagen hatte.

„Denk doch nach! Ich habe den Villadicanis nichts weggenommen, sie besaßen bloß eine Kopie. Das kannst sogar du bezeugen. Erinnere dich an die Markierung, die du angebracht hast."

„Das ist wahr. Denn dass man nur wenige Tage vorher das Original unter ihrer Nase ausgetauscht hat, wird für sie schwer zu beweisen sein. So wie für mich, dass die Reich den armen Signor Eck ermordet hat!"

„Die Villadicanis müssen gar nichts beweisen, dafür habe ich mit meiner Aussage gesorgt. Und die Reich könnte sehr wohl wegen Mordes angeklagt werden. Oder zumindest wegen Totschlags. Dottor Trecastagni wird veranlassen, dass die Ermittlungen wieder aufgenommen werden. Sobald er mit dem Vice-Questore von Trapani gesprochen hat, möchte er mit dir reden. Dein Chef, der alles unter den Teppich gekehrt hat, wird sich noch wundern!"

„Der Staatsanwalt wird mich also im Fall Eck weiterermitteln lassen? Und er weiß auch, unter welchen Umständen das Original in deine Hände gelangt ist?"

„Selbstverständlich. Ich will doch keinen Besitzanspruch erheben! Oder hast du auch nur eine Sekunde lang gedacht, dass ich mir den Antonello unter den Nagel reißen möchte? Ehrlich, Giorgio, schau mich an. Hast du das geglaubt?"

Diese verdammten Weiber, dachte er grimmig. Sie stellen etwas an, und bevor man bis zwei zählen kann, sitzt man selbst auf der Anklagebank. Typisch! Auf einmal ist sie das Unschuldslamm und ich bin der Böse.

In Wahrheit aber durchflutete ihn maßlose Erleichterung. Er hatte sich in seiner Elena nicht getäuscht! Anstelle einer Antwort machte er jedoch Anstalten aufzustehen und brachte dabei den kleinen Kaffeehaustisch ins Wanken, sodass die Gläser klirrend auf dem Marmorboden zersprangen.

„Scusi, mi dispiace! Aber es ist zum Glück fast nichts passiert!“, entschuldigte sich Giorgio bei dem jungen Mann, der mit Kehrschaufel und Besen herbeieilte. „Grazie, Signore!“ Giorgio steckte dem Kellner ein großzügiges Trinkgeld zu. Erst dann wandte er sich erneut Elena zu, die ebenfalls sichtlich erleichtert war.

Der kleine Zwischenfall hatte die Spannung zwischen ihnen gelöst. Beendet aber war die Eiszeit damit noch nicht. Giorgio dachte offenbar nach wie vor nicht daran, die alles entscheidende Vertrauensfrage zu beantworten.

„Heißt es in Italien auch, dass Scherben Glück bringen?“ Es war die erstbeste Banalität, die Elena einfiel. Vielleicht ließ sich auf diese Weise die Situation, die ihr wieder zu entgleiten drohte, retten. Mit allem hatte sie gerechnet, nicht aber mit Giorgios Reaktion.

Vorerst kaum merkbar, doch dann immer deutlicher verzog sich seine Miene, bis er schließlich in schallendes Gelächter ausbrach. „Sie bringen Glück. Aber nur, wenn man sich an ihnen nicht schneidet“, japste er. „Fast wie bei dir. Du hast mir Glück gebracht. Aber leider habe ich mich auch geschnitten. An dir.“ Noch immer lachend griff Giorgio nach Elenas Hand. „Ein falsches Spiel unter den Augen eines Polizeibeamten! Da gehört schon einiges dazu!“

Elena beging nicht den Fehler, ihre Frage zu wiederholen. Dass er ihr trotz allem vertraute, war offensichtlich, und dass er ihr verziehen hatte, auch.

„Weshalb bist du eigentlich aufgestanden?“, erkundigte sie sich. „Wolltest du schon gehen?“

„Um dich zu küssen. Um dich zu umarmen und ganz, ganz fest zu halten. Damit du nicht noch mehr Unfug anstellst!" Giorgio schob das fragile Tischchen vorsichtig ein wenig zur Seite. „Genau das werde ich jetzt tun! Und diesmal wird es keine Scherben geben!"

Ein leichtfertiges Versprechen, wie sich zeigte. Fast hätte nun Elena einen Aschenbecher hinuntergefegt, als sie zwischen zwei Küssen blindlings nach ihrem Handy griff.

„Es ist Adele", flüsterte sie Giorgio zu, der mittlerweile auch die Wasserkaraffe und die leeren Mokkatassen auf dem Nebentisch in Sicherheit gebracht hatte. „Sie sind zurück und fragen, ob wir Ercole holen oder ob sie uns den Hund vorbeibringen sollen."

„Wir holen ihn natürlich ab. Außer sie würden gern zu uns kommen."

„Das wäre ihnen, glaube ich, lieber", meinte sie leise, bevor sie laut weitersprach: „In etwa drei Stunden bei mir, ist das recht? Wir sind leider noch immer in Catania, aber wir fahren gleich los. Ja, es ist alles gut gegangen. Wir haben viel zu erzählen. Bis bald!"

Kaum hatte Elena das Gespräch beendet, kam der nächste Anruf. „Es sind die Villadicanis! Am besten, ich gehe nicht ran. Ich muss schließlich nicht ständig erreichbar sein." Ein wenig ängstlich sah Elena auf.

„Feigling! Dass du dich ausgerechnet vor Gabriele fürchtest, hätte ich nicht gedacht", lästerte Giorgio, dem Elenas Verlegenheit gefiel.

„Von wegen Feigling", konterte Elena, die nicht merkte, wie sie von Giorgio geneckt wurde. Wie er erwartet hatte, nahm sie das Gespräch nun doch an. „Pronto! Gabriele! Wie geht's? Gut? Ihr wollt kommen? Heute noch? Einen Moment!" Ratlos sah sie Giorgio an. „Was soll ich ihm sagen?"

„Dass wir uns freuen, natürlich. Die anderen kommen doch auch. Dann müssen wir nicht alles zweimal erzählen."

„Wie du meinst", antwortete Elena wenig begeistert, bevor sie wieder mit Gabriele sprach. „Bist du noch da? Sehr gut. Wir erwarten euch heute Abend. Ja, ihr könnt gleich losfahren, dann seid ihr zwischen acht und neun Uhr bei uns. Ciao!"

Vergnügt summte Giorgio, der mittlerweile die Rechnung beglichen hatte, vor sich hin. „Höre ich richtig? Was singst du da?" Eine Antwort erhielt sie nicht, nur die Lautstärke änderte sich. Sobald sie das Lokal verlassen hatten, gab es keinen Zweifel mehr.

„Auf in den Kampf, Torero", schmetterte der Mann an ihrer Seite voll Inbrunst. Dass man sich auf der Straße nach ihnen umdrehte, kümmerte ihn offenbar nicht im Geringsten. War das tatsächlich der stets korrekte Commissario Valentino aus Trapani, der da lauthals singend die Via Etnea entlangschlenderte? Man musste ihn schon mit eigenen Augen sehen, um es zu glauben!

Giorgio sang noch immer, als sie die Mautstelle an der Autobahn längst hinter sich gelassen hatten. Sein Repertoire schien unerschöpflich. Er musste nur kurz Luft holen, bevor er auch noch den Triumphmarsch aus Aida pfiff. Zweifellos eine Methode, die angestaute Anspannung abzubauen, sagte sich Elena.

Allmählich aber hatte sie genug. „Wie schön, dass du dich auf meine Kosten so gut amüsieren kannst", fauchte sie. Die Vorstellung, Gabriele in Kürze Rede und Antwort stehen zu müssen und dafür auch noch verspottet zu werden, gefiel ihr ganz und gar nicht.

„Ach wie so trügerisch sind Frauenherzen", war alles, was sie darauf zu hören bekam. „Mögen sie lachen, mögen sie scherzen!"

Na warte, dachte sie, bevor sie ihn mit zuckersüßer Stimme unterbrach. „Du gibst mir doch Recht, Giorgio, dass der Bildertausch meine einzige Chance war. Sonst wäre die Reich straffrei davongekommen, und ich hätte eine Diebstahlsanzeige am Hals."

Endlich hörte Giorgio auf zu singen. „Ja. Dass ihr Vater diese Maddalena gemalt hat, das hätte sie vermutlich anhand von Fotos beweisen können. Aber sträflich leichtsinnig war es trotzdem von dir."

„Nicht wirklich, wir hatten doch die ganze Zeit Polizeischutz. Die echte Maddalena und ich! Du hast ja gewusst, wie gefährlich die Reich ist. Und dass man sie in eine Falle locken muss. In eine so ausgeklügelte Falle, wie sie nur ein Profi stellen kann."

„Was willst du damit sagen?", fragte Giorgio misstrauisch. „Das war doch alles deine Idee!"

„Meinst du wirklich?", antwortete Elena sanft. „Glaubst du tatsächlich, dass mir irgendwer außer dir eine solche Tollkühnheit zutraut? Das kann doch nur von jemandem wie dir stammen. Von einem erfahrenen Kriminalisten, der gelernt hat, Risiken einzuschätzen."

Zum zweiten Mal an diesem Tag starrte Giorgio die Frau an seiner Seite entgeistert an. „Du willst, dass ich die Schuld auf mich nehme? Das kann doch nicht dein Ernst sein!"

„Wer spricht denn von Schuld? Ich rede von Verantwortung. Und vom Erfolg. Die Kehrseite gefiele dir nämlich weit weniger. Da könntest du nur deine gänzliche Ahnungslosigkeit ins Treffen führen. Dann bist du ein naiver Kommissar, der von einer verantwortungslosen Person hinters Licht geführt wurde. Im anderen Fall aber hast du durch deinen selbstlosen Einsatz einen internationalen Kunstskandal verhindert. Die ganze

Welt wird erfahren, dass du eine Millionendiebin und Mordverdächtige dingfest gemacht hast!“

Giorgio konnte es nicht fassen! So bitter es war, Elena hatte mit jedem ihrer Worte ins Schwarze getroffen.

„Was schlägst du also vor?“, fragte er mit belegter Stimme. Nach Pfeifen und Singen war ihm jedenfalls nicht mehr zumute.

„Dass du mir ein Ständchen bringst! Eine Kostprobe deines Könnens hast du ja bereits gegeben. Aber diesmal wird es ein Liebeslied sein, ja?“ Zärtlich strich Elena über Giorgios Wange. Sie hatte gesiegt, und das wusste sie.

Doch was wäre ein solcher Triumph wert, wenn sie einander deswegen verlieren sollten. Aus falschem Stolz. Oder aus gekränkter Eitelkeit. Es war schon einiges, was sie ihm zugemutet hatte. Auf der anderen Seite sollte er von Anfang an wissen, woran er bei ihr war.

„Es ist doch nichts anderes als eine klitzekleine Notlüge.“ Mit eingezogenem Kopf wartete sie auf Giorgios Reaktion. In den nächsten Sekunden musste die Entscheidung fallen. Würde er ihre Beziehung ebenso rasch beenden, wie sie begonnen hatte? Oder gab es für sie beide doch eine Chance?

Scheu sah sie ihn an, als er mit undurchdringlicher Miene die nächste Ausfahrt ansteuerte und kurz darauf in eine schmale Straße einbog, die zwischen Zitronenhainen und Orangengärten hinunter zum Meer führte. Flüchtig nahm Elena den süßen Duft der Blüten wahr, doch sie achtete ebenso wenig darauf wie auf die hinreißende Silhouette von Taormina.

Die Sonne war bereits vom Firmament verschwunden, doch der Himmel bewahrte noch immer ihren

Abglanz. Allmählich verblich das Abendrot zu einem zarten Altrosa, das sich schimmernd auf dem glatten Spiegel des Meeres wiederfand. In den Dörfern an den Hängen des Ätna blitzten schon die ersten Lichter auf, als Giorgio ihr endlich sein Gesicht zuwandte.

„Ein gut durchdachter Plan! Kompliment. Mir bleibt also gar nichts anderes übrig, als zu applaudieren!" Der grimmige Tonfall ließ keinen Zweifel offen. Er saß in der Falle, die sie ihm gestellt hatte. Diesmal war es Elena, die betreten schwieg. Sie hatte gewonnen – und in Wahrheit alles verloren!

„Aber du hast etwas Wesentliches vergessen!", setzte er unbarmherzig fort.

Wieder erhielt er keine Antwort. Besorgt musterte Giorgio das Häufchen Elend, das auf dem Beifahrersitz zusammengesunken vor sich hin starrte. Dass Elena nicht einmal wissen wollte, was er damit gemeint hatte, war bedenklich. Sollte er sie jetzt noch weiter quälen?

Er beschloss, dass es genug war. „Den Prosecco! Du hast vergessen, genügend Prosecco einzukühlen! Oder willst du auf den erfolgreichsten Commissario Siziliens etwa mit gewöhnlichem Wein anstoßen?"

Immer wieder wischte sich Antonello die Tränen von den Wangen, die seinen Blick trübten. Auch wenn er es sich nicht eingestehen wollte, es war nicht allein der scharfe Geruch des Firnis, der seinen Augen zu schaffen machte. Tiefe Traurigkeit erfüllte ihn, als er nun letzte Hand an sein jüngstes Werk legte.

Wehmütig betrachtete er das Bild. Ein Engelspaar mit schneeweißen Flügeln balancierte eine mit Perlen verzierte Krone über dem Haupt der Madonna. Fast unmerklich umspielte ein Lächeln ihren Mund, geheimnisvoll und hintergründig. Diese Maria war kein Mädchen aus dem Volk, sondern eine exotische Schönheit mit zart geschwungenen Brauen und der Alabasterhaut einer Edelfrau.

Niemand würde jemals erraten, wer sein Modell gewesen war. Wer konnte auch etwas vom tragischen Schicksal der unbekannten Schönen ahnen! Jedes Detail des Bildes, das sich bis auf eine Ausnahme von allen anderen seiner Arbeiten unterschied, hatte er aus dem Gedächtnis malen müssen. Weshalb er dieses liebliche Antlitz niemals vergessen würde, wusste keiner. Keiner seiner Freunde und auch keiner seiner Feinde. Niemand vermutete, dass er diese Frau schon einmal in einem seiner Meisterwerke verewigt hatte. Als Maria aus Magdala.

Während er routiniert eine weitere Schicht Lasur auftrug, dachte er an den Tag zurück, an dem er dieses Gesicht zum ersten Mal gesehen hatte. Durch Zufall war er zu einem Empfang in den Palazzo der kunstsinnigen Grafenfamilie Villadicani in Syrakus eingeladen worden. Als er der Contessa Maddalena, der Tochter des Hauses, vorgestellt wurde, wusste er, dass er seine Maria Magdalena gefunden hatte.

So und nicht anders sollte diese Frau aussehen, stolz und selbstbewusst, aber auch gütig und milde. Wie lange hatte er nach einem Antlitz gesucht, das all diese Empfindungen widerspiegelte. Genau das aber war es, was die Kirche am allerwenigsten wollte. Nicht länger duldete man Darstellungen, die Magdalena als elegante Dame aus vornehmem Haus zeigten. Lediglich als reuige Sünderin wollte man sie nun sehen, nackt und demütig.

Nördlich der Alpen ließ man sich von Rom wenig dreinreden. Im Süden hingegen wagte es kein Künstler, die Aufmerksamkeit der Inquisition auf sich zu ziehen. Auf dem Scheiterhaufen oder unter dem Richtschwert landete man rasch, vor allem auf Sizilien, das von spanischen Vizekönigen regiert wurde.

Antonello aber wollte diese Heilige um jeden Preis nach seinen Vorstellungen malen. Deshalb setzte er alles daran, die junge Contessa zu porträtieren. Als biblische Maria Magdalena, erkennbar für jeden durch das kostbare Salbgefäß neben ihren Händen.

Alles hatte er genau kalkuliert und geplant. Nur nicht, dass er sich Hals über Kopf in sein Modell verlieben würde. Und umgekehrt. Als die Affäre aufflog, reagierte die Familie Villadicani erwartungsgemäß. In aller Eile wurde die gestrauchelte Tochter hinter Klostermauern verbannt. Eine Gräfin aus einem der ältesten Adelsgeschlechter Siziliens und der Sohn eines Steinmetzen ein Paar? Unmöglich! Er hätte es wissen müssen. Der Maler Antonello war in den Kreisen des Hochadels von Venedig bis Palermo ein gern gesehener Gast. Dem Mann Antonello aber blieben die Tore der Palazzi versperrt.

Selbst im größten Zorn brachte es der Conte jedoch nicht über sich, das Meisterwerk eines Antonello da

Messina zu vernichten. Dass seine Tochter in Wahrheit ihre Gesichtszüge ihrer heiligen Namenspatronin geliehen hatte, auf diese Idee wäre der Conte Villadicani allerdings nie verfallen. Denn vom verräterischen Attribut der Heiligen war nichts mehr zu erkennen.

Der Künstler selbst hatte das gefährliche Detail schließlich übermalt. Seit der letzte Spross der Familie Chiaramonte in Palermo von der Inquisition enthauptet worden war, konnte sich selbst der höchste Adel Siziliens nicht mehr sicher fühlen. Das entsetzliche Geschehen von 1392 lag damals zwar schon sieben Jahrzehnte zurück, aber noch immer war der kleinste Verstoß, ja selbst der geringste Verdacht der Ketzerei lebensgefährlich.

Mit dem Madonnenbild, das er in seinem Atelier in Venedig geschaffen und erst in diesen Tagen vollendet hatte, riskierte Antonello hingegen gar nichts. Selbst dann nicht, wenn jemand bemerkte, dass die kostbar gewandete Himmelskönigin die Züge einer sizilianischen Adeligen trug. Nicht einmal der Großinquisitor höchstpersönlich konnte an diesem Marienbildnis Anstoß nehmen!

Behutsam trug Antonello die letzte schützende Lasur auf. Dann betrachtete er noch einmal kritisch sein Werk, doch er fand nichts, was sich verbessern ließ. Es war perfekt. Und es konnte eine gehörige Stange Geld einbringen. Doch niemals, das hatte er sich geschworen, würde er sich von diesem Bild trennen! Nur auf diese Weise konnte er das geliebte Antlitz stets vor sich haben. Ein Anblick, den er mit niemandem teilen wollte.

Antonello verließ sein Atelier. Noch im letzten Aufflackern der Kerzen hatte er auf seine Staffelei geblickt. Und er wusste, dass sich sein Traum erfüllen würde.

Sein Traum von der Unsterblichkeit. Denn was auch immer geschehen mochte, etwas würde die Jahrhunderte überdauern. Seine Kunst. Und das Lächeln seiner Maddalena.

Antonello da Messina und Contessa Maddalena Villadicani haben einander nie wieder gesehen. Sie wurde am 27. März 1472 im Benediktinerinnenkloster von Cefalù Opfer einer Pestepidemie. Er starb am 24. Februar 1479 in Messina an einer Lungenentzündung.

Und noch etwas

Sechs Jahre Haft für deutsche Millionendiebin
Kostbares Renaissancegemälde aus sizilianischem Palast gestohlen – Freispruch von Mordanklage

PALERMO (ansa/dpa) – Des Kunstdiebstahls und versuchten Schmuggels schuldig gesprochen wurde gestern, Mittwoch, von einem Schwurgericht in Palermo die deutsche Staatsbürgerin Martina Reich (40). Die Tochter des mittlerweile im Gefängnis verstorbenen Gutachters Martin Wegand, der Anfang der neunziger Jahre den italienischen Staat mit einer gefälschten Botticelli-Venus um eine bis heute geheim gehaltene Summe in Millionenhöhe geprellt hatte, wurde zu sechs Jahren Haft verurteilt. Sie war im Mai dieses Jahres bei dem Versuch, ein bisher unbekanntes Gemälde des Renaissancemalers Antonello da Messina aus Italien zu schmuggeln, am Flughafen von Catania festgenommen worden. Zuvor hatte sie das Werk, das sich im Besitz einer Adelsfamilie befand, an deren Wohnsitz in Syrakus gegen eine noch von ihrem Vater angefertigte Kopie ausgetauscht.

Von der Mordanklage, die von der Staatsanwaltschaft Palermo im Zusammenhang mit dem mysteriösen Tod des deutschen Gymnasiallehrers Sigismund Eck (64) ebenfalls gegen sie erhoben worden war, wurde Martina Reich aus Mangel an Beweisen freigesprochen.

Nach Ansicht der Experten herrscht kein Zweifel an der Authentizität des Antonello-Gemäldes. Es ist das einzige Werk des Malers, der vor allem für seine Madonnen-Darstellungen berühmt wurde, das ein Porträt von Maria Magdalena zeigt. Es gleicht verblüffend der sogenannten Salting-Madonna, die zu Beginn des 20. Jahrhunderts von dem australischen Kunstsammler George Salting entdeckt worden war und sich heute in der National Gallery in London befindet.

(Schluss)

Rekordpreis für Renaissancegemälde
Bisher unbekanntes Portal von Antonello da Messina erzielte 38 Millionen Euro

LONDON (reuter) – Um den Rekordpreis von umgerechnet 38 Millionen Euro wechselte heute, Freitag, im Londoner Auktionshaus Sotheby's ein erst vor zwei Jahren auf Sizilien entdecktes Gemälde des Renaissancekünstlers Antonello da Messina seinen Besitzer. Das 32,5 x 41 Zentimeter große Ölbild von 1463 ist ein auf Eichenholz gemaltes Porträt der heiligen Maria Magdalena.

Bei dem Käufer, der anonym bleiben wollte, soll es sich Gerüchten zufolge um den amerikanischen Schriftsteller Dan Brown handeln. In seinem millionenfach verkauften und auch verfilmten Bestseller „Sakrileg“ hatte Brown Maria Magdalena als Ehefrau von Jesus Christus dargestellt. (Schluss)

Palermo
Trapani
Marsala
Corleone
Selinunte

Messina
Taormina
Ätna
Giardini-Naxos
LIEN
Catania
Syrakus

Ein herzliches Dankeschön für Hilfe aller Art an

Rainer Prandtstetten
Wolfgang Wagner
und wie immer Linda Müller für ihr liebevoll-kritisches Lektorat.